乡村第一书记

忽培元◎著

中国言实出版社

图书在版编目(CIP)数据

乡村第一书记/忽培元著. -- 北京：中国言实出
版社,2021.2
ISBN 978-7-5171-3785-6

Ⅰ.①乡… Ⅱ.①忽… Ⅲ.①长篇小说－中国－当代
Ⅳ.①I247.5

中国版本图书馆 CIP 数据核字（2021）第 026218 号

出 版 人　王昕朋
责任编辑　李　岩
责任校对　王蕙子

出版发行　**中国言实出版社**
　　　　　地　　址：北京市朝阳区北苑路 180 号加利大厦 5 号楼 105 室
　　　　　邮　　编：100101
　　　　　编辑部：北京市海淀区花园路 6 号院 B 座 6 层
　　　　　邮　　编：100088
　　　　　电　　话：64924853（总编室）　64924716（发行部）
　　　　　网　　址：www.zgyscbs.cn
　　　　　E-mail：zgyscbs@263.net
经　　销　新华书店
印　　刷　徐州绪权印刷有限公司
版　　次　2021 年 3 月第 1 版　　2021 年 3 月第 1 次印刷
规　　格　710 毫米 ×1000 毫米　1/16　18.5 印张
字　　数　298 千字
定　　价　78.00 元　　ISBN 978-7-5171-3785-6

忽培元，祖籍陕西大荔，1955年生于延安。中国
作家协会会员、全国传记文学创作与研究专家指导委
员会委员、中国传记文学学会副会长、中国散文学会

理事、中国红色文化研究会副会长、中国书法家协会会员、中国作家书画院副院长。现任国务院参事。

主要作品有：文学传记《苍生三部曲——群山、长河、浩海》《耕耘者——修军评传》《百年糊涂——郑板桥传》《难忘的历程——延安岁月回访》《刘志丹将军》《谢子长评传》《阎红彦将军传》等；长篇小说《雪祭》《神湖》《老村》《乡村第一书记》，中篇小说集《青春记事》《家风》，中短篇小说集《土炕情话》；散文集《延安记忆》《人生感悟》《毛头柳记》《大庆赋·铁人铭》《地耳集》《生命藤》《京密河札记》《秦柏风骨》《山秀珍》《义耕堂笔记》；长诗《共和国不会忘记——大庆人的故事》和诗集《北斗》《开悟集》等。

《群山》《耕耘者——修军评传》分获第一届、第四届中国传记文学优秀作品奖（长篇）；长诗《共和国不会忘记——大庆人的故事》获中华铁人文学奖。作品被译成英文、俄文在国外出版。

反映当代生活的长篇小说力作《乡村第一书记》已拍摄成同名电视剧。

目录

红色岁月

红色历程

红色史诗

红色经典

第十七章 / 138

第十八章 / 143

第十九章 / 150

第二十章 / 159

第二十一章 / 168

第二十二章 / 178

第二十三章 / 186

第二十四章 / 195

第二十五章 / 203

第二十六章 / 209

第二十七章 / 219

第二十八章 / 225

第二十九章 / 234

第三十章 / 239

第三十一章 / 245

第三十二章 / 251

第三十三章 / 258

第三十四章 / 267

第三十五章 / 272

尾　声 / 279

后　记 / 285

上牛湾是个古老的村庄。村子面南坐落在伏牛山区一个簸箕形的山坡上。站在远处的牛尾山上向北远远望去，神泉沟、砚台村、铁匠营、磨盘子、下牛湾、朱家寨子、清水湾和簸箕峁，周围这八个村子对称分布两侧，整个形状又像一只展翅欲飞的老鹰。鹰嘴是上牛湾村里凸起的太公峁。近些看，峁上的小柏树林像鹰头上那片长长的羽毛。太公祠堂的大门，就像鹰的眼睛。祠堂院坝的那棵千年古槐，像鹰嘴下端的一缕须髯格外引人注目。村里新中国成立前的房屋几乎看不到了。二十世纪六七十年代建造的清一色黄泥坯墙、灰瓦顶的农舍群落里面，只有村东醒目地点缀着一些贴了白瓷片的水泥平板房。那是渐渐殷实起来、初能温饱的农户的招贴。而一东一西两栋新近盖起的、城里人都会羡慕的别墅式小楼，如鹤立鸡群，十分显眼。各家各户的经济状况、贫富差别从各家的盖造上一眼就可以区分出来。两栋漂亮小楼，东边的主人是复员军人、民营企业家刘秦岭，西边的是只当了不满四年村支书的姜耀祖家。刘秦岭家盖的较早，是四年前锣鼓喧天封的顶。姜耀祖家盖的较迟，是去年年底才气派张扬地举行的落成典礼。也就是说，他担任支书后，干的头一件大事，就是先为自己家建起全村最讲究的新式楼宅。

第一章

　　这年八月上旬的一天。傍晚时分，白朗风尘仆仆走进颍川县牛头镇上牛湾村。村支书姜耀祖满脸堆笑握着新到任的本村驻村第一书记白朗的手，表示热烈欢迎，然后把他引进一座明显多年失修的老饲养院里。院子紧靠着山根，坐北朝南约半亩地大小，院里长着一棵树冠硕大的香椿。迎面望去，中间是三间厦房，两边是对称的各五间开敞牲口棚圈。棚圈如今全都空着，中间的草顶厦房竟成了村里绝无仅有的"贵宾客房"。白朗初进院子时，瞅着那幅破败景象心中隐约有些失望。进屋一看，发现屋里陈设虽说格外简陋，但白灰刷过的墙壁还算整洁明亮，通盘大炕显然也刚烧过，散发出热气儿。山区的屋间，大夏天也得烧把火，不然就会阴潮。

　　天气正热，屋里的县驻村干部老赵光着上身在看报，见有人来急忙穿上 T 恤衫。他人很和气，一见面就拉住白朗的手不放。那亲热的气氛，也像白朗事先想象的一样。仔细看，屋里除了一桌两凳两椅，就是一盘大炕。老赵睡在东头正对窗户处。白朗的铺盖卷儿、旅行包、书箱子和背包等所有的行李暂时都堆在土炕当中。农村人喜欢坐炕。前来迎接他的几个人，矮胖的老支书姜建国、瘦小的现任支书姜耀祖和过早就谢了顶的村主任王石子几个，很自然地并排坐在炕棱上说话。

　　说啥呢？无非是嘘寒问暖之类。寒暄之中，大伙儿的脸上都笑呵呵地泛着光泽，嘴角一律上弯，更像从前发行的丰收年画，人人表面都是一样的喜笑颜开。这让白朗感到格外温暖，心情一下子就平静下来。老实讲，省上、市上和县里、镇上，这几天锣鼓喧天闹哄哄了一路，眼下终于安静下来。白朗不由得长叹一口气，感到双脚到底接上了地气儿，心中一阵轻松愉快。

"哈哈哈，房子是老了点，可是草屋顶透气，热炕睡着也舒坦。"老支书姜建国说。老汉眼睛笑眯成两条细缝儿，瞅着就像一尊弥勒佛，一看就是个好脾气老头儿。

村主任王石子嘿嘿笑着，也说："就是，这屋向阳，冬暖夏凉。"

白朗注意到了，说话之间，老赵一直在忙。烧水烫碗舀水，动作麻利而有条不紊。

"白书记，先喝碗银茶，解解渴。接下来我给咱做晚饭吃。想吃啥？干脆就吃锅出溜吧。"

"银茶？锅出溜？"

白朗很是好奇，以为是当地什么特产、名吃。他双手接过粗瓷大碗一看，发现也就是一碗白开水嘛。刚喝了一口，就觉得外面有些响动不大对劲。接下来屁股方才挨上凳沿儿，嘴唇还没离开碗沿儿，就听院子大门外面一阵杂沓的脚步声，随即就听见有人隔墙嘶声叫喊开来。

"乡亲们，你们都听着！大伙儿不要害怕，既然上面派了个大书记，对！叫啥第一书记，那就是给咱解决问题来的。有啥困难，咱一会儿尽管开口讲。不要客气，不要害怕。"一个瓮声瓮气的声音用地道的当地口音说。

"这是啥情况？！像是姜武那愣小子叨叨。"

老支书姜建国瞪起一双小眼睛惊异地直瞅现任支书，也就是他的儿子姜耀祖。而那位却稳稳地坐在炕棱上，目光故意躲开他老爹，脸端得平平，像个没事人一样。

"耀祖，你说话呀！究竟是咋回事？人家白书记远道刚来，咋就这样？"姜建国追问。

姜耀祖听得若有所动，只是并不说话。

村主任王石子显得格外焦急，嘴里一个劲嘟囔着问姜支书："这啥情况吗？这啥情况吗，支书？"

支书姜耀祖就像没听见，完全不理他的话茬儿。

王石子想出门去，又退了回来。因为人群里突然有人喊道："村主任王柿子不中，新来的大书记保险中呀！"

3

村主任王石子原本是团支部书记，叫你一眼瞅着就很老实。村民背后都叫他"王柿子"。柿子是上牛湾的一大特产，可是近些年由于运不出去，在当地并不值钱，原先承包柿园的村民就不愿继续承包。无奈村主任只得自己承包队里的老柿园，秋天又千方百计负责经销全村各家各户的牛心大柿子。其实也没多大利润，就是为村民服务，赚个人脉威信。

此时，外面的喊叫声更大了。王石子同县里驻村干部老赵心慌得直搓手心满地打转儿。两人不停相互瞅瞅，又看看新来的第一书记。白朗的表情很是不安。

"这是啥情况吗？乱糟糟的！成何体统？"老支书姜建国生气地站起身问，屋里还是没人回答，气氛显得有些怪怪的。村主任和老赵都看出姜家父子像在演双簧。

白朗一时有些发蒙。他哪里见过这阵势，精神上没有任何准备。他强耐性子坐在那里，满脸流汗，发汗的手在凳沿上不停地搓着，努力让自己镇定下来。老赵给他递上湿毛巾，他拿在手里，也忘了擦汗。

望着姜建国老汉，白朗想到了自己的父亲。他从小在农村长大。父亲就像一棵大树，在风雨来临的时候，总能为他遮风挡雨；父亲就像一盏明灯，在黑暗中总能为他指明方向。他的童年记忆中，担任家乡村支书的父亲，一直是他心中的偶像。当白朗的工作单位分配到一个驻村第一书记名额时，很多人不了解"第一书记"是干啥的，更没有人主动报名。说老实话，人们都愿意到市县基层挂职锻炼，回来等着提拔。驻村第一书记，一下沉到村里，就像落到了井底，能不能回来还是未知数。生活如何适应，工作如何展开，如何处理和村里、镇上干部的关系，回原单位后如何安排新岗位等诸多不确定的问题摆在那儿，因此没人愿意冒这个险。大家似乎都没意识到这也可看成是一个人锻炼成长的机会。白朗大学毕业后，曾参军到部队，七年时间由排长、连长提拔担任营教导员，多次立功受奖，在中央国家机关工作也是年年评为优秀。组织根据白朗的经历和才干，有意选派他下去，但也只是征求意见。这给他出了一道难题。他以往下基层调研，了解到不少基层情况。基层党组织软弱涣散的贫困村，很需要加强领导力量。有些地方采取派干部驻村帮助工作，很能解决实际问题。他发现在福建和浙江的一些落后地区，许多年前就有派大批干部下村任职的先例。这些都是习近平总书记当年工作过的地方，也是总书记的一贯主张。白朗还读过一本书《摆脱贫困》。这是作者在担任福建宁德地委书记时的实践与思考，书中用朴实的话语娓娓道来，对白朗启发很大。《摆脱贫困》围绕闽东地区农民群众如何早日脱贫致富，提出了一系列极富创造性、前瞻性和针对性的观点和主张。读这本书，就好比阅读毛主席的《湖南农民运动考察报告》，令人茅塞顿开。显然，白朗对派干部下基层工作并不感到陌生。但是现在真正要他自己下去，就犯难了。他连续好几天吃不好，睡不香，想到自己已是三十出头的人了，还没有成家。母亲整天催着他结婚，自己谈了四五年的女朋友在美国留学，也等他去团聚。自己眼瞅着就要提拔为正处，真不知道该如何给组织答复。在这种情况下，他给父亲打了电话，得到的答案就是四个字：机会难得。

这时候，只听外面闹腾得更凶了。屋顶上积存多年的尘灰被喊声震得嗖嗖抖落下来。

"当官的出来嘛！当官的出来嘛！"

"什么软柿子、硬柿子，让俺们老百姓捏捏软硬嘛！"

嘈杂之中，又是那个瓮声瓮气的声音吼叫。

除了白朗，谁都听得出这是村里的光棍汉姜武。他平时像保镖一样，同支书姜耀祖进进出出，形影不离。

白朗一时不知如何是好，便问姜耀祖："姜支书，这是怎么回事？这么多人要来干啥？是谁通知大伙儿来的？"

不料白朗这么一问，非但姜支书瞪眼不说话，屋里其余三个人的目光也都直直地盯着他看哩。这叫白朗心跳突然加剧，顿时感到肩膀头压着一副沉重的担子！他感到有些承担不起、力不从心。乡村第一书记，这担子可真不轻。他突然意识到，全村三四百口人向你要吃要喝，看你如何答复，如何应对？考验就在面前，是骡子是马，拉出来遛遛！大伙拭目以待哩。

面对意想不到的挑战，不允许你深思熟虑，只有勇往直前，绝不能胆怯后退。白朗突然感到这戏剧性的一幕，对自己也许并不是什么坏事。他突然想到刚刚看过的一部新拍电影《智取威虎山》，其中杨子荣打虎上山的一幕十分令人震撼。要是没有两下真本事，子荣同志恐怕连山门都进不去就被老虎吃了，更别说打土匪、当英雄呢。

"沉着应对，从容面对！"

他想起离开北京前的那个晚上，自己兴奋得彻夜未眠。第二天一早，当太

5

阳升起的时候，临窗远眺，眼前霞光四射，一片生机与希望，心中一激动，就冒出了上面那两句自勉豪言来。

"沉着应对，从容面对！"可说起来容易，做起来难呀。

此刻他有一点儿打晃儿的感觉，就像一头平日只是拉梢，并没出过大力的初生牛犊。对呀，从前都是从旁拉梢，突然之间要你独立驾辕拉车，当作一头大犍牛使唤，那感觉可是全然不同。这阵势就是强迫你必须独当一面的巨大压力。压力来了，他顿时被压得不单单双腿打晃儿，连呼吸都有些困难。

"白朗同志，实际工作考验你的时候到了！你得挺起腰杆子呀！什么叫锻炼，难受才叫锻炼呀！舒舒服服能叫锻炼你吗？"

白朗暗暗咬咬牙，心里提醒自己。他不由得攥紧了拳头，心里继续对自己说："你今儿个可不能下软蛋呀！全上牛湾村的人都盯着你！这事关乎未来你如何打开工作局面。"

"当官的，你要再不出来，俺们可就进来啦！"

"看来也是颗软柿子，还没等得捏，就吓软塌了！"

又是那个瓮声瓮气的声音。话里话外明显带有挑战和威胁。好在窗户上糊着厚厚的麻纸，屋里看不见外面。白朗感到自己是被蒙在鼓里，鼓手正当头顶敲得紧火！

"白朗第一大书记，你来我们上牛湾村，该不会是来白浪吧？"这一回，姜武是面对着众人指名道姓公开挑衅。

听了这句难听话，白朗感到血液直往脑门子上冲。他不由得扭头看看姜支书。恰巧，姜耀祖也在偷偷观察他。他看出姜耀祖那眼神分明是说："你不是第一书记嘛，上头派来的嘛，不是说百里挑一能耐大嘛，你看这咋整！"

这可真是进村赶考呀！瞧那眼神，连同王石子主任和老赵同志也都不无试探和期待。白朗开始冷静下来，心想凡事得往好里想嘛。俗话说，一个篱笆三个桩，一个好汉三个帮。屋里眼下这几位，包括这老支书本人，不管咋说，就是自己未来的帮手，无论如何都要同他们搞好团结。首先得把这几位的积极性调动起来。瞧瞧那眼神，无论如何人家是把殷切的希望都寄托在了自己的身上。这当然也不是什么坏事。你是中央国家机关调选的优秀干部嘛，是江北省委按照中组部的要求，责成颍川县牛头镇党委任命的上牛湾村第一书记嘛，虽然括号里面没特别注明，保留副处级待遇。你是正儿八经的扛硬村官呀，而且还是优质加强的坯子！这不是，你来了，正式进村上任了，人家群众闻讯就找上门来啦，立等你白朗书记来决断是非、处理矛盾、解决困难！是呀，第一书记在这节骨眼上，应该当仁不让，迎难而上……可是话又说回来，这场暴风雨是不是来得过早过猛烈了一点？如今你初来乍到，两眼还一抹黑，一大群人把你堵在院门里，还有人恶语煽动中伤，警告威胁！你无法回避更不能逃避，就像考试答卷，看你怎么办呢？这可真是个下马威呀！都说上牛湾村情况复杂，你白朗原先还有些不服气，认为自己才高胆正，又出身农民家庭，对农村的情况并不陌生……这下感觉到了吧？情况还真不是你想象的那么简单。

"哼，我说这位白同志，这阵势可是你上面下来的干部没有料到的吧？唉，这节骨眼上，你可不能后撤呀。看来，上边也太小瞧俺们农村干部啦，好像谁来了都能领导俺们脱贫致富奔小康！"姜建国老汉心里担忧地嘀咕着。

他显然对上级委派第一书记的做法内心深处并不理解。他时常挂在嘴上的一段话是："咱上牛湾村的事情，必须由上牛湾人来掂量着办。不管来了什么人，能住多久，有多大权力和本事能耐，到头来也是一走了之。人家走啦，上牛湾村人的日子还得自己过。所以我说，上牛湾村的事情不要等、靠、要，必须由上牛湾村人自己谋划着干！"这也是他几十年的一点经验体会，村里人也看得明白。但是结果不佳，上牛湾在他执政的近四十年里，发展的速度缓慢，不少地方甚至在倒退。就像村民们编的顺口溜：老牛破车疙瘩绳，慢慢腾腾度光景。光景越度越不行，到头还是穷穷穷。

老支书姜建国老汉，你说他无论有多少经验、多大智慧，他毕竟是个文化不高的老农民呀！精明固然精明，什么春种秋收冬藏，中耕除草浇地，打麦子扬场碾磨粮食，甚至农村中敬神拜祖、婚丧嫁娶、四时八节的风俗礼仪规矩，他可谓样样通晓。不用短期培训彩排练习，他都多年如一日，总能做到非礼仪不言，非规矩不行。说他是村支书，其实工作起来同旧时代的乡约、族长也没多大区别。农民之间难免为了蝇头小利明争暗算、钩心斗角，他不用打听，闭上眼睛都知道是怎么回事儿，处置起来也是针针见血，得心应手。眼下，老汉心里琢磨的也就是这么点想法：第一书记，也就是个上面摆设的又一个大塑料花瓶瓶吧。这话当然他一辈子都不会说出口，但是他的想法往往很难改变。他轻蔑的眼神会把这一信息准确无误地传达给村民。他所操心的是儿子姜耀祖不争气，怕误了上牛湾村的大事，那才是天大的乱子。

　　白朗敏感地意识到外面的混乱仍在继续。就像一座醒来的火山，方才喷发了一阵，眼下正孕育着更大的喷发。

　　村主任王石子搬过一把柳木圈椅，请姜建国老人家坐下说话。老汉却粗暴地挥手拒绝了，显然是故意不接受村主任的好意。白朗看出了老汉在村里的实际地位，那是完全在儿子姜耀祖之上的。他虽然不当支书，但仍然还是全村的主心骨。重要的事情，他还是说了算数。

　　这位年近七旬又明显发福的老汉，一米六左右个头，此刻蹲在地上，眼睛依旧细眯成一条缝儿，闷头抽着旱烟。看外表，蜷缩成一团的这个很不起眼的小胖老头儿，他的衣着穿戴也就是一个普通老农民的打扮。蓝色中山装、老样式的遮阳帽，明显还遗留着二十世纪七八十年代的味道。这些衣服也都是过去民政部门救济的物资。老汉不坐凳子，蹲在地上闷头抽烟。白朗当然看不出来，老汉这是在以强示弱哩。上牛湾村人都知道，老支书姜建国的本事就是能稳住阵脚。遇到大事急事难事，他老人家总能沉得住气。此刻，瞧那不温不火、不露声色的从容淡定外表，又绝非一个普通的农民所能做到的。古代兵法上这叫韬光养晦，伺机而为。老汉当然正因为能沉得住气，深藏不露，所以才临难不乱。难怪上牛湾村几十年间总是四平八稳，虽然发展慢点，老汉的官位却是十分稳固。近四十年间，中间只有两年下台。虽然没见他干出多少村民拍手称赞的大事情，但处理具体的矛盾问题却是有板有眼，叫谁看着都是合情入理，村里人不得不服。偶尔也会有几个愣头青跳出来借故闹事，但是每次就像拳头砸在棉花包上，都叫老人家以柔克刚地消化了锋芒。村里人都说，人家这叫会当官，有城府嘛，换个人你来当试试，你不服也不行。事实果然如此，他儿子姜耀祖上任，就明显大欠火候。

　　就说眼目下这当口，面对突如其来的混乱阵势，老支书心里明白，这事情保准是儿子姜耀祖的坏心眼儿。自己的儿子，不用问也知道那小子吃啥拉啥！你小子，真是成事不足，败事有余！这节骨眼儿上，只能息事宁人，咋就敢做出这样的蠢事！弄得不好，抱起石头砸自己脚呀！老汉气得下巴几根稀疏胡子都在抖动。他是不希望上面派人来，但也看不惯儿子露骨反对的做派。原以为权力交出去就可以省心养老啦，只想自己从旁悄悄地帮衬着，掌握好大方向就行了。可没料想把权力交给自己儿子，他倒是更难以放心！于是就像老母鸡一样，天天张开翅膀操心护着，处处照看小鸡，生怕出乱子。人们背后就叫他

"老窝鸡"。这个土气但很形象的外号，老汉自然是听不到的。

上牛湾村多数人姓姜，相传是周朝姜太公的一支后裔。村里姜姓都是一个老祖宗，宗族关系脉络分明。平日你看着窝里斗不断，遇到大事还是铁板一块，矛头保准一致对外。这一点姜建国明白，这也使得儿子姜耀祖有恃无恐。

村主任王石子当然深知这点，而他们王家在村里是独门独户，说话自然没有分量。用他自己的话说，自己这村主任也就是个聋子耳朵，空摆设罢了。他的身边，也围着十来户外姓村民，他得用心保护他们的利益。对于支书姜耀祖的人品本事，他心里明镜似的，眼睛闭上，他都知道这小子会办什么事情，办不了什么事情。但是他还是装聋作哑，从不流露出来，更不会公开站出来反对抵制，村中的权力几乎完全处在一手遮天的无制衡状态。他知道今天这事，他们是预谋好了，故意恶心人家新来的领导。

"当官的你出来嘛，当官的你出来嘛！"瓮声瓮气的说话变成粗野的呐喊。姜武显然是在故意造势，要给新来的第一书记白朗一个下马威。

喊声更凶更猛啦！白朗一冲动，就要上前开门，却被老赵把后衣襟拽住。他暗中示意新来乍到的第一书记，再等等看。随即还扭头瞅了一眼炕棱上坐着的姜耀祖。老赵驻村一年多了，平日在村里的处境，基本同王石子差不多，也属于可有可无形同虚设的角色。他一年多没有解决任何问题，不是不想解决，而是没有能力和实力。他一个部队转业到县文联的组股级干部，既没权又没钱。去年年底在全省扶贫检查评比中，他的工作量化打分倒数第一，受了批评不说，县里还因为他脱岗问题，给了个党内警告处分。他眼下正是情绪低落，加之老实胆小，又有点明哲保身，至今没有介入村里的矛盾。但是村里情况倒是看得清楚，问题也摸得八九不离十。他媳妇患癌症经常住院，儿子刚上中学，他不得不照顾家庭，这是老赵时常缺勤的主要原因。

一场有人事先编排好的闹剧，是专意演给白朗看的。老赵想，眼下还没到高潮，外面只是呐喊威胁，倒也没有破门而入的迹象。他还发现支书姜耀祖手中的那支香烟依旧没有点着。不过，姜支书似乎有些坐不住了。他老父亲几次用眼睛瞪他，他也知道那是什么意思，但是他装作没有看见。他当然不愿意亲手把一次精心策划的事件搞得虎头蛇尾。

现任支书姜耀祖，他虽然文化不高，正经本事不大，但做事讲究实惠，无利决不起早。他不像他父亲姜建国，一辈子总是务虚多于务实。他爸当了大半辈子村官，家里和村里一样，还是穷得叮当作响。这是对姜耀祖教育最为深刻的事实。据说他爷姜抗日倒是一个人物，外号姜一刀，当年打过日本鬼子，后来当生产队长也是呱呱叫的角色。可是到了姜耀祖这一辈，名声就有些欠佳。看外表，他也远没有他爷那么正气凛然，没有他爸那么温良敦厚。用村里人的话说，他人长得倒像牛头镇上一辈子吃喝嫖赌、不务正业的二舅刘狗剩，有点尖嘴猴腮、獐头鼠目。

眼瞅大家都不说话，嘴里咬个大烟袋圪蹴在地上吧嗒吧嗒不停吸旱烟的姜建国老汉终于沉不住气了。他突然剧烈地咳嗽起来，随即抬手扇着满屋缭绕的烟气，扭头对儿子说："耀祖，你说，这外面究竟是咋回事嘛？！"

"我咋知道？"姜耀祖反问。他嘴里还是叼着那根纸烟，却并不点着来抽，面部毫无表情，整个人呆若木鸡。

"当官的出来呀！再不出来，俺们就砸院门啦！"

外面闹腾的动静突然加大。听得见，有人开始用手拍打破铁皮院门。丁零哐啷，声音十分刺耳。紧接开始用脚踹了，声音就像疯狗叫唤。白朗再也坐不住了，他放下手中的水碗就要转身出门，村主任王石子和老赵两个人急忙把他拦住。老赵大声说："白书记，你刚来，还不摸情况，我看还是叫姜支书出去处理妥当。""要不然，对，还是请德高望重的老支书亲自出马。那些光棍汉烂娃傻婆娘都听他老人家的。"王石子不无讨好地说，随即看着老支书。

姜建国哼了一声，扭头瞪王石子一眼，没有言声。白朗这才注意到，老汉眯缝的双眼突然变得像张开的剪刀，叫人看了倒吸冷气。王石子不再说话。屋里空气十分压抑，气氛顿时紧张起来。

这时，就听嗵的一声，有人翻墙进院了！很快院门打开了，外面的人忽地拥进院里。听那杂沓的脚步声，人还真不少哩。

"快出来，当官的！当官的，快出来！"这回，好像不光是一个人叫喊，增加了一些附和的声音。有领有和，仿佛有组织一样，显示着一种集体的威力。

从上小学开始，一路都是在鼓励和表扬声中走来的白朗，哪里见过如此难为又尴尬的场面。他突然感到心跳加快，脸上热一阵冷一阵的，呼吸困难。连日来省市县镇四级都是笑脸相迎呀！省委书记薛玉山大会讲话鼓励，群众更是夹道欢迎……没想到村里人竟然是以这样的方式为自己接风。这可怎么办呢？他不能不出去见村民们呀，却屡屡被老赵和村主任王石子紧紧地拉住衣袖。他们是出于好心，可问题总得有人解决呀。"你们松手！"他想对老赵和老王发火！

也就在这一刻，姜建国老汉不慌不忙把嘴里的烟袋锅拿下来在鞋底上磕了磕，然后站起来，把烟荷包和烟袋杆缠起牢牢地别在腰带上，这才用手整了整衣冠，准备英勇就义般，用力干咳了一声，厉声道："咋的啦，外面咋的啦？没王法啦？是谁在外面撒野！叫我老汉看看，都是谁些？"

他说话间便哗啦敞开两扇门迈步出去，屋里的几个人都跟随在他的身后，形成了一个不小的阵容。白朗扭头一看，姜耀祖竟然躲在最后边，他心里更加明白了几分。

第二章

　　这种场面，白朗始料不及，但是也不陌生。父亲在村里担任支书十多年，拥护的人不少，但也有人上门闹事。有一次，村里的一个无赖甚至举着菜刀打上门来，理由很简单，因为救济款没有他家的。父亲当时正在吃饭，他把碗一放就迎出门去，指着自己的脖子说："就照这儿砍吧！"白朗躲在门后，从门缝里看着，吓得浑身发抖。没想到那个无赖手一软，菜刀掉在地上，接下来就赖在地上哭着不起来。父亲问，你哭啥，你家弟兄三个，连一个老娘都养不起？你还要跟孤寡老人争救济！我都替你害臊……农村工作就是这样，你就是再公道，也会有人不满意。在白朗的印象中，父亲就是一座山，承载着老百姓的光景，他一年四季风里来雨里去，为乡亲们办事，牙疼上火也顾不得看病。有的时候村民们吵架闹上门来，父亲总是笑呵呵的，把他们迎到屋里，给每人倒一杯热茶，苦口婆心调解一番。一会儿工夫，双方的气就消了。白朗站在一边望着父亲，心里十分佩服。后来白朗考上了大学，父亲被提拔为乡长。他每次放假回家，父亲都让他随自己下乡走村。要说农村基层工作，白朗还真是不陌生。父亲的言传身教对白朗影响很大。父亲告诉他，有情有义、有胆有识，才能搞好工作。成长在这样的家庭环境，白朗总以为自己熟悉农村和农民，只要有一片诚心就不会有什么难题。眼下他想着要是父亲会怎么处理眼前的事情……他思索着。有了父亲做榜样，他心里坦然了许多。

　　领头发难的人，正是光棍姜武。他翻墙跳进饲养院并擅自开了大门。眼下他威风凛凛摆开骑马蹲裆步儿，正拉开架势准备大闹一场，却见门里出来的并不是新来的村上第一书记，倒是他最怵火的老书记姜建国本人！他顿时傻了眼，赶忙收了武步双拳，站直叫了一声"四叔公"，就习惯性地拱手给老人家深深鞠了一躬。

"啥事情，你们这是？一个个不在家好好吃饭歇着？姜武，你说话嘛！"

姜武哼哼叽叽，半晌说不出话来。院子里男男女女聚得满满当当。但多数面带笑容，显然是来看热闹的。有几个光头老汉手里还拉着农具，分明是刚从地里收工回来路过。这些，当然都是些本分人。有几个妇女抱着吃奶娃子，有的年轻媳妇挺着大肚子手里拿着正在做的针线活。还有些碎娃拖着鼻涕端着饭碗。多数人见老书记从屋里出来，都感到意外，本能地点头哈腰往后退缩。只有为首的这位名叫姜武的没有动。他长得五大三粗，脏兮兮的西服上衣拿在手里，光着上身故意亮出一身黑乎乎的腱子肉。

"姜武，你这是做啥，我看你那阵势像是要打架斗殴嘛？还有你，牛兰花，支部委员、妇女主任嘛，你凑啥热闹？背着战斗也不嫌累咋着！还有你们，姜光照，你个小兔孙，你来做啥，不好好伺候你娘！大伙没事看啥热闹，地里没活儿干了咋的？"

老汉数落一大圈儿，话音没落，就见姜武嗵的一声双腿跪在地上，拉开哭声喊道："四叔公，我是找新来的第一书记，也就是白朗白书记解决问题的呀。听说他能耐大，是上面百里挑一，我这个老大难问题，由他解决刚好合适。"

"谁说的啥，你个兔孙，再说你有吃有喝的，啥事过不去！"

"好我的四叔公，我得有个家呀，你知道侄儿我今年多大岁数了？"

"你多大了？"

"我都年近半百啦，还没捞上娶媳妇哩！"

一句话把满院子的人全都逗笑了。姜光照趁机调皮地说："我都三十啦，也没娶媳妇呀！"

"哦，你们没媳妇，也找人家新来的书记要？"

人群又是一阵哄笑。

"我不朝他要我问谁要？谁叫他是咱的父母官。"姜武说。

"对，我也这么认为，得给俺解决。"姜光照说。

"那你们为啥不问姜耀祖姜支书要？"

驻村干部老赵实在忍无可忍，就顶他们一句。自从受了处分，他的性格开始变得硬气了许多，有点破罐子破摔的味道。他不想再当老好人啦！

对呀，大伙瞪大眼睛瞅那光头如何回答。

姜武支支吾吾，摸着光脑袋说："反正，反正谁官大，我就朝谁要嘛！"

"对，我也是这么认为。谁冠子大，俺们就朝谁要蛋嘛。"人群中一阵哈哈嘿嘿的笑声，随即是乱哄哄的喧哗议论。有人说："县长、省长官更大，你咋不问人家要！"

"对呀，你见了镇上马书记，也就光知道点头哈腰，连个响屁都不敢放！"矛头开始指向姜武一个人。

"村里谁不知道，你和支书姜耀祖合穿一条裤子。"

"你就像姜支书的一条尾巴，吊在屁股上形影不离。"

"对呀，姜支书叫你东，你啥时敢朝西来着？"

"姜支书指到哪里，你就打到哪里！结果，村里不少人被你拳打脚踢！有这事没？"

人群一片混乱，说啥的都有。总之，看起来人们是对姜武不满，其实更是对支书姜耀祖有意见。

"行啦，大伙还是听老支书讲几句中听的。"一位光头老者提议。

姜建国生气地说："我还说啥，如今谁还听我老汉说话。还是叫你们的姜支书亲自讲吧，我才不替他操那份闲心！"

"好，我说就我说。这不，昨天听说上头派到村里的第一书记要来上任，我就给姜武交代到时候把西边东边村民都通知到饲养院来欢迎新书记。这有啥不对的？姜武你说是也不是？"

"哦，是哩，是哩，绝对就是这！姜支书就是这么吩咐我的嘛。"

"我说两句！"一个尖厉的女人的声音。

大伙扭头一看，是兰花嫂子。她年近花甲，矮胖的身体竟像男人一样结实粗壮。由于一年四季背上总背着小叔子——残废军人姜战斗，久而久之熬出了一身的力气，背上背个人，也不知道累了。此刻只见她上前一步，转身面对大伙说："是的，夜来姜武这老小子还说，要我一定背着姜战斗来，说我家是特困户，最好能吵吵闹闹，说大伙要心齐，大伙一起向上头派来的第一书记要钱花、要衣穿、要饭吃！可我不愿意闹事，咱都是党员，上面政策好着哩，是叫歪嘴子和尚把经念歪了！"

人群中一片哗然。有人小声骂道："真个是歪嘴和尚，真个不是些东西！"

"占着茅坑不拉屎！尽使花花肠子！"

白朗一旁听着，不动声色。他心中已经知道这里发生的究竟是怎么回事了。但他装作没听懂，上前拽住跪着不肯起来的姜武一条粗壮胳膊，笑呵呵地打趣说："起来吧，姜武同志，你的困难我记下了。不就是想找个对象成个家嘛，咱们共同努力争取尽快解决。"

姜武涨红着脸，很不高兴地站起来，扭头看看众人，大伙哄堂大笑。他恼羞成怒，说："笑啥哩笑，你们这是饱汉不知……"

"不知啥呀？"有人故意问。

"不知饿汉肚子饥！"

众人又是一阵大笑。

"笑什么笑，有啥好笑的。"姜武歪着脖子瞪眼说，"对了，你的屋里有啥困难赶紧向白书记提嘛，过了这个村，也许就没这个店啦！"

"对呀，有啥困难尽管提。"这回说话的是支书姜耀祖。

人们听了，都惊异地扭头看着支书。谁都晓得他葫芦里卖的是啥药。但见姜支书正冲姜武点头微笑，随后狠狠瞪了兰花嫂子一眼。

"欢迎仪式"没有结束的迹象。可是这见面礼已经给白朗上了生动深刻的一课。他在当天的日记（微信）里，开头只写了一句话："刚进村，实践给我上的第一课：不是阶级斗争，也不是路线斗争，而是形象生动地告诉我，什么叫下马威，什么叫接地气，什么是新时代乡村振兴面临的新问题。"

"乡村第一书记"群里点赞的人不多，感觉惊异的人也没有。而发表情表达挤眼、怪笑、窃喜、大笑的人倒不少。显然，大伙都以为刚刚到任的白朗是无病呻吟或者故意煽情。因为他就是再能编，也编不出自己亲身经历的生动深刻的一幕。当然也有发愁容、流泪或大哭表情表示同情的。难道人家的开局都很顺利？并没有人遇到类似的问题？白朗不得而知，也无暇探讨。因为他眼前的闹剧还在继续。群主，广东粤北山区某县某村的金霞大姐送他四个字：静观其变。令白朗懊恼消除，定力顿增。

支书姜耀祖那锥子一样的眼神，在村民看来可真厉害！牛兰花同他刚一对视，心里就紧张，加之心急上火，眼前一黑竟然晕倒在白朗脚边。人群顿时一片混乱。

"快救人嘛！"老支书姜建国叫喊道。院子里一时大乱。

幸亏村卫生室的乡村医生姜改改在场，她是市卫校刚刚毕业的见习村医，急忙上前，就地实施紧急抢救。先掐人中，后按压胸腔，直至嘴对嘴地吸痰呼气……年仅二十岁的姜改改，还是第一次在村民前亮相，不愧为村里老赤脚医生的后代。她的敬业与医术令人们信服。她应该说是上牛湾村"90后"的代表人物。白朗看着，心中大为感动，赶忙上前把倒在牛兰花身边的姜战斗抱到椅子上。这位一级战斗英模早已哭得满脸是泪。许多妇女心软，都上来帮忙，流泪的人不少。这时，牛兰花唔的一声慢慢缓过劲来，却又坐在地上啜泣不止，嘴里还嘟嘟囔囔诉说着什么……

姜建国老汉此刻心里头真不是滋味。他真后悔自己接受儿子姜耀祖邀请，来到这里丢人现眼。这饲养院是他多么熟悉亲切的地方，眼下却感到格外陌生。他嘴里噙着烟锅，闭上眼睛，面前呈现出一幕幕过往的景象。听说这院子还没盖成的时候，只是一排溜拴牲口的架子和露天槽头。合作社时牲口合群，他当然不记得了。那时他刚出生不久，以后的印象中最喜欢到槽头边听牛很有节奏吃草的声音，那是他童年记忆中最美妙的音乐。每一张牛嘴，就像一部奇妙的机器，牙齿嚼着草料，发出空灵而铿锵有力的声音，间或打个响鼻，吧唧吧唧舌头。在猴娃娃们眼中，牛的大眼睛就像一汪清水，他们能从其中清楚地看到自己的脸。这令孩子们十分惊奇。在乡村少年的心目中，牛是最可靠的伙伴。他家原先的老黄牛，脑门心上有一撮白毛，他几乎每天都要从家里偷一把豌豆去喂它。农闲放牧的时候，猴娃娃们会勇敢地爬上牛背，望着山那边的景象发呆。姜建国老汉至今还经常在睡梦中听到牛啃青草的声音。哑女她爸，姜万福那时也还是个娃娃，小小年纪就跟着他爹姜大先生给队里喂牲口。姜大先生年轻时曾出外熬过相公，从西安到银川，听说还去过兰州呢，真正是见过大世面的人。听说后来遇上土匪丢了东家的货物，吃了官司无奈才回乡务农的。从姜建国记事那会儿起，姜大先生就生着白胡子白眉毛，村里猴娃娃都叫他神仙老汉。神仙老汉识字多，又会看风水，会给牲口扎针看病。他在同辈中排行老大，村里大人都尊敬他，称他大先生。姜大先生念过县里中学，说话嗓门就像敲钟一样响亮。每逢年节全村上太公崂太公祠堂拜祖时，他老人家就成了公认的主持司仪。他穿上同泥塑像太公一样的古装，拉开嗓门就像唱戏一样。猴娃娃都喜欢学老汉的唱腔。平时老汉把牲口草料添满后，就开始清粪垫土。干活的时候，就开始唱戏，一会儿秦腔，一会儿汉剧，一会儿又是河南梆子。这三种地方戏，都是伏牛山区人们喜欢听的。姜大先生唱戏的样子很帅，雪白胡子就像嘴里泻出的瀑布，哗哗抖个不停，至今历历在目。可惜，大跃进那年，姜大先生上山砍树滚了坡，摔断了腰……入殓后灵堂就设在这饲养院里……他儿子姜万福哭得好恓惶呀。从此姜万福接替他爸成了饲养员，也继承了祠堂拜祖的主持。后来娶妻生子，有了姜枣花，也就是现在的哑女。

老支书的思绪像一只鸟儿飞出好远，又被一阵哭声拉回到现实。他看见牛兰花在哭，身边围着许多妇女，哑女抱着她的身子，也哭得满脸是泪。

"唉，牛兰花这个女人，也真不容易。"

老支书心里同情地说。他不愿意看到女人哭泣，认为无故哭泣不吉利。可是牛兰花和哑女当众哭上几声，也是情理中的事儿。

这牛兰花原本是牛头镇老镇长牛志俊的小女儿，二十世纪七十年代下乡插队到上牛湾村，不久就嫁给了回乡知青、姜战斗的哥哥姜联合。姜联合那时担任村里的团支部书记，牛兰花是先进知青，不久就担任了村妇女主任。两人虽说不是门当户对，但身份平等，自由恋爱，全村人都很羡慕他们的婚姻。可是不知为啥，他们一直没有生育。以后姜联合在南水北调工地发生事故致残瘫痪，牛兰花的命运也急转直下。都说她可能离婚离开上牛湾，可她就是没离开。她可真正是好心命苦的女人，村里人都这么议论。早些年，她伺候公婆和卧病在床的男人。男人和公婆先后去世，如今她年近花甲，反倒照顾起小她好几岁的小叔子姜战斗来。说起来这姜战斗还是老支书的远门侄子，那年被照顾参军入伍，就遇上对越自卫反击战。事后人们都说，他是名字没起好。参战也就够危险了，可是他偏偏担任工兵班长，在战斗中为部队排雷，被地雷炸掉了双臂和一条左腿。家里如今父母双亡，哥哥也于前几年不在了。好在他嫂子牛兰花仁善，身体也还硬朗，二人就相依为命，过成了一家子，被村里定为特困，列为五保户供养。

牛兰花好容易苏醒过来，被人扶着坐起身哭泣一阵后说："俺听说这回救济款早就到了，可是咋等也不见下来，好容易等到公布了名单，却找不到我家姜战斗！听说村上来了第一书记，上级派来的应该是个好人吧，能主持公道的话，我这里就算是跪地上访啦！"说着她干脆就势跪下了。白朗急忙上前搀扶她起来。

　　一听牛兰花说这话，姜武急了，连忙上前挥手打岔说："谁说没有你家战斗的，哪回还少了你家战斗的啦？"

　　"就是没有！听说是你又暗扣了双份，进城洗澡按摩干那见不得人的丑事来！对不对？"

　　"不对！你，你这又是听谁造的谣言呀，简直是造谣污蔑！血口喷人！你说，是谁说的？说不出人来，那就是你自己造的谣言！"姜武急啦，握起拳头就要上去动手打人。

　　"你别管听谁说的，你说有这事没有？"姜建国老汉突然开口质问。

　　姜武一时紧张，竟然无言对答，不停地回头瞅支书姜耀祖。只见支书气恼地咬牙瞪眼喘粗气，随后就像漏了气的皮球，一下软塌了下来。

　　姜建国老汉更是气得脸色苍白！精明老汉再也听不下去了，站起来说了句："我看你们咋收场呀！"便独自拨开人群，拂袖而去。无论咋说，老汉还是正经人。他心正，见不得捣鬼胡来，玩那花花肠子。

　　再说这牛兰花性情耿直，是村里有名的刀子嘴。眼瞅一句话顶得老光棍姜武气都上不来，她正要继续发问，就被姜耀祖红着脸急忙挡住了。显然是怕她继续揭老底，把笨蛋姜武越描越黑，自己也被牵扯进去。

　　就在这时，人群中出现一个中年汉子。他身高一米八左右，立在人群中格外显眼。此人一出现，人群顿时安静下来。在众目睽睽之下，这汉子慢慢地拨开人群上前问道："兰花嫂，你说，是谁通知你来这儿闹事的？"

　　"不是说了嘛，就是他，花和尚姜武亲自上门通知我的呀，还说一定要背起战斗兄弟来，说见了那第一书记白朗，最好又哭又闹，不然钱和粮就没处要啦！"

　　人群发出一阵不满的嘘声，甚至是愤怒的议论。姜武气急败坏，张口结舌，满脸通红强辩道："你，我可没说后边这话，是你牛寡妇胡说来！"

　　"你叫老娘啥？你婆才是寡妇！我胡说来，苍天在上，太公爷在东山崂上，当着全村老少爷们儿的面，咱赌咒发誓咋相？你老小子敢吗？"

　　"赌就赌，谁怕谁！"

　　"好，指天发誓！咱谁个要是胡说半句，就让龙抓雷击刀劈斧砍，祖宗八辈碎尸万段，扬骨鞭尸，后代辈辈不得安生……"

　　"好了好了好了……"姜耀祖慌忙阻止。

姜武还想说话，"行了！"却被姜耀祖急忙推到了一边。

"晓得啦，兰花嫂，大家也都听清楚了。今天这场闹戏，到底是谁导谁演的，不用再争辩啦。"

这位是谁呢？白朗心中狐疑，刚想问老赵，却见那汉子早已恭恭敬敬地来到自己面前，深深鞠一个躬，说："尊敬的白朗书记，我叫刘秦岭，原先当过六年兵，也算是复员军人……"

他话还没说完，就听姜耀祖上前一步拦在中间，大声道："刘秀才，谁通知你来的？嘴尖毛长的，你想干啥？"

"这还用谁通知，我就是上牛湾村一分子嘛，祖祖辈辈在村里住着，听说咱第一书记来了，我就过来看看，不料正遇上你们演戏。我再说一遍，我叫刘秦岭，不是什么刘秀才，那是你姜支书抬举我，亲自给我起的外号。实话实说，我是中共党员，前些年在部队入的党，以后转业在省城创业，自从大前年回来建设家乡也快四年了，刚好就是你姜耀祖上来当支书这几年。我好像也没正经接到通知参加过一次党的组织生活会，党费也没人收没处交纳。可我每个月都攒着，我今天也带来了，看来我是找到组织了！"

那刘秦岭说着，不慌不忙地从衣兜里掏出五张一百元的人民币。"我在此带头交纳党费啦！"人群中有人鼓起掌来。白朗这才注意到，他身边还站着几个青年。刘秦岭指着他们一一介绍道："白书记，这几位都是咱们村的复员军人，也都是共产党员。这位是姜喜才，当过陆军班长。梁大海、高云峰，特种兵。李大顺，坦克兵。王小五，通信兵。眼下他们都是我们绿叶公司的骨干，我们一起向您集体补交党费了。"

刘秦岭把五百元钱直接递到白朗面前，几个人也都掏出钱来。白朗一时不知如何是好。他心中倒是对这几位豪气满满的复员军人特别喜欢。虽然感到刘秦岭说话做事有些咄咄逼人，但又看到了他的凛然正气。这股正气难得，也许可以成为匡正村风和党风的一股正能量。农村中要推动工作，太需要各种积极力量了。

见白朗沉默着，姜耀祖努力笑着反唇相讥道："白书记，你别听刘秀才胡嚷嚷，他就是对村里有意见，有名的上访专业户嘛！他成年在外做生意只顾自己发家致富，开会通知他，他也不参加，到头来还尽是他的道理！"

"哈哈哈哈……"刘秦岭冷声大笑。随即把那五百元钱直接塞到姜战斗的上衣口袋里,说:"战斗兄弟,这是你这个月的生活费,是战友我掏的腰包,不是村里的救济款。你那份救济款,权当是叫狗叼跑啦!就是这话!"

其余那五位,也把手中的钱装到了姜战斗衣兜里。

姜战斗不说话,圆瞪起惊异的双眼,看看支书姜耀祖,又瞅瞅战友刘秦岭,一时不知如何是好。

牛兰花见状,兴奋地说:"战斗,你就不要客气,战友们的辛苦钱,咱们收下。"

当着全村男女老少,姜战斗努力表现坚强,但是他没有做到。他心中突然涌起一阵无法抑制的酸楚,突然想起战场上牺牲的战友和过世的母亲,想起那些在弥留之际嘴里还一直喊着妈妈的年轻的战士,想起白发苍苍瘦小却格外坚强的伟大母亲……她老人家,身患多种疾病,原本需要别人照顾,却又不得不起早贪黑照顾自己严重伤残的儿子……他本来是要进荣军疗养院的,可是母亲说什么也不让他去……想到这里,辛酸愧疚的泪水,不由自主地涌出了眼眶。他是1961年生人,正值人生壮年的汉子,一个一米七八高的小伙子,却在活蹦乱跳的年纪,突然之间失去双臂和一条腿,那是什么情形?就像一座山猛然被倒立起来,他感到天旋地转,乾坤失去平衡,怎么也接受不了。那种天塌地陷的感觉,又从内心和精神上把他打倒了一次。他心理的创伤之痛远远超过了肉体的残缺之恙。每逢看到母亲和全家人为自己操劳犯愁,他的心像刀割一样痛苦难耐。要不是那场正义却无情的残酷战争……部队服役期满复员回村的他,何须别人救济照顾怜悯犯愁?说心里话,他此刻感到后悔懊丧的,就是自己没有死在战场上。像所有血气方刚的年轻人一样,原本也自信敏感,甚至争强好胜的姜战斗常常这么想。这是他终生的痛!就拿负责排雷的工兵营来讲,那么多战友倒下,阵亡了,而失去双臂和一条腿的自己,却偏偏还残留一口气!姜战斗,你还活着,痛苦屈辱地活着,没有像许多战友们那样,光荣献身成为烈士,让父母和全家享受烈属待遇,恰恰相反,成了年迈的父母亲、全家,甚至全村的沉重负担……姜战斗想到这里,突然就像儿童一样一下子感情失控,当众啜泣起来,瘦小的身体剧烈地抽搐。这真是可悲的一幕:英雄流血又流泪!作为全军表彰的一级战斗英模,人们面前的这位战斗英雄,他身体虽然站立不起,可他的内心世界同样是丰富的,充满了自尊自爱和维护独立人格的需求……他仍然是一个思想健全的男人,一个理想并没有泯灭和七情六欲正常的男人。他的精神世界里仍然有丰富的欲望和梦想。不管别人怎么看待，他仍然是伏牛山的水土与文脉养育的一条汉子，作为一个人，他的内心同样要为自己寻找一个生存下去的理由呀！

面对痛苦不堪的姜战斗，面对如此复杂的现实局面，白朗一时不知如何是好。他似乎只能选择沉默，心绪格外杂乱。他感到自己在这一天中所经历的，简直胜过参加工作十年。但是他不得不慎重处理好眼前的矛盾与争端，这是摆在自己面前的一道高坎深沟，你必须纵身迈过去，不然，这个村子就不会接受你的到来。时间不容他深思熟虑，必须当机立断、见机行事。

"对了，今天暂时不说具体的工作问题。"白朗想，刘秦岭弄得有些过分，话也听着有点过火，就像有意要把对方激怒，把一堆干柴点着。在这种情况之下，本能告诉白朗，得有意回避一下。于是，他上前扶起跪地的兰花嫂子，把她让到老赵搬过来的木圈椅上。

"老人家您话说完了没有？"

"说完了！"

牛兰花气消了，她明显是害怕人家说她和刘秦岭站在一道反对姜支书。毕竟刘秦岭是外姓人嘛，尽管他也没少接济和照顾姜战斗。

于是，刚才还显得麻糜不分的牛兰花，竟然对一旁站着的姜耀祖小声说："姜支书，这事，我不埋怨你。我相信你办事公道。可是我家战斗这一季的救命钱上哪儿去了？老支书从前可从来没少过呀，到你手上咋就不是少就是没啦！我看这都怪你不该用那不靠谱的姜武办事！"老太太说着满肚子火气居然又拐了回来！

就在这时，刘秦岭说："上牛湾村第一书记白朗同志，今天你已经正式上任了！咱上牛湾村民有了盼头。当着全村人的面，你姜支书也在场，我就明人不做暗事。我们联合五条光棍汉承包一条荒山沟美化绿化，大半个村子的人辛辛苦苦干了整四年，眼瞅着栽的树、种的花草、开发出的牛尾河沟生态观光园就要对外开放，自然生态有了很大改善，经济上也才开始有了一点收益。支书姜耀祖就以招商引资的名义，自作主张，同人家城里的个体老板，什么金鑫集团私订合同，还要大兴土木，建什么豪华别墅群，搞什么避暑山庄！姜支书，你老实说，有这事没有？白书记，你可得为我们做主呀！"

人群里突然又站起几个男女村民，随着刘秦岭一起鸣冤叫屈，院子里就再起一片混乱呼叫。

众人再看，支书姜耀祖那张刀条子脸一下就红到了脖根上，随即又变得没有一点血色。他最担心害怕出现的场面，还是出现了。眼见全村人都用不满的眼光盯着自己，姜耀祖一下恼羞成怒，大声喝道："我咋知道！你问我，我问谁去！如今来了救星白书记，我也得听人家的！你们知道不知道！"

白朗听他话味儿不对，显然是含糊其词想把矛头引到自己身上而蒙混过关……他刚这么一想，就听人群中又是一阵骚动。"哎，让开让开，大伙让开让开。"

人群很快让出一条通道，白朗顺着那人巷子看去，就见门口的人群里传来小孩子的哭声。随即一个瘦骨嶙峋的瘸腿男人领着三个孩子走了进来。人们的眼睛一下就都盯在那三个衣衫不整的孩子身上。白朗见那大些的是个女孩，约八九岁年纪，一脸大人的严肃表情。她右手抱着个一岁左右的小男孩，左手拖个三四岁的大男孩。带他们进来那个干瘦男人，看着年纪四十上下，面有饥色，一双大眼睛却格外有神。他的左腿显然是小时候得小儿麻痹留下的后遗症。

"白书记，我叫姜贵，是咱村里小学教师兼临时负责人。"

大伙都嗤嗤地笑。小光棍姜光照坏笑着说："上牛湾小学姜大校长到。"

"你们不要笑话我！笑话啥哩，知道你们心里头就不尊重知识、不尊重人才嘛！"众人又是一阵哄笑。

老实巴交的姜贵不再理睬他们的态度，接着向新来的第一书记说明情况："实话说，学生和家长们都叫我姜校长。其实也没谁给我任命过。说白了我原先就是个学校看大门敲钟的。那时学校在湾下，两长排一砖到底的大瓦房，修得排场。那是老支书的功劳，周围八大村的娃们都到咱上牛湾小学念书。因为咱们是中心小学，光公办教师就有十二三个。可后来被源头水库淹了，学校也就完了。如今教师都调走了，校舍淹没了，学生也散伙了。村里的娃娃没处上学，只好在我家里凑合。当然条件同从前没法比。就说眼前这三个娃子，姜巧玲和她的两个弟弟，大蛋二蛋……她爸大伙都知道，前年外出打工出了事故，人殁了。她妈急得得了精神病，家务活全靠她。她来上学，只得让她带着两个弟弟。类似这样的情况，还有好几家。这么一来，咱这学校又像是个托儿所啦。我实在没有办法，希望村里关心一下咱们的下一代，把学校办得像从前一样，那该多好！我代表娃娃们求你们当干部的啦！"

　　姜贵说到激动处，竟然扑通跪在白朗面前，那三个可怜的孩子也随之跪下。白朗急忙俯身把他们一一扶起，但他们又依次重新跪下去。这完全没人想到的举动，令全场的人都呆愣了。上牛湾人从前每年都到太公庙里拜祖宗，下跪是每个人从小到大的一种习惯大礼。久而久之，也成了尊重人和求人的一种习惯。可白朗对此很难接受，他急忙再度俯下身扶姜贵起来。

　　不料姜耀祖对此却反应强烈："姜贵，你这是弄啥？有啥话好好讲嘛，搞这一套干啥？"

　　姜贵跪在那里，歪着头，一副呆若木鸡的样子。见他毫无反应，众人都感到纳闷。此刻姜武上前一步，照着姜贵脑袋不轻不重地就是一巴掌。姜贵这才清醒过来，人们议论纷纷。姜贵继续唠叨说："人家各村都是说，再苦也不能苦孩子。咱们上牛湾学校，从前多好的一所学校，如今却成了没教室、没教师、没学生的三无学校。"

　　姜贵说着竟然呜呜地哭了起来。白朗心想，这个姜贵，简直就是村里的武训，几乎到了行乞办学的地步，精神可嘉呀！

　　"姜贵，你说说清楚，啥叫三无学校！"支书姜耀祖明知故问。

　　"你没听人家说嘛！"老赵说，"没教室，没教师，没学生嘛！"

　　人群里顿时又起了一阵议论。

　　"既然已经'三无'，还办它做啥，干脆关门算了。"

　　"你说得轻巧，知道你娃到镇上念书了！那没办法到镇里上学的咋办？"

　　于是看热闹的人们，彼此之间开始出现激烈争论。

　　日落之后，天很快黑了。多亏老赵在院子里点起一盏马灯。大伙儿吵吵闹闹，就是不愿离开。闹剧一直演到夜里十一二点钟。等到白朗和老赵送走了所有的人，已经是凌晨一点多钟。当屋里只剩下老赵和白朗的时候，院子里突然静得可怕。二人肚子饿得咕咕直叫，才记起自己还没吃饭。好多年啦，白朗都没有过这样的饥饿感觉。这是上牛湾村给他的见面礼，别致而又令人难忘。好在有老赵做饭。转眼工夫，老赵煮好一碗挂面，还给里面点了小磨香油，打了两个荷包蛋，又调了村民酿制的金钩豆瓣酱和柿皮香醋。碗还没递到他手里，一股香气便迎面袭来。白朗顿觉肚子咕咕叫得更欢。他也顾不得客气，接过碗便大口吃起来。

　　吃到一半，白朗突然记起老赵开始说过要做什么"锅出溜"，便问是咋回事。

老赵笑着说："'锅出溜'是当地人喜欢吃的面食。把面糊嘟发酵摊成煎饼，烙个七八成熟，再切碎出溜到开水锅里。可以配上青菜，调上调料，关键是点上香油。"白朗直流口水，赶紧吃一口面条说："不过你这碗挂面也够水平。在印象之中，还从来没吃过一顿这样好吃的挂面。"

老赵笑着说："吃了锅出溜，你就不会这么说啦。"

白朗在当天的日记，也是微信里写道："8月18日晴（已经是19日了），时间已过午夜，同屋住的县文联驻村干部赵志远亲自煮的挂面，还调了当地有名的金钩豆瓣酱和柿皮香醋，点了小磨香油，吃着可真香呀。这是自己担任村官进村第一餐，再加开始那一幕意想不到的漫长前奏，那味道可是五味俱全，终生难忘。放下饭碗，新的一天早已来临，急忙拨陈璐的电话，可是没有信号，看来此处只能发微信而打不成越洋电话……陈璐眼下正在美国旧金山斯坦福大学商学院就读博士，不知为什么，此时此刻，特别思念亲爱的女友璐璐……"为了寻找信号，他和老赵摸黑爬上高高的太公峁，才勉强拨通了电话。

不料，竟然还有夜游神在上网。白朗饿饭的遭遇和特殊消夜的美妙感觉以及思念恋人的心思，引起人们的同情与赞叹。哈哈，这令他大为意外。

他们这个群，名为"乡村第一书记"，是之前在中组部举办的全国乡村第一书记培训班上建立的。群主金霞，系广东省的一位乡村第一书记。她南人北相，女身男貌，性情直爽开朗，为人热情豪放且幽默风趣，具有很强的感染力和凝聚力。她不光自告奋勇担任"乡村第一书记"群主，而且还为自己起了个响当当的网名"女汉子"。看到白朗的微信，"女汉子"金霞也发了一则微信，说自己下去的地方属于粤北山区，说自己顺利安顿下来后，正在学习《人民日报》的一篇重要社论……感到她的工作环境似乎很理想，开头也很顺利。她说自己进村当日的体会是：群众欢迎，各自感到充实愉快。这叫白朗心中不胜羡慕。看着人家的微信和诸多点评跟帖内容，他也感觉增添了信心。人是需要互相勉励的，特别是在困难面前，描绘出希望的曙色，往往会增强信心。这绝不是画饼充饥，其实画饼有时也还真能充饥哩。

第三章

　　上牛湾村，地处三省交界处。如果说，绵延千里的秦岭山脉是东西走向的一条腾跃九州岛、分割南北大地的豪壮威武的七彩巨龙，那么地处龙尾末梢处的伏牛山地，就是一头连接着秦岭龙脉、横卧南北的神秘青牛。由县城经牛头镇到上牛湾村的路上，白朗面对地图，俯视那牛脊梁、牛筋骨和腱子肉一般的山脊原峁，不禁产生神奇浪漫的想象。

　　白朗进村第二天，就请老赵到镇图书馆借来《颍川县志》一套，早晚认真研读。这是他的职业习惯，每到一地调研，首先翻阅县志。只是看来看去，也没弄明白"伏牛山"这个地名，到底何时由何人所起。在白朗看来，这个地名好就好在十分具有文学意味，充满诗情画意。油灯下静夜之中，他掩卷闭目，眼前就浮现出一头青牛伏卧在秦岭大山脚下的浩渺碧波旁。"伏牛山"这个形象生动的地名，实在是恰如其分。如此推理，上牛湾村大约就是那牛犄角尖儿上小不点的一颗胎痣。省市级的地图上不可能找到它的名字，只有在县级放大地图上面，才可以隐约见到它的存在踪影。好在县志"名村篇"中有一节专门讲述上牛湾村历史故事。言该村是"村贫民贵"，村民是"安于清贫"。还说村中太公祠堂内有幅"耕夫图"，配有一副对联"清贫何堪虑，牛背好读书"。好读书又不求功名，故村里世代没人做官。还说"姜姓乃太公后裔"云云。白朗感到稀奇的是姜姓祖上何以在此立村。他已经跑遍了全村每一块土地，越跑眉头皱得越紧，心里越发感到疑惑不解。上牛湾村可真是牛角尖尖呀！它土地瘠薄，大多数地面裸露着岩石，很少有一片平坦肥沃的大块耕地。但它又地势高峻险要，可以登高远眺，看得见一望无际的青山绿水、周围八大村落和城镇田野，一切的轮廓。据说只要面对它，每位风水先生都会击掌叫好：难得一块风水宝地、安乐福地，云云。白朗阅读县志，同时回忆一路进村的所见所闻，想到自己从此就像杂技演员一样，要在这牛犄角上铤而走险干一番事业……真是不可细想，却又想象得出神入化。

都说它是一片安乐福地，可是县志记载和人们的记忆一样，上牛湾总是处于穷困落后状态。村民读书，不为做官。因此明清以下，连个秀才举人以至贡生都不曾产生。甚至连上牛湾的财主，也没有人家紧邻的下牛湾和对面山的牛脊梁排场富有。数百年间，这个村子没有出过任何文人名士和值得一提的达官贵人。但是，这并不能说明上牛湾风水不好。另一方面，上牛湾的村风平和、人丁兴旺这也是事实。眼前这么贫瘠的土地，历史上记载的几次伏牛山大面积大灾荒，比如六十年代的困难时期，上牛湾没有人外出逃荒要饭，也没有饿死一个人，反倒救济过周围各村不少灾民。上牛湾从此总被人们高看仰视，这正应了"平安是福、健康是富"的俚语箴言。当时各村都愿意把闺女嫁到上牛湾。当地流传一首歌谣："上牛湾下牛湾，好女愿攀牛犄尖。不为福贵不贪财，只求嫁个贤郎官。"白朗读到这首时间不详的老民谣，真是感慨万端。他反复读了几遍，还特意把这首早已经过时的民谣全文抄录到笔记本上，他要让今天的上牛湾人都看看，好齐心协力重振雄风，找回昨日的荣耀自信。

从何时开始，那首民谣失传？大约从二十世纪七十年代开始吧，再没有人愿意把女儿嫁到上牛湾来了，上牛湾开始有了光棍。慢慢地又有了一首民谣："上牛湾好恓惶，只嫁女来不娶娘，村里光棍打光棍，上门女婿多姓姜。"

不过上牛湾仍然不失为好风水。据《颍川县志》记载，从宋元明清到民国，接连多次大的灾荒和瘟疫来袭伏牛山，都是恰巧绕开上牛湾村而过，也不知是什么原因。这无疑是上牛湾老辈人再穷再苦也舍不得离开这片故土的一个原因。自豪又无法做出科学解释的奇妙现象，渐渐成了上牛湾村老年人神话传说般的自我安慰话题。

在白朗看来，上牛湾最显牛气，也是值得世代自豪的不是别的，而是处在全村制高点的、东山峁古柏树林子旁边的唐代古建太公祠堂。可以说，这里留下了这个村子的族根文脉。祠堂里面供奉着姜姓直系先祖太公姜子牙老祖宗的高牌大位和雕造精妙传神的泥塑彩像。祠堂四面墙壁上的彩画，系统生动地描述记录着姜太公老人家当年隐居陕西秦岭山脚的渭水边上垂钓修行和出山之后以"首席智囊"角色支持文王倾商，辅佐武王伐纣立周，以至简化周礼，尊重当地礼仪治齐繁荣的故事。堪称功德圆满、千古流芳。难怪上牛湾的乡贤文人姜万福总是夸耀说，太公先祖，被誉为中华历史上开山立宗的韬略家、军事家和政治家。不过比起它的名声，这座唐代建筑风格的祠堂，似乎显得有些过于简朴。不光是屋宇建筑显得简陋，连祠堂的宣导宗旨也只有四个字：忠、孝、勤、俭。

"忠孝"和"勤俭"这四个大字，不知何人用斗大的魏碑体工工整整书写在祠堂大厅两侧高大的白粉墙上。字迹雄健遒劲，黑白分明，特别的醒目。除了"文革"期间，这里成了跳"忠字舞"、开批斗会的场地外，祖祖辈辈，姜家乃至全村人，无论男女老少，逢年过节都会聚在这里，跪拜敬祖上香，宣学族规祖训。领诵的姜大先生过世以后，就是他的儿子，哑女她爸姜万福子承父业。如今全村拜祖仪式早已经荒废，偶然来拜的，也只是个人或家庭行为。比如婚嫁仪式，也有到祠堂里举行。偶有村民议事，也多在祠堂聚会。前些年有段时间，姜武和姜耀祖甚至还在祠堂办过舞会，不分昼夜，男男女女搂搂抱抱，搞得乌烟瘴气。后来姜万福向姜怀安和姜建国告状，这才叫停。有人开玩笑说，咱祖宗祠堂成了多功能厅啦，只是拜祖这一桩正事，倒不见了踪影。姜万福地里忙活完了，就整天在祠堂里外守着。看门吆猪，撵鸡打狗，扫地灭鼠，擦拭几案尘灰。到了夏季，干脆就睡在祠堂里面，日夜守护，甚是上心。他老人家最大的心愿，就是有朝一日恢复全村拜祖仪式，让荒废多年的族规祖训能够延续发扬。每有驻村干部或者上面大小领导下村，凡来祠堂转悠的，他总要汇报一番自己的想法。可是往往都被嘻嘻哈哈敷衍过去。他的这个愿望，代表了村里不少老年人的心愿，也曾经得到过老支书姜建国的默认。但是在老支书手上，正处在"一切向钱看"时期，村里的年轻人谁有心思关心这个问题。有本事没本事的，都在一门心思谋算着赚钱发家。所谓的"精神文明建设"，简直就成了一句过时了的空口号。好长一段时间，老支书姜建国连党员会都召集不起来，更不用说开祠堂拜祖先了。看到这种情形，姜万福心痛得逢人就说："唉！人心瞎了，只认得钱，连祖宗都不认咧。"这话老支书姜建国听了只能无可奈何摇头，临了总是安慰一句说："万福呀，啥也不说啦，把祠堂给咱看护好。"

"唉，人心瞎了，只认得钱，连祖宗都不认咧。"姜万福老汉这话，新任支书姜耀祖特别不爱听。有一次，人家姜支书陪同上级重要领导来看祠堂，听了姜万福的唠叨，竟然当着客人领导面说："三叔，你老了，以后不要你操这份闲心。"

老汉被远门侄子当众噎得半晌无话。当天晚上，姜万福躺在祠堂北耳屋炕上，越想越生气，越想越绝望。干脆起身，跪在老祖宗像前说话诉苦："太公在上：上欺祖宗，下负村民，当支书的人，怎么能说出这号羞先人的话呢？没水平，一点点水平都没！啥是闲心？难道说你上台没几天，就以权谋私拿自己手上的权力给自家起楼盖房，这就不是操闲心？哼，建议恢复全村拜祖就成了闲心！姜家门里真出了大怪咧！羞先人哩！当支书哩！老祖宗在上，你老人家总是笑嘻嘻的，你到底是管也不管嘛？"

老祖宗姜太公的彩色泥塑像，在蜡烛光照里还是笑嘻嘻的。

昏昏沉沉一出门，就见哑女惊奇地指着他头发大声吼叫。惊恐之下，姜万福老汉还不知道发生了什么事情。哑女跑回屋里拿出一面镜子，老汉一看，立即惊呆了。他看见自己花白头发一夜之间就像落了一层雪花，完全变白了！

"姜万福老汉听了侄儿姜耀祖一句瞎尻话，一夜就熬煎白了头。"

消息很快在村里传播开来。村里人这么说，姜耀祖当然不承认，他竟然还说老汉精神不正常，甚至还扬言说，老汉再要犯精神病，就送镇上疯人院关起！原本性情开朗的姜万福脸上挂不住，从此失去了笑容。这些都发生在白朗到来之前。

白朗进村不久，几次拜访祠堂，同姜万福有过几次夜间长谈。他发现这个姜万福，虽上学不多，可识字不少，谈吐不凡，表达很有条理，就感到十分惊异。继而又发现老人家视野开阔，看问题很有头脑。他不但精通喂养牲口，而且爱看古书，开口竟能点出一长串子古典名著。后来才知，这是家传。这也是传统乡土中国的一大特色。姜万福的父亲姜大先生没给他留下什么万贯家产，说白了就有一大箱子书。那箱子连书，还是从兰州带回来的。箱子是香樟木的，防虫隔潮，一箱子古代线装书保存完好。有《资治通鉴》《二十四史》《群书治要》《史记》《春秋》，先秦诸子百家经典文章，还有《诗经》《楚辞》和汉赋唐诗、宋词元曲、明清话本，等等，当然也包括人们耳熟能详的"四大名著"，等等。全是珍贵的善本典籍和人物传奇故事。从姜万福记事开始，这书箱子就一直摆在饲养室大先生炕头上。上面永远吊着一把老式的黄铜锁子。到了晚上，夜深人静的时候，大先生洗了手，换上一件干净的衣裳，就从裤腰带上拽出挽着皮绳的钥匙，款款地打开箱子，取出一本蓝皮线装的古书来看。姜万福当时还是个六七岁的猴娃娃。那时他的母亲姜王氏不幸得猛病已经故去，他白天在村小学念书，夜里就随父亲睡在饲养室炕上。无论春夏秋冬，父子俩每晚都在一起。自从殁了女人，原本开朗爱唱戏逗儿子笑的姜大先生突然变得沉默寡言。小万福不敢作声，每晚只是瞪起黑溜溜一双大眼睛望着父亲，乖乖地脱衣睡下。大先生瞄一眼失去母亲的可怜儿子，起初以为万福睡着了，不料他只是眯眼装睡。于是，昏黄油灯下，父亲更衣净手开箱子取书的过程，万福全看在眼里。接下来，就是看书。有时候，大先生就着油灯读到高兴处，竟然会嘿嘿地笑出声来。儿子万福的心里，就更加惊异好奇。那樟木箱子里究竟装着些什么宝贝，能让父亲忘记痛苦？小万福反复地问自己，心中的好奇与日俱增。终于有一天，大先生读书正入迷，一会儿嘿嘿地痴笑，一会儿还嘟嘟囔囔地出声念起来。什么孙悟空、猪八戒、沙和尚，小万福实在忍不住，就兀地坐起身，瞪圆一双大眼睛问："爹，啥书嘛，这好看些？"大先生先是一惊，此后就说："好书，说的都是从前神仙治妖怪的故事，你要好好念书识字，将来好看这书。"万福乖乖地点头，从此更加发奋念书。

　　三年以后，姜大先生开始让儿子万福读那些书了。这是姜万福人生的偏得，也是他在村里与众不同的原因。以后大先生意外过世，独苗儿姜万福自然就成了这一箱子书的主人。不久，他小学毕业回乡务农，不但接替父亲当了饲养员，也接替父亲成了这些书的忠实读者。以后小油灯换成玻璃罩子灯，他凭借一本《康熙字典》，坚持读完了其中所有的书，也就成了村里真正的读书人，同时像他父亲一样，成了村里的义务说书人。姜万福凭着记忆说书的时候，也会加盐加醋，把村里的陈年老事和新人新事巧妙地编排进去，就增加了新鲜感和现实的教化意义。难怪漫长的冬夜里，饲养院正屋的地下炕上，总是挤满了人。大伙听不够笑不够，姜万福成了人们的精神导师。千百年来，乡村的文化，就是这么一代一代传承下来。他父亲大先生在世时，把书箱子视为命根子，大先生走了，书箱子又成了姜万福的命根子。二十世纪六七十年代，他家里穷得几乎揭不开锅，啥都卖光了，可这一箱子书始终完整地保存着。这就是乡村知识分子的信念与追求。如今这一箱子书，就保存在太公祠堂的北耳屋里，那是姜万福睡觉的地方。这故事令白朗十分感动。他想，乡村文化要都有姜万福这样的老人守护，乡村的文脉就在，文化的传承复兴就还有希望。

白朗一进村，兴致勃勃挨门逐户认门认人。可是热脸偏偏碰冷墙，几乎一多半铁将军把门，吃了闭门羹。门开着的，也多是妇女和病老汉碎娃，几乎无法沟通。村子里整天冷冷清清，半天看不见一个人影影，大白天能听得见鸡鸣狗吠猪哼哼。也难怪，全村一百七十六户人家，五百八十九口人，六十七户贫困户。外出打工的占到三分之二还多。也就是说，青壮劳力几乎全都在外打工。五分之四的党员不在村里，难怪从前党员会开不起来。没有人，村里的工作无法开展呀！这是白朗最感头疼的。可是人怎样才能动员回来，人家凭什么回来，回来又能做什么？白朗苦苦思考，一时却找不到答案。但是有一条很明确，就是振兴乡村，首先得把人招呼回来。大伙见了面，才能商量合计如何发展振兴。慢慢地，白朗把目光聚焦到了太公祠堂，想到了姜万福老汉的恢复拜祖的强烈意愿。

经过同姜万福老汉的几次长谈之后，白朗即同先后两任老支书姜怀安、姜建国和村里的老人们商量，后又正式召开村里支部和村委会会议，提出恢复拜祖活动的建议。为了在会上得到更多人的支持，开会那天，他还特意邀请姜怀安、姜建国和几位德高望重的老者列席。他主张按照国家新近确定的几个重要传统节日，再加上春节，恢复村里祠堂拜祖活动，以彰显祖训，凝聚村民人心。

白朗话音刚落，支书姜耀祖就发言表示坚决反对。他说一来怕没人参加，二是害怕这样搞有恢复"四旧"开展封建迷信活动的嫌疑。姜建国当下就把儿子数落一通，说他这是"忘本"。姜万福趁机站起来明确表态坚决支持白朗书记的意见。接着，村里辈分最高、年龄最大的九旬老人姜怀安说了三个字："我看中。"众人一时纷纷表态支持。支书姜耀祖无奈，只得勉强同意，但心里却等着看笑话。他就不相信这个时候外出打工的人谁愿意误工回来弄这闲蛋事情！既然大家会上一致同意恢复拜祖，恰逢中秋节临近，当即决定张罗着试办一次。只是要求内容必须健康向上，不要铺张浪费，要求一切尽量从简。这是白朗最后强调的，他很巧妙地肯定了姜耀祖防止借机开展封建迷信活动的提醒。

"农历八月十五日中秋节，月儿圆，人团圆。上牛湾村按传统习惯，决定恢复祠堂拜祖，希望全体村民务必参加。"消息通过各种方式发布出去了。这能行吗？白朗和老赵还有村主任王石子开始都担心泡汤。因为毕竟中断了好几十年，还能恢复得起来吗？祖宗这个概念，究竟在年青一代的心里还有多高的位置？

族脉的分量到底能有多重？老实讲，几个人谁心里都没底。唯独姜万福老汉信心满满。

　　中秋节这天，一大早姜万福就精神抖擞地特意穿起父亲姜大先生留下的那套据说太公年代流行的周礼盛装，青衣皂靴，鹤发雪髯。哑女帮着父亲盥洗束发装扮起来之后，自己也仔细梳洗打扮一番，还特意穿了一件素净的素蓝上衣。随即父女二人出门上山。人们眼里，七十多岁的白发老翁，一阵轻风飘上山来，众人都惊呆了。这不就是当年的姜大先生转世嘛！村里各家各户听说要开祠堂拜祖宗，外出打工做生意的，甚至学校念书的都纷纷赶回来参加。农历八月十五日，上牛湾村就像过大年一样，老老少少，都穿上新衣服，早早地吃了早饭，几乎是自觉自愿地聚集起来。于是，沉寂多年的太公峁上顿时热闹起来。姜贵的小学校为了配合行动，也放假一天，让碎娃们都参加拜祖活动。刘秦岭的绿叶公司也正式接到了通知，这令他十分兴奋。他亲自带领五条光棍，准确讲是五根台柱子：姜喜才、梁大海、高云峰、李大顺和王小五，还有常年在绿叶公司打工的村民早早地就上了太公峁，站在祠堂门外广场上等待。老支书姜建国陪着九十多岁的姜怀安也早早来了。姜老是解放初期的村支书，合作化时期的老村干，做事公道，清正廉明，在村里威信很高。老人家腰腿疼行动不便，出门走动必须有人搀扶着或者坐上轮椅。他已经好多年不出家门，更不用说参加什么集体活动。因此见了他老人家，人们都十分稀罕。特别是那些熟悉他的老年人，就都围着他老人家稀罕地问候。这热烈祥和的气氛，就像一个和睦的大家庭成员久别团圆，人们都十分亲热，也都很感动。老支书的重孙女姜珍珍，漂亮的大学生也特意赶回来了。她孝顺地为曾祖父推着轮椅，跟在父母身后。她穿的裤子，一条膝盖和裤腿破了洞的牛仔裤，很快就引起老奶奶们的议论。说是女娃子穿着露肉的裤子也不嫌丢人！小姑娘的脸一下子就红了。心想村里老奶奶真可怜，人家这是"做破"时尚，你们懂不懂嘛！生性倔强的珍珍当下就想着，自己毕业后要回来创业，改变家乡落后面貌。

　　"六叔，你老九十几了呀，耳不聋眼不花的，精神怎还这么好？"

　　"九十四了，托老太公的福呀！哈哈哈……"老人笑着用手比画着说，"精神头儿好着哩！"依然声如洪钟。

　　众人哈哈大笑。他老人家又说："上坡不要人抬，可是走下坡路，谁也挡不住呀！"

　　见老支书仍不失当年的幽默风趣，老伙计们又是一阵欢笑。年轻人和戴着红领巾的小学生见状，都好奇地围上来瞪起眼睛看稀罕。姜怀安老汉还像从前一样，一年四季身上总是披着一件黑色的挽着纽疙瘩的对襟农民装。酷暑烈日下，他头上戴着遮阳的草帽，内里是白府绸衫子，下身是黑化纤裤子。大孙子姜晓峰和贤惠的孙子媳妇云歌一面一个搀扶着，他就像电影明星一样，被人们围在中间。老人家这回令人意外地出面，显然是一种表态，人们对于恢复全村拜祖看得意义更加重要。

　　村里人对于恢复全村拜祖这事，竟然没有二话。这完全出乎姜耀祖的预料。金钱万能，人心早散了。他之所以勉强同意白朗的提议，原本就是想看他的笑话，不料想白朗这小子竟然还能一呼百应！看到这情形，就像又下错了一着棋，姜耀祖心里很不是滋味。但是表面上他还是显得十分积极，当众不停地大声指挥姜武弄这弄那。既然成了，他就要给全村人造成一种印象，就是这恢复拜祖是他姜耀祖的主意，也是他竭力促成的，是他的一项政绩。

　　姜怀安老人到来，白朗书记在一旁看着，心里真是高兴。他对身边的姜建国老汉说："咱们村这可真正是四世同堂呀！"

　　姜建国老汉很认真地点头，说："其实是五世同堂，你瞧，姜贵连小学生娃们都带来了。"

　　"从前连党员会都开不起来了，一说拜祖宗，没想到……""对呀，"老支书感慨地说，"一听说拜祖，连县城省城京城里打工上学的都回来了。"

　　白朗说："对呀，这说明人心还是热的，祖宗还是亲的。"

　　"对呀，也并不是一心向钱看嘛！"

　　人们发现老支书姜建国瞪着的眼睛，又细眯成了两条缝儿。这是他遇到喜事的典型表情。

　　白朗说："这说明无论世事咋变，人们精神上总还是有片高地净土，那是留给祖宗神明的，还是看重族脉亲情。"

　　"我瞅着党员也回来不少。"

　　白朗听出老支书是故意提醒自己，便说："拜祖仪式一完，我想就召开党员大会，正式恢复党组织生活。正好你老人家和怀安老也都在。我这就让耀祖通知人。"

　　中秋节这天，上牛湾村全体男性村民，五世同堂聚集在太公祠堂里寻根拜祖，接续流传了几百上千年，又中断了几十年的老规矩。人们在回顾着自己的来路，人们面对先祖塑像接续多年来淡化疏远了的族脉亲情，人们在重温那早已遗忘了的村规祖训，期盼远去多时的好传统尽快恢复。

现场气氛十分凝重。说来也怪，并不曾彩排，也没宣布什么纪律要求，这些散漫惯了的农民，突然之间变得高度自觉，很有规矩。人们自动按照宣读的族谱名单，严格辈分长幼，依次分立成阵。人们面对姜太公的泥塑像，就像是面对祖先真人，感恩里不无畏惧与拘束。每个人都双手下垂，表情庄严，没有往日的散漫，更无人随意喧哗，好像有一只无形的手，牵着大伙的注意力。人群的前面，摆放了四把太师椅子。两代老支书，姜怀安和姜建国，还有两位辈分较高的老者，被请到前面就座。村干部们站在前排。等到长辈坐定，姜万福手里捧着一卷文本，大步走上前去，面对着太公塑像深深地鞠一躬，四位长者起立，随即他声音洪亮地带领大伙儿一句一句开始领诵：上牛湾村姜姓后裔，并全体村民人等，按照村规祖训，拜谒姜太公宣誓仪式肇启，曰：

> 忠以爱国，孝以敬先；
>
> 勤以兴家，俭以孕廉；
>
> 国泰民安，子孝父欢；
>
> 家和邻睦，人贤村安；
>
> 忠孝勤俭，大道至简；
>
> 理明心静，道畅体健；
>
> 德修祥至，善积寿添；
>
> 躬行聚气，承继运宽；
>
> 村规祖训，世代莫忘；
>
> 敬吾先祖，后福恒远。

是年农历八月十五日恭学跪拜

跪拜这个环节，姜耀祖坚决要求去掉，姜怀安说谁敢去掉？他无奈又说党员干部就免了。他老爹瞪他一眼刚要发作，姜怀安老人说，党员干部也是村民，不能例外。

领诵完了，为之"恭学毕"，接下来"跪拜"，全村男子无论长幼，一律按照辈分，挨个儿上前给太公爷磕头许愿。

白朗作为上牛湾一员，理应参拜。在当时环境气氛下，他的心情十分激动。当他跪在姜太公像前，崇敬之情油然而生。心中自语："太公老在上，晚生诚惶诚恐。肩负使命，乡村振兴，始于文化，赖以精神。古圣先贤，万世拜尊。"

人们挨个跪拜，白朗这才注意到，祠堂之内，生动的彩画两边，用工整的颜体书写着的刚才诵读过的祖训。白朗仔细浏览，发现这些不知出自哪朝何人的箴言圣语，由忠字起头，到旺字落脚。圆圆满满，可谓深入浅出，意味深长。"忠孝勤俭"，上牛湾的祖训，可是不同寻常，真可谓大俗大雅之作。这是村民最容易理解和乐于接受的人生信条，更是人们世世代代求之不得的生活理念。这些后来被有些不肖子孙视为"闲蛋"的至理箴言，如今经历了精神钙质缺失倍感空虚痛苦的人们听起来句句入心入脑，倍感亲切深刻。据说上牛湾原先敬拜祖先，只是村里姜姓男子才可进入祠堂。后来外姓村民提出意见，认为像姜子牙太公这样的古代圣贤，不仅是姜姓一家的祖先，更是中华民族的先贤大圣，因此也要求进祠堂敬拜先贤。族里经过老者议事，认为言之有理，最终通过。从此全村恭敬，家训、祖训即成村训民约。每逢年节，数百人诵读，声震空山，蔚为壮观。每逢拜祖，从姜怀安到姜建国，村支书也就相当于是当然族长，他会带领大伙儿，在仙风道骨的姜大先生或姜万福主持下，带头诵读祖训，上香磕拜。那气氛庄严肃穆，感人至深。久而久之，连不识字的村民，都把这些箴言古训背诵得滚瓜烂熟。如今大伙感到，那种庄严虔诚的气氛又开始回来了。

恢复拜祖头一次，末了，第一书记白朗当众总结说："姜氏太公，是我中华民族历史上首屈一指的文武全才，道德文章堪称千古先尊、万世楷模。咱们太公祠堂里的祖宗古训，是优秀传统文化中的精华，更是咱们上牛湾人的精神支柱。文脉传承，古今一理。人要离开了精神的支柱，就没了心劲志气，会直不起腰杆儿的。"众人热烈鼓掌。这算是他在村民中第一次正式亮相。

第四章

次日早起，白朗还像每天一样，照例要在太阳升起之前快速登上太公峁。在那里，他要高声诵读一段老子的《道德经》，或是孔子的《论语》，有时也读《群书治要》《毛泽东选集》。"利民之事，丝发必兴；厉民之事，毫末必去。"白朗十分推崇这句话，抄写在笔记本上，日夜揣度思索。谁读了好书，"乡村第一书记"群里都会互相介绍推介。《习近平谈治国理政》《习近平用典》一时成了大伙阅读热门。白朗每天工作繁忙，拿不出整块时间读书，但是一天不读几页，就像是没吃早饭。喜欢阅读古典名著，这不仅仅因为他爱好历史的缘故，而且是中华文化典籍魅力之所在。读书对人的涵养潜移默化的影响真是不可估量。他开始用风水学家的眼光衡量太公祠堂这座古代建筑的选址和设计布局风格的妙理所在。他逐渐看出了古人的良苦用心。对于整个村子而言，祠堂坐落在东面一座相对独立的山峁上面。攀登整整九百九十九级台阶，就进入一片茂密的柏树林中。那些几搂粗的老柏树每棵树腰里都挂着一个小牌儿，上面注明树龄。这些柏树，多数都是需要保护的树龄数百上千年的古树。它们一棵棵深深植根于山石与泥土相间的干旱苦焦的土地条件之下，历经风霜雨雪、电打雷劈。

白朗从林中穿过，初升的太阳把光芒投下来，空气显得格外清新。他透过阳光，细细观察周围生态，发现不少的生命现象。这些柏树，棵棵历经千年，枝干遒劲，貌似老态龙钟，甚至伤痕斑驳，但却枝繁叶茂，活力四射。树上自由出没的小松鼠和忙碌的啄木鸟就像是林中的童子、卫士，为古老的林中增添了祥和的生机与安宁。树木经历漫长岁月的洗礼，就像一群阅尽沧桑的老神仙，它们个性气质各有不同，列队站立在那里，一棵棵枝干挺拔、气象森然，形成了一种浩然肃穆的独特气场，吸引着阳光的热烈照耀和各种鸣虫飞鸟的环绕歌唱。这无疑是上牛湾安神聚气之地，难怪古人会把太公祠堂建在柏树林子边上。白朗不止一次这么感叹。晨曦里漫步古柏林中，倾听着天籁般的鸟雀歌唱与林涛私语，成为他的一种精神享受。无论工作多么繁忙，昨夜睡得多晚，他都会在黎明时分醒来爬山。在峁上林中漫步，放眼蓝天，深深地呼吸新鲜空气，心情格外轻松愉快，思绪会变得异常活跃。这一刻，许多想了一夜也没有结果的工作中的某个疑难问题，突然之间就会产生灵感，形成令人满意的答案。在柏树林中，他时常又会产生奇思妙想，以至许多大胆创新的思路，都会在这里孕育出来。如此，他感到自己就像一只思想的小鸟儿，在古柏林中，思维会变得空前敏捷，更利于展开创新想象的翅膀。

"林中的生态，是绿色循环世界。那些古老的柏树，又像是活的古生命化石，承载着人类文明进化过程中诸多有趣的秘密信息。"他在日记（微信）里写道。

在太公峁上漫步，白朗感觉自己的思绪变得十分活跃又缜密。来上牛湾村三个多月了，他遍访村民，踏勘深谈，经过深入调查研究，消化吸收，集思广益，他的脑子里开始谋划着既有宏观概念，又能具体到每一户村民的乡村振兴构想。那将应该是一幅在新发展理念指导下的落实到项目的蓝图。创新、协调、绿色、开放、共享，这十个字，就应该是蓝图的主题词。"作为水源水库的源头地区，一切的发展，都必须着眼于生态的恢复和水源的保护。宁可不发展，也不能破坏生态环境。"他想到了县委书记石坚的这句话，感到很受启发。为此，他在苦苦地寻找着牛鼻子。大处着眼，小处着手。他首先考虑的，还是要让各家各户留守在家的村民既不要上山砍树烧火，也不要继续被贫穷与落后困扰，要让大伙有明显的获得感。他在走访中解剖麻雀，首先想着给每家人都办一件实实在在受益的实事。恰在此时，一位实力雄厚的民营企业家帮困行善，提出给上牛湾村每家赠送一辆电动小轿车，解决交通闭塞问题。白朗慎重考虑后，婉言谢绝了。而是建议他协助政府专项投资，先后为村里打了四口深井，彻底改变了村民长期饮用不洁窖水的历史。他认为赠送电动小轿车，也属于不切实际的"输血式""贴金式"的扶贫，表面上很受欢迎，其结果很可能不切实际、容易助长懒惰与贪心，而形不成自身"造血功能"。他总感到某些地方坚持扶贫几十年，有成效但不理想的根本原因正在于此。他苦苦地寻找着上牛湾村脱贫攻坚与全面振兴的突破口。要想点石成金，要害是找到激活内在动力的关键穴位。那样才能一针见血地调动起农民自身的脱贫致富、改变命运的积极性和主动性。

从生活角度讲，白朗几乎已经适应了这里简朴甚至是艰苦的一切，但是对于村里普遍使用的旱茅厕，他实在无法接受。大夏天的，茅坑臭气熏天，埋汰得不堪入目。原始旱厕就是乡村脏乱差的污染源头所在。他想，处在这样的环境中，人的身心很难健康愉悦。再说一下雨，污物统统又都汇入了大小河流……茅厕不改，环境难以根本改善。恰在此时，媒体上开始提倡"厕所革命"。有热闹的媒体经验报道，但除了搞如同城里一样的水冲式厕所，几乎没有提供任何乡村真正可行的良策。一些地方的"厕所革命"成了厕所外观设计和硬件建设大比拼，进去还是臭气熏天。如果没有水冲洗，你可以把房子盖得很好，但是其中的粪便仍然无法处理，臭气熏天的现状就无法改变。即使有了水冲设施，污水直排也会造成更大的污染。白朗为此绞尽脑汁，就是想不出两全其美的好办法。

一次，在古柏林中，白朗看到了松鼠和鸟儿的粪便，是伴随着落叶与雨雪，很自然地化作了肥沃的腐殖质，构成了特殊的黑色土壤，成为树木花草的有机营养肥料。于是他想到了沼气。白朗和老赵商量，想把院子里的老茅厕，来一次彻底"革命"示范。即建立沼气池，把所有的人畜粪便和有机垃圾统统收入无氧发酵池里，同时旱厕改水厕。沼气可以烧火点灯，再利用沼渣沼液发展种植业，形成小型庭院经济。这样留守老人和妇女就有了活干。既节约不少的花销，又有了持续收益。恰巧到镇上开会，白朗把这个想法同牛头镇新来的镇长，原本学现代生态建筑的呼延龙镇长一汇报，当即得到肯定，并答应资金上给予适当支持。

他和老赵经过外出学习考察，掌握了技术要领，回来就自己动手挖了沼气池，并自己掏钱买来了设备。形成了"人畜粪便——无氧发酵——分离出沼渣沼液用于农业生产"的良性循环的绿色生态厕所，并且还可以依托沼气建大棚，发展庭院循环经济。村里人稀奇地纷纷来到他们的厕所体验。白朗提议在全村开展厕所改造。经两委会研究同意，到县里申请了专项资金，又动员绿叶公司支持每家五百元，再加上镇上的支持，每家只投少量资金，就可以用上绿色循环生态厕所。这件事，从布置到全村普及，只用了不到两个月时间，就像变戏法一样实现了。县上和镇上领导都说白朗书记创造了奇迹，白朗心里明白，是村里的古柏林给自己的启示，是大自然生态系统的启示推动了乡村陋习的改变。

这天早晨，白朗照例独自上山。这几天，正在阅读《道德经》的他，悉心感悟着大自然与人文历史相辅相成、相互映衬融合而产生某种灵性的奇妙现象。

林中的甬道，笔直通向太公祠堂的大门。再往前走，就看见那建造并不宏伟，却格外质朴简约的汉唐风格的建筑，赫然矗立在晨光中。白朗突然觉得有些激动，感觉就要去拜访一位自己敬仰已久的伟大历史人物。

作为名牌大学毕业生，白朗系统地读过历史典籍。特别对商周时期重要军政全才、大谋略家姜太公这个人物，心中十分崇敬，认为他是第一等的理论联系实际的务实先哲，一个既有大学问又有切实治国本领的国公圣贤。作为开天辟地的军事家、中华兵学奠基人，他的《六韬》学说深刻地影响了后世军事理论家和战争实践。在灭商立周、辅佐周朝建设和推行周礼的长期进程中，反复经受了检验。他的治齐业绩，"因其俗，简其礼，通商工之业，便鱼盐之利"，兴业方略和一系列安邦治国主张，都被证明是可操作又深接地气的，可谓天下民智民意的凝聚体现。在当时，他代表了先进的思想，体现了老子《道经》与《德经》中所贯穿始终的实事求是原则。仁者寿，太公享年一百三十九岁，三千多年之后，仍然精神辉耀。大智慧的人才能长寿。姜太公的精神世界和实践业绩，足以体现中华优秀传统文化中的精髓内容。当他这么想着的时候，突然觉得面前这座古典建筑，再也不显简陋，反而呈现出一种返璞归真哲学理念的暗示。

"大道至简，谓之壮观"。白朗仰观赞叹，随即步入这座古老建筑，就有奇妙感觉在心头升起。作为信仰共产主义的无神论者，姜太公在他心里是人而不是神，是伟人而不是神仙。他潜心感受着，那是一种现场的氛围感、庄严的仪式感，一种久违了的因崇敬而产生的崇高精神境界的默契和灵魂对话。难怪那么长时间，他默默站立，望着大堂正中供着的雕造精美的彩色泥塑像潜心膜拜。那智慧慈祥的目光，那淡定飘逸的神采，那从容不迫的姿态，那超然物外的气质……这一刻，那个人们心目中的圣贤大智者仿佛复活了：长髯飘逸、通体透出仙风道骨的三千岁历史老人，令人感觉是那样亲近，又是那样的亲切。如此过了一阵，就像是经历了精神的洗礼与修为入定，白朗仿佛完成了一次思想的穿越……随即就想，敬奉祖先的信仰，可不同于通常的宗教，不是敬神安魂，不是什么民间陋俗甚或迷信，而是精神文化的仪式化的传承。可是这样的传承接续，难道仅仅靠恢复拜祖仪式就可以实现吗？一个族群，一个阶层，要真正寻回正在迅速失去的精神家园，该又是多么的不易呀。在乡村，不是说你老祠堂老庙宇在，敬奉祭拜的场所和仪式还有，你就做到了"继承"。他突然又想起了进村那天令人刻骨铭心的混乱场面……不过，他还是充满信心，当着姜家老祖宗，其实也是所有中国人崇敬的一位圣哲先贤，他就觉得，上牛湾村，无论多么穷困多么复杂，有了现行党的坚强领导和社会主义制度，有了潜移默化中华优秀传统文化的精神滋养，有了忠与孝、勤与俭这内涵丰富的族风祖训的时时醒示，就什么样的问题和矛盾都能克服解决。

　　奇怪，这天他破天荒没有见到驻守祠堂的姜万福老人。但见北耳屋的门虚掩着，小土炉上的水壶还咝咝地冒着热气，显然是人没走远。

　　乡村第一书记白朗，这位年轻的共产党员，一大早在这标志着一个乡村文化传承根脉的特殊场所，想了许多许多。当他面对复杂的局面和各种困难困惑也开始犯愁的时刻，人文历史的根脉还有中国革命艰苦卓绝的历史，使他增强了信心。

　　等到他沉思着走出太公祠堂大门的时候，却见门外黑压压地不知啥时聚了一大圈人。他一眼就看见姜万福老汉也在其中。大伙静悄悄的，个个都抬头望着白朗。他起初吃了一惊，但仔细一看，他就明白了，眼前大多都是刚进村那天到饲养院看热闹的，也是他走访次数最多的农户朋友。三个多月后，彼此都已经十分熟悉。大伙儿精神面貌明显好了许多。也有没见过面的，眼下沐着阳光，每张脸都是笑嘻嘻的，眼神里充满友好与感激之情。此时，他听到有人低声问候："白书记早上好呀？"

　　人群里顿时发出一片压低了的好、好、好的问好之声。一个"好"字，包含了关切与美好祝愿。这是眼下村民平日见面的礼貌用语。从前可不是这样，从前迟早见了，彼此都会问"吃了吗"或是"吃了啥"，这也是时代的变迁，是改革开放的成果体现，表明人们普遍的第一渴求，已经不再是吃饱肚子。有一个衣着朴素整洁身材苗条的年轻姑娘，白朗认出她是哑女，姜万福的女儿。哑女，哑女，全村人都不记得她的名字姜枣花。她在人群里站着，头发乌黑锃亮，眼睛格外有神。此刻她见了白朗，抿了嘴笑眯眯地走上前，把手伸进自己的怀里，小心地掏出一个纸包儿，当众打开来。原来是几个霜白的柿饼。众人都嘿嘿地笑。只见她把柿饼捧着往白朗怀里一塞，满脸通红地扭身就跑。众人又是一阵哄笑。有人笑着说："这哑妹子给白书记送柿饼咋还害羞啦！"

众人嘿嘿嘿地笑。姑娘停下来，扭头一顿脚一瞪眼，生气地跑下太公峁去了。姜万福焦急地说："这女子脾气真大，谁又没说你啥。是我叫她给白书记拿几个柿饼尝尝嘛。"

"她叫什么名字？"白朗关切地问大伙儿。

"她叫姜枣花，是个哑巴。姜万福的闺女。她妈前年得猛病殁了。哑女一心陪伴她爸，都快四十了，还没嫁人。"

小光棍姜光照抢着说。他胡子拉碴，满脸尘灰，显然好几天没洗过脸。白朗认出他了，就是那天跟着姜武要媳妇那个小光棍。"姜万福是你叫的？就你嘴尖毛长！"有人狠狠地训他说。接着就有人在他头上拍了一巴掌。姜光照脖子一缩伸出大舌头傻傻地笑。众人也跟着嘿嘿地笑。

白朗一怔，他认出拍打小光棍的是刘秦岭总经理。自从慷慨支持全村改厕，相互感觉已经成了知己。今天是双休日，刘秦岭大清早出屋门，隔着院墙望见白书记登太公峁哩，于是，他就叫了姜喜才、梁大海、高云峰、李大顺和王小五几个，还有村里常年在绿叶公司承包搞绿化的劳力一同上山。不料他们的举动却被村西头的人们看见，杂姓的村民和困难人家互相都悄悄叫着也来了。他们都是落实了救济粮款和扶贫资金的人家，如今又用上了生态厕所，点灯不用油，烧火不用柴和煤，蔬菜鸡蛋也不缺，更不要购买化肥农药……真是感激不尽。大伙儿不约而同，就是来看看白书记的。白朗发现这是村里人的规矩，他们往往也不说什么，只是站着，远远地瞅着你，面带感激的微笑。

见白书记感到惊异，刘秦岭又说："白书记，我们诚恳邀请你抽空到我们牛尾河沟看看，我们绿叶公司和村里的一部分劳力，四年没外雇一个工人，就靠自己的一双手，把一条几乎是废弃的害沟荒沟，如今治理得像模像样啦！无论如何得请第一书记亲眼看看，替我们拿个主意，看下一步该如何深度开发。"

"好啊！"白朗愉快地说，"我一定尽快去看，咱们好好合计一下。我一来，就听人介绍啦，你们为全村办了一件大好事！现在村里正搞总体发展规划，牛尾河沟也是重要一部分。"刘秦岭听得感动，带头鼓掌，他身后的五条汉子很响地鼓掌，人群里顿时响起一片掌声。

随即，刘秦岭紧紧握住白朗的双手，一时激动得不知该说什么。姜喜才、梁大海、高云峰、李大顺和王小五几个都像刘秦岭一样，挨个儿过来同白朗见面握手，刘秦岭再次一一介绍他们，特别强调说他们都是党员。

白朗眼看这几位身强力壮、满脸正气的复员军人，个个三十岁上下，精干强健，就打心眼里喜欢。便问："你们都是哪年入的党？"

几个人一一回答。

白朗问："你们立志要建设家乡吗？不会中途离开吧？"

姜喜才说："对，白书记你真有眼力，我们都是军人，复员后都先后在城里打工，生活也能过得去。但是我们看到家乡的落后现状，又赶上十八大后习总书记发出精准扶贫的伟大号召，我们刘总发起成立绿叶公司承包荒山荒沟，我们就积极投靠啦。"其他几位都说"就是的，就是的"。

"唉，不能说投靠，咱们是股份制企业，他们五位都是平等的出资合伙人。"刘秦岭纠正道，趁机又说，"目前我们最大的困难就是发展方向和盈利模式还不够明确，没想到在这个节骨眼儿上，竟然还有人想趁火打劫，真是阎王爷不嫌鬼瘦！"

众人听得哄堂大笑。白朗一时还不好表态，就把话岔开说："放心，你们已经克服困难迈出了坚实的第一步。十八大后，中央提出五大发展理念，创新、协调、绿色、开放、共享！我看你们的事业完全符合新理念。只要理念正确，又符合当地实际和具体的产业政策，正确的发展的路子一定能找到。"

刘秦岭又一次带头鼓掌。在白朗的印象中，家乡的农民是不兴鼓掌的，他们认为鼓掌是干部和公家人的事。看来新时期的农民也跟城里职工干部一样了。进而又想，再不用有人暗中组织，而是村民自发地相约来看自己，这说明了什么？说明你开始有了吸引力。这应该说就是一种信任，更多的是殷切期望！看来，今天的上牛湾人太盼望有个好带头人啦！自己经过三个多月的努力，人们开始认可了，这是群众的鼓励，应当继续加倍努力。

谁也没留神，太公峁上的人越聚越多。村里治保主任姜武发现后，急忙把这个奇怪的反常现象报告给支书姜耀祖。姜耀祖如临大敌，出门观察一通，还是断不明原因，又不好亲自出面了解，照例急派姜武出马尽快弄明情况。他最担心的是害怕刘秦岭煽动挑拨村民闹事。这个家伙真是防不胜防！白朗进村那天饲养院狭路相逢，弄得他当众丢丑，结果窝火了好几个月，至今都还没缓过劲儿来。事后到了村部红船上，姜耀祖把姜武指着鼻子臭骂一顿，叮嘱他以后要更加谨慎从事。临了姜耀祖还语重心长说："姜武兄弟呀，你可是要睁大眼睛看清楚，今后咱上牛湾可不像从前啦。如今，人家派来了村里第一书记，你看那刘秦岭，趁机捣乱，要多张狂有多张狂。再说那姓白的不阴不阳，我看他们很可能臭味相投。如果真是那样，事情可就更加复杂。那就不仅仅是牛尾河沟的开发矛盾，还得有更大的争斗较量，就是未来谁掌实权，甚至谁当支书的权力争夺。"

姜武听得顿时眼睛圆瞪，嘴里一个劲嘟囔："反了！我看谁敢，我看他谁敢！"

姜耀祖又说："浑球！你说不敢，人家就不敢？"

姜武傻了眼，一对牛眼睛直愣愣地望着姜耀祖，想判断是不是支书在故意吓唬自己？他还真没看出问题有这么严重。

姜耀祖急了，厉声喝道："还愣着干啥，快去了解情况嘛！"姜武答应着一路小跑上山，一边跑，一边还反复问自己："问题真有那么严重吗？姜支书他大惊小怪！"

此刻，秋天的太阳越过柏树林的树梢，欢快地跃起老高。阳光照耀着太公峁上黑压压的人群，大伙谈得投缘，可谓群情激奋。白朗望着人群，心中十分感动。这就是最基本的力量！此刻，他就像一个歌唱明星，感动地走下台阶和人们一一握手。他发现他们的手，有些老茧很厚，也有些已经没有了茧子。但是人们握得都很有劲儿，仿佛生怕他跑了一样，明显传达着衷心拥戴的心思和对他这个外派书记的完全信赖。看得出，在他们的心中，是把贪官污吏和党的干部截然区分开来的，尽管有人一直别有用心地想把二者混为一谈。就农户而言，白朗想，各家的情况也许大为不同，但是此刻的心情都是一样的。大伙知道，这不是开会却胜过开会。大清早的，当着太公爷的面，除了一个"好"字，谁也没有说更多，但每个人的眼神都说明了一切。恢复全村拜祖以后，紧接村民们就喝上了又甜又干净的深井水。随后不动声色，人家又通过村里办沼气，神奇地解决了烧火种菜和厕所、环境卫生的脏乱差问题。新官上任三把火，通过这三件好事实事，人们看到了未来希望，并且寄托更大的希望于京城里来的第一书记。白朗面对大伙，想到了希腊神话中的英雄安泰，只有脚踏在大地上，他才会获得巨大的力量。

就在此时，姜武气喘吁吁上了山。他看到新来的白书记正和众人握手问候，心里顿时打翻了老醋坛子。他不顾一切冲过去，大喊大叫道："你们这是做啥，干扰领导正常生活嘛！都散开，都赶紧散开！双休日还不叫领导休息咋着？"

白朗听得，先是一愣，见没人理姜武，就冷漠地瞪他一眼，继续和众人握手问候。他对这个见面就煽风点火搞分裂，还厚着脸皮问他要老婆的家伙，也算是看透了。

姜武一看自己被晾着，心中更来了气。眼见刘秦岭和绿叶公司的人也在人群里，就猜着是咋回事了，便双手叉腰，虚张声势地喊道："是谁让你们清早上山的？说，谁通知的？今天又不是拜祖的日子！你们这叫随便聚众，懂不懂！你们懂不懂，没经过村上研究批准，随便聚众，是个什么问题？"

"你小子说，是个什么问题？！"说话的人是姜万福。

姜武一愣，反问："你说呢？"

"我说，大伙一起晨练，没什么问题！"

姜武无话可说了，支吾一气，说："我看问题大了！"

"你说问题有多大？"

"我看要说多大，就有多大！"

"我看比芝麻大不了多少！"

姜万福一句话，逗得众人发出一片笑声。姜武借机就像一条咬屄了的狗，夹着尾巴朝山下飞逃而去。刘秦岭始终没有言声。

他从骨子里瞧不起这货，不愿意搭理他。

第五章

　　眼看就要进入秋雨季节，乡村硬化路面迫在眉睫。这是踏着泥泞进村的白朗迫切要解决的另一个紧要问题。可是铺路的资金在哪里？国家的投资，即使争取到了，也只能解决由乡镇到村这一段，大约三十华里，而村子里面各家各户怎么办？在两委会上讨论的时候，支书姜耀祖不假思索地说："各家各户，就由各家各户自己想办法，你有办法你就硬化，你没办法，你就拉倒！这不是村上考虑的问题。"

　　见大伙听完都愣着，白朗说："姜支书这个意见我不同意。为什么呢？这不符合实际情况，也不符合中央的精神。实际情况是各家各户有力量自己铺路的毕竟是少数，像你姜支书，新近盖起了大别墅，可村里能盖起三层楼的有几家？再说农民这几十年，给国家的贡献多大我们自己心里明白。要是没有农民的奉献，城市和其他行业的发展不会这么好，这么快。所以中央提出工业反哺农业，城市支持乡村，公共设施投资向农村倾斜的方针。我们在振兴乡村中如果连村民家里到村委会这一段路的硬化都还要人家自己拿钱，这还如何体现城市支持农业，社会公共设施投入向农村倾斜？"

　　姜耀祖无言以对。也难怪，他从来不读书不看报，开会打瞌睡谝闲传，对于上面的方针政策是一无所知。其他人开始纷纷表示同意白书记的意见，村内硬化，也要想办法。姜耀祖最后说："我也举双手同意第一书记的意见，可是钱从哪里来呢？我们不能刮风逮呀！"说得大伙面面相觑。姜耀祖一脸得意，心里暗骂白朗，生气他当众揭了自己的老底。他盖楼的钱从哪里来，村里人嘴里不说，心里跟明镜似的，还不是出卖集体利益的结果嘛。刘秦岭和绿叶公司的人逢人就说："姜耀祖的别墅楼，是出卖我们绿叶公司的利益捞来的。"这话村里大多数人都信，白朗当然也不怀疑。但是姜耀祖刚才也说得没错，村内铺路钱从哪里来呢？

闭会之后，白朗苦思冥想，一时还真想不出办法。队里本身就是个空壳村，上面财政补贴没有，村民自己拿不出来，那怎么办呢？路面还得铺，而且要快铺。本来早就应当为农民办的事情，已经拖到眼下了，再也不能拖下去了！白朗急得几乎一夜没睡。第二天一大早，他感到头昏恶心，到卫生室让姜改改一量血压，高压一百五，低压九十五，严重高血压。他感到自己的头上硬邦邦的，就像顶着个钢盔帽子，涨乎乎地难受，就不由得用热水杯子在太阳穴上熨。姜改改为他开了降压药，但是他还是坚持没有吃药。他下来任职之前，血压一直很正常，不料想才不到半年，就成了高血压患者，这令他十分懊丧，又不无焦虑。根据健康常识，他知道自己这属于暂时性的血压高，是可以通过改善生活方式来调整的。但是道理讲起来简单，真正要做到太难。他离开卫生室，没有回饲养院，不由得就上了太公峁。

天气晴朗，阳光明媚。白朗站在高高的太公峁上俯视全村，顿时感到心情好些了，呼吸也顺畅许多。太公峁下山腰的雾气开始消失，村子清晰地呈现在眼前。村里静悄悄的，看不到一个人影儿。人们都进城、下地或外出了吧，剩下的也在屋里忙活哩。他已经熟悉了人们的生活，知道每个人都在忙啥，心中都在想啥，夜里会梦啥。这么想着，白朗的心中既得到了某种宽慰，又感到了沉甸甸的责任。轻风送来林涛飒飒的声息，山村重新陷入恒久不变的沉静。他记起来了，今天是双休日，老赵回了县城，他也想让自己放松一下。既然发现血压高了，就要沉着应对，从容面对。尽管乡村的生活是慢节奏的，可是村里的工作节奏并不慢呀。

白朗慢慢地在山道上踱步，他不由得就忘记了自己的健康问题。他想着全村的发展规划，想着各家各户的不同情况，想着每一户贫困户的脱贫产业和项目。在村里，他仿佛觉得自己掉到了一口井的最底部，仰头只能看到一孔之天，周围全是井壁的限制。许多时候感到困惑，感觉无能为力。心想要把一件事情做好，制约的因素真多，要协调各种关系和矛盾，巧妙借助各种力量，很是劳神费心。他感到自己进村以来，明显老成持重了许多，肩上的担子沉甸甸的呀，腰总是直不起来，走路都弯着，难怪血压会高。事实是，你想轻浮都轻浮不起来！

太阳已经升起一竿子高了。也就在此时，祠堂外面古柏树林中传来一阵悠扬而嘹亮的歌声，那声音就好像是从细细的泉眼儿里涌流出的山泉水声，给人清爽甜美的联想。白朗好奇地循声入林。就见林中的高坡顶端一位红衣女子，亭亭玉立。看那装扮和做派，显然是个训练有素的歌唱演员。见此情形，白朗赶紧转身，打算穿过林子下山，就听姑娘冲着他唱道：

> 前面走来哥一人，
> 妹在高头看得真。
> 有心上前把话询，
> 哪路神仙到咱村？

白朗听得一愣，以为自己听错了唱词。也记不得这是什么戏曲中的一段调情歌子。如此的直白大胆，歌者究竟何人？好在那歌声也像山泉水一样甜美纯真，他听得反倒情不自禁地止住脚步。白朗正在纳闷，就见那红衣女子竟像一抹云彩悠然地飘下坡来，堵在了他要经过的山道中间。这回白朗看清楚了，歌者原来是个貌若天仙的时髦女子！在这偏远山村，此时此地遇到如此的人物，完全是始料不及。这是什么情况？上牛湾村神了！从进村那天到眼下此刻，怎么尽遇些奇奇怪怪事情！还没等白朗回过神来，那女子先抿嘴一笑，然后说：

"上牛湾村第一书记白朗同志，对不？颍川县支教人员蔡金凤正式向您报到。咯咯咯咯……"结尾一串响铃般的爽朗笑声，打破了山村的寂静。

原来是县里派来的支教老师，白朗再也无法回避，只得大大方方说："蔡金凤，名字很好听又好记呀，啥时来村里的？"

"我比您晚，刚来一星期，就听全村人都在夸您。"

"你带的哪门课？"

"惭愧呀，我给娃们上音乐和美术课，附带辅导课外舞蹈班活动。"

"好啊，今后咱们就在一起共事啦。"

"不对，是在您白书记领导下开展工作。"

白朗无言以对，只得笑而不语。

"我讲得对不对呀？白书记。"

性情开朗的蔡金凤满嘴标准的普通话，说着又咯咯地笑了起来。

"你在县里是做什么工作的？"

"您看我像做什么工作？书记亲自猜猜看？"

蔡金凤歪着头，故意夸张地摆出姿势让白朗端详。

白朗有些不好意思，说："我看像是搞文艺工作的吧。"

"对呀，您怎么知道的？"

"是你的歌声告诉我的。"

这回蔡金凤反倒有些不好意思了。

"我猜得对不对？"白朗问。

"正确，得十分！"

"歌唱家咋还有支教任务？"

蔡金凤认真地说："我是县剧团的独唱演员。文教系统抽调人员下来支教，我就报了名。再说我就是上牛湾人，爷爷奶奶原先就住在村里，父亲也出生在这里。"

"你不是一大早就吊嗓子嘛，还有……"

"还有什么？"

"你猜猜看。"

"我猜不出来，书记你说嘛。"性情开朗的蔡金凤脱口把"您"变成了"你"，她自己还毫不觉察。

白朗可是听出来了，遂摇头说："暂时保密。"随即岔开了话题，"哎，对了，你们下来支教，要求是几年？"

"说是两年，也有被单位提前叫回去的。"

"两年还差不多，太短了见不到效果。"

"倒也是，教育工作不像种庄稼呀，得讲究十年树人。"蔡金凤说话时，一双水汪汪大眼睛一直盯着白朗看，看得白朗有些不好意思。

此后，两人竟然无话，气氛显得有些冷场。白朗说："金凤同志，那你继续操练，我先回去了。"

"别忘了有空儿到我们学校来视察呀。"

"不对，应当说我一定来向你们学习。"

蔡金凤听得又是咯咯咯一阵笑。

周一到周五，白朗和老赵每天都在村子里转，一家挨着一家地看望贫困户，仔细地询问，在笔记本上记着各种情况。原来上级下发一种表格要求认真填写。贫困户各家要建档登记。户主的姓名、身份证号码、人口、生活以及经济收入状况等等，总共三十多个单项指标，不允许有丝毫差错。白朗对此起初态度十分积极。认为要知村情，先知户情，这原本是他给自己提的自选动作，这下又成了上面的规定动作。如此忙了整整十多天，结果还忙不出个眉目。起初还都没有意识到这设计烦琐要求极严的贫困户建档登记填表，会成为一项令人不胜其烦的痛苦工作。

这天中午时分，忙活了整整一晌的白朗和老赵正愁没处吃饭，就见蔡金凤派学生姜巧玲请他们到小学校吃便饭，说她做了手擀面条和葱油烙饼，炒了两个菜，一荤一素。还说以后由她做饭，白书记和老赵就不要再专门开伙了，白朗同老赵一商量，最终还是决定大家轮流在饲养院开伙，伙食费实行 AA 制。那天中午的饭，吃得格外可口。白朗很喜欢吃金凤擀的面条，特别是她炒醋熘土豆丝，更是一绝。刀工好，切得细，又会炝醋，适当放点辣子，令他吃出了家乡和母亲厨艺的味道。他和老赵吃饭的时候，蔡金凤系着围裙，一直站在旁边看。白朗开始没有注意到，等他发现的时候，两个人目光对视的一瞬间，都不好意思地低下了头。

下午接着走访贫困农户，蔡金凤恰好没课，就自告奋勇参加。白朗意外发现她很会和妇女们交谈，开始对这个衣着时髦的独唱演员有了好感。娇艳只是她的外表，其实她本质上还是挺朴素的，对农民群众很有感情。一个下午，他们走访了十多家，这么一路走下来，白朗对蔡金凤更是刮目相看。如此忙活到日落西山，大家一同回到饲养院，就已经月上东山。老赵又开始大显身手，做他最拿手的急就章——西红柿鸡蛋挂面。蔡金凤负责做浇面的臊子。白朗这才领教了金凤做臊子的手艺，远远在擀面之上。

吃完晚饭，白朗和老赵送蔡金凤回学校休息。返回时月色正明，白朗心情有些激动，想到了远在美国的女友陈璐。但他还是被眼前的风景吸引，心中涌起一股诗情画意。

啊，伏牛山，你这头硕大无朋的青牛……他心中暗暗地感叹。夜深人静之时，整个村子都进入梦乡。这是青牛的脑袋，这是青牛的身子，这是青牛的尾巴……白朗躺在土坑上睡不着，满脑子都是青牛的形象，随即独自一人来到院子里，想看一看夜色下的青牛。

　　山村独有的夜色与深邃的寂静，使白朗的思绪充分展开自由的翅膀。他从小喜欢独处，喜欢想象，他把它称作白日梦。他时常把白天难以实现的幻想，在想象之中升华成美好的梦境。加之他特别喜欢旅行，喜欢独自一人在一个完全陌生的环境里触景生情，展开想象。除了文学艺术的沉浸，他对于地理学和天文学也特别着迷，可谓情有独钟。他常常面对地图或仰望着天空的星辰陷入沉思狂想。

　　又一个美好的夜晚，吃完了老赵的晚餐保留节目西红柿鸡蛋挂面。他始终没有兑现做"锅出溜"的诺言，原因总是没时间，人也饿了。就这，顿顿西红柿鸡蛋挂面，白朗也感到心满意足、吃了浑身舒服。这还是小时候母亲做的病号饭哩。暂时没有更好的选择，同蔡金凤和老赵搭伙，看来就算是黄金搭档了。他看看腕上的表，已经是凌晨一点十分。又是一整天挨门逐户地走访村民，比他大了整整一轮的老赵，已经累得躺下动不了啦，但他却毫无倦意。听到屋里炕上的鼾声，他索性独自来到院子，观看山影和星星，感受山村独有的静谧。

　　天空中，上弦月如同一枚弯弯的金钩。他感觉到，这里秋天的气温很低，湿度也较大。这种同大自然亲近才会有的感觉，在大都市里是很难有的。他在院子里漫步，抬头看得见太公峁上祠堂的清晰轮廓，几颗星辰在古老的建筑上空闪烁。深邃暗蓝的天幕上，衬托出的明亮星光就像穿越千年万载的智慧眼睛。于是他想到，同宇宙空间相比，人的一生该是多么短暂而又渺小。最多也就像一颗流星划过夜空，生命之光转瞬即逝。如何在短暂一生中有意义地度过，是自古以来人生一个永恒而终极的话题。每个人，无论自觉还是不自觉，都要做出最后的回答。遗憾的是，有时候一头牛的回答往往比人还要务实崇高。白朗突然感到心中一阵悲伤。白天各家所见，特别是那些贫困人家的情形，历历在目……

　　也许乘坐飞机从万米高空可以看到伏牛山清晰的轮廓吧。喜欢绘画和文学的白朗想象着，它应该就像一头耕地耕乏了的老犍牛，原先安详地伏卧在山下溪流边上的草坡陆地，头尾把平原山峰紧紧衔接、融为一体。客观上它又好比几个巨大台阶，形成了地形上由山区向平原的梯次过渡。因为所处地理位置和特定经纬度的原因，它的身上一年四季因覆盖的毛色浓密程度和光亮不同，呈现不同颜色的迷人风景。整个伏牛山区，散落着数不清的像上牛湾这样大小不同的村落。满山遍野的绿树与庄稼，还有森林草地，掩隐着大山之中盖造略微讲究的民居。这一切，编织构成青牛躯体厚厚的植被……嗯，真有意思！白朗对于自己的独特文学想象很是惬意，他甚至想写一篇散文，留住这迷人的风景与思想的情感轨迹。如今，旱牛变成了一头水牛。自从当地被确定为国家南水北调工程水源地，修成了容量巨大横跨三省交界的浩渺无涯的源头水库，一片海洋从天而降。无奈这头山地里的巨型黄牛，不得不变成水中青牛。它除了头部和脊梁，还有饱满的肚腹和前胛后腚亮着，其余就都淹没在一汪碧水之中。靠近右犄角尖儿的上牛湾村，仅就地形地貌而言，就是老牛犄角上面的一颗醒目的小黑痣。

安详宽厚的伏牛山，"伏"者"福"也！

历经万古沧桑的老牛呀，安卧福地的神灵大地。可是你所承载的万千村落，人们的生活何以祖祖辈辈总是艰难清苦！

村里最年长的老人，也是唯一健在的新中国成立前的老党员，担任过村支书的姜怀安，九十四岁的老人耳不聋眼不花，记忆力好得惊人。他老人家那天令人惊异的话语，又响在白朗耳畔："旧社会，咱们这一带曾经是土匪出没之地。大山中的土匪黄老虎躲在三不管的虎头岭上，每隔十天半月的就要下山抢劫骚扰，甚至烧杀奸淫……"老人说着，停下来，大口地喘气。"还有咱们的太公峁，曾经是日本投降前最后一战的战场。日军穷凶极恶，垂死挣扎，丧心病狂地调集最后的数倍于我的兵力，同咱们中国军队背水一战。仗打了整整五天五夜，结果就是没有越过楚长城，没有攻上太公峁。"老爷子讲到这里，显出满脸的自豪。他看见年轻人瞪起眼睛听得很认真，继续说："咱们上牛湾人，家家户户把家里能吃的东西全都为部队做成干粮送上阵地。我那时还是个碎娃娃，也冒着枪炮上去送吃喝……眼看着一个年轻轻的战士倒下，立即又有人补上来。"老人说到这里，眼睛里竟然噙满了浑浊的泪水。他那阅尽沧桑的刚做完白内障手术的眼睛里，透出无限的恐惧和悲伤。那眼神和泪光，就像一根钢针，深深地刺痛了白朗。后来他才听说，老人的父亲就是那次战斗倒在为部队送饭的路上，而他性情刚烈的新婚媳妇，当年就是被土匪黄老虎绑架，由于缴不上大笔赎金，而被残忍地撕了票。

"旧社会的上牛湾，可是苦不堪言。许多人家熬不住匪患骚扰，只好举家逃离……以后，共产党、毛主席领导成立了新中国，解放军剿灭了黄老虎，咱们上牛湾从此也亮了天。咱们锣鼓喧天，建立初级社、高级社、人民公社……"

老人说着咧开嘴，露出仅存的一颗门牙，好像是苦笑了一下，但是那神情比哭还令人难受。好在那"喜悦"神情只是一闪，就立即消失。"走集体化道路，大跃进、大锅饭，号称是'一大二公''一平二调'，大鸣大放，大干快上的结果，村里的面貌变化不大，到底没有摆脱饿肚子的命运……这到底是天灾还是人祸？"老人的话戛然而止，令人想到往事不堪回首这句话。

"姜老，说说你当村支书的故事嘛。"白朗说。

"记得我接替老耿头担任村支书后，村里每逢荒年歉岁，还有一多半人得吃国家救济粮……"

白朗陷入了苦苦的沉思。灾难深重的农村农民农业呀！何时才能摆脱贫穷落后与折腾？前三十年的各种艰难探索，结果有些事与愿违，有的地方搞成了温饱都还成问题的"穷过渡"。改革开放近四十年，先是"分田单干"，后又搞联产承包，再后来建立双层经营机制，其实说白了也就是打破"大锅"，调整生产关系。按说人们的劳动积极性应该充分调动起来了，甚至免除"皇粮国税"，给予农民种地打粮定补，把农民从土地上解放出来，允许鼓励大量富余劳力进城务工……可怎么还有那么多的农户，物质上仍然没有摆脱贫穷，精神上却又失去了道德规范和文化滋养……

白朗深夜无眠。他在月光下漫步，满脑子都是问题，都是村民的贫困家境、清苦容颜。农村的现实真是不看不知道，一看吓一跳……"上牛湾村，总共一百七十六户，五百八十九口人，真正富裕的人家也就十多户，占不到十分之一。贫困户六十七户，几乎占到百分之四十。其中有十多户特困户，吃饭穿衣都成问题。"想到上牛湾的现实，白朗感到压力不小。

面对上牛湾村的现实，反思着国家这么多年农民的生产、生活，农村和农业发展走过的艰难曲折道路，他希望在新一轮的扶贫攻坚中，通过破解"精准"，找到答案，最终攻克这跨世纪，也是世界性的国家治理难题，继而实现乡村全面振兴。

村主任王石子在工作方面很配合。他脑子不糊涂，村里的各种底子门儿清。各家各户的具体情况，他都详细装在自己脑子里。可是单凭他知道没用，掌握实际权力的支书姜耀祖只关心自己和少数人的利益，对全村情况心里没底！其实人家也不想有底。本来第一书记白朗进村熟悉情况，是希望支书和村主任一道边看边议。姜耀祖推说有事，指派王石子和妇女主任牛兰花全权代表。白朗无奈，县里驻村干部老赵很生气地骂他目中无人，说他除了镇委书记马国玺和分管农业的副县长李宏伟，连县委书记石坚，他都不放在眼里，还口口声声说："县官不如现管！"

　　白朗在当日的扶贫日记（微信）中写道："进村半年有余，情况熟悉了，人也认识了不少。姜怀安、姜建国、王石子、刘秦岭、姜万福、牛兰花、姜贵、蔡金凤、姜改改、哑女姜枣花，还有小光棍姜光照……聚集在太公祠堂外面向自己问好的那么多村民，他们都是正能量。对于这个古老的村子来讲，既要抓党建、党员教育，也要注重从传统文化中汲取营养，找到凝聚的力量。"他还附了几张照片：全村的面貌和太公祠堂内外以及古柏树林子的照片。不料点击率惊人。不用问，最热心的点赞者依然是远在广东粤北山区的金霞同志。她还跟帖留言说："一滴水融入大海，就获得了大海的力量。"白朗很感动，发表情致谢。

第六章

　　时间过得真快，转眼白朗来上牛湾村上任半年多。村里各种情况都熟悉了，经过深入调查，反复征求各方意见，制定出了一个总体性的振兴发展规划。其中"一体两翼"的构想，把精准扶贫计划、产业发展规划、基础设施改善、美化村容村貌、恢复德育和教育发展、党建和政权整顿建设等等，融为一体。规划维系着每一户人家的未来，全村人的心中都有了一幅整体发展振兴的蓝图，这也就有了境界和希望。这是白朗最感欣慰的。更要紧的是，他的思想感情完全融入了村民中间。别人也不再把他当外人，他自己也就不知不觉地变成了上牛湾村的一口人。工作中，白朗开始体会到：担任基层领导，坚持深入实际搞调查研究，是最基本的功课。参加中组部在北京集中培训时，一位有实践经验的授课老师也特别强调这一点。上牛湾的村民居住较为分散，全村认真走访一遍，就用了二十多天。走访的结果，不光是认人认门，更能了解各种各样预料不到的情况。越走他的眉头皱得越紧，感到了责任重大、担子沉重。入户量化调查之后，他才吃惊地发现村民的困难远比想象的要多。白朗感到最为严重的，是基层党政组织的瘫痪和党员干部的不作为甚至违纪失职。

　　"要热爱共产党，拥护人民政府！"

　　这是一直以来各级党委宣传部门政治理论宣传的重点内容，因为它牵扯到党的威信、党群关系，进而影响政权的巩固和社会稳定。可是我们一些党员干部却忘记了回答另一个问题：人家凭什么要热爱你？由各级党政的大小"公仆"组成的党政组织机构，凭什么资格执政？和平建设年代，党和政府执政的合理性在哪里？就是全心全意为人民服务呀！可惜我们社会主义制度和改革开放建设搞了这么多年，主人翁竟然还如此地贫穷！各级公仆交不了差呀！作为一个年轻的人民公仆，白朗越想越感到脸上发烧，寝食难安。

每当晚上睡不着觉，白朗就满脑子问题，像一团乱麻，过去读过的书、形成的观点，同现实对不上茬子了。他苦恼得不行，就同老赵聊天。

老赵对于上牛湾的工作，开始时的确是流露出无能为力的畏难情绪。他还总结了三句话：一是没出路，晴天扬灰，雨天寸步难行；二是没水吃，全村吃的集雨窖水，导致人畜容易生病；三是脏乱差问题，进了村随处可见多年积存的垃圾粪堆。老赵住了一年，硬是没找到破解这些难题的钥匙。难怪在上年全省检查验收中，上牛湾村排了全镇乃至全县倒数第一！这该怎么发展？除非整村放弃，易地搬迁到条件好的地方去。这是老赵的态度和主意。白朗当然不敢苟同，但一时还拿不出自己的主张。他只是坚信，办法总比困难多。结果很快就解决了上述三大问题。干完三件事后，老赵有了信心，认为就凭这三件事，上牛湾村就是全县的先进了。可是在白朗书记看来，这还只是前奏，真正的振兴发展，还没有破题。

老支书姜建国家的老屋也在村西头，同贫困户和杂姓人家居住在一起。

那天，临近黄昏时，牛兰花急着回家照顾姜战斗去了，原本计划第二天接着走访。白朗、老赵和王石子三个人刚走上村道，恰巧迎面就碰上了出工归来的姜建国。老汉戴着草帽，扛着一把镢头，外衣搭在镢把上，嘴里照例噙着玛瑙嘴子的烟袋锅。眼瞅老汉低头从村道上慢慢地走过来，完全是一个地道的山里老农民。秋收过后，各家都在深翻整地。收墒歇地，这也是从前农业学大寨留下的规矩。

"老支书，上地去啦。"白朗亲热地搭腔问。

老汉抬起头，老远看见是白朗，精神顿时兴奋起来，高声地喊叫道："白书记，不忙的话到我家里坐坐。"

白朗迎上前去，伸手要接老人家肩头的镢头。自从一同联手成功恢复了村里拜祖活动，和几项实际工作中的表现，他对老人家印象不错。加之了解到村民的普遍反映，打心眼儿里尊重这位担任了近四十年村党支部书记的前辈。白朗恳切地说："老支书，今天不早啦，明天上午专程到你家，咱们好好说说话，谈谈村里的工作。"

　　老汉说："你要不忙的话，现在就到我家里喝碗糊嘟，就着咸菜吃个馍咋相？然后咱爷几个喝茶抽烟说话，咋相？"

　　白朗有些为难，看看身边的两位，王石子低头回避表态。老赵忙给白朗摆手摇头，被老汉一扭头看见了。他赶忙改口说："好啊，俺俩就不陪你了，你好好和老支书说说话吧。"

　　老汉听得，噘着嘴不高兴说："就你县里领导争气，整天憋在饲养院里做啥，就不怕大伙说你脱离群众。还有石子主任，你也几年没到我屋里坐坐啦，今天我就觍着老脸正式邀请你们几位稀客光临寒舍，咋相？"

　　既然老人把话说到这份儿上，谁还能再说啥些，只得答应。于是，一行人来到老支书家里。

　　白朗进门一看，眉头不由得就皱起来，心想屋里咋黑成这样。几个人进了门，也不见有人说话。家人都上哪里去了？正纳闷，就见老支书擦根火柴，点着了窗台上的煤油灯，屋里顿时充满了昏黄的灯光。

　　王石子主任问："叔呀，我婶子咋没在？"

　　老人不说话，一个人到厨房忙活去了。不一会儿，就听见锅碗瓢勺响。几个人都后悔，不该答应老汉的邀请。

　　白朗赶紧说："老支书，就不要弄饭了，我们有吃的，咱喝水说会儿话吧。"

　　老汉不搭话，又过了一会儿，就端出一摞子碗，手里还捏一把筷子。最后上来一盆热糊嘟，一碟咸菜和一盘炒笨鸡蛋。老汉看着木讷，其实手脚很麻利。不一会儿，大伙就吸溜吸溜开始喝糊嘟。这苞米糊嘟是当地农民传统的晚饭主食，既可口又省粮食，可稀可稠，做起来也简单，省时省事，农民们喝了一辈又一辈，没有人说不中，更没有人不会做的。白朗一边喝糊嘟，一边心里突然想到清朝大画家郑板桥的条幅。老支书眼瞅大家喝糊嘟就着咸菜吃馍，自己却坐在火塘边上吧唧吧唧抽烟。白朗便说："老支书，你也喝碗嘛。"

　　老汉说："我不饿，上午吃了锅出溜。"

　　白朗一听，不由得瞅了瞅老赵，老赵也会心地挤眼看他。那意思是说，我保证叫你吃上"锅出溜"。

　　白朗说："老支书，你家的糊嘟真好喝，在城里吃不上这么新鲜的苞谷面儿。"

　　老汉说："你说得不错，咱农村就这一点好，吃的是新鲜粮食，还是老品种，不是杂交马牙玉米，更不用操心什么外国的啥子转基因！"

"可不是，"白朗说，"有些产量高的玉米品种，吃起来没有咱这香味道。"

老汉不再说话。那两位也不言声，只是吸溜吸溜地喝糊嘟，那声音听起来就很香。老汉听着，心里显然高兴，嘴角上隐约浮现出一丝微笑。

白朗喝了一大口糊嘟，随后说："老支书，清代有个画家，专门画竹子的，他叫郑板桥，你老人家知道不？"

"郑板桥，咋不知道，我们祖上原先听说是齐国人嘛，那郑县令当年就在山东做官来。"

"那里的老百姓也是喜欢喝糊嘟。"

"那是，缺粮的地方都得靠糊嘟度日。"老汉说着，放下手中的烟袋，也舀起半碗糊嘟很香地喝起来。

"说起来，那郑县令也是个党政工作人员。"白朗笑着说。

老汉说："可不是，县令嘛。正宗党政。"

逗得王石子和老赵嘿嘿直笑。老汉也咧开嘴哈哈笑。

白朗说："他身为县令，当然知道民间的许多事情。比如农民每天的饭食，他当然了如指掌。特别是到了灾荒年景，就连糊嘟也喝不上了。种庄稼的人家，只要有糊嘟喝，那就不会饿死人。于是他写一幅条子，装裱悬挂在自己的官邸，曰'难得糊嘟'。"

老汉听得扑哧笑出了声，问："不是说，难得'糊涂'吗，咋又成'糊嘟'啦？"

"对呀，"白朗说，"是念转音啦，才成了'糊涂'。你老想想，人要犯糊涂还不容易？有时候真要家家户户天天有糊嘟喝，可是真不容易呀。"

老支书眼睛一亮，像是初次见面一样，仔细打量起白朗来。

恰在这时，院子里的老苍狗瓮声瓮气地咬了两声，听到有人叫一声"黑子"，那狗就不再叫唤。随即进来两个人，姜耀祖的二舅刘狗剩（官名刘松高），领着一个穿西服留大背头满脸横肉的人。这二位进门，手里可不空着，大包小包地提了不少东西，看着尽是些好酒好烟，还有包装精良的茶叶和香蕉橙子一类的南方水果。老支书一见，就火了，瞪起眼睛问："狗剩，你这是弄啥哩？"

那刘狗剩一双小眼睛狐疑地瞟了瞟屋里的几个人，说："没啥事，没啥事……"

"啥事？你尽管说，屋里没外人，不用回避。"

刘狗剩壮起胆子说："姐夫，这些小意思，是金鑫集团金总孝敬你老人家的一片心意。"

"金鑫集团？金总？孝敬我？为啥？"刘狗剩突然压低嗓门，凑在老姐夫耳朵上说："人家金占川金老板，可有钱哩。这不是已经定下了吗，俺俩刚从耀祖那边过来，人家要来咱上牛湾投资五六个亿，开发牛尾河沟旅游度假村嘛，又叫，叫啥来着？"

"绿特小镇。"金总赶忙补充说。

"对，姐夫，你咋还拿着明白装开糊涂哩。"

"你说啥？投资五六个亿？开发牛尾河旅游度假村？建什么'驴驮'小镇？这是啥时候的事情？谁出的鬼主意？"

"这不是，正要和您老人家商量嘛。"

"牛尾河沟不是早就让刘秦岭带着五条光棍汉和村里困难户承包绿化治理了吗，谁又叫你们开发房地产？"

"老掌柜，你老人家听错啦，不是开发房地产。"一旁的金占川坐不住了，他尴尬地笑着露出嘴里的两颗金牙说："嘿嘿，老掌柜，姜支书他爸，这事重大，支书姜耀祖说了，没您老人家点头不行呀！耀祖支书对您老人家很尊敬，专门要我们来登门汇报。这是一项县里的重点工程，现在上面强调要求各地开发全域旅游……"

"啥，权利旅游？"

"是全域，就是全县统一规划，咱牛尾河沟是重点开发项目之一，初步定了由我们金鑫集团来全资开发独家经营……"金占川急得满脸通红，嘴里不无炫耀地说着，眼睛还不时朝白朗他们这边瞄，显然是故意释放某种信息。

不料老支书一听火了，瞪起眼睛质问："既然县上都定了，你还跑到村里送礼干啥？"

金占川尴尬地说："真的定了，是你们牛头镇老书记，如今的李宏伟副县长亲自主持召开的县长办公会定的。再说，姜支书也参加了会议。这是会议纪要，请你老人家过目。"那金老板说着，就从皮夹里抽出一份文件，递到老支书手里。

老汉厌恶地斜眼扫了扫，没好气地说："我不看，我又不是村干部，要是同村民商议征求我意见的话，我表示坚决反对！"老汉说着勃然大怒，突然发飙吼道:"刘松高,你小子赶快把那些礼品拿走,不然我扔外边啦!老鼠打洞,打到我屋里来啦!你个有眼无珠的混账东西!"

刘狗剩一愣,赶紧拉起金总就走,临出门还说:"姐夫,你太没人情味啦,连我姐都准备和你老汉分居,我坚决支持我姐!"

"滚!都给我滚!滚他娘越远越好!"

刘松高他们走后,老汉气呼呼地说:"看见没,白书记,这就是阶级斗争的新动向!你们都看见了,耀祖他兔孙干的好事,这都是啥事情!再这么下去,我没脸见上牛湾人啦!村干部当成这样,村民要戳脊梁骨呀!羞先人哩!"

白朗一时不知该说什么好,心里却连连给老汉喝彩。王石子和老赵都沉默不语。老汉把大茶壶里熬好的砖茶,分别倒进每个人的茶碗里。自己也倒一碗,慢慢地喝着。屋子里出现一阵令人不安的沉默。

"老支书,咱们村里的电是怎么回事?怎么东边半个村子有电,西边这半个还黑着?"

"唉,说来丢脸呀!白书记,你也不是外人,我也不瞒你们。提起这事,我心里有愧啊!当初,我手上就谋划给全村通电,当时县上给的资金只能把电线拉到村里,入户的钱要各户集资。就是因为村里这笔钱筹不够,事情就搁下了。那笔钱我硬是按住不让动用。不料想,人家耀祖上去才几天,就用那笔钱为他新房所在的东半边通了电。"

老汉说着,显出满脸愧疚,随后又说:"造孽呀!人为造成东边明亮,西边还黑咕隆咚。结果你猜怎样?西边人就相约到镇里上访闹事,东边的人却受人指使连户跑到县里送匾答谢县政府。这么一闹腾,年底县上竟然还给耀祖发了个先进奖!镇上也就只能稀泥抹光墙照样表彰。事情表面看就这样不了了之,其实村民分成了两派,矛盾更深,对党支部意见忒大。"

屋里正说着话,又听见门响。这回进门的是姜建国的老伴儿刘梅香。她五十出头,身高体胖,穿着时尚花外衣、红裤子,外套宽松的黑色薄纱衣,留着披肩长发烫了头。老太太牛气冲冲地带着一阵香风进屋,手里竟然大包小包地提了一堆东西。几个人一看,原封未动,就是刚才刘松高和金占川送的那些礼品。老支书瞅见,气得直翻白眼。刘梅香进屋,勉强笑着说了声"你的在哩"就拉着脸径直进了里屋,把门咣的一声闭了。老支书气得不行,见有人在,只好由她。白朗一看这征候,也不好久留,几个人便告辞出来。刚出门,就听见屋里大吵起来。几个人刚站下听，就听门响，一阵厮打争夺吼叫，随即就有礼品带着盒子从墙里飞了出来……老支书的家里，姜支书的父母，针尖对麦芒，显然是闹翻了天！白朗和老赵刚回到饲养院，老支书竟然夹着铺盖卷就来了。

第七章

　　居住分散，这也是伏牛山区多数村落的一个特点。复杂多变的地形，沟壑纵横，塬峁连绵，加之溪流分割，库塘点缀，造成土地的条块零散。农民的耕地，最大不过三五亩，小则一分半分的。全村人的土地，分布在方圆十多里的沟沟岔岔坡坡洼洼里。祖祖辈辈，人们为了耕作的方便，就形成分散居住的习惯。即使到了农业学大寨的年代，大面积兴修梯田平整土地，也没有从根本上改变这种状况。时至今日，机械化、水利化连同集体化一样，还是挂在嘴上的梦话。由于土地条件的限制，农民种地仍然是原始耕作，靠天吃饭。不少地方沿袭着牛拉犁耕地，驴拉石碌子碾场和人力背庄稼的原始耕作方式。所有的地方，人拉肩扛仍然十分普遍。

　　白朗他们走访农户到村西，这里虽说是老村基，却实际上属于村尾。新盖的房子大多都在村东。东边还是乡村硬化公路入口，那棵标志性的古槐就在村子路口上屹立了千年。大树遮风避雨，树荫冬暖夏凉。树下的泥土，拓印下上牛湾人祖先的踪迹，那难以言说的亲切与温存，吸引全村人聚集说话。每年的村戏和县里镇上送电影、文化下乡，也是在树下的露天戏台上展示。加之太公祠堂也就在近旁，自然而然形成了全村中心。拜祖、看戏、凑热闹、望风景、传播乡村闲话新闻、获取农事致富信息和进出村子都方便。久而久之，单门独户的杂姓人家和生活困难无力改善居住条件的老户，就都沉淀集中到了村西。村东与村西相比，贫富差距可谓一目了然。

　　记得刚到村不久到一户人家走访，那一幕至今历历在目。一座普通的农家小院，院墙是篱笆院，门是柴门。进门迎面三间破瓦房，门窗是用旧报纸糊着的。牛兰花介绍说，这是姜巧玲家。大约晌午时分，该吃午饭了，白朗、王石子和老赵，还有妇代会主任牛兰花来到院外。

"屋里有人吗？"

进了虚掩的柴门，牛兰花上前敲门。屋里没有回答，她就推门进去。一股子难闻的气味扑面而来。白朗上前仔细看，就见光线阴暗的屋里，炕上躺着一个披头散发的女人。她身上盖的被子，黑乎乎的已经分辨不出本来颜色。那女人双目圆睁地望着屋顶，显然听到了门响，知道有人进屋，也没有任何反应。白朗看得吓了一跳。牛兰花指着自己的脑袋小声说："她这里有了毛病。"随即高声问道："巧玲妈，你看是谁看你来啦？"

听到叫她，那女人就像触了电，一下推开黑乎乎的被子，带着一股子恶臭坐了起来。她苍白的脸惊异地对着来人，如临大敌一样，惊恐地问：

"谁？该不是娃他爸回来啦？那死鬼回来啦？我夜黑梦见那死鬼啦！在外面搂着小姐吃香的喝辣的……"

"不对，净胡说，是咱村里新来的领导，第一书记，白书记看你和娃们来啦。"

"白书记，不是说有个黑书记嘛，咋又出来个白书记？好人嘛坏人？"

"好人！大好人！上头新派来的。"

牛兰花说着，就把手里提着的一大包点心和几件娃们穿的衣服，放在她面前。

"水晶饼？"那女人突然眼睛一亮，双手把点心包子和衣服捆捆紧紧搂在怀里，生怕被人抢走，还咧开嘴嘿嘿地笑个不停，边笑边说："嘿嘿，白书记，嘿嘿，白书记……好人，好人……"见此情形，白朗愣在那里，心里真不是滋味。他一时不知道该说什么。心想，这一户人，又该咋办呀？

"娃们都上哪儿了？你吃了没？都这会儿啦！还冰锅冷灶。"

"对呀，娃们呢？都上哪里去啦？"巧玲妈也说，脸色大变。这时，只听门响，巧玲领着大蛋、二蛋进来。娃们累得满头大汗，屋里没柴烧火，是到山上捡树枝去了。巧玲很聪明，进门见状，就领着两个弟弟给白书记恭恭敬敬行个鞠躬礼。见娃们一进门，她妈竟然动手麻利地把点心包解开，嘴里念叨着："点心，点心。"就取出来分给大蛋二蛋，自己也拿起一个，大口吃起来。

巧玲一见，脸就忽地红了，生气地过去，一下把点心包夺下，说："妈，人家客人还没走，你就吃开了。"

她妈嘿嘿地笑，嘴里还是在吃……白朗临走，掏出两百元钱，放在炕桌上。面对这一家人的日子，他实在不知道该说什么。出门的时候，感觉双腿就像灌了铅。

出了巧玲家，几个人谁也不说话。不是没话可说，而是不知该说什么。白朗觉得村里的空气，再也不像他先前感到的那么纯净清新。他隐约发现，有一种陈腐的气息在空气中弥漫。走出好远，他还仿佛听到巧玲她妈那嘶哑的声音："嘿嘿，白书记，嘿嘿，白书记……好人，不是坏人……"

这声音，就像是从土地的深处发出来的，是从走访过的全村最为贫困的几户人家的大人娃娃那热情期盼的目光里表达出来的。这声音给了他意想不到的压力和勇气。新来的乡村第一书记，究竟是好人还是坏人？老百姓拭目以待。

如今已经走过来了，可是当时他真不知道应该怎么面对。这使他深深地理解老赵的处境。尽管他嘴上说办法总比困难多，可是办法究竟在哪里呢？

如今，他可以对自己说，千头万绪，事在人为！经过近一年的努力，他开始体会到，脚下的土地，是真诚而深情的。古老而贫瘠的土地上生活的人们，充满了渴望致富的梦想。他深感上牛湾这只雄鹰，承载着某种古老而博大的文化精神……白朗想到此，思绪突然浪漫起来，眼前就出现超然的物象：自己已经融入了这只雄鹰，有灵性而有抱负回归蓝天，俯瞰群山大地。鹰的全身，就像是仰仗群山的滋养，散发出勇敢腾飞的勇气。

夜深人静，白朗在当天的扶贫日记中写道："连续多日入户走访村民登记造册，填表立档。看到大多数人家的生活还很困难，心情异常沉重。新中国成立初期的农村，曾因合作化的理想主义精神和新政权的新作为而带来过无限的生机活力。小时候阅读柳青先生的《创业史》，集体主义精神，互助合作，牲口合槽，引进新品种，精耕细作种植水稻，增产丰收……那一阶段，农民农村农业的精神面貌令人至今难忘。改革开放后的农村，实行包产到户，也曾经释放过不小能量，但是很快就式微下来，大量的青壮劳力盲目地拥进城里，给城市的发展带来了活力，也造成了压力和困惑……结果，大片土地荒芜，文化根脉断裂，乡村明显衰败不可否认呀。如何振兴？是一道难题。"宁夏固原网名黑骏马的马俊第一个跟帖曰："颇有同感。历史既然选择了我们，只能奋起一搏。"广东粤北金霞点赞，给出两个大拇指，一张笑脸，随即又是一个哭脸。白朗深知，更多的人都潜着，相对无语，大家共同面临着一道很难破解的世纪难题。

第八章

　　蔡金凤那天在太公峁古柏林中遇见白朗，回到小学校，其实也就是姜贵家的老院子，心情久久难以平静。不知为什么，只要一静下心来，白朗的影子就在眼前浮现。整整一个上午，她都感觉心神不定，都在盼望早点到饲养院中为他做一顿自己最拿手的葱油饼、擀面条或酸汤旗花面片儿，再炒个酸辣土豆丝和香油木耳凉拌三丝。她渴望尽快再看到他，于是就做了饭菜，请他和老赵来学校吃中午饭。她才得以羞涩地欣赏他那乌黑的头发，明亮和善的眼睛，高高的鼻梁和棱角分明的嘴唇……还有那一米八以上张扬着年轻男子青春活力的高大体魄和文质彬彬的言谈举止。这所有的一切，构成了金凤梦中另一半的魅力和气质。

　　京城来的驻村第一书记，简直就是自己心仪已久的白马王子呀。这么想着的时候，美丽的金嗓子姑娘正独自坐在寝室兼办公室的房间里对着窗台上那面圆形镜子发呆。这是她的教师办公桌，也是临时梳妆台。彼此说好了，当她想到今后将在一起搭伙吃饭，一起商量工作，一起聊天，一起在太公峁上晨练吊嗓子，一起为上牛湾人脱贫致富和摆脱愚昧而共同努力的时候，她就难以按捺自己的激动心情。她还想到，也许有那么一天，彼此难分难舍，命运把他们维系在一起，哪怕吃再多的苦，受再多的难，只要能在一起，哪怕不能牵手走过红地毯，她也心甘情愿……如此痴迷地遐想，连她自己也感到吃惊和不可思议。不知不觉，镜中那张姣好的面容一下子就红扑扑的，像是熟透了的大苹果，更像一朵盛开的玫瑰花……青春勃发的姑娘，她突然感觉浑身燥热难耐，心跳再度加快。就像每次心血来潮时那样，胸部剧烈地起伏，呼吸憋闷得难受……她毕竟不再是小姑娘啦，她也有过一段短暂的恋情，那是刚进校不久，同一位作曲系的同学……可是始终没有感觉到像眼下这样强烈的渴望与期待。人啊人，真是一个复杂而又简单不过的矛盾体。当天早晨起床时，还怀疑自己是不是生理上出了问题的她，此刻却为自己强烈难以抑制的某种欲望而羞愧不安。

说实话，在她二十六岁的青春勃发的年轻生命之中，还从来没有一个男生令她一见钟情、如此地心动着迷。就像所有的美貌女子一样，她原本也是傲气十足。特别是在公众场合，发现总有不少的男性目光聚焦自己身上时，她就感到浑身针扎一样难受。当年在省城音乐学院，同班的同学暗恋她的人不下一打，但是最终也没有一个有勇气向她吐露心意。这样的情形，一直延续到大学毕业。结果，别人都成双成对地飞出了校园，而她依然还孤独地单飞。她后来回到了家乡颍川，在县剧团当了歌唱演员。她本来是可以留校继续深造，或是到省歌舞团担任独唱演员，但是她选择了回到家乡。这是担任县文化局局长的父亲的意愿，父亲已经为她物色好了毛脚女婿：本县主管文化的副县长之子，同在一个剧团并担任副团长的卢兆祥。一个没考上大学、业余爱好摄影的地方官二代，人们背后都叫他照相公子。他人长得也不难看，留着女性一样的长发，一米八以上的个头，还有几分文艺范儿。他对于双方父母商定的这一门亲事，当然是相当满意，对她简直就是百依百顺。可惜蔡金凤对他确实毫无感觉，甚至连听他说话都很不自在。由于这位大她八岁的二婚男人的出现，使得她几乎完全倒了接近男性的胃口。每每听到他不无官气的烟酒嗓子说话，她就感到心烦意乱。为此，她对于男女之事心灰意冷，只想把歌儿唱好，把业务搞好，甚至想着考研或出国深造。乡愁对于蔡金凤姑娘，是一个遥远而模糊的概念。

也许就是因为遇到白朗的缘故，她一下子从精神的迷雾中挣脱了出来，看到了希望的曙光，感到从未有过的神清气爽。除了演出和晨练，平时总是沉默无语的她，开始笑口常开，歌声不断。她感觉自己连同性格也发生了意想不到的变化。就像身上历来的矜持与忧虑的堤坝，突然之间开始松动，露出了蓝天白云的缝隙。她感到了意外收获的喜悦。说实话，她原先来上牛湾村支教，其实是另有原因，一是为了准备考研，二就是为了摆脱父母的唠叨和卢兆祥的纠缠。

65

蔡金凤正在发呆，却听得有人敲门。进来的是姜贵。这位四十出头的跛腿校长，人是格外热心善良又勤快。按说他如今是金凤的顶头上司，可是他表现出的谦卑，就像是金凤是上头派来的校长，他依然是学校敲钟的一名工友一样。

"蔡老师，咱晌午吃啥呀，你说，我叫哑女给咱做去。"

蔡金凤说："姜校长，你们想吃啥就做啥，从今往后，我到饲养院吃呀。我同新来的白书记商量好了，以后我们和老赵三个人开伙。你就不用操心啦。"

姜贵听得一愣，张口想说什么，又把话咽了回去，说："也好，不过谁给你们做饭呢？"

金凤说："我做，轮流做。"

"要不，就叫哑女每天过去做。"

金凤说："不用。"

他们正说着，哑女姜枣花就进门来了，一只手提着柳条筐子，里面放着新摘的豆角、辣子和西红柿。这都是院子里姜贵领着学生娃们种的，由于缺肥，长得不甚大，但看着新鲜，吃起来味道蛮好。姜贵总说这是无公害食品。看样子又要吃糊嘟面。哑女最拿手的就是做糊嘟面。面是苞谷和麦子、豌豆合并磨出的，这在一些地方叫杂面，用来蒸馍烙饼也是很好吃的。可是山区村民嫌费，就多数做成了糊嘟面。也就是糊嘟之中，再下上几片切成菱形的旗花面，配上时令菜蔬，就是最好的饭食了。好吃，但是不经饿，劳动人吃了，从屋里走到地里，地头上撒一泡尿，肚子就咕咕地叫开了。

见哑女进来，蔡金凤急忙起身，上前握住她的手，亲热地说："枣花姐，又摘菜去啦，你就不知道累。"

姜枣花嘴哑耳朵聋，人却特别的敏感聪明。只是小时候连续高烧不退，吃多了退烧药，落下的语言障碍。她也不会哑语，多数情况下，是用眼神同人交流。哑女原先在队里跟着妇女们上地干活，也顶半个劳力。她妈负责家务，一家人过得宽裕殷实。自从生产队实行包产到户后，牲口就都分到了各户。老饲养员姜万福只得回家种自家的承包地了，姜枣花也跟着她爸到地里干农活。此后等水库淹没了学校，大多数学生都去了牛头镇念书，村里的小学校没几个学生，也就没了公派教师。结果，剩得一个热心肠的光杆司令姜贵，把学校收留在自己家中，实际上成了看护着二十几个留守儿童的留守处。由于孩子少也不好分班，只得退回到从前的复式教学。学生中午需要在校吃饭，姜贵就同老支书商量，把姜枣花也聘请为学校员工，专门负责为学生和校长做饭。他其实是另有所谋，就是在打姜枣花的主意。也就在这时，蔡金凤来了。金凤一到，学校新开了音乐课，还组织了课外舞蹈培训班，学校显得格外有了生气。每当唱歌和跳舞的时候，村里的妇女就都到学校看热闹。热心的蔡金凤，就又为妇女们举办起健身舞培训和秧歌操培训，姜枣花是最积极的一个学员。蔡金凤教得认真，在妇女中的威信一下子就建立了起来。在哑女枣花的眼里，金凤妹子的出现，就像在她沉闷的生活里打开了一扇窗，心中透进了一束欢乐的光亮。就在她每天能为蔡老师做饭而感到幸福愉快之时，竟然听说蔡老师要到饲养院搭伙，这究竟是为什么呢？是因为自己做的饭不好吃吗？哑女想不通，心里一着急就来找金凤，进门丢下手里的菜筐子，一双劳动妇女有力的手紧紧拉住蔡老师的手老半天不松开，眼睛里旋转着泪花花。

"好枣花姐姐，你听我说嘛，听我给你解释。"

不论金凤咋说，她就是不松开。姜贵站在一旁，干着急也帮不上忙。说实在话，他的心里原本是暗恋着哑女的。俗话说，金娃配银娃，西葫芦配南瓜。他对于哑女的情绪变化十分敏感。蔡金凤解释半天，哑女还是不松手。

最后勉强达成协议，每天中午，得由她去饲养院帮着蔡金凤做一顿饭，她这才很不高兴地松了双手。金凤一看表，都快晌午啦，赶紧就往饲养院去做饭。

再说白朗挨门逐户地走访了一个上午，中午时分，他返回饲养院，心里想着下一步的工作，并没发现屋顶的烟囱已经冒出了青烟。今天是周末，老赵一大早就骑着电动摩托回县城了。他和王石子、牛兰花继续着昨天的工作。等到人家都回各自家吃中饭了，白朗突然感到一阵孤独。开始他还想着，下一步如何把这座从合作化时期一直用到今天的老饲养院翻修一新，但是一走进院子，他就再也难以深入地思考下去。因为昨晚电话里正讲到饲养院翻修的宏伟计划时，被陈璐当头泼了一瓢凉水。想到此，他的心中猛地一缩，一下子又记起了远在大洋彼岸留学的女友陈璐。他们谈了多年，感情一直还算正常。目前矛盾的焦点是，陈璐希望他能尽快也去美国一起深造，然后结婚生子，成为比翼双飞的凤与凰。而白朗却选择了留在国内工作，进而又由中央机关下到伏牛山区担任了乡村第一书记。好在陈璐很聪明，也很理智，她寄希望于白朗在艰苦环境和预想不到的困难面前败下阵来以致回心转意。因为她就生在川北山区农村，从小吃尽了偏远闭塞和落后愚昧的苦头。最为可怕的不仅仅是物质的匮乏，更有文明的缺位与精神文化的缺失。离开家乡，从时空转换中彻底摆脱贫困，是她这聪明的农家女从小的理想和不懈努力的原动力。她不相信靠人为的力量能够改变什么，更不相信一个名校毕业生，能够甘心为某种虚无缥缈的所谓崇高理想牺牲自己的美好生活。她一直认为，像那样艰苦的地方，就应该鼓励人们逃离，就像她自己读完博士之后回避了在国内就业而选择了去美国攻读双博士学位……可昨晚照例的通话，她却敏感地从白朗滔滔不绝的叙说之中，读出了一种可怕的情绪甚至是情感。作为恋人，她隐约地感觉到了他的情感焦点的分散倾向。离别一年多了，她希望他在言语之中流露出对自己的强烈思念，可是她没有这样的感觉，他却滔滔不绝地表达对那个她几乎是毫无兴趣的上牛湾村的关注与在乎。这是越洋电话呀，竟然喋喋不休地讲那么多她根本不想知道的废话，这令她多么失望呀！真是道不同，不足与谋！两人话题不同，心思各异，陈璐忍无可忍。就这样，两人南辕北辙。白朗继续滔滔不绝地讲着上牛湾的事情，他希望通过自己的切身体会争取到陈璐的理解和支持，可是他想错了。他万万没有想到，一个出身农村的女孩子，竟然对农民如此冷漠。一个受过高等教育的应该更富于同情心的女人，对于农村发展问题和妇女儿童的命运如此无动于衷。退一万步讲，仅仅是因为自己的处境与未来前途，你也应该关注一下呀！事实是，当他讲到如何在现有困难条件下解决没有村部的问题时，电话那边突然很不耐烦地问："白朗同学，你远隔重洋打这个电话，难道就是为了诉说这些琐碎事情？"声音冷冰冰的，白朗一怔，好一阵呆愣无语。那边又冷冷地丢下一句："好了，我不喜欢听你的上牛湾长短，我要挂啦！"这无异于当头一瓢冷水，泼得原本就情绪不高的白朗全身冰凉。

白朗进得屋门，就见蔡金凤正在麻利地烧火做饭。她的背影更显窈窕动人。白朗起先一愣，他早把昨日早晨太公峁上商定搭伙的事情忘记了。看到蔡金凤，这才想起。金凤做的是西红柿揪面片儿，还炒了一盘酸辣土豆丝和一盘鸡蛋豆腐。显然，油放得不少，离着老远就闻见香喷喷的。白朗也饿了，竟然直咽口水。"没想到呀，蔡金凤同志，你做的饭还真香哩！"

"那当然！我有绝招秘方。"

"什么绝招秘方，难道对我还保密？"

"当然了，主要是对你保密。"

"哦？为什么？"

"因为你学会了，我就失业了嘛！"

蔡金凤说着，自己先咯咯笑了起来。

白朗不再说话，一个人认真地吃饭，心里不知为啥，突然就涌起一种很复杂的情绪，也说不清是欢快还是惆怅。他一碗面还没吃完，电话铃响了。他放下碗筷接起，竟然是陈璐。他看看表，那边正是午夜两点。陈璐的声音有些嘶哑困倦，像是病了一样的有气无力。

白朗有些心慌，问她咋样，对方说没事，说着竟然呜呜地哭泣开来。这是以往没有过的。白朗又问是什么情况，陈璐只是抽泣不语。白朗渐渐明白了她的意思，心里这才放松下来。他抬眼看看蔡金凤，金凤正端了碗，瞪圆一双水汪汪大眼睛茫然地望着白朗。电话那边的抽泣停下来，陈璐一反常态地说："白朗，你真坏，我想你！"随即就是一连串很夸张的亲吻之声。一旁的蔡金凤听得真切，她一下子红了脸，赶忙丢下饭碗，向白朗挥挥手，一阵风似的出门逃走了。陈璐那边也挂了电话。白朗茫然若失，呆坐在那里，再也没有心思吃饭，只感到心里空落落的难受。他一时不知道自己的复杂情绪究竟被什么操纵着，这在从前是从来没有过的。

第九章

那天傍晚，爆发家庭战争之后，老支书姜建国老汉当晚生气地离开家，到饲养院通铺大炕上同白朗和老赵一起凑合了一晚上。这一夜，他们说了好多话，也诉了不少的苦。这要放从前，简直是不可能的。谁说年龄差异会形成代沟，谁说经历不同会造成思想隔阂？姜建国和白朗，就像是前世有缘。谁都知道，家丑不可外扬！但是那天，老人家再也无法控制，也不想控制自己的情绪。心里有事情，就想找个可心人说出来痛快。事后冷静一想，他又有些后悔。毕竟是自己的老伴儿、儿子……这个，或许就真是到了什么"更年期"的缘故？老汉他当然不知道啥叫更年期。这还是老伴儿刘梅香讲的，有一次她同他吵闹时，气急败坏，脱口而出："你个更年期老汉，我不和你一般见识！""你才更年期哩！"他当时糊里糊涂地回敬了一句。反正知道不是什么好话。

第二天一大早，老汉水米未进，就肿着一双小眼睛也同白朗一道登了一回太公峁，拜谒了太公祠堂。好久没有拜老祖宗了，趁着祠堂里没人，老汉独自跪在太公像前，默默地背诵古训，深深地检讨自己，讲到不肖子孙姜耀祖，不经意就流出了两行浑浊的眼泪。"耀祖呀，耀祖呀，当初老子给你起这个名字，本想让你光宗耀祖，没想到你给祖宗抹了这么一大团黑！……"千错万错，不该听从李宏伟的旨意，把班交给儿子耀祖。如此忏悔检讨一番，他抬起头，看见老祖宗的泥塑像仍然是淡定微笑，他心里才好受些了。他开始冷静下来，心想自己失去了儿子，再不能失去老伴儿。于是独自一人默默地回到家中，见了老伴儿刘梅香，本想问候一声，见她黑着脸不言声，他也没勇气开口。一个人照例蹲在火塘边上，一锅儿接着一锅儿地低头抽烟。到了晌午饭时，刘梅香气冲冲把饭用那黑漆盘端过来：一碗苞谷面糊嘟和一小碟盐煮花生米，一碟葱丝拌萝卜条，一个白面馒头。要是放平时，肯定有他稀罕吃的辣蒜捞面，或是水发面片，也就是"锅出溜"，可是今日没有。他就知道人家气还没消。这要在平时，老汉不说二话，端起碗，用筷子扎起馒头卷上菜，唏哩呼噜就吃得一干二净。蹲在火塘边上吃饭抽烟和来人拉话，这是老汉几十年来回到家中的固定位置和习惯动作。可是今天，他却毫无食欲。他斜眼瞅了一瞅饭菜，叫老伴"撤了"。刘梅香更不高兴，嘴里嘟囔着说："爱吃不吃，支书早不当了，还摆着一副官架子！咋着？"刘梅香生得高大白净，站在一起比老头子高出半头。年轻时她也算是牛头镇中学的一枝校花。后来插队到了上牛湾，再后来就同年长她六岁的沉稳年轻的村支书，也是同校同学的姜建国自由恋爱上了。消息传到刘梅香娘家，梅香的母亲死活不同意，几次撵到上牛湾闹活，扬言要是梅香不听话，她就卧瓮跳河呀！不料想，女儿刘梅香性情比她妈还硬。最终二人还是结了婚。班上的同学都说她，真是一朵鲜花插在了牛粪团子上。村里人却说这是演了一幕七十年代的《朝阳沟》。其中的栓宝，自然是姜建国，显然不无溢美之词。

　　眼下，老伴儿刘梅香的埋怨，建国老汉就像没听见。结婚这四十多年，无论啥事，他都从来不同老伴儿争辩。刘梅香在他的心中，永远就是一枝盛开的腊梅花，那可不是赞美，是中看不中用的意思。在农民的心目中，腊梅开过到头来没啥结果呀。刘梅香性情开朗，平日有说有笑，生活讲究时尚，花钱也是城里人一样的大手大脚。她对于操持家务和简朴过日子的确是不懂，而且按照传统农家标准衡量，是至今也没有学会。相反，姜建国这一辈子，总是沉默寡言，低调处世，生活也就是四个字，朴素简单。事实证明，两人的婚姻的确是一场人生的误会。当初没听母亲的意见，刘梅香心中别提有多后悔，但是她从不对外流露，只是默默地忍受，用冷漠消解着后悔与苦涩。她爱跳爱唱，爱说爱笑，有空就往娘家跑，一回牛头镇，十天半月就不回来。姜建国一个人反倒省心。他不会打扑克，不会搓麻将，不喝酒甚至不吃肉，更不好色沾女人，当然也不爱读书看报，就喜欢听中央人民广播电台的《新闻和报纸摘要》节目。原先他听县里广播站的喇叭，后来听收音机。那台袖珍收音机，还是多年前县上开人代会发的，他一口气用了五六年，也舍不得换个新的。每日早晚，他都聚精会神地听。中央精神、各省消息、外国情况等等，他听得津津有味，就好像每次参加镇上和县里的各种会议那样用心。于是开会讲话，他的嘴里也就有了几句新话和时髦词汇。眼下，他正生着儿子的气，老伴儿刘梅香却又偏偏杀上阵来：

"姜大官人，你说说，这家你到底是搬还是不搬？"

姜建国猛然一怔，突然爆发一样地呵斥道："不搬，你要搬，干脆你自己搬过去！"

"你这是什么态度？难道是老了还想分居不成？！"

老汉不再说话，刘梅香急得在地上打转儿。

"好吧，你不搬，我就回镇里！"

刘梅香说着背起背包就要出门，正在这时，门却开了，进来的人是儿子姜耀祖。

"妈，天都黑啦，你这是上哪儿去呀？"

"不用你管，我回镇上避难！"

"咋还避开难啦？有啥难啦？"

"你问你爸！"

"不是说好明天搬家吗？"

"人家姜大官人讲廉政，不愿意搬！"

"咋就不廉政啦？爸，新房是你亲儿子盖的，老子搬进儿子孝敬的新房住，这天经地义，有啥不廉政的？"

不料儿子一句所谓孝敬的话，正戳到了老汉的心病根子上。姜建国老汉心痛，但依然保持沉默。他实在是难以启齿。"支书姜耀祖以权谋私！盖起大别墅！"他真不愿意把这样的话从自己的口中讲出来呀。三四年啦，他老汉已经看明白啦！这也是他时常担心，感觉心痛的呀。他万万没有想到，自己的儿子会是这样！不光以权谋私，还心术不正哩。心思不用到正经地方，咋净干些偷鸡摸狗的事情！

"爸，你就干干脆脆表个态呀！我妈这一辈子，在咱家也没享过啥福。自打结婚就住在这又潮又黑的老屋里。她一辈子爱好，就想住个好房子。从前咱家穷，盖不起新房，改革开放后，咱们富裕了，才盖起了新房，你咋就不能让我妈和你住进去，舒舒服服地过几天好日子，也好让儿子尽点孝心嘛。"

姜建国听得，非但没有动心，反而更加反感，实在按捺不住情绪，突然开口道：

"你小子听着，我看你还是趁早辞职算啦。"

"辞职？辞啥职？为啥？"

"你当官，缺点东西哩。"

"我缺啥东西？"

"你自己好好想想。"

"我看我啥也不缺。"

"不缺？你再好好想想。"

"我，我想不明白。"

"所以我说让你辞职哩，知道你娃想不明白。"

"就是辞职，我也得辞个明白呀！爸，你说，你儿子当官缺啥？哪里有随便往自己儿子脸上唾臭的！"

"你小子，真想听我说？"

"想听！"

"那好，我说，你当官缺德！"

姜耀祖一听，一下子愣在那里，老半天没话。随后回过神来，说："妈，你听见没，这该是我爸说的话吗？我咋缺德来，你得说清楚！"

"远的先不说，就人家白朗进村那天……还用我再说吗？"

"那天咋的啦？"

"暗里鼓捣人给新来领导出难题，那可是下三烂的勾当呀！不是缺德又是什么？咱当干部的可不能干那号事情。"

姜耀祖听得一愣，顿时恼羞成怒，大声反驳道："爸，你不要把自己的儿子想得太坏！姜建国同志，你的后任，没你想象的那么龌龊！"

"你鳖孙还别嘴硬，我问你，牛尾河沟招商开发房地产，是咋回事，同村民们商量过没有？你盖大别墅的钱，又是从哪来的？"

姜耀祖一听急了："我的事情不用你管，以后工作的事，你老人家就不用费心，好好在家歇着！"

说完一摔门，走了。紧接着，老伴儿刘梅香也气呼呼地出门去了。屋里就剩姜建国一人。骂走了他娘俩儿，老汉感到清净多了。他慢慢地抽着旱烟，思绪就像烟雾，渐渐飘飞得很远。

"姜建国同志"，哼，好久没有听到这样的称呼了。今天从儿子嘴里喊出来，却显得格外刺耳。"姜建国同志"成了一个叫人痛心的称呼。记忆之中，开始这么称呼自己的，只有两个人，一个是镇里的老镇长，一个是老县委书记……老汉想到这里，就有些得意起来。面前浮现出那留着背头和戴着军帽的慈祥的老人的面容。"姜建国同志"，以后镇上和县上领导就时常这么称呼他。久而久之，倒好像成了他的一种特殊职务。那些年，他最喜欢听这个称呼哩，感到人家没把自己当外人，感到人家把自己抬举得很高。他虽然理论水平不高，但毕竟是受党教育多年，平时又爱听广播，思想上的大道理、原则性和时事政治词语，脑壳里装了不老少。加之他一贯稳妥，做事情有板有眼，始终既坚持原则，又不脱离实际。这也是他几十年间，无论大气候如何变化，在各级领导和村民心中始终不失威信的主要原因所在。相信群众相信党！这是老汉作为一个二十世纪七十年代入党党员的精神支柱，也是他大前年能够如愿以偿地把权力移交给儿子的一个重要因素，虽然这并不是他的本意。尽管他也承认自己辛辛苦苦干了四十年，没为村里办几件惊天动地的大事好事。然而，村民固穷，精神没垮呀！这一点他老人家自认为是煞费苦心，功不可没……

夜深了，姜建国老汉独自一人心里嘀咕着，又感到了几分得意，感到自己的形象，在村民心目中仍然就像担任村支书时一样地高大而坚不可摧。他所担心的是儿子的未来处境。自己担任支书四十年，都是独立执政，基本上就是一个人说了算。村里大人娃娃，没有一个人敢小瞧或者顶碰咱姜书记。通常情况下，老汉抽旱烟的时候，正是聚精会神地用脑子想问题哩。他几十年如一日，坚持抽旱烟不抽纸烟，坚持滴酒不沾荤腥不沾，也有一个原因，那就是为了防止村民送烟送酒请吃，可见他是多么廉洁和有恒心的一个人。他1966年初中毕业回乡，其间曾经有过多次招工、当兵甚至推荐上大学的机会，他都没走。不知为什么，他就是喜欢在家乡务农。在农村泡了几十年，到头来，他被打造成了那种上下一致公认的乡村政治家，农民眼中的"不倒翁"村干部。他届届连选连任，几乎毫无悬念。大约每一任镇上领导都认为，姜建国这个人，看着其貌不扬，平日里也不显山不露水，但在上牛湾村是绝对权威。你可以对他四平八稳的工作不满，但你的确是拿他没办法，因为大多数人拥护。看他不顺眼的人，想骂他都找不出一个确切的理由。无奈之下，只好背后称他为"元宝蛋"

支书。直到他大前年把支书的位子让给儿子姜耀祖以后，人们背地里才开始对他有了不好的议论。原因是儿子上去三四年，不走正道，助长歪风邪气，严重脱离群众！加之明里暗里，亲亲疏疏，以权谋私，挂羊头卖狗肉的，村里的事情没见做几件，率先倒把自己的三层大楼盖了起来。直到眼下议论纷纷，甚至还编了个顺口溜寒碜他们父子，说："老子还中，儿子瞎熊，父子轮番，牛湾稀松。"姜建国老汉听到之后，气得不吃不喝，在炕上躺了整三天。之后他把儿子叫到自家火塘边上，可着嗓门数落教训一番，然而毕竟还是亲骨血嘛，末了老汉语重心长道："我说耀祖呀，你可要为咱姜家老先人争口气呀！当初我退那会儿，村里就有人喊叫让王石子接班，也有人说让刘秦岭上。我考虑了三天，还是听从了李宏伟县长的意见。我不是不愿意把权力交给外姓人来掌握呀，而是不希望出现大的问题。咱们上牛湾村本来就是姜家人的世事。至今一百七十六户，仍有一百二三十户姓姜，六十七户贫困，有一半也姓姜。可见贫富不在姓啥。这就是咱们上牛湾的实际情况。因此镇里县上领导，说白了也就是李宏伟的意思，如今人家提拔到县里担任主管农业的副县长啦，就是他找我谈话，力主我把班交给你。这是多重的一副担子呀，看来你腰还不硬，独立承担不起这副重担呀。"老汉说着，停下来，沉吟半晌，又说，"我想了三天，明着说吧，今后我还得来几年'垂帘听政'，这是老话，如今叫'扶上马再送一程'。这期间你得好好努力长进，不要让村里人再戳咱们父子脊梁骨呀。你没听人家说'老子还中，儿子瞎熊'，这啥话嘛！骂人哩呀！打脸哩呀！咱们姜家是村里大户，有头有脸。说咱不中，咱丢不起那人呀！"

姜耀祖无奈，又自知理亏，只得点头答应，但是心里还是一百个不服气，心想，又是那刘秦岭带头捣乱，企图乱中夺权嘛！可是事到如今，暂时只能忍啦。又一想，也没啥，反正别墅楼房已经盖成，表面受点委屈也没啥了不起的。从此后每天早晚，姜家老屋一年四季不熄火的灶塘边上，似乎也就成了他们朝野父子参政议政、联合执政的场所，成了上牛湾村实际上的"政治中心"。然而实际情况并非如此，谁都知道这生性诡诈的姜耀祖，给他老父亲玩的是"两面人"把戏。在老人家面前他是唯唯诺诺，言听计从，几乎百依百顺。可背后，他摇身一变，该干啥照相干啥。就说近期的救济粮款，这不，本来商量好的方案有姜战斗和姜巧玲家，到头来却被姜武暗中截留。他当支书的睁一只眼，闭一只眼。因为需要姜武这样一个保镖打手，而又发不出工资，只得每季度给他发双份的救济。父子联合执政这样的格局刚刚实行还不到半年，上级任命的驻村第一书记白朗突然进村，姜耀祖称之为"狼来了"。

姜建国孤家寡人一个在老屋里抽烟生闷气。农村人睡觉早，人睡定后村里狗咬了一阵，就听见有人敲门。自从不当支书，就很少有人夜里登门。掌了半辈子实权的姜建国老汉，已经习惯了"门庭冷落车马稀"的现实。老汉看看手表，已经夜里十二点。眼下这么晚了，还能有谁上门？他开了门，却见是刘狗剩。两人一见面，老汉的脸就沉了下来。心想你个铁耙子深更半夜来干啥？但他没说话，只是反身回到火塘边，接着低头抽旱烟。狗剩见了姐夫，显然有些胆怯。小心翼翼地问：

"姐夫，我姐呢？"

"我咋知道？"

"她没在家？"

"没在。"

"是不是上谁家打麻将了？"

姐夫不再言声，狗剩有些尴尬，也就不再作声。

俗话说一娘生九种，种种不一样。刘狗剩长得可没有他姐排场。他属于那种农村中被称之为"狗见愁"的下家。人原本就生得不大争气：尖嘴猴腮，贼眉鼠眼。他每次进上牛湾村，都会惊动起全村的大小狗围着他咬。他就预备一把死鱼烂虾糊弄那些狗。狗没出息，争抢着吃腥。于是吃了人家的口软，随即不再作声。等他外甥姜耀祖接了支书以后，他在上牛湾也开始牛起来了。利用外甥的权力，尽干些日鬼捣棒槌的勾当。原先他姐夫不待见他，这村里人都知道。如今人们才逐渐看清，姜耀祖做事情，就更像他二舅的行事风格，叫作雁过拔毛，而自己却也是一毛不拔。人们就骂他"只许进不许出，整个一个属狗的"。狗剩和外甥，他们目前承包着村里的养鱼塘，为了掌权、挣钱两不误，竟然别出心裁，把村部由饲养院搬到了一条金属养鱼船上。渔船用红油漆漆过，瞅着血红血红，被村民讽刺地称作"红船"。姜耀祖反倒说这名字起得好。

第十章

    村里的鱼塘，原本在牛尾河口上，两个二十亩大的鱼塘，有船闸可以直通源头水库。塘里养着名贵的白鱼和甲鱼。鱼塘是老支书执政时组织动员全村劳力所挖，原先当然属于集体所有，每年村民家家户户还能分到上百斤的鲜鱼老鳖。各家收入少说也在两三千元，基本上解决了柴米油盐的花销和娃娃念书的学费。村里还能结余一些，作为公用开销。可是到了姜耀祖手上，他大胆推行所谓改革，用公开向社会投标的方式，实行个人承包经营。投标的结果，他二舅刘狗剩中标，其实也就等于他自己中了标。于是，这鱼塘就成了他一家的致富项目。每年给村里缴的二十万元承包费，群众是分文见不上，统统成了村里招待费，专供招待相关领导来上牛湾吃喝所用。大多数群众当然是敢怒不敢言。刘秦岭不服，也曾带头到镇上和县上告状，得到的结果却是要把他们承包的牛尾河沟生态项目转让给房地产商人金占川开发别墅。后来究竟如何，暂且按下不表。

    单说那条红船，早已成了村里人议论的焦点。村里人发音"红""黄"不分，因此多数人又把红船叫成了"黄船"。白朗进村不久，就听到了关于"黄船"的传闻。那还是王石子和刘秦岭断断续续讲的。说那是姜耀祖和姜武他们同某些贪官、不法商人胡作非为的黑窝子。开始，白朗还有些不大相信，心想难道农村"阶级斗争"真的就那么激烈吗？

    前面说过，这是一条漆成红色的铁皮船。船顶上面搭着结实的木顶棚，四周围着板材，上端开着一排观光玻璃窗户，挂着厚厚的帘幕。如此一番装修，夏天不怕刮风下雨，冬天换成棉帷幕，也不怕寒风侵袭。但是村民要找村支书办事，也得上船来拜。

"姜耀祖支书和他舅，还有姜武他们，经常请些有权有钱的在船上吃喝玩乐，啥事都干。"有一天晚上，躺在饲养院通铺大炕上，老赵小声对白朗说，"听说船上新近雇请来个女服务员，名叫江翠花，据说是姜武从城里高薪聘来的，人长得好看，听说并不卖身……"

老赵说到此处，故意停下来，看看白朗的反应。他发现白朗瞪眼听得认真，就坏笑着说："看来这翠花姑娘，可真是个人物，惹得不少男人动心，结果你猜怎样？"

老赵说着，又停了下来，看看白朗。白朗说："你要讲，你就好好讲，不要卖关子嘛！"

老赵笑着说："我是怕你批评我多事。"

白朗说："这你放心，让事实说话嘛。"

老赵说："这我就放心啦。因为有位大领导，都没扛得住，一次船上宴请，据说喝多了动脚动手，被人家姑娘掴了一耳光。""你说的是哪位大领导？"

"这你就不用问我，过不了几天，你就知道了。"

白朗说："接着讲。"

老赵说："那江翠花不光人长得好，性格也开朗，据说还念过大学哩！"

白朗说："这我有点不信。"

老赵说："开始我也不信，后来见了面，一开口说话，我就相信了。"

"你说得太神了吧，咱能不能不说江翠花，咱就说'黄船'。"

老赵说："那还真不行！"

"咱就说姜武这个人。"

"说姜武，就得说到支书姜耀祖。姜武同他关系非同寻常。"

"说白了吧，他们二人臭味相投，可以说是伙穿一条裤子。是不是？"

老赵说："也是也不是。"

白朗感到越听越糊涂，就不耐烦地说："好老赵哩，你就不要绕圈子啦！二人究竟啥关系嘛？"

"狼和狈的关系。"

"这咋说？"

"就说这翠花姑娘吧，姜武他表面上是为孝敬支书姜耀祖而引回来的红船女招待，实际上听说是他自己没安好心。"

"哈，绕了半天，又回到了江翠花身上！我算是把你服了，行啦行啦，你就这么点出息！"

"白书记，不瞒你说，当上三年兵，你看见老母猪，都是……都是……"

"都是啥？"

"都是双眼皮皮。"

一句话，把白朗逗乐，直笑得肚子疼。

好容易止住笑，白朗说："难怪难怪，我早听说了，你老赵当过兵。岂止三年，当了整整十年。"

"白书记，不开玩笑，你别说，这姑娘穿上一身玫瑰红的紧身工作服，就像是省城大宾馆的女服务员，沏茶倒水，招待来客，文文雅雅，可真像模像样的。"

老赵说着又停了下来，眼睛望着天花板。白朗急着想听下文，可他就是不往下说。

白朗有些生气，说："不说拉倒。"

"好好好，咱说姜耀祖。有天晚上，船上没有了外人，姜耀祖起了歪心，要江翠花替他捏脚按摩……被人家姑娘拒绝了。他恼羞成怒，大发雷霆，扬言要解聘人家。"

"别说江翠花了，再说说姜武。"白朗又一次岔开话题。

"好吧，就说姜武这人，他原本是个孤儿，四岁父母双亡，是本家叔公老支书把他收养大的，因此他同支书家的关系非同寻常。姜耀祖同他自然就成了亲弟兄一样的特殊关系。他这个人三分虎气七分匪气。他打小就不爱念书，据说小时候看过电影《少林寺》，就背着村里人独自跑到少林寺拜师练武。此后二十年杳无音信，村里人都以为他早已经不在人世。谁料想前多年他突然回来了，事后才知他出家之后屡屡贪酒好色，犯了佛家大戒，被老方丈着人杖罚之后赶出山门，从此浪迹江湖，至今快五十了，还是光棍一条。"

白朗听得，心想，社会可真不是真空。一个小小的上牛湾村，就有这么复杂的人和事。就说这个混混浪子姜武的产生，也是时代的怪胎呀！进而就想到上牛湾发展问题，真是百废待举呀！面对这一切，真不知如何是好。等他回过神来，老赵还在兴致勃勃地唠叨着。这些龌龊之事，白朗确实不想听，但是不听又不行。就像原先面对村里的旱厕，进去不行，不进去也不行呀！可是事实证明旱厕好治，人渣难除呀！比如这姜武，还有人模人样的姜耀祖之流，可该怎么办呢？白朗感到太阳穴发胀，知道自己血压又升高了。真是不胜其烦。

"等到世事变化，诸事好像是都讲开规矩啦，眼瞅年过四十的姜武实在混不下去了，便回了上牛湾村找他四叔公要口饭吃。不料等他归来，四叔公已经卸任，堂兄弟姜耀祖继任支书，两人臭味相投，结果一拍即合。比如姜耀祖爱钱好色，他当然更是喜欢得不行。经常是明里暗里，瞎事好事，牵线搭桥，服务到位。一来二去，姜耀祖深受感动，就为堂哥真心谋划，上下打点，做工作增选一个村委会副主任，实际上取代了王石子的工作。遇到事情，只要人家两个碰头一捏咕，也就等于召开过两委会。于是，利用手中权力，沆瀣一气，花天酒地，好不自在。"

平日话并不多的老赵，今日不知为啥，越讲越上劲儿。白朗耐着性子听着，渐渐进入状态，忘记了自己的血压高问题，感到老赵讲的，是走家串户无法得来的关键人物的潜在问题。他一边听，一边考虑着对策，因为这样不正常的局面无论如何不能继续下去。但是毕竟是强龙难压地头蛇呀！他的太阳穴又开始跳得厉害。老赵的唠叨，对于白朗来讲，就像是火上浇油。他的心中更加焦虑难安。

"二人如此在村里出出进进，几乎形影不离。姜武被认为是支书姜耀祖的铁杆保镖。年轻支书行事风格，同他爹截然不同。父子相比，儿子的身上最明显的时代烙印就是不拘小节、不讲规矩。所谓敢想敢干，毫无顾忌。比如利用手中权力公然谋私，他几乎是明目张胆从来不顾忌别人看法。这一点，他爹一辈子都做不到。姜武同姜耀祖的关系，说白了就是狼狈为奸。村民们反映姜武好吃懒做，不同意给他特困救济。支书姜耀祖给他兼任个治保主任，说他平日得误工看村护院要练习拳脚。于是，只要救济粮款一到，他就近水楼台先得月了。腰里有钱，他们一同进城，大吃大喝，吃饱喝足就往洗浴中心一钻，一洗一按摩，接下来的事情，那就得听听村民们怎么说啦……不过要说姜武看家护院那也不假，但那主要是替姜耀祖家看家护院，百分之百充当了他家的私人保镖……"

　　老赵说着说着，竟打起了呼噜，白朗却没了一点睡意，脑子里就像过电影一样，交替浮现着近日的诸多情形。那些形形色色的人和事，在偏远乡村的静夜里，显得更加清晰可辨。乡村第一书记，完全失眠了。

　　清早从省城出发，他一路之上别说有多兴奋，先是省委薛玉山书记前一天讲话的情形，历历在目。"同志们，你们是幸运的，赶上了好时代，遇到了好机遇，就是十八大后，党中央提出精准扶贫，广大农村需要大批德才兼备的青年干部……"接下来，大队支书出身的省委书记现身说法，循循善诱，就像讲故事一样，讲下去如何打开局面，如何深入各户调查了解情况，如何尊重团结村干部，争取民心，如何赢得党员干部支持，如何发动群众……

　　白朗越想越清醒，眼看两点多钟，丝毫没有睡意。兴奋之中，他一会儿想法很多，甚至踌躇满志，一会儿忧心忡忡，焦急万分。上头是支持的，无论中央、省里还是市县镇……但是他万万没想到，就任第一书记的头一天，就会遇到那么大的麻烦！人刚进村，上访的村民就围了住所大门，挤满了院子。他突然想到了姜贵，觉得自己很像他的处境。一个敲钟的工友竟然成了校长！自己一介书生，竟然成了第一书记。反正村里的学校就他一个民小老师，复式教学，孩子们语文数学全都集中在一个教室里完成。原先的学校在山下，建得很气派，那是老支书最为得意的政绩。是他亲自到县教育局跑成的一个跨世纪的项目，可惜被水库蓄水淹没了。结果"上牛湾村小学"也就只剩得一个空招牌了。公派教师没人愿意来，村里只好临时让原先在学校敲钟的瘸子姜贵代理校长兼教师。姜贵倒是乐于承担此项光荣任务。结果，家里有办法的孩子都到县城或牛头镇上学了，只有没办法的子女和父母在外打工的留守儿童才被送到姜校长这里来。因为没有教室，姜校长只好在自己家里临时上课。可怜家里六间瓦房，都是七十年代盖的。下雨的时候，有的屋顶还漏水。大伙都说，初中没毕业教小学，可见姜校长本事有多大。他倒是热心肠，虽然文化不高，但对孩子们照顾得不错。县里近期派来了支教志愿者蔡金凤，看来办好学校有希望啦……白朗意识到思绪跑得太远，既然姜贵能把学校搞得像样子，自己更没有理由惧怕困难。

　　当晚，他在扶贫日记（微信）中写道："要治一地之恶，必知一时之弊；要扶一隅之贫，必知一域之资。"第一个点赞的还是广东的金霞大姐。群主她近日似乎很忙，点阅之后，很少留言发议论。紧随其后的是很少露面的新疆王龙，他跟帖说："白兄言之有理，局部的矛盾问题，可不能只注意局部。这就像中医看病，不能头疼医头、脚疼医脚。统筹、协调、辨证施治，尤为重要。"吉林董欣浩发惊叹表情说："咋这么有才！不愧是源头活水呀！"白朗抿嘴笑了，赶忙发一个微笑表情……大伙儿的认真和乐观，对他诸多矛盾困扰的心情颇有安慰。他深知，作为乡村第一书记，他们每个人都有自已的困难和烦恼，但是大家很少消极流露。坚强面对一切，这是大伙儿不言而喻遵守的共识。

第十一章

来年春季，天气晴朗的日子，牛尾河的流水格外的清澈欢快。白云蓝天倒映在河水中，显得更加秀丽迷人。

早饭过后，白朗应邀到刘秦岭他们的绿叶公司调研。这也是他计划中早就有的一项工作。他想通过实地踏勘，了解和印证各种信息和传闻。刘秦岭兴致勃勃一路作陪。他显得十分的兴奋，话也格外多起来，不停地介绍各种情况，眼睛却一直关注着白朗的反应。显然他对新来的第一书记寄予很大的希望。第一书记进村快一年啦，干了不少令村民刮目相看的事情。起先，他并没有希望白朗书记能够解决由姜耀祖一手制造的绿叶公司与金鑫集团的合同纠纷。不是小看，是他不相信一个小小下派干部有如此的智慧和能量。这个精明细心的汉子，他每天都在关注书记的行踪和动向。最令他高兴，或者说是深感宽慰的有两件事情。一件是新书记到任不久，就出乎意料地恢复了村里中断多年的拜祖活动。这令他喜出望外。这就意味着，他懂得利用村里的种种矛盾，集中各种积极的因素，达到原本无法达到的目的。这样的执行能力，不在于职务高低，也不在于权力大小，更不是谁都具备。有的驻村干部，进村一年甚至几年，也不会到祠堂里去。他们不知道对于一个古老的村子而言，祠堂的作用和威力。在人心涣散的情况下，它比看得见摸得着的权力更具精神上的凝聚力。可惜这一点，许多人看不到，于是他们很忙，忙于进城开会，忙于总结汇报，参与各种应酬，更有甚者，则忙于吃请打牌，忙于千方百计捞钱……那天，在祠堂拜祖现场，面对淡定自如的白朗同姜怀安、姜建国两代书记一同参加拜祖，刘秦岭看出了一个年轻智者的政治魅力。他激动得几天心情无法平静，心想：有文化、喜欢读书的人思想境界就是不一样。这么多年啦，他已经观察出一条规律，那就是文化是人的善良温床、道德底线，更是智慧源泉。这些年，村里也没少来帮助工作的干部，他就发现，但凡文化高的、喜欢读书的人，就有群众观点，就对老百姓好，不会同歪风邪气同流合污。还有一件事情，更是试金石，就是白朗来了这么些日子，还没有上过"黄船"。这是很少有人能做到的。"黄船"是什么，吃喝玩乐的地方呀，里面一应俱全，一条龙服务，上牛湾的"天上人间"呀！"黄船"是个大染缸，好人上去了，很难下得来。村里人议论说，无论是哪个，一次上船，一辈子洗不干净。说李宏伟县长就是在"黄船"上被姜耀祖俘虏的，一个副县长，从此只好为人家站台打工。可是白朗不同，白朗是真正的共产党员呀，据说姜耀祖在白朗来的第三天，就亲自出面郑重邀请他上船赴宴，被他婉言谢绝。这事很快传出，此举在村民中赢得了好感。显然是他在走访农户时，了解到了"黄船"的秘密。

白朗一路被风景吸引，并没有注意到刘秦岭的神情。

牛尾河沟在上牛湾村的山背后，有一条小路与村子连通。从地理位置上看，它就像是上牛湾的一个完全封闭的后花园。一般情况下，外面的人很少涉足。原先沟里植被很好，几乎都是茂密的天然次生林。生长着栎树、漆树、水桐、山桃、山杏、松柏，还有各种灌木藤类，各种奇花异草和名贵药材。到了春夏，满沟都是五颜六色的鲜花，而秋天的景色更是迷人，金黄火红，一年四季，令人流连忘返。可惜一连许多年的砍伐破坏，再加上周围各村随意放牧，结果"林毁草木衰，花谢红土流"……人为的野蛮破坏，把一条美丽山沟的自然生态糟蹋成了人迹罕至裸露山石的野坡荒沟。好长时间，人们一提起牛尾河沟，就叹气摇头。老支书姜建国任上，也下决心治理，动员村民植树造林，禁牧种草。但是生态一旦破坏，要恢复谈何容易。结果是，年年栽树不见树。沟里的气候，更不同从前，春夏主要是干旱，冬季最厉害的是干冷风。旱象最严重的是春季，栽上的树苗，被烈日连续晒上三天，就卷叶拧了腰腰。风就更是可怕，村民说，牛尾河沟的风，就像刀子割人。沟里一场风，从春刮到冬，其肆虐程度可想而知。由于流域内植被完全被破坏，牛尾河也成了一条干枯的河流。徒有其名的河沟滩里，沙土也乘风肆虐。风卷起的尘土，扬起老高。等到落下来的时候，就到了村子里面。人们不知不觉，村里的风尘竟然也成了一种灾害。每年冬春，家家户户的屋顶院子，都落着一层厚厚的沙尘灰。每个人的头上脸上，都被厚厚的尘灰占领。起初人们还不懂得，风沙给人们造成的灾难。从老年人的眼睛就可以看出来，眼圈感染发红，个个迎风落泪。红眼病竟然成了村里独特的地方病。防疫站多次调查，都弄不清原因。笼统下个结论是，水有问题。水是有问题，但长期吃窖水带来的问题，是大关节和粗脖子病呀。生态环境的破坏给人们造成的灾难仍在蔓延，到了后来，年轻人和儿童的眼睛也开始泛红，人们图一时之利，给予大自然深刻伤害，几十年后，大自然开始无情讨债啦。前人的罪孽，后人不得不承担。村民苦不堪言，又无能为力。直到几年前，在省城开发房地产积累了资金的刘秦岭回到家乡，他看到这种局面，心中再也无法平静，就下决心要治理牛尾河沟。他在即将离任的老支书姜建国的支持下，组织起姜喜才、梁大海、高云峰、李大顺、王小五几名复转军人，组建起绿叶公司，开始了向野山荒沟的宣战。他首先聘请生态、环保、园林和农业专家，根据上牛湾的地理特征和气候变化的实际情况，按照生态恢复规律和田林路统筹、乔灌草结合的原则，经过反复论证，先搞出了总体规划蓝图，又在此基础上深入研究制定出具体生态工程项目和分期分步实施的规划意见。由于规划科学，一次到位，分步实施过程中没有走任何弯路。因此，三年大变，四年巨变。第五年开始，人们吃惊地发现，昔日那绿树成荫、鸟语花香的牛尾河沟又悄然回来啦。由于山体植被得以恢复，牛尾河又有了清澈见底的流水，水中的小鱼儿和螃蟹也开始出现。看到这样的情形，村民们别提有多高兴啦。当下面临的问题，白朗早有耳闻，就是万万没有料到姜耀祖上来后，兑现事先给某些当权者的承诺，背着绿叶公司和全体村民，同金鑫集团签订开发合同，以县里统一规划发展所谓全域旅游、开发旅游特色小镇为名，允许其在牛尾河沟开发二十栋高档别墅！谁都看得明白，如何解决这个问题，是对第一书记最严峻的考验。白朗心里明白，这是一条高压线，也是一颗危险的定时炸弹。弄得不好，随时可能引起大火或发生爆炸。这个问题要是解决得好，许多问题就可能迎刃而解，否则他就很难摆脱困境，而随着恶势力的蔓延，矛盾可能愈演愈烈……

　　一大早，白朗和刘秦岭两人弃车徒步，迎着初升的太阳走进林中。硬化的林荫小道，蜿蜒崎岖但风景如画。他们欣喜地穿过生长茂盛的白松林，穿过挺拔向上的云杉林，穿过翠绿的竹林，穿过充满活力的柳树林、红枫林，穿过花香四溢的桃李杏林，穿过银杏林，穿过结蕾待绽的苹果、梨树林，穿过山茶花圃，穿过牡丹花圃、玫瑰花圃、兰草花圃……一路走来，刘秦岭如数家珍，兴致勃勃地介绍着各种相关的情况，白朗听得入迷，趁机询问了解更多详细情况，包括绿叶公司面临的各种困难和问题。刘秦岭快人快语，一一作答。两人不断地停下来，同林子里的管理人员和劳作的园丁交谈。他们都是上牛湾的村民，多数认识白朗。实际上，绿叶公司除了那五位基本骨干，活忙的季节和农闲的时候，全村的男女劳力，甚至包括放假的学生娃也都到公司来干活。公司每年支付给村民的工资，至少在八十万元。了解到这些情况，白朗更加意识到了自己的责任，就是一定要设法制止金鑫集团与村里签订的非法合同。不然的话，自己就是严重失职，就是眼巴巴地让强盗在自己的眼皮子底下实行抢劫犯罪！但是他深知问题复杂，这也是自己久久没有来绿叶公司调研的主要原因。他害怕打草惊蛇，更担心加快合同的落实。

此时，两人顺路攀上阳坡顶端的一座亭子。刘秦岭事先着人在亭中石桌上摆了一把茶壶，两个茶杯，还有一盘水果和一壶开水。仿古亭子显然是刚刚落成不久，油漆水泥圆柱上还隐约地散发着油漆味儿。走了一个多小时的山路，白朗感觉有点气喘。两人在石凳上坐下来休息。刘秦岭给白朗倒一杯茶水，说："白书记，你尝尝，这是我们试种的茶叶，看顶不顶你们家乡的茶叶好。我们这可是纯绿色无公害。"

"哦，咱们这里是可以种茶，县志上有记载。"

"是呀，一开始我们也怕不行，后来在明朝《颖川县志》上找到了依据，说是'颖川浅山一带，茶农务茶，甚为富足'。我们通过请专家论证，根据地理气候，引进了适当品种，试种三年，终于成功了。"

"咋刚才一路没有看到茶树？"

"茶园在牛尾河底，靠近河边两岸一带，那里沟坡地好，气候也比较湿润，我们还采用了温室种植。"

"有没有注册品牌？"

"暂时还没有。白书记，你给起个名称吧。"

白朗望着玻璃茶杯中一根根竖立在水中的翠绿色茶叶，想了想笑着说："咱们这应该是归绿茶系列吧，这一款，就叫颖川毛尖吧，上好的，可叫牛角翠，你看行不？"刘秦岭听得，立即鼓起掌来，兴奋地说："颖川毛尖，牛角翠，名字起得太好啦，叫人听了就想品尝。"

白朗说："这还要正式申报工商注册，看有没有重复和别的禁忌。我只是抛砖引玉，你们还可想更恰当的。"

说着话，就开始品茶。白朗先是很内行地端起透明水杯仔细查看。刘秦岭眼睛一直瞅着他。白朗不停地询问，仔细探讨。刘秦岭发现白书记不光是政治上沉稳、成熟，同时又是个很细心、很注意学习的人。时常说自己是啥也不懂，结果是随处拜师，在战争中学习战争。

说起品茶，白朗还真不是外行。他家乡就是南北交界地带有名的茶乡，家里几代都是茶农，他又是经过严格考试，拥有有关方面正式颁发证书的国家级茶艺师。白朗很专业地呷一口茶，轻轻漱了漱口之后，才又郑重专注地再呷一口茶，用舌尖在口中小心试探，感到有一股淡淡的苦味，随后又咂咂舌头，就感到在舌面和上腭之间溢出一股清润的回甘，并且越到后来越发明显地呈现甘甜。他放下茶杯，脸上现出惊异的神情，说："真没想到，咱们村产的茶叶会这么好！这种微苦与明显的回甘效果，我印象中只有安吉白茶和湘西黄金茶才有这种口感。"

这一回，刘秦岭可是高兴得不得了，他一下从石凳上蹦起来，说："白书记，这太好啦！我得把你这话记下来，你说的是真话吧？你可不能糊弄俺们山里人！"

白朗嘿嘿笑着说："是真心话呀！可是你不要忘了，我的身份，人家会说我讲的不算。将来咱们把商标注册下来，可以请国内一流的专家来，开一次产品鉴定会，做些必要的媒体推介宣传。"

"好呀！"刘秦岭一拍大腿，说："咱就放在京城里开，到时候，请咱们各级领导也出席见证。"

白朗说："现在的问题，是要把规模搞上去。另外，我今天重点还是想了解一下金鑫集团与村里的合同纠纷问题。这不仅仅关系到你们绿叶公司的未来发展，更与全村人的命运息息相关。我们要是失去了牛尾河沟的良好生态，很可能村子就会重新陷入经济发展滞后和生态环境恶化两重困境。"

刘秦岭说："白书记，这个问题，你看得太到位啦！我就是这么认为的。这可真不是咱镇上某些领导讲的，是我同支书姜耀祖之间闹什么个人意气，也不是像某些县领导认为的，是我们绿叶公司与金鑫集团之间的商业利益矛盾，而是公与私的较量，是振兴乡村与破坏乡村之间的一场冲突。"

白朗听到刘秦岭这么讲话，心里顿时一阵高兴，想不到一个复员军人、农村党员，会有这样的觉悟水平。有这样的同志支持工作，他心中更加充满了必胜的信心。

"说说，目前的情况咋样，官司打得如何？"

"现在是这样的，白书记，情况可真是不容乐观。"

刘秦岭开始有些情绪激动，甚至难以掩饰焦急，痛苦地说："一年多来，我曾经几十次到镇上找领导反映，镇上总是推说这是县上支持的工程，正式合同已经签订，镇上就不好再表态。我又到县里找县长反映，韩县长说是副县长李宏伟分管，要我直接找李副县长。人家李副县长好像是故意躲避我。我一连等了三天，好容易才在县政府大门口拦住李副县长的轿车，他很不情愿地拉着脸问我写材料了没。我说材料带着哩。人家接了材料，连看也没看，就上车走了。以后就成了石沉大海，再也找不见人了。"白朗听得陷入沉思。他仔细地回味着刘秦岭的话，想象着在这长达一年的时间里，他为反映问题、伸张正义所经历的一切。想着个别领导所扮演的角色，他们的冷漠态度和官僚嘴脸……事情明摆着的，一个违法乱纪的案例，为啥就无人敢管，无人能制止，甚至还暗中支持？他突然想到了县委书记石坚。

"这个问题，你找过县委石书记没？"

"找过他，石书记态度倒是很好，见了我，又是握手，又是沏茶，材料也看得很认真，还不停地摇头，批评他们有些人做事欠妥等等，但临了却还是很为难地说，这是经济工作嘛，开发全域旅游，是政府主管的一项具体工作，县委不好直接插手。"

白朗听了眉头皱得更紧。就他对基层的了解，还真一时想不出解决问题的路子在哪里。两人正说着话，就听见不远处传来哈哈大笑的声音。随即就看见银杏林后面的牡丹园里走出几个人。刘秦岭定睛一看，急忙小声说："说曹操，曹操就到，白书记，他们来了。"

"你说谁来了？"

"李宏伟，李副县长。"

白朗一时还没反应过来。但见那人群中有姜耀祖，还有那晚在老支书家里见的金总，正护着一个胖子，便说："那不是姜支书和金鑫集团的金总吗。这个姜耀祖，咋就没一句实话，我昨天约他商量工作，不是说他今天进城有事嘛，咋就在这里遇上了。"

"他这个人哪里有实话。他说在东,你保险能在西边遇到他。"一句话倒把白朗逗笑了。

说话间,几个人就来到了眼前。白朗这才看清,是姜耀祖陪着李宏伟副县长、镇里马国玺书记和金鑫集团金总经理视察未来的牛尾河沟别墅旅游度假村哩。另外还有两个人,一个是一见面就跟他要媳妇的村委会副主任姜武,另一位是高挑个子的年轻漂亮女子,白朗未曾见过。看得出,身穿部队迷彩训练服的姜武是负责安全保卫的。而那位身着职业裙装的漂亮女子,则是负责搀扶李宏伟副县长的。

李宏伟副县长其实年龄并不大,才五十刚出头的人,长得是着急了一点。身材矮胖,头发严重谢顶,鼻头明显发红,脸上的胡子虽然刚刚刮过,但是那发青的胡楂还很明显。他的整个脸上,唯独额头深深三道抬头纹下那双大得出奇的眼睛最为引人注目。他文化不高,据说只是个初中肄业。后来不知怎么,就有了省农大农经系研究生学历。论职务,他原先只是牛头镇牛头村的村委会主任,后来担任了村党支部书记。由于乐于给镇里领导办事,同镇上大小干部关系都处得好,他就兼任了镇党委副书记,他的铁哥们儿提拔到县里担任常委、组织部长后,他就自然而然地上镇里担任了党委一把手。这样没过三年,老领导又一次升迁担任市委组织部副部长,他就升迁为本县主管农业的副县长。在人们的印象中,李副县长为人特别谦和,说话平和得体,从来不同人争长论短,抓工作也颇有办法,落实事情也很得力。特别是从外表上看,他没有官架子,就是一副忠厚老实的农民大叔形象。他见人那几乎是固定在脸上的扑面一笑,简直能把所有人的思想戒备解除。对于这一点,李副县长本人也很自负,他时常在酒桌上对人夸耀:"咱老李凭着这张大中华脸的一笑,保准走遍天下,吃遍九州岛。"说着别人没笑,他自己先哈哈大笑起来。姜耀祖和金总,近年来几乎成了李副县长的左臂右膀,或者哼哈二将。他们共同策划的这牛尾河沟别墅群,可是一项关乎三个人未来命运和晚年幸福的长远之计。金总当然靠这二十栋大别墅要大挣一笔。姜耀祖的利益是土地入股分红,而李宏伟只想要一套最大的、位置最好的别墅养老居住。重要的机会是他们共同敏感而又幸运地抓住了"全域旅游开发"和"美丽乡村建设"这些上面的政策机遇,就可以冠冕堂皇、毫不含糊地实现自己的梦想。他们的分工也很明确,姜耀祖负责协调村上,解决村里的矛盾和阻力，李宏伟副县长负责疏导镇里和县上的各种关系，投资当然由金总拿钱。三人各显其能，一拍即合，事情进展得异常顺利。没用了半年，就签了正式合同。而且还请县委石书记和市上主管农业的副市长出面见证。可以说已经是板上钉钉子，十拿九稳了。不料却半路里杀出个程咬金，绿叶公司刘秦岭四处上访告状，弄得三人很是恼火。眼看到口的鸭子又要飞走，他们自然不甘心。李宏伟是昨天擦黑到的上牛湾。他照例上了红船，照例享受了吃喝玩乐一条龙服务。他没有顾忌什么中央八项规定，也没认真看过什么党员五条标准，他还是我行我素，因为他不再求什么上进。再说红船上安全，一是远离村民，二是有姜武兄弟保护，这还有啥不放心的。"人生苦短，转眼就是百年"，他时常独自念叨样板戏《红灯记》里日本太君鸠山的两句台词。于是时常提醒自己，得做个明智之人，及时行乐，得空捞钱，牢牢抓住青春的尾巴……美中不足的是，新来的美女江翠花，她是个花瓶瓶呀！连摸一下都不行，橱窗里的美人，只许看，挨不上呀！

真是冤家路窄。矛盾双方在牛尾河沟山顶观景亭中不期而遇，开始双方多少有些尴尬，很快气氛似乎也就转入正常啦。

"李县长，这位就是我们村新来第一书记……"还没等姜耀祖说完，李宏伟就伸出手说："哎呀，你就是白朗同志？久闻大名呀，高才生，我时常听石书记提起你，说是上面重点培养的好苗子哩。"

白朗同李副县长握着手，就闻到一股浓浓的酒味，心里感到很不是滋味。他一时也不知道该说什么才好，心想，是大清早的就开始喝的，还是昨晚喝了一宿？

李副县长，他的确是喝了酒。一喝酒，不光是鼻头更红，而且眼睛也发红。他典型的烟酒嗓子，一开口说话就听得出是嗜烟嗜酒之人。据说李副县长除了开会讲话之外，还特别喜欢在卡拉OK练歌。

白朗还是听老赵讲的，说李副县长在歌厅消费，他最拿手的一首歌，准确讲也是唯一会唱的一首歌名叫《九百九十九朵玫瑰》。每当他酒足饭饱之后，就被邀请到练歌房唱歌。他的保留节目，就是这首歌曲。当唱到"九百九十九朵玫瑰……"的时候，后面的歌词就记不大清，他就干脆哼哼，两只布满血丝的大眼睛就像狼一样，开始在女子中间搜索寻找。他的眼神飘过所有的年轻女人的脸上和身上，最后还是把目光的焦点停留在她们的敏感部位上……白朗还以为老赵讲得有些夸张。

眼下见了真人，白朗面对一大早就酒气熏天、鼻头通红的李宏伟，耳边就又响起了老赵不无夸张的絮叨。他简直不知道如何同姜耀祖和李宏伟这样的人共事，早先都说当下基层领导干部有些人素质差，但是还没想到会差到如此地步。但是他们实实在在站在你面前，你又的确是无法回避呀。白朗突然记起了在京培训的时候，一位担任过基层领导的老师讲过，下去工作，不但要学会做群众工作，善于发动群众，也要学会同不咋样的人共事，甚至要能够同魔鬼打交道！想到这里，白朗脸上时常保持的笑容又勉强恢复了。

"来村里生活还能适应吧？"李宏伟斜视的目光离开刘秦岭，直接问白朗，明显是上级对下级的那种居高临下。虽然他也知道白朗的级别同自己一样，都是副处，但是他的心中，并没把这个城里来的一肚子墨水的黄嘴叉子小伙儿放在眼里。

"嗯，还行吧。"白朗不卑不亢地说。

"听说你蹲不惯咱们这里的旱厕，花不少钱要求家家户户搞了厕所革命？"

"对呀，那是上面早就有的精神，群众也有要求。"

"啥，我听到的可不是这样，他们说，饭还没的吃，厕所再排场有啥用。"

"李副县长，"白朗提高嗓音说，"实际情况可不是这样。我们搞的是大棚加沼气加厕所。三位一体，把养畜禽和庭院种植同处理人畜粪便有机结合起来了，既解决了脏乱差的问题，又解决了烧饭和有机肥料、有机农药问题。我们仔细算过了，实际上等于每家每年增加了千元以上的收入。也就是说，一年就可以收回全部投资。"

李宏伟瞪大一双血红的眼睛听得很惊异。白朗说完，他扭头看了一眼身后的姜耀祖和镇党委书记马国玺，见二人低头都不说话，便把话题岔开，说："那，进村不开党员会，先急着恢复祠堂拜祖活动，有这事吗？"

"有，党员多数在外打工，多年都开不起会。拜祖中大伙都回来了，也就趁机恢复了党组织生活。再说通过拜祖活动，也可以宣传优秀传统文化，强调村规民约，凝聚人心。"

李宏伟听得无言以对，只得连连点头。见白朗讲问题从容不迫，很有主见和底气，做事情也是有板有眼，心中开始对眼前这个年轻人刮目相看。对于姜耀祖添油加醋所反映的情况开始怀疑。心想，你小子可是遇上了硬对手。

当下，大家有一下没一下地说着话，一起朝后沟里走去。刚喝过大酒的李副县长脚下显然不稳，身穿枣红套裙的漂亮姑娘江翠花就一直扶着他的一只胳膊。李副县长也真沉得住气，他甚至佯作癫狂地一边走一边大声说话，还有意无意地往人家姑娘身上靠。姑娘当然吓得不停回避。白朗只能装作没有看见。李副县长说着话还停下来，指着某一片平缓地方的草和树说："白朗同志，你可真有福气，眼瞅这里就要变作一个生态特色小镇啦，支持把这项工程完成，这也是你的一大政绩呀！"

见白朗不表态，姜耀祖说："那是那是，没有白书记大力支持不行呀。俺哥俩在这问题上看法应该是一致的。"

镇党委书记马国玺说："白朗是个明白人，既然县上已经定了的事，我们不会有不同意见。"他说话嘴里也呼着酒气。

金占川急忙说："那就好，那就好。"

李副县长听得来了劲儿，很浪气地对身边的江翠花说："到时候，你就是咱们小镇的接待部主任，负责整个小镇的接待工作，你看咋相？"

江翠花勉强一笑，不置可否。

李副县长又说："哪里的话，你的外表、能力和服务，都应该是一流的，这一点，我对你很有信心。"

刘秦岭听了，当下恨得咬牙切齿，故意留在后面用手机悄悄给他拍了一张照片，遂又转到前面再拍照时，却被机警的姜武发现，伸手遮住了镜头。两人较起劲儿来。别人都没有注意。

"白朗同志呀，你今天来得正好，这也是咱们有缘。你看，这么好的风景，里面要是点缀上一座座漂亮的小别墅，那该是个什么景致？说真的，你以后当上了大领导，带着老婆孩子故地重游、休闲度假，那该是什么情况！啊，你们说呢？"

姜耀祖向金总使个眼色，金占川忙说："那是那是。白朗书记啥时来，咱都得热情接待，周到服务，保您满意。"

姜耀祖又用手捅捅江翠花的后腰，那姑娘生气地回头瞪他一眼。

白朗无言。他的心中早已经怒不可遏，但还是强迫自己保持着冷静，表情平静，不动声色。

"对呀，"金占川也趁机说，"到时候，我来接待，一切免费，保证让领导您舒服满意。"

姜耀祖说："那可不行，接待白朗书记，这是我们上牛湾村的内部事情。我们也有自己的别墅，不用你们费心破财。到那时候，我做东，把几位，包括刘总都叫到一起，咱们饮酒叙旧，一醉方休。"

一直沉默不语的他二舅刘狗剩说："外甥，到时候可别忘了把你舅我喊上呀。"姜耀祖故意说："你老人家，我看就免了。喊你来，那时候喊你来还有啥用？"

"你个没良心的，要不是二舅我，这金总咋就知道往牛尾河沟里投资？"

金占川说："对呀，有功之人，可不能忘记，都得叫上。"

刘秦岭说："我可没功劳，当然没资格参加，也不用你姜大支书费心破费。"

他声音冷冷的，显然憋了一肚子的火气。

副县长李宏伟听得，扭头斜一眼刘秦岭，说："你这个刘总这话就有些见外，都是本村自己人嘛，可不敢那么生分。姜支书也是一片好意，你可不要再理解偏了。"

刘秦岭听得，一下来了气，说："话说到这儿，李副县长，我还有迷惑不解的地方要请你大领导指教。"

李宏伟听得突然停下脚步，转回身，一双血红的大眼睛直愣愣盯着刘秦岭，尽量压低烟酒嗓子问："说吧，有什么话，你现在就说。"声音不无威胁。

"就是上次交你那份材料，副县长大人总该看过了吧？"

"哪份材料，几时交给我的，我咋一点印象也没有？"

"哪份材料？还能有哪份材料！反映我们绿叶公司承包的荒山荒坡要被别人非法强占的申诉材料。"

"啊，有这等事情？我真不记得有这么个材料！"

"你当副县长的嘛，脑子里还能记得这等小事情？"

"哎，闹半天，今天还遇上个刺儿头！"

刘秦岭气得满脸通红，浑身打战，正要上前理论，被白朗伸手使眼色拦住了。

这边李副县长倒是来了劲儿，手指着刘秦岭吼道："我当副县长咋啦，我当副县长就是给你刘经理一个人服务的？法律问题，你找法院起诉嘛！"

刘秦岭张口还要说话，被姜武连拉带拽地糊弄走了。李副县长还是气得呼哧带喘:“简直是刁民，刁民一个！这，白朗同志，你都看见了，这简直一点王法都没有呀！”

姜耀祖急忙上前，双手拍着县长的后背，嘴里一个劲儿说:“大人不同小人一般见识！县长大人不同小人一般见识！”一边拍着，一边还给江翠花挤眼暗示。翠花姑娘装作没有看见。姜耀祖推开她，自己上前扶着李宏伟，说:“李县长，不用动真气嘛，动真气伤身子呀，你老人家可不能生气！”

这一招还真灵，李副县长红鼻大脸顿时由阴转晴，果然就眯眼嘿嘿一笑，说:“姜耀祖同志，我可没动真气，我这是在演戏哩！连这还看不出来。”

一句话说得几个人都酸酸地笑了起来。笑过之后，几双眼睛就都盯着白朗看，就像观看什么奇怪动物。

原因是白朗没笑。唯独白朗不笑！他不笑，别人就不知道他是什么态度，甚至就怀疑他是另类的对立态度。白朗的反应是内心更加难以自控的愤怒。但是他还是告诫自己要保持沉着冷静，丝毫不能流露出不满情绪。他感到自己还没有足够的力量同这股恶势力抗衡，暂时还只能选择韬光养晦的策略。于是面对他们，他只是继续默默地体会观察，想看一看这几个人如何往下表演这场闹剧。此时，他的内心更是对刘秦岭充满了欣赏和同情，替他和绿叶公司，替全村人的利益受损而愤然不平。看得出，刘秦岭说话同做事一样真诚。半年来的接触共事，白朗甚至渐渐地喜欢上了这个敢想敢干、敢于担当社会责任的耿直汉子。几年的部队锻炼，再加上转业后在市场经济大潮中摸爬滚打，他已经锻炼成一块能够适应各种复杂情况的特种钢铁。这令白朗格外欣慰，也不无羡慕。同样是共产党员，白朗感到他身上那股男子汉的勇气魄力和做事的扎实认真，很值得自己学习借鉴。但是在面前这个盘根错节、势力庞大的利益集团面前，只凭正直与诚实往往无能为力。

绿叶公司的总部，就在牛尾河畔靠山坡上新盖的一排平板房中，房屋的形状设计恰似一片巨大的枫树绿叶。这一座体量小巧的建筑，依山傍水，绿树掩映，墙体和屋顶都涂上了绿色的涂料，远远望去，仿佛就是一片巨大的叶子，由山坡上垂落到了清清的牛尾河畔。这是刘秦岭的创意，他说我们的公司从名称到实际项目，都要体现创新、协调，保护田园生态和绿色发展共享的理念。因此，整个荒沟，流域内十多平方公里的面积，力求要四季有绿，四季有花，四季有果，四季如春，力求要让全村人都能从中受益得利。

可是这一切都因为村里和金鑫集团的一纸合同而蒙上阴影。这显然也给初来乍到的白朗，出了一道令他格外头痛的难题，而且事情十分紧迫。扬扬得意的金总刚才当着白朗竟对李副县长讲，争取五月份尽快开工。李副县长说："好呀，到时候你们得举行个隆重的开工仪式，我和石书记到场给你们站台庆贺。"那就是说，离破土动工仅仅有一个多月时间。白朗再也没心思同他们一起浪费时间。他找借口脱身后，急忙来到了绿叶公司总部，同刘秦岭商量下一步的对策。

刘秦岭气呼呼地说："只要他们敢动工，我就叫他们有来无回。"

白朗说："千万不要鲁莽从事。我们尽快再想办法，务必合理合法解决问题。"

两人正说着话，就听有人气喘吁吁地来报告，说绿叶公司的员工和在公司打工的村民，把李副县长的小车包围了。

白朗问："在什么地方？"

来人说："在牛尾河沟口。"

白朗扭头看看刘秦岭，只见他只顾低头喝茶，没事人一样，并不显得焦急和意外。白朗就知道是怎么回事啦，便提醒他说："刘总，事情这样闹可解决不了。"

刘秦岭说："这叫官逼民反！"

白朗没时间同他辩论，急忙跟着来人赶赴现场。他害怕事态弄大，影响到问题的依规依法解决。他希望问题能够尽快合情合理得以解决。

第十二章

　　白朗赶到现场，姜耀祖和姜武已经提前赶到。这已经是事发后一个多小时。这是一段乡间便道，只是维修了路基，并没有硬化路面。只见李副县长乘坐的轿车轮胎整个陷在当路一个明显是人为挖的泥坑里面。李副县长下了车，气得脸都发青了。早上喝的酒，早已经醒了。他也不说话，蹲在地上一个劲抽烟。绿叶公司的骨干，姜喜才、高云峰、李大顺还有王小五几位原本都在现场。这不，趁着李副县长还没认出他们，就都先后回避了，只留下五大三粗的梁大海一个人现场指挥。这是刘秦岭吩咐的策略，大家不折不扣执行。白朗早就猜出是刘秦岭的惩罚性报复。但他只能装作毫无觉察。

　　竟然有人敢设障阻拦李副县长的专车！原因李宏伟自己心里当然明白。众怒之下，李宏伟没敢发作，他好汉不吃眼前亏，只是可怜兮兮地蹲在那里闷头抽烟，秃头耷拉着，样子倒像个典型的黑包工头。二十多个愤怒的农民，其实也都是在绿叶公司常年打工干活的村民，他们每人手里都攥着镢头、铁锨，个个冷着脸，庙里的泥罗汉一样直挺挺怒目站着不动。其中的愣头青小光棍姜光照还一个劲儿说："我看你副县长有啥了不起。"

　　就这样，直等了一个多小时后，姜耀祖接到李副县长秘书由县城打来的电话，才急急忙忙赶到。他离着老远，就气急败坏地扯起嗓子吼叫："这是谁他妈干的缺德事！谁干的？有种的站出来嘛！"

　　没人搭理他。姜武攥着拳头，上去揪住小光棍姜光照的领口，大声喝道："谁干的，小光棍，你说，不说就是你小子干的！"

小光棍急了，拼命把他用力一推，他毫无防备，竟然一个趔趄仰面倒在地上。众人哈哈大笑。

有人说："这还练武哩，装得，白吃饭嘛！"

小光棍更来了劲儿，挽起袖子，指着姜武说："我叫你再捏软柿子！别以为我个子低人穷，就好欺负！"众人一阵哄笑。

姜武一个鲤鱼打挺从地上弹起来，挥拳就要打人。

"且慢动手！"只见梁大海上前，一个箭步冲到二人中间，伸开胳膊一拦。

姜武瞪眼刚一迟疑，却被人群中几个壮汉上前用农具拦住了。姜耀祖气急败坏吼道："反了！反了！姜武，快报警！赶快报警呀！还等啥哩！"

也就在这时，白朗赶到了："我看不必动用公安警察。"

姜武正在拨打报警电话，李副县长把手里的烟头一抖，面冲着白朗说："不用了，乡里乡亲的，报警多不好。咱们商量着解决。你们说怎样？"

还是没人言声。姜耀祖说："李县长，对付这些刁民，可不能手软！还是交给镇上派出所来依法收拾。"

"我看不用。"白朗再次说话，"有什么矛盾问题，咱们自己商量着解决，人民内部的事情，又不是敌我矛盾，动用警力不妥。"

所有的人，包括那些愤怒的村民，都把惊异的眼光投向第一书记。只见他不慌不忙从梁大海手里拿过铁锨，一个人开始填埋那个注满稀泥的大坑。随即，村民们也都一个跟着一个地动手埋坑、推车。车子很快就被推到了好路上。农民们分站两边，脸上的表情，还是冷冰冰的。副县长李宏伟站起来，像个黑社会老大似的，向大伙拱了拱手，说："谢谢白朗同志，辛苦大家伙儿啦。"说罢就转身上了车。姜耀祖和姜武赶忙上去关车门告别。李宏伟咬牙狠狠地瞪了姜耀祖一眼，什么话也没说。

就在白朗离开绿叶公司前去解围的时候，刘秦岭也没闲着。当过侦察兵的他，心灵手巧，胆大心细，是个很善于动脑筋的人。他知道，姜耀祖和姜武，眼下应该在的地方并不是红船，而是牛尾河口李副县长被困的现场。何不借红船上空虚之机，去干那他早就构思出来，并且已经准备好的一件重要事情。如果说，此前他对这样做还有些犹豫不定，那么今天同李宏伟在山上邂逅，那一段令他难以忘怀的对话，促使他下定了用非常手段实施有力反击的最后决心。看来，这件事情，只能以牙还牙地处理了。他意识到不设法扳倒李副县长，问题就不可能解决。他这么想着的时候，已经领着助手，也就是在部队学习电子通信和监控业务的王小五带上早已备好的设备和工具，迅速隐蔽翻过山坡，来到烟波浩渺的源头水库边上。远远就见红船停靠在岸边。船上的烟囱隐约地冒着一股青烟，那是生火烧木炭哩，显然船上有人在做饭。刘秦岭像一个真正的侦察兵，伏在树林草丛中用望远镜仔细观察了船上的情形。发现除了江翠花在厨房做饭之外，再没有别人。他就叫王小五赶紧隐蔽接近目标，自己继续观察。王小五动作敏捷，大约一百多米的开阔地，他用了不到两分钟就像一只山猫一样毫无声息地潜入了红船。刘秦岭的望远镜中，那只身穿迷彩服的大花猫，脸上涂着油彩，身轻如燕地避开江翠花的视线，在船上出没，很快就进入了作业位置。也就在此时，江翠花也许是感觉到了船体的晃动，手里提着菜刀，从厨房门里出来，在船上四处查看了一圈儿。然后站在船头，向岸上张望，侧耳倾听，没发现什么动静，就又回去继续忙活了。这一刻，王小五正巧妙地躲在一根柱子后面。没过一会儿，王小五就返回到了刘总身边。

刘秦岭小声问："咋相？"

"妥了。"王小五兴奋地说。

"客厅和主卧室都安上了？"

"对，全安上了。"

"不会被看出来吧？"

"绝对不会。探头伪装巧妙。"

"那就好……"

"船上在炒菜，香喷喷的，好像又要设宴。"

两人正说话，忽听附近有脚步声。二人迅速隐蔽。就见不远处的小路上走来三个人，除了姜耀祖和姜武，竟然还有白朗！三个人一路似乎还说说笑笑，这令刘秦岭大惑不解。眼看三人上了船，刘秦岭和王小五相对而摇头。

原来白朗和平地处理完李副县长专车被困的问题，已是下午三点多钟，他突然记起还没吃中午饭哩，肚子饿得咕咕直叫唤。正准备回村吃饭，姜耀祖看看表说："白书记，你来了这么多日子，也没到咱村部看看，今天我正式请您到红船视察，如何？"

白朗想了想，说："那好，可以通知支委和村委都来，咱们下午就在船上召开个两委扩大会，请老赵和姜贵、蔡金凤他们也参加，重点研究下一步如何实施精准扶贫和拉电修路的事项，顺便也研究一下学校的工作和校舍建设问题。"

姜耀祖迟疑一下，说："也好，那我马上叫姜武通知开会。"

于是，三个人就翻过小山坡，下山向红船走来。单纯正直的白朗，哪里会想到其中的凶险。

眼见白朗书记上了红船，刘秦岭心急如焚，但是一时又想不出更好的办法。便派王小五盯着，自己立即回村寻老赵和王石子商量紧急对策。

再说白朗随着姜耀祖和姜武上了红船，也就是他早有所闻的上牛湾的村部"黄船"。几人来到船舱较为宽敞的客厅，就见两边的板壁上面，整齐地悬挂着两排镜框。有"党员入党誓词""党员五条标准""党内八项规定""上牛湾村村规民约"和支委、村委的"工作规程""工作制度"，还有两委会全体干部的姓名、照片。另外还有各级领导来上牛湾和"红船"视察的照片。几乎每一张上都有姜耀祖的尊容，所以也就是近年来的事情。白朗仔细地看着这一切，脑子里原先那种富丽堂皇、乌烟瘴气的舞厅形象开始淡化，从而产生一个念头：是不是村民们对姜耀祖有成见、有误解？或者是人们想当然地传播了妖魔化的谣言……接下来，开始进入角色的乡村第一书记仔细地阅读着这些悬挂在船上的宣传内容和各种制度，特别是制定具体的"村规民约"，感到讲得很不错呀，怎么就说得那样可怕？他正寻思着，就听一个甜甜的女声说："白书记，请您用茶。"白朗一看，正是上午见过的江翠花。他的心里顿时又有些阴影浮出。不过，说老实话，此刻的江翠花，卸了上午的艳妆，在斜阳柔和的光照下，倒显得朴素纯美。这样的形象与温柔得体的言谈举止，配上沉稳矜持的神情，同老赵讲的那位江翠花几乎判若两人。白朗接过茶杯，望着江翠花的背影想。

坐在他对面的姜耀祖说："白书记，你看咱们的移动村部咋相？"

"我看……很别致呀，就是群众来办事恐怕不太方便。"

"群众办事很方便呀，咱们有三处停靠码头，分别对着咱村东中西三个方向……"

"那么，为啥还听好多村民反映说办事很不方便。说晚上船经常不靠岸，要划着小船到水库里面才找得到。还有的敲怪话说，'红船'看得见上不去呀！"

"白书记，不要听信闲言碎语，你心里要明白，这只是少数人的偏见。就拿刘秦岭这个人来说，你再怎么服务周到，他都不可能满意。他就是那种搅屎棍子，看谁都不顺眼！谁上来干，他都有意见。"

"是这样的吗？我还真没看出来。"

"白书记，时间一久你就明白啦，谁是啥人，谁好谁坏。刘秦岭这人，今天你也看到了，连李副县长他都敢当面顶撞，那眼中还能有谁？像你我这样的村官，他根本就瞧不到眼里！"

白朗摇头说："今天上午的事情，也不能全怪刘秦岭呀，牛尾河沟由金鑫集团进入，大量开发房地产的合同，事先征求过绿叶公司的意见没？"

"当然征求过。只不过他们一开始不同意，我们无论怎么做工作，他们就是不同意。说白了主要就是刘秦岭一个人不同意。这个人就是这样，敬酒不吃吃罚酒！给他多好的优惠条件他都不接受。结果县上按照全域旅游规划要求强行签了合同，他就四处上访告状。"

"全域旅游规划要求？可以允许在农村可耕地和林地中开发房地产？我咋没听说过？"

"对呀，咱们定位是特色小镇建设，可以允许在非耕地上开发。"

"我怎么听说绿叶公司的全体员工至今都不同意。"

姜耀祖又是一怔，脸色开始变得有些泛红，说："现在是又都不同意了，当时我们一户户做工作，答应给每户十万元，还承诺将来可以在小镇里打工挣钱，五户骨干就都表态同意。"

"可是我听说治理牛尾河沟，这四五年间，人家各家付出的可远远不止十万元，特别是刘秦岭本人，投入不下千万元呀！"

"听他自己瞎吹乎。不过这个因素我们也考虑到了，答应要他把投入资金的发票拿出来实报实销。"

"哈哈，你们这可是霸王条款呀！凭什么要让人家拿发票来报？有些花销，比如大量购买苗木和付出的劳务费等等，都是农民相互之间的交易，本身就没有什么发票。再说，你们凭什么要终止人家三十年期限的合同？半路终止合同有没有赔偿？"

姜耀祖听得一愣，这个姓白的怎么完全是一副刘秦岭的腔调！他万万没想到刚来不久的白朗，竟然会掌握这么多的情况，更没想到他这么快就被刘秦岭给完全俘虏了。但是，在这个节骨眼儿上自己可绝不能服软呀。姜耀祖心里对自己说，绝对不能让这个黄嘴叉子把一盘好棋搅黄。这么想着的时候，他的眼睛里突然射出一道寒光。白朗忽略了这双眼睛里顷刻之间透出的凶险信息。

恰在这时，江翠花端着一个大红漆盘子进来，把四冷四热八个菜和一瓶五粮液摆在事先摆好了餐具的方桌上面。船厅里顿时闻得见炒菜的香味。白朗这才注意到，桌上的餐具，全是一色专门定制有"红船"字样的红色。那颜色一看，就和江翠花穿的工作服一样的鲜亮般配。看到满桌子的酒菜，白朗惊异地问："你这个酒菜是准备招待谁的？"

姜耀祖说："不招待谁，就是咱们自己吃呀。"

"不是说吃顿便饭嘛，咋还搞得这么复杂？"

"我个人掏腰包给你接风还不成？"

白朗说："不是谁掏钱的问题，一会儿不是还要开两委会嘛，你喝得面红耳赤像啥？"

"那倒也是。"姜耀祖立即对着厨房说，"翠花，把凉菜撤了，只留两个热菜，白书记说了，今儿个不喝酒。"

江翠花立即上来把凉菜撤下。按照白朗的意见，两个热菜没撤。一个炒土豆丝，一个烧豆腐。随后江翠花就端上米饭，大家埋头吃饭。最后江翠花端上一碗蛋花西红柿汤，奇怪的是姜武却紧随其后。这西红柿鸡蛋汤恰好也是白朗喜欢的，汤也不烫，他就大口地喝起来。可是他只喝了几口，就感到有些头晕，随即竟然伏在桌上昏睡过去。他当时还寻思，自己这些日子实在是太累了。

姜耀祖见状，坏笑着说："翠花，白书记睡着了，你去伺候书记睡一觉吧。他可是北京城里来的洋学生，该对你的胃口吧。听见没？"

江翠花听出他话里有话，就是不动。

"快办正经事。"姜耀祖厉声命令。

说话之间，姜武进来，两人一起，把沉睡的白朗拖进船舱一间卧房床上。姜武知趣地退了出来，姜耀祖说："脱衣服。"江翠花呆立不动。

"快脱！"姜耀祖三角眼一瞪，咬牙切齿地哑声吼道。

江翠花只得照办。当脱到白朗只剩内裤的时候，江翠花停下来说："你这样太缺德了吧，就不怕老天报应？"

姜耀祖小眼睛一瞪，说："快脱，你啰唆个屎哩！"

江翠花呆立不动，姜耀祖伸手一下子就把白朗的内裤扯下来，说："这有啥嘛，你又不是没见过世面的。"

江翠花捂脸不看，姜耀祖说："咦咦，看你……还装啥哩，啥东西你没见过！"

江翠花拉下脸说："我看你连土匪都不如，还当支书哩，尽干些下三滥的勾当！"

姜耀祖一愣，二话没说，急忙从兜里摸出一百元钱塞到江翠花手里。江翠花把钱往姜耀祖脸上一甩，说："我看你将来咋收场呀！"

正在这时，外面望风的姜武说："快些，一会儿开会的人就都到啦。"

姜耀祖看看表，说："别急，早哩，才五点半，不是通知七点钟嘛。咱们还得吃饭哩。"说完话就出了卧房到船厅里。

两个人就自己动手把刚才收的凉菜端上来，开始狼吞虎咽地大杯喝酒，大口吃菜。酒过三巡，姜耀祖红着脸，咬牙切齿地端了一杯酒起身说："让咱们的白书记也喝一杯。"姜武也随之端起一杯酒，他们走进卧房里去，却发现江翠花没脱衣服，立在那里发呆。

姜武恶狠狠地训斥她："咋还愣着，快脱衣服！"

江翠花呆立不动。姜耀祖狠狠给白朗嘴里硬灌了一盅酒，小声骂道："狗日的，我叫你再敢坏我的好事情！"

姜武紧接也把一杯酒倒在白朗嘴里。酒从嘴里溢出，流到嘴角。酒气立刻弥漫在小小的斗室之中。

江翠花一阵恶心，扭头瞪他俩一眼说："人都昏睡了，你们咋还不放过。"

姜耀祖上去就给了江翠花一耳光，骂道："我叫你个吃里爬外的小婊子，再敢多嘴些！"随即转身出了门。

屋里黑暗一片，顿时变得就像魔窟。江翠花在黑暗中咬牙含泪，屋外粗野放肆的吃喝声越发刺耳。

江翠花开始抽泣，她不知为啥，一见白朗就觉得人家是个正经男人，再对照想想自己身边围绕的这一群人渣……心中就万分后悔。姜耀祖答应给她月薪两万元，她也不想害人。父母患大病常年住院治疗需要钱，弟弟又考上了大学……生活的压力使已经进入大学的她辍学打工……今天这事情，使她完全彻底地看清了姜耀祖和姜武这些人的丑恶嘴脸。她不知道接下来该怎么处理这件事情。复杂无情的社会人生呀，对于这个二十四岁的有文化的青年实在是太残酷无情啦。现实生活所展示出的丑恶嘴脸，叫她简直无法接受！加之生计的压力，有好多次，她都想到自尽了结，可是想到父母和弟弟，就放弃了这个念头。

外面的两个坏蛋酒足饭饱之后，就打着饱嗝赶紧离开了红船。整个一条大船上，此刻晃晃悠悠地就只剩下江翠花和白朗两个人。平日灯红酒绿、热闹异常的船上，顿时显得异常寂静。江翠花突然感到一阵强烈的恐惧与孤独。此刻她多希望以往所有的屈辱生活，都是一场噩梦，她和自己心爱的男生，独自在一条船上驶向纯洁的远方……人生原本就应当沿着这个方向前去呀！泪水又一次模糊了她的眼睛。

板壁上的闹钟均匀急切地嘀嗒跳走，窗户上的微明变得昏暗。白朗依然昏睡，轻轻地发出鼾声，似乎睡得很香。而此刻的江翠花却陷入了痛苦的矛盾之中。她望着沉睡不醒的白朗，又一次感到难以言说的内疚。心想，姜耀祖、姜武这货们可真够狠毒的，如果让他们的阴谋得逞，白朗的名声、政治前程必定断送。她虽然被贫困所迫，沦落到这里，但是她的内心并未丝毫堕落。一个家境贫寒的弱女子，小心翼翼地在光怪陆离的人世间讨生活，在倍受凌辱的同时，也千方百计地捍卫着自己的人格尊严。她也慢慢地阅读着这个世界，辨别着灵魂的真伪高下。每天，当看到太阳重新升起的时候，她总在盼望自己的人生出现转机。

江翠花正呆愣着，就听见远处有脚步声传来。她不知为啥，突然一跃起身，急切地喊了几声白书记，不见回应，就替他整理一下被子，重重地关了门，迎上岸去。

来的不是别人，而是刘秦岭和县里驻村干部老赵、村主任王石子。老赵和王石子是接到七点到红船开会的通知后，被刘秦岭喊着提前来的。刘秦岭也没说明什么情况，只说是事情紧急，三人一路小跑。老远就看见江翠花站在那里，就都感到奇怪。

不料一见面，江翠花竟然急切地说："赶紧，你们的白书记在里面。"

"在里面干啥哩？还有谁？"

"睡觉哩，再没得谁。"

"怎么？是喝醉了吗？！"

江翠花摇头不语，手指着卧房方向焦急地说："快去看看他嘛。"

几个人大踏步上船，进了船舱卧房，就见白朗躺在那里鼾声大作睡得正香。刘秦岭疾步上前，叫着："白书记，白书记！"不见应声，揭开被子一看，浑身竟然光着！老赵和王石子一下慌了神。刘秦岭却不慌，他知道是怎么回事！他又叫了几声白书记，还是不应，这更加证实了他的判断："有人给白书记灌了蒙汗药！"就急忙为他穿衣，同时喊来江翠花，问："你说，究竟是咋回事？人咋成这样啦！"

江翠花吓得脸色苍白，说："是，姜支书指使姜武干的。"

"快，拿解药来！"

"我不知道啥叫解药。"

刘秦岭急了，对老赵说："快打电话，叫姜武这狗日的来！"姜武和姜耀祖并没走远，只是躲在附近静观事态发展。姜武接到王石子由红船上打来的电话，就知道事情不妙，立刻同姜耀祖一商量，就急忙赶上船来试探虚实。不料大汉刘秦岭见到他，二话没说，上去就是一记耳光！号称是练过武术的姜武自知理亏，竟然连声都没吭就乖乖冲了一碗解药喂白朗喝了。

白朗醒来，睁眼瞅见刘秦岭、老赵和王石子几个人都焦急地围着自己，便问："这是在哪里？我怎么感到头痛得厉害？"刘秦岭一摆头说："你问姜武是咋回事？"半天不见有人说话，大家回头看时，姜武连同江翠花早已经不知上哪去了。过了一会儿，姜耀祖到了，江翠花紧随其后。他一上船就喊："姜武，你这狗日的，又给我闯啥祸啦？"

刘秦岭故意问："你咋知道的，他闯啥祸啦？"

"这不，刚才碰见翠花报告我的，说姜武给白书记喝了睡觉的药？我说你关心领导也不能这么关心呀！他说人家白书记来到咱村，日夜操劳，实在太辛苦啦，等他喝了酒吃饱了饭，就给他汤碗里加了片安眠药。结果书记睡得很香……"

这无赖还在演戏！几个人听得肺都要气炸。人世间竟然还有如此厚颜无耻的！刘秦岭刚要开口反驳，却被白朗轻轻挥手止住。白朗终于听明白是咋回事啦。他也记起自己刚喝了几口热汤，就突然昏睡过去。

"哦，有这个情况？"白朗将计就计，若无其事地笑笑说，"姜武人呢？那我真还得谢谢治保主任姜武同志啦。他治安保卫工作很到家呀！"

大家相互看看，都感到异常惊讶。姜耀祖一脸尴尬，嘿嘿一笑说："表扬我看也不必，我还得狠狠批评他几句，做事情咋能这样？虽说文化低，可也不能如此莽撞呀！这个莽汉，工作中经常自作主张，这毛病要是不改，我看村委会副主任就不要再兼任啦！王主任你说呢？"

王石子红着脸说："这种大事情，还是由党支部来决定吧。"

"你也是支部委员呀，又是村主任，你有发言权。"姜耀祖说。

"我基本同意姜支书的意见，建议现在就免去姜武村副的职务，免得以后再犯更大错误，影响支书的高大形象。"刘秦岭趁机不无挖苦地说。

"你说啥哩？！"姜耀祖火了。

"对呀，我也是支委嘛！没有发言权？"

白朗眼见二人又要吵架，就说："不用再争了，如果姜武真是出于好意，那就啥也不要再说啦。咱们还是集中精力把今晚的两委扩大会开好，需要讨论研究的工作实在太多。"

大伙不再言声。人们陆续到会。姜耀祖吩咐江翠花为大家上茶，还特意上了几盘炒葵花子。许多人都是头一次上红船。人们围着三张方桌坐定嗑着瓜子喝茶，也有个别小声说话的。船上气氛显得有些沉闷。谁都看得出来，这方桌平时是用来打麻将、喝酒的，眼下拼在一起，就成了会议桌。

姜耀祖故意安排白朗坐在上首，显然是有意在众人面前体现他对第一书记的特别尊重。白朗仍然感到头痛恶心，浑身乏力。他仔细想来，还真有些后怕。多亏了刘秦岭、老赵他们几个及时赶到，才避免了一场自己永远无法澄清的诬陷混乱。此刻，姜武不知去向，姜耀祖倒像个无事人一样坐在自己身边。经过了短短的几个回合，他才意识到早已宣布没有阶级和阶级斗争的农村，其实围绕名利的争斗有时候也是你死我活的。这才感到了临出发时，单位领导给他叮嘱的："下去可不像在机关，人都是知根知底的，下去人地两生，一切都得靠自己判断，自己保护自己。"他当时还觉得有些玄乎，心想又不是战争年代，哪里有那么复杂。现在看来，现实比想象中要复杂得多。但他毫不畏惧，知道这才是真正的考验和锻炼。于是，他还是冷静地控制着自己的情绪，心里不停地提醒自己，越是面对复杂情况，就越要能沉得住气。这正是检验一个人政治上是否成熟，是否具备驾驭复杂局面的能力，是否能够在风浪中经受住考验和锻炼，是否具有搏击风浪的勇气和政治定力的时刻。

那天的会议，几乎一气开到天明。

白朗在当天日记（微信）中写道："上牛湾的'队部'：一条外表漆成红色的大船，临时停泊在源头水库的岸边。今晚，春和景明，月光如洗，水面平静，没有丝毫风浪的颠簸。但是，船上的会议却开得不平静，充满了风雨的激荡……支委会、村委会，也就是村民眼里的党委和政府，村上'两会'在研究全村落实发展规划的一系列大事。包括政治、经济、基础设施建设、教育、医疗和社保福利等等，作为第一书记，下到乡村你才知道，这里是一个芜蔓而复杂的社会，人是形形色色的，矛盾是错综复杂的，工作是千头万绪的，困难是预想不到的，人心是难以揣摩的……在这样的几乎是原生态环境里，你有时候会突然感到孤立无援，感到要干任何一件事情，都似乎很难。你也知道这就叫畏难情绪，不应该有的，但它就冒出来了。你又一想，正因为难，才称得上是锻炼。培训的时候，大伙儿不是都说喜欢'砥砺前行'这个成语吗。金属在磨砺中才会显出光亮，这道理谁都懂得。"

不料，这条情绪化真实流露的微信，虽然并没有把话说透，却立刻引发群里热烈反响。全国各地的同行都纷纷点评，有的跟帖讨论。特别对于那几个排比句子颇感兴趣。"人心是难以揣摩的……"许多人引用这句话，举出自己所遇到的"难以揣摩"的难题。看来乡村第一书记，如何融入乡村、读懂乡村，还是一道难题。群主金霞最后的评语是"今天的议题，很值得探讨"。她给的表情是由眉头紧皱到哈哈大笑。

金霞大姐就是这样可爱，对她来讲，好像很少有什么难事愁事。她其实只比白朗大了三岁，但在群里已是公认的德高望重大姐大。她为人处世宽厚大气，也善于调解群内矛盾。无论大家个性差异多大，观点如何不一致，甚至完全对立、争论不休，她总是能够巧妙地淡化分歧，营造乐观和谐的气氛。她还时常向大伙无偿推介一些新的实用技术，用于扶贫攻坚和村民脱贫致富。比如提到修路，白朗向她请教，她就向白朗郑重推介了一种新的环保技术。白朗很感兴趣，当即深入咨询并积极推动引进。白朗坚信，只要此项技术引进投产成功，上牛湾不光是自身铺路，甚至其他不少的问题都可以迎刃而解。

第十三章

这天，白朗处理完当日的工作又吃了蔡金凤做的面条，村里的人都早已睡定。送走了蔡金凤，白朗和老赵悄悄地推着电动摩托，神不知鬼不觉地出了饲养院的大门。这是一次他俩策划的秘密行动：到县里找石坚书记反映上牛湾的问题。用老百姓的话讲，就是上访去。白朗记得小时候看过一部电影叫《秋菊打官司》。这部电影当时风靡城乡。他突然觉得自己倒成了那个一次次上城告状的农村少妇秋菊。他当时就像看笑话一样，觉得那个土里土气挺着大肚子的农村妇女真是"一根筋"，就像故意逗人发笑一样，推一车辣椒去城里告状。直到今天，他才真正体会到告状的人是什么心情。实在是有冤屈要申诉，万般无奈的呀！

天上没有月光，村里也没有路灯。老赵在前面把着车子的方向，白朗在后面推着。白天刚刚下过一场阵雨，村道上坑坑洼洼，偶尔还有积水。两个人的鞋子不停地踩在水洼中，很快就湿透了。车轮胎和鞋底上沾了厚厚的泥巴，推车阻力加大，两条腿就沉甸甸地迈不动了。两人气喘吁吁、满头大汗地挪到了村外，转过一道山弯子，村子就看不见了。他们就坐下来休息。清理完车轮上和鞋底上的泥巴，老赵烟瘾上来，就蹲在路边抽烟，顺手给白朗递了一支。平时他都说不抽，可此刻不知为啥，他很想也抽一支。感到在黑暗中，似乎有小小的烟头火光伴随，就增加了安全感。两个人就这样抽着烟，也不说话。白朗还不习惯，咳嗽了一阵以后，把烟掐灭了。老赵嘿嘿一笑，说："抽不惯吧，我是离不开。你要学会了就知道离不开是啥感觉。"

白朗说："别再引诱教唆了！进了城，你先回家，我就住县招待所，明天你休息，我去找领导，如果需要你，我会及时和你联系。"老赵答应着，灭了烟，发动起电动摩托。白朗坐到后座上。老赵打开车灯，一加油门，车子就朝前驶去。走了一段村间土路，就上了镇里的硬化道路。车子突然加速，向县城方向疾驰。不到两个小时，就进了县城。

第二天，天刚蒙蒙亮，白朗就起来了。他昨晚几乎一夜没睡，感觉头疼得厉害。心想血压肯定又冲上去了。想起改改的叮嘱，就吃了一片降压药，喝了一杯开水，感觉好受多了。自从那天"红船"遇险，他就落下了头疼的毛病。当时还不显然，过后才知那所谓的"睡觉药"有多厉害。它可以把人闷翻，甚至毙命。"可见那些人有多歹毒，其实是要置你于死地！"他不止一次地提醒自己，"以后可是要处处提防，谨慎从事，绝不能弄成'壮志未酬身先死，长使英雄泪满襟！'"

那晚，白朗到了颍川县招待所（名字刚刚改为颍川宾馆，招牌还没更改），安顿下来已过午夜。他赶紧与陈璐通了话，不知为啥，此时此刻，他多么想见到自己的心上人呀！拨通电话，听到她的声音，不知为啥，他鼻子一酸，眼泪就唰唰地滚落下来。幸亏他竭力控制情绪，尽量让自己的声音还是平静如常。

"璐璐，能听清吗？我是白朗。"

"嗯，能听清，很亲切呀！怎么听起来有些湿润，就像下着春雨一样呀！"陈璐调皮地说，显然她今天心情很好。平时多数情况下，都是人家打过来的，今天他主动出击，看来效果不错。

"璐璐，想我了没？也不见你打电话！"

"想才不打呢！你知道吗，思念是第一等的恋爱境界，通话才是第二等的。"

"那啥是第三等的呢？"

"你猜嘛。"

"我猜不出来，快告诉我标准答案。"

"爱情问题，能有标准答案吗？亏你还是学文学的。"

"那就说个你认为正确的答案吧。"

"那好，我个人认为，第三等境界就是，你打来的越洋电话！"陈璐说完，自己先笑得收不住声。白朗在这边，只能嘿嘿地苦笑。他心里明白，聪明过人、喜欢正话反说的陈璐，此刻是多么希望接到他的电话呀！想到此，他自己的眼睛突然又模糊了。只听电话那边陈璐又开始发问："我得再考考你，白朗同学，爱情的第四等境界是什么？"

白朗被问得更是丈二和尚摸不着头脑，便反问道："川美儿，你说呢？"

"不告诉你，山歌同志！我得反复印证你的忠诚度和智商。"说着又是一阵咯咯笑。

川美儿、山歌，这是他们两个相互起的外号，更是昵称。每逢高兴的时候，他们的会话之中才会出现。

"山歌，山歌，怎么没声音了？"

"正在深入思考你的问题。第四等境界，该不是快分手了吧？川美儿同学。"

"错错错，呸呸呸，看来不告诉你还真的不行！"

"那就有劳尊驾了！"

"好吧，哀家再告诉你一次，下不为例：第四等境界，就是如胶似漆，结婚生子！山歌大坏蛋！记住没？"

"川美儿娘子！相公记住啦！"

这一回，该轮到白朗高兴呢！他哈哈大笑。"如胶似漆，结婚生子！"他重复着她的话，心里真是美滋滋的幸福。

接下来，他再也控制不住心中的喜悦，随即告诉陈璐，自己成功地召开了一次"两委扩大会"。可是说罢，就又后悔。他原本只是顺嘴吐露出的，很快就想改变话题。自从那次通话中谈工作弄得不愉快之后，他已经很少向她谈及上牛湾的任何事情。不料陈璐今天竟然意外地对这个话题很有兴趣，好像是觉察出了什么，或是第六感官的心灵感应。电话那边，她一再追问，村里领导班子是否团结，特别是支部书记，年龄大小，人品怎么样，是否真心欢迎驻村第一书记，群众对第一书记看法如何，和白朗对下一步的工作有什么打算等等。有些问题，白朗真的不知应该怎样回答。因此话到嘴边，他还是打了埋伏。他老早就给自己定了一条原则，就是只报喜不报忧。对待父母和亲人也是一样，他不愿意让自己的情绪和遭际影响到亲人的心情和生活。通完了电话，已经两点多钟，白朗依然兴奋，毫无睡意。简单洗个澡躺下来，还是睡不着，就开始构思明天见到县委书记石坚的汇报台词。

自从那次遇险事件后，他已经对争取团结姜耀祖失去了信心。在这个世界上，有些人是不可理喻的。矛盾可以转化，但是石头永远孵不出小鸡。在农村中，先进与落后是一组矛盾，真善美与假恶丑无处不在的针锋相对，却永远是不可调和的一组主要矛盾。想到此，他又兴奋起来，索性把进村以来所遇的人和事仔仔细细在脑子里过了一遍。特别是仔细分析目前村里的主要矛盾和矛盾的主要方面。他感到，目前上牛湾村最重要的问题，就是要注意争取中立群众，促使矛盾的转化。而争取县委书记石坚的支持，就是一种不可缺少的外部催化力量。于是，他又开始想着明天的行动了。初次同石书记单独见面，你就谈如此严峻的矛盾和问题，这不显得反常吗？书记会不会觉得你这个书呆子明显缺乏应对复杂局面的能力？如果书记问你，全县的驻村书记遇到困难都找县委书记来帮助解决，那怎么行呢？不过书记如果这样来看问题，那就很可能前功尽弃。关键是你如何在最短的时间内，有效取得石书记的理解和支持。应当千方百计让书记意识到，这是一场意义深远的异常博弈。它很可能对全县的基层党建和精准扶贫以至乡村振兴都具有指导和借鉴的意义。目前的双方阵势是针锋相对，势不两立。有人要为群众着想，有人要替自己打算。这就和打扑克下象棋一样，既然人家姜耀祖已经找到了李宏伟副县长作为后台，你就得有更硬气的底牌迎战。聪明的白朗同志已经想明白了，没有石坚书记的大力支持，自己就很难在上牛湾村站住脚，更不用说推动党建和精准扶贫工作落实振兴规划。如此想来，他心中突然就感到了一阵悲哀。老实说，这还是他有生以来第一次因为一件事情如此苦思冥想，如此向世俗低头迎合……如此想着的时候，天就亮了。

早饭过后刚一上班，颍川县委大院已是车水马龙。幸运的是白朗很顺利地就走进了县委石书记的办公室。带他进来的，是收发室一位年长的同志。他听说了白朗的身份，就立即给石书记办公室打了电话，并亲自带他去见领导。白朗心想，看来这乡村第一书记的牌子还挺硬气哩。不料一进楼道，两条长木椅上排满了人，就像医院看病一样。再看书记房子里外也满是人。白朗正犹豫，那老同志却说："走，石书记讲了，你不用等。"于是领着他直接推门进了书记办公室。但见满屋子也都是人。有坐着的，有立着的，有正汇报事情的，也有埋头记录的。石书记坐在桌前，面前摊开一个大笔记本和签字笔，正在仔细听人说话。白朗心想，这可麻烦了，上午能不能轮上，还是个问号。不料石书记见老同志领着白朗进来，竟然笑嘻嘻地站起身，一边同他握手，一边对大家说："这样吧，今天上午咱就先说到这里。我还有个当紧事情得马上处理一下。"白朗听得心中一阵感动，浑身顿时轻松了许多。

"怎么样，下去还习惯吗？"房间里只剩下石书记和白朗两个人，石书记给白朗沏了一杯绿茶，亲自递到他的手里，问。

"还行，就是工作压力较大。"

"这你不说，我们也知道。当初叫你去上牛湾，县委也是经过慎重考虑的。这个村的情况非同寻常，领导班子的问题也较大。"

开言没几句话，白朗就感到心里热乎乎的，事先的各种顾虑顿时无影无踪，但一时却不知道从何说起。

只听石书记又说："其实说老实话，我早就等你来呢。听说你这一段干得不错，步子迈得很稳，恢复拜祖凝聚人心、巧妙抓党建、建循环沼气改厕、打机井解决人畜饮水、深入调研制定总体发展规划，为特困户排难解忧，还有贫困户登记建档等等，干的都是大事实事，有板有眼的，绝大多数村民对你的印象很好。"

"石书记过奖了，我不过按照县委的要求，努力完成规定动作，而且一切都仅仅是开头。"

"你感到目前最大的困难是什么？"

白朗想了想，说："最大的困难是我自己的能力，还不能适应工作需要。"

"哦，说说看。"

"比如上牛湾村，一百七十六户人家，六十七户贫困户，还有多数人家主要劳力常年在外打工或做生意，有的户成了空壳家庭，不少是老幼留守家庭。村里没有任何经济收入，基本也是空壳村，没有任何凝聚力。原先连党员会和村民大会都开不起来，实际上是好几年都没有开过会了。这样的局面虽然暂时得到扭转，但从长远看，还得有产业支撑，得有实体经济支持。"

"你谈的这些现象，程度不同地带有普遍性。咱们全县四百多个行政村，几乎全是空壳村，没有集体经济收入。造成的结果，一个是部分群众的贫困问题，一个是基层党政组织软弱涣散。而这两大问题还是有连带关系的。我们目前的任务就是要集中力量，解决这两大问题。我想问你的是，在你看来，这两大问题，哪个是主要的。"白朗不假思索地说："我看还是基层组织的问题，俗话说'基础不牢，地动山摇'，但就目前上牛湾村的实际情况看，要两条腿走路。"

白朗说着停下来，看看石书记。石书记亲切地点头，鼓励他继续讲下去。

"依我看，首先要以人为本，把村里人心吸引住，通过一定的利益导向，把人吸引回来。有了人，这才谈得上致富和加强党政组织建设。"

"有道理，具体有什么想法？"

"我看也是两条腿走路，一是借助落实国家优惠政策，尽快办两件实事：修路，通电。二是把村里已有的以承包整治荒山荒坡为主业，并且已经收效的绿叶公司再扩大，可以把六十七户贫困户全部覆盖，开展绿色生态旅游和绿色农产品的精深加工营销，比如茶叶、药材保健品和各类花精制品等，尽快进入市场，增加农户收入。在这个基础上，发现好苗子，培养青壮年入党对象和后备村干部，然后再进行党政干部的换届调整。"

石书记听得，惊异地说："你这些想法很好很成熟呀！咋还说没有好的办法。思路就是出路，想法就是办法！只要按照这个思路认真实施，我相信你一定能干好。"

"可是……"白朗欲言又止。

"还有什么具体困难？"

"就是，有些事情需要石书记您亲自出面说话。"

"好呀！我全力支持，我给你们鸣锣开道。比如说修路、通电，我可以给城乡建设和电力部门打招呼，叫他们尽快支持解决。"

白朗一听来了精神，上前紧紧地握住石坚的双手，说："石书记，我在这里代表上牛湾村五百八十九口人，感谢党的关怀。"石坚笑着说："你说错了，我应当向你们检讨。都到这个年代了，一个并不是十分偏远闭塞的农村，还没有硬化道路、没全部通电，这讲不过去呀！"

不料，石书记话音刚落，白朗已经从自己的手提包里迅速取出两份牛头镇分别转报给县城乡建设局和县电力局关于请求解决上牛湾村路、电问题的申请报告，一并递到石坚书记面前。石坚意外地拿起看了，随即哈哈地笑了起来，说："喝茶，喝茶。"他开始坐下来，慢慢地看着报告。心想，看得出，一切都是精心准备过的。他心里对自己说，面前这个年轻人，可是很不简单呀。开始的时候，他还真以为是他没有办法了才来找自己求援的，不料想，人家把一切都弄清楚想明白了，才来找县委的。他这么想着时，心中就更加喜欢面前这个说话低调，但做事不含糊，甚至是当仁不让的年轻人。他从白朗身上看出了自己年轻时的影子。于是他抬起头来，重新仔细地看着白朗，发现白朗比半年前在县里初次见面时显得成熟多了。他晒黑了，人也消瘦了许多，但是目光里的激情与眉宇之间明显透出的那股勃勃英气却更显突出。说真的，石坚真的喜欢这个青年。发现书记端详自己，白朗反倒有些不好意思。他真还琢磨不透领导此刻的心情，会不会觉得自己提的要求有些过高？两个胖子要同时进门，会不会建议自己放慢节奏？自己是不是有些急于求成、过于急躁？他正紧张地胡乱想着，却见石书记看看表说："白朗你看，也忘了问你，你吃过早饭没有？"

"吃过了，在县招待所，吃的自助。"回答这句话的时候，白朗心里凉了半截。知识分子的敏感使他感觉领导好像是故意转移话题、拖延时间。对呀，因为刚才说了要大力支持的话，眼下就改口，也的确是难以启齿呀。随即，他突然又提醒自己，不要胡乱猜测，再耐心等等看。

"这么说，你是昨晚就到县城了？"

"嗯。"

"那昨晚咋没和我联系？要知道你来，咱们好好敞开谈谈。"

白朗不知接下来该说什么。他此刻几乎是完全失去了信心，但同时也就安下心来，因为他还有第二套方案。

"你目前吃饭问题如何解决的？"

"同县里驻村和支教同志一起开伙。"

"这么行吗，也没人做饭？"

"自己动手，多数是支教老师小蔡做。"

石坚说着话，突然像是记起了什么，进里屋去了。

白朗一个人呆呆地望着桌上的两份报告，心中真不知是一种什么滋味。他突然记起父亲过去讲给他的一句话来："世上有三难，挣钱难，吃屎难，求人更难！"

正想着，石书记从里屋出来，手里竟然拿着两大包东西，一包是山木耳，一包红枣，说："这是我们家乡的特产，前不久我回了一次家乡带的，你们可以炒菜、熬粥。山区早晚寒气大，一定要注意饮食起居。"白朗也不好推辞，便深深地鞠躬谢过书记，准备告辞。不料书记却说："干脆这样吧，我在你们的报告上批个字，然后再给两位局长打个电话，你直接拿上去办如何？"

白朗简直不敢相信自己的耳朵。全都是自己多心，误解了人家石书记的一片好心。白朗一时感动，心中不胜愧疚。他忍了几忍，还是把自己认为最重要的一件事情讲了出来。

"石书记，还有一件事情，就是村里绿叶公司和金鑫集团的官司。"

"这件事，我知道，但是事情较为复杂，因为牵扯到县里某些领导也参与其中，我建议你先不要介入。"

白朗听得出，石书记话中有话，就不好再说什么。其实关于绿叶公司的重要性，一开始就已经对书记汇报过了。剩下的问题，由县里考虑吧。他心里有一个好主意，那就是，无论如何都不能让刘秦岭的绿叶公司和村民数年艰苦努力，刚刚恢复生态的风景秀丽的牛尾河沟，成为房地产热的牺牲品，更不能成为腐败分子和不法房地产商口中的一块肥肉。

当日返回村里，又是夜深人静。他和老赵同样是推着电动摩托进村。只不过天气清凉，月光明媚，一切都看得清清楚楚。远山近峁的轮廓，林木花草的气象，房屋的影子，一片片点缀其间的庄稼……整个村子静悄悄地沉睡着。白朗想想，刚好是七月十六日，应了"十五的月亮十六圆"那句歌词。

两人推着电动摩托车慢慢地走着。那一轮圆月高悬在湛蓝的天空，就像是一只美丽单纯的眼睛，充满女性温柔妩媚的迷人明眸，深情地望着山川大地，望着这两个单纯而辛苦的汉子。此时此刻，两个悄然推车进村的男人，他们的心中燃烧着希望的火苗。这在当今之世，似乎是很难令人接受的。山里的月亮真美！也不知是心情好还是别的缘故，白朗感到今晚的月亮特别的明亮可爱。他走在车后，仰头望月，又像是望见了陈璐。他又美滋滋地想到了昨晚的通话，特别是关于爱情的四等境界的情聊，就像童话一样美妙。他就像个孩子，一路仰着头。同月光的一路对视，真的令他更加思念陈璐。可惜大洋彼岸，此时正是白昼，看不到这一轮明月。

两人走进院子。他还是第一次这样仔细地望着这经历半个多世纪的陈旧苍老的乡村饲养院。这恐怕也是村里唯一能够找得到的所谓集体经济的影子。就像一位经历了太多风雨的老人，它伤痕累累，神情沮丧，无奈地蹲在那里发呆。据老支书姜怀安回忆，当他还是个十五六岁愣小子的时候，大队集体最宏伟的建筑饲养院落成。那天，全村好不热闹！锣鼓喧天，鞭炮齐鸣，连镇上领导都惊动了。全村人就像过年一样高兴。院子里支起一口大锅，负责烧火的妇女们个个咧嘴笑着。姜建国的父亲，外号姜一刀，也就是姜耀祖的爷爷姜抗日，当时是生产队长，他亲自动手一刀下去就撂倒一头大肥猪。然后，煺毛开膛，翻肠净肚，剔骨蒸煮，红烧爆炒，叮叮咚咚，丁零哐啷，全村的人都围着看热闹。只见姜一刀果然是名不虚传，宰杀烹调，技艺高强。姜一刀是个性情中人，平日干活玩命，又乐善好施，就是喜欢抢个风头。当时的村支书老耿就不大喜欢，但是又碍于群众推举，便只能由他担任生产队长。就这样，姜队长借着饲养院落成大显身手，使出浑身的本事，做成一顿全猪菜。然后，要求各家都把自家的桌椅搬来，把碗筷带上，男女老少都来吃席。谁见过那么大的阵势？人们一个个吃得红脖子涨脸，把村里分销店的颍川大曲都喝光了。镇里的书记吃得满嘴是油，喝得酩酊大醉，一个劲儿伸出大拇指夸奖姜一刀的手艺好！此后不久，"四清"运动开始，杀猪吃喝事件就成了姜一刀的一条罪状。他被撸下台不算，还隔离审查了半年，几乎要了性命……

白朗在当晚的日记（微信）中写道："唉，往事如烟。统统烟消云散。老耿头去了，姜一刀，又叫姜抗日也走了，集体经济垮了，只留得眼前这座破败的空壳院子。作为后来人，我寻思着，院子得要彻底翻修，院墙甚至可以完全拆除。整个院子需要延伸扩大为一个可供全村人健身和聚会的小型多功能的文化场所。六间草房，得彻底翻建，土墙换成砖墙，茅草屋顶得换上结实又美观的青色仿古机瓦。还有屋里的陈设和墙上悬挂的内容，也得按照时兴和上面的统一要求……"

不料，这一条微信，却引来热烈的争论。有的说白书记想法现代，有的说应该原封不动地保护历史遗迹，也有的说可以修旧如旧，外表是旧的，来个旧瓶装新酒。还有的主张彻底拆除，设计建设一个全新的排排场场的现代化新农村村部。白朗没想到，跟帖的人相互之间还激烈争辩起来。不同观点反映出不同的情感立场和思想观念，而且听起来都不无道理。看来要统一一群人的思想，是一件多么困难的事情呀。白朗平时很少参与类似的争论。可是有些人好像特别喜欢挑起争端。有时几乎弄得几个人不欢而散。这一次，群主金霞更像个懂事的大姐。她在小结中调和说："在此类非原则性的问题上，还是应当尊重每个人和当地群众的意见，谁也不要把自己的意见强加于人。如此形成的结果，才会是多姿多彩。"各位这才销声匿迹。网络这个东西也有它的好处。你可以凸显，你也可以躲避。可以沉默，也可以张扬个性。不过喜欢张扬的人，特别是那些如同好斗的公鸡，看谁都不顺眼的人，慢慢地就成了大伙儿心里反感的对象。群里有一个人，瞅着现实事事不满，一天到晚张牙舞爪，啥都敢评，谁都敢骂，其实也就是纸老虎一个。遇到有人严厉反驳，立马卡壳。可是他不甘寂寞，过两天他又活跃起来。白朗心想，真是人上一百，形形色色。

第十四章

那晚兴高采烈，两人一进草房屋的门，昏黄的油灯居然亮着！老赵和白朗意外地发现蔡金凤一个人孤零零坐在老圈椅上打瞌睡。那姿势和表情，就像一个放学后等待家里人回来的孩子。显然，她正在做饭，案板上有擀好的面条，小锅里有煮好的调面臊子，可是灶口里沼气关闭，炉火熄灭。显然她已经等待了好久。白朗看着十分的感动，继而又十分内疚。出发的时候，老赵倒是问过，要不要给金凤妹子打个招呼，白朗想了想说不用。他是害怕走漏了风声，引起姜耀祖他们的猜忌而节外生枝。自从"红船事件"以后，他变得特别谨慎而敏感。这也是形势所迫不得不如此。白朗正呆愣着，蔡金凤醒来了。一睁眼看见白朗站在自己面前，突然上前，哇的一声竟然伏在白朗肩头哭了起来。白朗吃得一惊，一时不知所措。金凤啜泣着说："你们上哪里去了，走时也不打个招呼！整整一天一夜毫无音信，我还以为有人对你们下了毒手哩！"

白朗故意显示轻松地笑着说："我们这不是好好的嘛！"

"还笑哩，再不见回来，我就准备报警哩。"

"这下好了，你还哭上了。"白朗把蔡金凤扶到圈椅边坐下，安慰她说，"我们原计划今天晌午就回来，不料在镇上耽搁久了。"

金凤起身问："你们一定还没吃饭吧，我给你们下面。"

老赵说："那太谢谢你啦！大明星妹妹。"

蔡金凤狠狠瞪他一眼说："你也是同谋！下面没你的份儿！快点火！"

老赵向白朗做个鬼脸，立即就去开气点火。

当下吃完晚饭，照例要送金凤回学校休息。老赵却说累了，躺在炕上不起来。金凤心里暗暗高兴，盼不得他天天这样。白朗无奈，只得一个人去送金凤。两人出门来到院子里，就见外面月光正明，金凤兴奋地说："啊，月光好明亮，假若拿一本书看，都能看得清字哩。"白朗伸出一个手指在嘴上示意，金凤吐了吐舌头，一挤大眼睛表示会意。两人就悄悄地沿着村道走去。月光把他们的影子清晰地投在地上。金凤一边走，一边就不停地扭头瞅白朗。白朗低头假装没有注意，心中却很不自在。他还从来没有在深夜里单独于月光下同一个美若天仙的姑娘独处过。不知为啥，自从那次太公峁上偶然遇见，他就不敢正视金凤那双会说话的大眼睛。那是火辣辣的一双美女的眼睛，充满了男人无法抵御的吸引力。他的感情经历中，还从来没有如此被动地为一双异性的眼睛而紧张过。在同陈璐确定关系之前，以前的几次没有结果的恋爱尝试，从来都是他主动争取。包括陈璐在内，都是他主动出击。可是这一次，在完全被动的情况之下，他却不知不觉地变成了别人的猎物似的。这是为什么呢？他没有仔细想过，也不愿想这个问题。在他看来，如今肩负重任的上牛湾村第一书记白朗，关于少男少女那种卿卿我我的事情要彻底杜绝。其实自从认识陈璐之后，他就已经不再东张西望，更不像一些同学那样见异思迁。如今好像是有一种树欲静而风不止的感觉。想到此，他突然感到一阵烦躁，心里当即告诫自己：白朗同志，不该想的事情，以后绝对不可以再想。

"你想啥哩？"蔡金凤突然轻声问，声音就像周围的夜风和月光一样地温柔。

"没想啥。"

"我不信，你的眼神都告诉我啦。"

"真的没想啥，我是在欣赏月光哩。"

"月光有啥欣赏的，我就不信月光比人还美丽？"

白朗不再说话，只是默默地望着月光，其实是想到了陈璐。不料蔡金凤的眼光真毒，竟然看出了端倪，声音酸酸地说："敬爱的白书记，你再不要装啦，知道你在想谁。"

"你说我在想谁？"

"你在想远方的女友陈璐吧。"

"谁给你说的？！"白朗心中暗暗吃惊。

"你的眼睛，太明显啦！连我看一眼都不……"

　　蔡金凤说着，生气又伤心地把头扭向一边。白朗突然感到一阵不安，甚至是内疚。他真的不知道如何面对金凤的眼睛，更不知道应该怎样向她说明情况。蔡金凤明显地是对自己有意，虽然她并没有直接地表白过什么，但是那火辣辣的眼神，比直接表白还要直白呀。他总觉得，如果断然地拒绝，实在是过于残酷。年轻人在恋爱问题上，有时总是缺乏理智。

　　快走到学校的时候，有一段路是从一大片桂花林中穿过。满坡的桂树已经开花，林子里幽香四溢。几只勤劳的野蜂，仍在月光下采蜜。两人走在其中，就像投入了春天沉醉的海洋。走到林子深处，蔡金凤突然停下脚步，转身面对着白朗。恰巧有一束月光透过枝叶投射到金凤的脸上，就像舞台聚光灯一样，把她漂亮的脸庞，映照成特写镜头楚楚动人地呈现在白朗面前。白朗的脚步也情不自禁地停了下来。两人目光对视，白朗感觉就像在梦中遇到了仙女。时间突然静止下来，彼此听得见心脏在狂跳，蜜蜂的吟嗡也显然变大。这一刻蔡金凤很想打破天籁般的寂静，说出心中想了很久的一句话："白朗，我很喜欢你。真的，就在见到你的那一刻开始，心里就全是你……"

　　但是她终于没有勇气开口。

　　白朗吃惊地发现蔡金凤眼睛里隐约闪着泪光。她的双手下意识地伸出来，仿佛想要握住什么。

　　白朗心头突然一阵紧张。就在此时，突然，兜里手机铃响了。两个人同时一惊！那铃声仍在继续。平日倍感亲切的来自大洋彼岸的铃声，此刻在静夜里显得格外刺耳，就像是一阵急促的警钟，同时敲在了两个人的心头。这突如其来的声音，使得两个似乎已经离得很近的身体，猛然之间就像有一种神力阻止，彼此不由自主地又分开来。白朗想接电话，又一时犹豫不决。金凤说："快接电话，是陈璐姐姐打来的吧。"白朗把电话拿在手里还在犹豫，金凤一下子夺过手机，替他把电话打开，又递到他的手中。

　　"亲爱的，这么晚了，你还在忙啥？"电话里传来陈璐的声音。

　　白朗不知如何回答。蔡金凤见状，猛地一转身，就向学校的方向飞奔而去。月光下望着，就像一片白云飘去。

　　"金凤，金凤！"

　　白朗轻轻叫了两声，怕人听见误会，随后便一个人呆呆地站在林子里，一时不知所措。电话里，陈璐的声音显得有些焦急："喂，白朗，你怎么回事？亲爱的！白朗，你听见没有？信号怎么这么不好？"

白朗压了电话，独自一个人慢慢地走回饲养院中。老赵打着呼噜睡得正香。过了一会儿，陈璐又一次打来了电话。白朗心里很乱，推说进城办事累了，便草草结束了通话。结果整整一个晚上，他都辗转反侧，没有入睡。生活有时对人的折磨，往往不是辛苦，而是某种过度的莫名其妙的甜蜜，他想。

当晚，白朗在日记（微信）里写道："不要渴望生活呈现给你的苦涩。"发出之后，没有人搭理。他下意识地看看表，已经是深夜两点。群里网友显然都已经进入了梦乡。他想把这一条微信删除，但是却没有删。因为陈璐已经看过，给他发来一串哭脸落泪的表情。白朗的心，猛然一沉。强迫自己，赶快休息，明天的工作还在等待着自己。

第十五章

上牛湾村拉电工程终于开工。不知为啥，姜耀祖执意要搞个隆重的开工仪式。他说要借机召开个全体村民大会振奋精神，说一定要把县上主管农业和农村工作的李副县长请来亲自剪彩，说是没有李副县长的大力支持，至今电的问题还解决不了。白朗心里当然清楚是怎么回事，其实他的内心很是反对这样张扬，但是当时在会上他没有表示反对意见。开工仪式的会场设在太公峁上太公祠堂外面，露天戏台上拉了一条喷绘的横幅会标，红底黑字写着："上牛湾村拉电工程开工仪式。"戏台两侧的砖柱子上贴了一副对联说："拉电不忘李县长，光明全凭电力局。"这些，都是姜耀祖吩咐姜武亲自办的。听说要开工拉电，村西边的人当然是欢欣鼓舞。真是盼星星盼月亮，终于盼来了这一天。因此人们早早地就来到了会场，连牛兰花都给姜战斗理了发，换上一身新衣裳也早早背到了会场。姜巧玲领着大蛋、二蛋也来了。姜贵和蔡金凤按照村上的安排，领着学生娃和村里的妇女排了几个舞蹈节目参会。健身扇子舞的领舞是支书姜耀祖他妈，即老支书姜建国的老伴儿刘梅香。好在时间也对头，七月下旬，夏收过后地里的庄稼都已经安顿停当。村东的人也都不再下地，相约到太公峁上来看热闹。早上九点多钟，离着开会的时间还早些，一阵锣鼓响起，学生娃们和妇女们开始扭搭表演起来，也算是提前热身彩排。姜武特意穿了一身新缝的黑化纤西服，扎了一条特别显眼的血红领带，脚上则是枣红色的假鳄鱼皮鞋。这同支书姜耀祖的藏蓝西服和金黄领带、雪白进口皮鞋形成了鲜明的对比。姜耀祖新理过头发，满脸得意和自信地站在路口准备迎接县上和镇里的领导。姜武似乎比他更忙。他一会儿台上一会儿台下地指手画脚张罗，还不时地跑到支书姜耀祖面前耳语几句。领受了任务，就立即贯彻落实。白朗仍然穿着他平日常穿的深蓝夹克衫，脚上照例是适宜登山的李宁牌运动鞋。他正陪着老支书姜建国在人群的背后说话。老人家的心情似乎比前些日子好了许多。白朗趁机给老人家通报自己打算翻修饲养院的想法，他希望在正式提交两委会讨论之前，先取得老支书的支持。总之，在他看来，一个村子的党支部、村委会绝对不能老是漂在一条船上。果然，老人家表示完全同意白朗的意见，说，他早年也曾经有过翻修饲养院的计划，可惜那时候资金没有落实，也就成了空想。两个人正说着话，就听见姜武对着有扩音的麦克风大声喊道："锣鼓停止！锣鼓停止！大家安静，大家安静！"

会场上顿时安静下来。就听姜武说："大家都听清楚啦，一会儿统一听我指挥！打了红脸蛋的学生娃娃队伍，还有化了妆的健身妇女队伍，听着，你们的任务，就是夹道欢迎领导车队入场。其他的人，就一门戏，就是鼓掌热烈欢迎。掌声、喊声越大越好！听清楚没有？"大伙都不说话，只是听得哈哈嘿嘿地笑。连那些莫名其妙、凑合来看热闹的鸡和猪、猫和狗都跟着哼哼叽叽。村子里一片欢乐气氛。姜武却生了气，以为大伙又在嘲笑自己，便瞪起一双牛铃眼破声吼叫道："笑啥哩笑！又不是看小品听相声哩！"没人理他，众人笑得更凶。笑声里，有一只大胆的芦花老母鸡和一只大红公鸡，竟然一展翅膀先后飞到了戏台上。姜战斗家的大黄狗突然就来了精神，从人群里蹿出来，身体一缩纵身一跳，也上了戏台。结果会场上更是笑声大作，乱作一团。"哎呀，不得了啦！鸡狗成精啦！也想当领导！"姜武来气，拉开架势追着鸡狗满场子撵了几圈，鸡狗叫着转圈圈跑，就是不下戏台。姜武无奈，嘴里骂着，立即指挥两个臂膀上套着"治安"红箍的基干民兵（如今叫预备役），把鸡狗撵下来。不料，这下可更热闹了！那芦花鸡和大黄狗生性好热闹，见又有人驱赶自己，还以为人们是同它们游戏，就干脆壮起胆子沿着戏台转着圈地表演起来。民兵穷追不舍，其中一个摔了一跤。众人大笑不止。到后来，那大黄狗好不容易被赶下戏台，两只鸡却不但不下来，反而飞到铺了桌布摆着茶杯、香烟的桌子上拉了一泡稀屎这才飞出了人堆。姜武大怒，一再追问是谁家的鸡，有人说是巧玲家的，也有人说是支书家的。弄得姜武是一会儿瞪眼骂人，一会儿咧嘴傻笑。众人就像看耍猴一样，心里乐滋滋的。这算是节外生枝。

　　白朗在一旁看着，也忍不住嘿嘿地笑，连老支书也哈哈大笑起来。特别是看到孩子们，包括巧玲和大蛋二蛋，还有妇女们，包括哑女都笑得那么开心，他心里突然就觉得，其实借机举行这么一个仪式，似乎也有必要。农村的鸡狗自由调皮，农民的天性散漫爱笑。难得有这样的机会，让大家聚集起来，热热闹闹地见个面，说说话，议论点事情，欢笑一次。只是没有看到刘秦岭和绿叶公司的人到场，也不知是什么原因。想起绿叶公司，他心中就有些阴影泛起。

　　他正这么想着，就听见不远处传来汽车的轰鸣。姜武一下来了精神："快快快，锣鼓，锣鼓！"于是锣鼓敲打起来。敲鼓的不是别人，是校长姜贵。他特意穿了一身新蓝西服，还系了红领带，手中的鼓槌上新挽了鲜艳的红绸，敲起来胳膊扬起老高，显得格外带劲儿。他一边敲，眼睛一边还在人群里寻找哑女。看到哑女也红着脸看自己，手上的劲儿就更大。蔡金凤也是大显身手，她特意换上一套雪白的演出服，从容地指挥学生娃们和妇女们列队舞蹈。她很巧妙地把儿童的红花舞和妇女们的绸扇舞有机结合起来，亦庄亦谐，相映成趣。她口中噙着哨子，很有节奏地吹着，在指挥舞蹈的同时，眼睛还瞅着在路口迎接领导的白朗书记。

　　李宏伟副县长和镇上马国玺书记，还有县电力局长的车子开到路口就停下来，领导们下车，按顺序接受表演队伍和村民夹道欢迎。平日专门承办乡村红白喜事的民间管乐队吹奏起老歌曲调调《社员都是向阳花》，据说这是李副县长最爱听的曲子，也是他除了《九百九十九朵玫瑰》之外会哼的另一首歌曲。这是当年最流行的一首歌，几乎人人会唱。当然，许多上了年纪的农民都喜欢听这首曲子。一听，就仿佛又回到了人民公社大集体的年代。在人们的印象中，那似乎是农村最红火的年代。对于年轻的农民而言，这曲子又很新颖，不无幽默风趣。反正大伙都注意到了，听到这首歌，李副县长的脸上顿时乐开了花。领导一高兴，群众就跟着高兴。姜支书和姜武这一帮人，自然也高兴。领导上台以后，挨个儿坐在那排铺了台布摆着茶杯的桌子后面。鸡粪当然早已经收拾干净。姜武立即安排医务室姜改改上来倒茶。这时，姜耀祖看了看手表，故意当众请示白朗说："白书记，时间到了，咱们开会吧。"

　　白朗没有表态，扭头看看身边的李副县长和镇上马书记。两人点了头，他才示意姜耀祖开始。

　　姜耀祖站起来，清一清嗓子宣布："颍川县牛头镇上牛湾村拉电工程开工仪式现在开始。第一项，全体起立，奏唱国歌。"管乐队开始演奏，姜耀祖和主席台上的领导带头起立唱着。蔡金凤为大伙打着拍子。小学生和健身舞队的妇女们唱得最响亮。谁都没注意到场外溜达的猪鸡狗也跟着哼哼唧唧。歌声落下，大家就座，领导开始讲话。先是姜耀祖自拉自唱一段，接着镇上马国玺书记讲话，马书记讲完，李副县长讲。李宏伟一上来，也不说问候谁晌午好啥的，直接就说："先纠正一个问题，大伙都看见了吧，戏台上这副对子，拉电全凭李县长……这不对呀！不符合事实嘛！首先，我不是李县长，咱们县的县长姓韩，是韩县长，我李宏伟只是个副县长。其次，要特别说明的是，这回咱上牛湾拉电，不是全凭我李某人，而是全凭你们的白朗白书记。"姜耀祖和姜武一听，当即都傻了眼。众人听得很真切，拉电全凭新来不久的白朗白书记。人群里顿时发出一阵热烈的掌声和闹哄哄的议论声。李宏伟的这一招，连白朗也完全没有想到，没想到他的消息这么灵通。面对突然的情况和村民的掌声、议论，白朗一时不知如何对待，更说不上是喜悦还是忧愁。他下意识地扭头看了看姜耀祖，果然发现他的脸色很不好看。白朗觉得这件事看来没有那么简单就会过去。又想着，李副县长如此出人预料地大爆冷料，究竟用意何在。

李副县长接着讲："我了解了，是你们的白书记，也就是北京下来的第一书记白朗，前几天专门到县上找了咱们的县委一把手石书记，申请解决拉电经费问题，同时还解决了硬化乡村和村中路面的资金问题。这两项工程，可不是简单事情。下一步，听说他还有一系列的想法，给村里办更多的实事好事。我相信，上牛湾村有白朗书记的领导，有姜耀祖支书和各位的积极配合，就一定能够迅速改变面貌，实现脱贫致富奔小康。"

李副县长话音刚落，全场掌声雷动。突然有人带头喊起了口号："感谢北京派来的好干部！"

"坚决支持白书记工作！"

人们情不自禁地跟着喊口号。白朗惊奇地发现，带头呼喊口号的竟然是绿叶公司总经理刘秦岭。原来他们又没有接到姜武的开会通知！等到得知消息后，他就迅速带着员工们赶到会场，正赶上李副县长讲话。他听得一激动就带头喊开了口号。白朗心里明白，他这也是一种发泄，发泄对姜耀祖和李宏伟等人的不满！果然，他的出现，令姜耀祖大为震惊。李副县长也感到意外，神色有些慌乱。姜耀祖最担心的，就是刘秦岭来捣乱。好在直到开工剪彩仪式结束，并没有再发生什么意外。真是谢天谢地！

中午，姜耀祖没有按照惯例在"红船"上高规格接待镇、县领导，而是在他新近落成的三层小洋楼里招待贵宾。电力局长说有事先走了。姜耀祖很想邀请白朗出席，白朗说有要紧事得办，明智地婉拒了姜耀祖的礼节性邀请。连他的父亲姜建国老汉，也没有到场赴宴。这令姜耀祖感到很是不安。好在还有金鑫集团金总参加，他是李副县长喜欢的一个商界酒友。姜武和江翠花成了当然的主力招待员。姜武主外，负责采购和安全保卫，江翠花主内，主要负责照顾好李副县长。事情办得井井有条，姜耀祖心中大为高兴。他想人少也有人少的好处，说话方便嘛，喝酒也痛快。瞧李副县长吃得多么高兴，鼻头红得就像一盏小红灯泡，甚至忘了早先被掴耳光的事，一双大眼睛瞅着翠花姑娘更加大胆放肆。胖乎乎的小手，叼空空就想往人家女娃子身上乱摸乱揣。家宴的菜肴，是姜武派人到镇上最高级的饭店"明月楼"订的，山珍海味，应有尽有。还特意点了李副县长最喜欢吃的野生甲鱼和红烧牛鞭。整整一个下午，四人放开海量，一气喝了五瓶茅台酒！吃喝不必细说。

单说会后，白朗回到饲养院里草草吃过午饭，就赶忙提了小包同老赵一起出门径直来到村西。今天是周日，也是白朗进村以后要求村医务室定的上门义诊日。他们先是来到巧玲家里。医务室的实习医生改改已经提着药箱等候在那里。巧玲她妈竟然不再卧床发呆，而是穿衣起来在屋里轻轻地扫地。屋内外的卫生状况和气色，明显同过去截然不同。自从那日走访见面后，白朗就吩咐姜改改把巧玲妈的病因和症状在网上进行了咨询，并且开始采取治疗措施。也正是自从那日走访过后，白朗本人就成了这个村里特困家庭的常客。他和老赵，有时是同蔡金凤一起，三天两头就来一次，帮着洗衣做饭打扫卫生，发现缺少什么，就为他们添置送来。孩子们都穿上了他买的新衣服。巧玲妈的病情，也开始明显好转。这不，一见他进门，就丢下笤帚，笑嘻嘻地迎上来，嘴里还喊着："哦——白书记来了，白书记来了！"白朗问："这几天咋样，好些吗？"巧玲妈只是笑，并不回答。改改说："好多啦，知道叠被子、扫地啦，还知道哄二蛋不哭哩。"巧玲妈听得眼睛发亮。白朗把进城买的一包水晶饼分给孩子们吃，也拿一块给巧玲妈。她竟然舍不得吃，递给了巧玲。"改改，上次你说的要这种药，我买来了，是托人从上海买的，据说疗效好，基本没什么副作用。"改改接过药，仔细看着药盒上的说明，随即商量确定了每天服药的次数和用量。巧玲

——记了下来。看来再用不了多久，她妈的病情就可以完全得到控制而像正常人一样生活了。巧玲的脸上开始有了笑容。白朗心中也感到美滋滋的，心想党的为人民服务的宗旨，的确不能只停留在口头上，而要点点滴滴躬行。

接下来，是到英模姜战斗家送药义诊。白朗一边走一边又想，真是一家不知一家难，家家都有一本难念的经。姜战斗得的是褥疮，臀部和背部有几处老伤口很难愈合。每到夏季，病情就开始严重。年轻的村医姜改改对此又没有经验，简直束手无策。病人整天愁眉不展，真是痛不欲生。牛兰花更是唉声叹气，度日若年。白朗听说后，就下决心要解除他的病痛。几个人走进那长着一棵大槐树和一棵老桂树的院子里，恰好牛兰花正在为姜战斗擦洗身子。门一开，就有一股难闻的气味扑鼻而来。老赵就迟疑着想退出来，被白朗瞪了一眼。牛兰花累得气喘吁吁，满头大汗。白朗进门，二话没说，就挽起袖子帮助兰花嫂扶起病人。姜战斗不说话，只是瞪着一双因消瘦而显得更大的眼睛，一眨不眨地望着白朗。那神情就像一个聋哑人见到了恩人，更像一个绝望中的人看到了希望。白朗向姜战斗点一点头，心中涌起一阵难过。性情开朗的牛兰花不好意思地说："唉，本打算赶你们来之前把他收拾干净，可还是慢了一步。"姜战斗失去双臂和左腿的严重残缺的身体全裸着，瘦得皮包骨头。让人看了真是心里难过。白朗一边帮忙挽扶姜战斗，好让牛兰花便于擦洗。他真无法想象，一个自己已经进入老年的妇女竟然一日三次为小叔子喂饭擦身，天天如此，年年如此，究竟是一种什么精神，一种什么动力在推动她数年如一日地坚持这样做？记得他曾经看过县委宣传部的《支部生活》上，刊登的一篇"本刊记者当然"的报道，题目是《共产主义理想：精神激励胜过物质拥有》，写的就是共产党员牛兰花和英模姜战斗相互激励、相依为命的故事。那是进村前，白朗在县招待所偶然读了这篇报道，但却并没有被打动，因为其中很笼统地讲了许多人为拔高的大道理。而那些几乎人所共知的道理，大大冲淡了故事本身的情感冲击力。可是当他真正了解了两个人的处境与感情的真实基础，特别是见到眼前这一幕，他的心灵受到了深深的震撼，泪水止不住了。当他亲眼看到，一个年近花甲、满头银发的老嫂子，汗流满面地为小她好几岁的小叔子擦洗严重残疾、几乎无法动弹的身体，那种认真仔细，甚至是兴致勃勃的神情，就像在侍弄自己亲生的孩子。白朗无论如何不能把这种表情所透露出的人性的光辉同共产主义远大理想联系到一起。他由此，突然就联想到这些年来一些媒体主观武断和一厢情愿地宣传教育的空泛内容，真是严重地脱离了人们的思想实际，脱离了群众的情感实际！唯有动之以情，才能晓之以理呀！白朗正失神地想着，就见牛兰花已经麻利地为姜战斗换好了干净的衣服。改改开始为他清洗伤口、换药。褥疮显然很疼，姜战斗咬牙强忍着。周围几个人都为他直吸冷气。

换完了药，坐在炕沿的姜战斗眼含热泪，张大口犹豫着，努力半天后说："白书记，改改，求求你们，还有俺嫂子，给我多弄些安眠药，我……我真的不想活了……完全是社会的负担，活得……没啥意思！"

牛兰花听得一愣，突然就像疯了一样吼道："你不活，我还活个啥！"她把手中的毛巾狠狠往地上一甩，竟然大哭起来！

白朗一时不知该说什么，他下意识地一阵冲动，赶紧上前把姜战斗紧紧搂在自己怀里，就好像怕他突然会失去一样，嘴里一个劲儿地说："不，这个社会不能没有英雄！我们这个社会不能没有英雄！"说着自己也已经泪流满面。

姜改改慌了，忙说："战斗叔，你是我们的榜样，你一定要坚强！我保证你的褥疮能治好。我们李老师正在上海进修，专攻这类病，等他回来，就有办法了。"

姜战斗不再说话，哭得满脸是泪。牛兰花控制住自己的情绪，也过来抱住姜战斗，安慰他说："战斗，你听见改改的话没，你从战火硝烟中都闯过来了，难道还怕个小小的褥疮？"

老赵也说："就是嘛，褥疮有啥可怕，现在有特效药，坚持抹上，自然就好了。"

姜战斗终于止住流泪，说："我是害怕连累大家，特别是我嫂子，你应该有自己的生活呀，不应该成天为我操劳。"

白朗说："我了解过了，像你这样的情况，可以申请进荣军养老院，也可以留在家里养着，国家可以负担一个护理人员的费用。我是说，我们下一步可先替你申请买个轮椅和升降摇床，然后再考虑安个假肢。因为你还年轻，应该站起来直立行走。人家不少人安上假肢还赛跑哩。"

姜战斗听得，脸上的泪珠未干就咧嘴笑了，问："白书记，你说的是真的吗？"

"真的，我保证你很快实现。"

牛兰花高兴得一下抱住姜战斗说："战斗呀，要那样可就好啦，你可以满世界地跑啦，我推着你，咱们上县里、省上游玩去！"

几个人都被她的话逗得嘿嘿直笑。姜战斗纠正说："不对，是我跟着你满世界跑。"大伙哈哈大笑。

当晚，白朗在日记（微信）里写道："今天过得格外充实。上午村里拉电的开工仪式，也就是村民大会的热闹场面不必说。下午照例同村医一道为村民上门义诊了解疾苦。村里姜巧玲的母亲和英模姜战斗，是两个特殊的病人。医务室的姜改改，一个"90后"的毕业生，就像面对自己的亲人，长期为解除他们的病痛，费心尽力，倍受熬煎。人生真正是一座舞台，有台前也有幕后。不沉到生活的深处，你看不到人生的背面。其实生活的甜蜜，正在于饱尝了辛苦与忧愁之后。来到乡村以后，真正融入每一个家庭，才逐渐懂得了这个原本浅显的道理。是否可以得出这样一个结论，你尝的苦难越多，你的爱心才可能深刻而持久。于是想到了作家冰心的名言：只要有了爱，就有了一切。在姜巧玲和兰花嫂的身上，我感受到了爱的力量。这深沉的爱，它足以使一个儿童挑起照料两个弟弟和重病母亲的重担，可以使一个六旬的老人成为照顾伤残小叔子的最佳监护人。来自爱的力量，是无穷无尽的。"群主金霞立即点赞，评说："从这个意义上讲，我们在实践中锻炼自己，就像蜜蜂酿造爱的甜蜜。"新疆王龙点赞，并加了三个大拇指的表情。奇怪的是，这条微信反响并不广泛热烈。白朗百思不得其解。难道是认为自己在煽情吗？他心中正有些不爽。就见吉林董欣浩说："乡村第一书记真是无所不管、无所不能！"他一时还不明白这条评论的意思是褒还是贬。

第十六章

　　傍晚时分，眼瞅天色不早，开着北京现代轿车的刘秦岭心急如焚。车上前排副驾驶座上坐着省报著名记者吴刚，他们必须在天黑之前赶到上牛湾村。路上他一直同负责监视姜耀祖家情况的梁大海和高云峰通着电话。这两位当过特种兵的年轻人，如今是他的左膀右臂。看外表，他俩长得也像刘总一样高大排场，甚至有点威猛。他们在部队都受过特殊训练，回到农村后还没来得及成家，就被刘秦岭看中，加盟到了绿叶公司，很快就成了骨干。此刻另外两名骨干，姜喜才和李大顺就坐在车后排。作为行动别动队随时听从吴刚调遣。提起吴刚，在江北省是赫赫有名的新闻监督反腐斗士，甚至在全国知名。他曾经揭露过地沟油事件和问题火腿肠案件，把一个又一个不法分子和贪官污吏、腐败分子送上法庭，投入监狱。群众见他无不拍手喝彩，也有人提起他恨得咬牙切齿，曾数次制造车祸要置他于死地。可他命硬，数度逢凶化吉。在他看来，颍川县牛尾河沟绿叶公司与金鑫集团的合同官司，是一起明显的官商勾结，违反国土政策、破坏生态建设、损害群众利益的典型案例。可是正是因为某些领导干部介入干预，为它披上"全域旅游"和"特色小镇建设"的外衣，弄得扑朔迷离，界限模糊。更困难的是，没有真正摸清掌握其中利益链条的勾结脉络，也没有获得某些人违法违纪证据。

　　车子里充满了烟气。吴刚把车窗打开，让凉风呼呼吹进来，车里空气顿时新鲜了许多。但是吴刚本人并没有感觉出丝毫的轻松。他眉头紧皱，目光专注地望着车窗外面沿途的远山近野和一晃而过的村落、树木、庄稼、行人。显然，一路之上，刘秦岭把各种情况都对他讲了。看来，这场拖了近一年的糊涂官司，也该到了云开雾散见分晓的时候了。吴刚是那种政治嗅觉十分敏感的新闻记者，而且很有百姓情怀和高尚的理想境界。他完全不同于那些表里不一、唯利是图的纸媒体记者和专门猎奇的狗仔队。在新闻界风气不正和社会某些领域物欲横流的复杂情况下，他努力保持着一个新闻工作者的良知和定力。他宁愿冒险钻进那些看不见摸不着的强大恶势力织就的关系网和利益集团中去挖掘真正有价值的新闻，也不愿意一味表扬、粉饰太平、图解政策或者采写高稿酬的人情稿子。读大学本科和研究生时，他都是学中文专业的，毕业后在文学编辑和文学创作领域已经成绩斐然，但是看到各种不良的社会现象因监督不力而蔓延，生性耿直、嫉恶如仇的他不能无动于衷。于是在而立之年，别人都纷纷下海发财的风潮下，他毅然决然地改行当了新闻记者。党的十八大之后，他认为新闻的春天到了！新一届党中央真抓实干、反腐倡廉抓党建，证明了他以往那些敢冒天下之大不韪、充满争议却社会影响很大的报道，完全是正确的。在吴刚看来，人民群众的认可，对于一个立志献身新闻事业的人而言，就是最高褒奖。此后，他刻意在推动党中央八项规定的执行上，发挥了强有力的舆论监督作用，特别是从反对奢侈浪费和正风正气入手，做出过一系列很有影响的案例报道，产生了积极的社会影响。

车子在飞速前进，眼瞅就要到达牛头镇，过了牛头镇，上牛湾村也就快到了。他是下午一点午休时才接到刘秦岭的电话，就立即搭车赶往高铁站的。从江北省城到颍川县城，一个多小时的高铁，下车后，刘秦岭已经驾车等候多时。本来安排有饭，吴刚坚决摆手主张立即出发赶路。在车上就着矿泉水吃了两个面包，就算一餐。刘秦岭为之十分感动。当初慕名请吴大记者出面采访这个霸王合同官司案子，刘秦岭是准备了重金的。他哪怕倾家荡产，也要把官司打赢。不料吴记者看了材料，断然一拍胸口表态说自己分文不取，就是要为民请命，伸张正义！谁说"一切向钱看"的不良世风下，人人都难免是金钱的奴隶？

拉电开工仪式结束后，刘秦岭满以为那一帮人又要上红船吃喝玩乐，心中暗暗高兴。不料人家却临时决定到姜耀祖家的新别墅楼里招待。这可急坏了刘秦岭！眼瞅金鑫集团开工的时间一天天逼近，如果真拖到开工那一天，绿叶公司的损失可就大了。合同一旦实施，就很难再更改。这可怎么办呢？在这紧急情况之下，他想到了为此愿意两肋插刀的记者吴刚。于是又是抱着试一试的态度，他打了电话。不料人家吴刚接到电话，二话没说就丢下手中的工作来了。他感动得一时不知道该说什么好。记者吴刚的形象在他的心目中更加高大起来。有新闻舆论的支持，他更加增加了打赢这场官司的自信。

　　此刻，眉头紧皱的吴刚，正在紧张地思索。他已经调查过了，很清楚这次自己面对的是一个老奸巨猾的对手。换句话说，是一只很善于伪装的老狐狸。要抓住他的狐狸尾巴，可不是一件容易的事情。他也知道，弄得不好，狐子打不住，还可能落下一身骚气。车子行进中，吴刚这么慢慢地想着，下意识地一支接着一支地抽烟。似乎唯有这样，他的思绪才会从容不迫深入下去。这是他的一个习惯，自己讲是个坏习惯。这还是当初写小说的时候由于缺乏生活，只好绞尽脑汁空想。久而久之，就形成了动脑筋时候的习惯性举止。好像离开了香烟，他的脑子就不运转了一样。由于过度吸烟，他的原本雪白的牙齿被熏成焦黄，说话的嗓音也有些嘶哑。好在他平时也很少说话，主要思索和付之于笔端。也许正因为如此，吴刚至今保持着用钢笔在方格稿纸上写作的习惯。从这一点来看，他又是一个相对保守的人。这一回，设法让县上某些领导在绿叶公司这个官司中不敢发声，是他最初的也许是最有效的釜底抽薪办法。这是吴刚的处事策略，更是他面对强大对手的战略部署。

　　汽车不迟不早，擦黑悄然进村。村东姜耀祖家别墅里的宴会竟然还没有结束，真正是"酒逢知己千杯少"！李副县长、马国玺书记、金占川和姜耀祖，说起来没有一个"外人"，真正的铁杆"知己"。他们喝完四瓶茅台，又开始喝起了"干红"。不知不觉，又干了一整箱（二十四瓶）法国葡萄酒。这酒还是姜耀祖给他二舅狗剩打电话临时让送来的。刘狗剩也难得有这样的效忠联络领导和大款的机会。因此他接到电话，就以最快的速度，亲自开车把红酒送到外甥家中，并趁机参加到吃喝圈子里面。李副县长不愧是一位吃喝老手，他五十多岁的人，酒桌上吃喝从来不要奸。他不光是能吃能喝，也会吃会喝。有许多吃喝玩乐的新游戏怪名堂，李副县长都最先学会，结果样样精通。比如喝酒，二十世纪七八十年代，社会上时兴划拳行令，他是牛头镇上"哥俩好""一心敬""四喜来财""七巧梅花"的顶级高手，号称牛头镇第一老拳，经常自告奋勇代人打通关，所谓划遍全镇无敌手，声名远播，连县长、县委书记都知道他的厉害。也许是由于他能划能喝，酒量经久不衰，且率先喝成酒糟鼻子的缘故，即荣幸地被民间口碑推举为牛头镇首届酒友协会（简称"酒协"）的首任主席。

九十年代以后，酒桌上开始时兴掷骰子，李宏伟又赢得"神手"雅号。他只要一撒手，保证是对方要输。有一次接待上级业务部门的领导争取项目，他一个人光赢不输。结果人家喝高了，就有些不高兴。他灵机一动，说："规则变一下，谁赢了谁喝酒。"结果，第二瓶茅台酒他一个人全包圆了。人家一看镇委书记是真心讨好，便把全县的项目资金划一半给了牛头镇。直到他被提拔担任副县长后，关于他的酒闻还是传说不断，时有新篇。

喝完了白酒，又喝红酒。这是前些年官场加商界，中西合璧的时兴喝法。七八个小时之内，李宏伟喝过一斤多茅台，又喝了至少两瓶干红，经过这么一场"马拉松"酒宴，他整个脸上都发生了变化。最明显的是，原先的双眼和鼻头的血红逐渐扩大到了满脸和脖颈。由于体内燥热，他索性先脱了外套，又脱了衬衣，最后只穿着一件两条筋吸汗褂子。他腋下和胸膛发达的毛须，很不安分地泄露出来。他端着酒杯，目光呆滞愚顽，嘴里滔滔不绝胡言乱语……这一切，把个堂堂副县长塑造得格外愚昧粗野，叫人看着简直就像一个彻头彻尾的黑社会老大！其实这时候的李宏伟，的确也忘记了自己的身份和处境。什么党员领导干部，什么面对下级和群众，什么八项规定约束，统统都丢到了九霄云外。他似乎光记得，自己已经年过半百，仕途无望，来日无多，有权不用，过期作废。与其叫人说好，不如及时行乐痛快。"人不为己，天诛地灭！"难怪他一端起酒杯，就夸张地模仿样板戏《红灯记》里鸠山队长的这一句台词。结果总是逗得满桌人哈哈大笑。他喝多了，喜欢反复讲的又一句话是："喝！喝干！我就不信，这世上谁不替自己着想！别相信那些高调调、大帽帽！不替自己着想的人，还没出娘肚皮！"这就是他的世界观。俗话说"酒能乱性"。李宏伟这个人，原本就好色，眼下借着酒劲儿就更加放肆。他公然当众把江翠花叫到身边，说："翠花，我知道，江翠花，这不是你的真名实姓，只是个代号吧？对不对？但是我还是要叫你江翠花。"说着竟然伸出右臂，把江翠花紧紧搂在自己怀里。江翠花满脸怒气想要挣脱，他却搂得更紧，还说，"翠花你听话，我不会让你上酸菜的，你不是餐馆的服务员，你是我的心肝宝贝蛋蛋。知道不，今后谁要敢欺负你，你就给干爸说，我叫他跪地叫你干娘！"他的醉话，把几个醉汉都逗乐了。姜耀祖说："对，翠花，谁也别怕，有李县长、马书记给咱撑腰，咱还怕啥！不怕，就说那个什么白朗，那天就欺负过你，对不对？你还包庇他哩！是不是？"

李宏伟一听急了眼，问："有这等事？"江翠花摇头坚决否认。

姜耀祖却说："有，李县长，那姓白的猖狂得厉害。那天在红船上，我和姜武亲眼看见的，衣服都脱光了……"

"谁，谁把衣……衣……服脱……光了？"李宏伟眼睛血红，瞪起更加可怕地问："他妈的，真有这等事？我要叫他姓白的身败名裂！"

他话音未落，就见屋门开了。几个人瞪眼看见进来个留着寸头的人，手里举着个照相机。都还以为是姜武叫来的摄影师，就都没在意，照样说着狂话，发着酒疯。这时候，就听见噼噼啪啪一阵响动，几个人再定睛看时，就见那寸头正端着照相机为大伙加紧拍照。

姜耀祖想，既然是姜武特意请来了摄影师，也得好好留几张纪念照，就说："哎哎，师傅，先别急着照，让各位领导把衣服穿整齐了再照也不迟。"

来人笑嘻嘻地说："不用，就这样照出来，更加真实自然。"他说话中，又掏出手机，比画着照了一气儿，然后摸摸自己的寸头，笑眯眯地挥手喊一声拜拜，便径自出门去了。

照相的走后，李宏伟突然之间好像恢复了副县长应有的敏感和智商，他赶忙问道："这，这个寸头好像有点面熟呀，这，这人是谁叫来的？可吃饭照什么相？真是乱，乱弹琴嘛！"

姜耀祖立马就叫姜武："姜武，姜武……"喊了几声，也没人答应。楼里的气氛立刻紧张起来。姜武上哪儿去啦？来的这个寸头究竟是谁？

李宏伟副县长的酒先吓醒了一半儿，忙说："我看这个人是来寻事的，弄得不好，照，咱吃喝的照片要曝光！真，真要命呀，他娘的，快撵！"

"快，姜武！不要，不，不敢让那个家伙溜走！"姜耀祖大喊大叫，却仍然没人响应，"姜武，姜武，姜武哪里去啦？"见叫不来姜武，姜耀祖慌了神，他打算自己出门去追。可是才跑了两步，就觉两腿不听使唤。再一迈腿，就一下瘫倒在了地上。原来这茅台酒喝了是不上头，可是容易上腿！等到两腿不听使唤，姜耀祖才晓得自己喝多了。

桌上的几个人中，唯有他二舅刘狗剩还没喝糊涂。他见事情不妙，赶忙跪起身对出溜在地上的镇上马书记说："马书记，咱快动用咱派出所民警拦截呀！这家伙很可能是省上报社的记者。照片一旦报出去，你们几个可就不得了！"

马国玺书记早喝得不省人事，却还强打精神一摇头说："没事，谁还不吃个饭，不喝酒啦！"

"什么没事！"身边的李副县长急了眼，气急败坏地对刘狗剩喊道，"赶紧打电话，就说我说的，不对，就说马书记命令，让镇里派出所立即派民警出面拦截，先把那个留寸头的家伙给我弄起来再说。"

这边，吴刚一出姜耀祖家大门，立即登上等候在那里的一辆出租汽车迅速向县城方向驶去。为了不给刘秦岭和绿叶公司惹来麻烦，吴刚决计还是打出租车进村为妙。不过刘秦岭不放心，还是带着梁大海、高云峰两位埋伏在车上接应，以防不测。吴刚胆大心细，又有经验，取证异常顺利。他一路沉默，但心里却十分兴奋。真没想到，事情会办得如此顺利。原因是对方毫无防范，说白了，就是时常自称做保卫工作的姜武去向不明。当然刘秦岭已经把事情原委侦察清楚，那就是姜武半道开了小差。他看到领导一个个吃喝得差不多了，自己却还饿着肚子，就到厨房让给自己搞了几样凉菜，一个人打开一瓶颍川大曲自斟自饮起来。结果，忙活大半天，关键时刻误了大事。

当车子开进牛头镇街上，刘秦岭就问："吴主任，要不要在镇上吃饭？我们这里的牛肉烩饼可是远近闻名呀！"

吴刚埋头操作手机，根本就没有听见。原来，吴大记者是外松内紧。毕竟是在打仗，从一定意义上讲，简直就是你死我活。更像是在扳腕子博弈，远未见出分晓。别看如今证据已经到手，但是稍不注意，就可能鸡飞蛋打，成为另外一种结果。

刘秦岭好心问了几遍，吴刚终于头也不抬地说："不用，我得赶紧离开颍川！你们可以在镇上下车回避。"说完，继续抓紧操作手机。他可不是在玩手机，而是在"坚壁清野"。是趁着镇街上信号强，赶紧把新拍的取证照片原图，发给远在省城的助手彭岗。留在手机里他不放心，担心节外生枝。他是有经验的记者，反腐败，揭露问题，实行舆论监督，这可不是闹着玩的。弄得不好，会把自己贴赔进去，甚至弄出人命！他知道刚才自己一出门，人家很快就会反应过来，说不定，牛头镇派出所的民警早已经等在哪个路口拦截自己。他这么想着，早已经发完了照片，就吩咐出租车司机停车，又督促刘秦岭他们三人赶紧下车。车停的地方刚好是十字路口。朝东南方向进去就是镇中心，朝西北开出不到一公里便是县乡四车道的一级公路。上了通途大道，四通八达，那就如鱼得水，拦也拦不住了。

　　刘秦岭和梁大海、高云峰三人一下车，出租车立即开走。三人望着车子的背影，心中对吴大记者无比佩服，不胜感激。刘秦岭感慨道："都说如今新闻界风气也是不正，时常可见以批评新闻稿子敲诈勒索钱财的大小记者。可同样是记者，他们和人家吴大记者相比，差距咋就这么大呢？"

　　刘秦岭兴奋不已，他学着一位东北喜剧演员的语气腔调说话，逗得大海和云峰哧哧直笑。两个年轻人同时喊叫肚子饿啦。正在此时，就听见街西边有人大喊："快看，派出所又抓人啦，派出所又抓人啦！"

　　众人一同朝西北街上张望，就见四五个穿警服的民警，扭着一个矮个子朝这边走来。后边围着不少人指指点点看热闹。刘秦岭心跳突然加快，一下子就想到了吴刚。三人急忙上前看，果然就是吴大记者被两个大个子民警扭着胳膊走来。他边走边挣扎，后边就有一个民警狠压他的头。他弯着腰，嘴里一个劲儿质问："你们凭什么抓人？不问青红皂白！"

　　旁边一位年龄较大的民警说："你老实点，不然就上铐子！"

　　"随便就铐人，还有没有王法！"有人替记者打抱不平。

　　刘秦岭趁机给大海、云峰使个眼色，三人立即迎上前去。这时，吴刚抬头看见了他们，使劲挤眼摇头，示意他们赶紧离开。刘秦岭假装没有看见。三人径直迎上去，拦住警察去路。

　　"请问，你们凭什么抓人，有拘留证吗？"刘秦岭上前质问。

　　那个上年纪的民警问："你是什么人，请你不要妨碍我们执法！"

　　"执法？我看你们这是违法！"刘秦岭毫不让步。

　　"你什么人，让开！"几个民警说。

　　"我认识这个人，他是省报著名记者吴刚同志，专门反腐倡廉的，揭露报道了许多贪官，曾受到过省里表彰。你们凭什么抓人家！"

　　民警们一时无言以对。围观群众议论纷纷。一听说是省报名记者吴刚被非法拘留，消息不胫而走，牛头镇半条街都震惊轰动了。恰遇学生放学，公司和机关下班，周围很快聚集了更多的人。

　　"你真是省报记者吴刚同志？"

　　"这还有假？"身边两个民警当下松了手，吴刚从衣兜里掏出记者证，举起让他们看，周围人也都看见了。那个上岁数的民警看后，脸上一下失了血色。吴刚身边两个民警的手也完全松开了。吴刚站直身体，扭扭脖颈，活动一下酸疼的手臂，然后看看表，又看看刘秦岭他们三人和周围的人群，底气十足但又言辞平静地说："现在是六点十分，你们非法扣留我已经超过三十分钟，你们是继续违法呢，还是就此打住？"

那几个民警都是满脸的茫然和尴尬。他们相互瞅瞅，仿佛是说"咱们这干的是啥事嘛！"还是那个上岁数的民警沉稳，他说："这样吧，我们请你到牛头镇派出所去配合做个笔录，这算不算违法行为？"

"我要是不去呢？"吴刚红着脸问。

"我们还是劝你配合一下。"

"有什么事情，你们现在就问。"

那个上岁数的民警一怔，皱起眉头，一时没了主意。人群顿时起一阵闹哄哄的议论。有的骂他们欺软怕硬，专拣软柿子捏。有的激将他们把记者铐了。话说得越来越难听。几个年轻的民警听得满脸通红，几乎就要压不住火啦！双方都有不少的不满和委屈，平日点点滴滴的怨恨积久了，就像是干柴遇到了烈火，眼看场面就要失控。谁也说不清下一刻会发生什么事情。吴刚想着，许多群体性的事件，就是这样引发。他立即警觉起来，心想，这个时候，一定要冷静，绝不能让坏人钻了空子。

这一刻，几个民警耳语后，还是那个上岁数的民警说："上牛湾村有人举报你私闯民宅强行给人照相，有这种事吗？"

"有。"吴刚说，"可实际情况是我下午一点多钟接到村里群众的举报，说有几名县、镇和村里手握实权的官员和某某大款，在支书姜耀祖家里公款大摆宴席，大吃大喝，所有的山珍海味都是从镇上大饭店高价定做。我才由省城赶来了解真相的，进门一看果然是真的，有些领导喝大酒怀里还抱着小姐，我就照了相。这有错吗？通过舆论监督，推动中央八项规定落实，是我们党报的工作职责。你们要是不信，我把照片就地曝光。"吴刚说着，拿起手机，就要公开曝光。

那位民警急忙伸手按住，说："先不急，咱们好好商量一下，看来我们有些误会，我们接到的举报可不是这么说的，所以还是回派出所澄清一下。"

刘秦岭正要上前表示强烈反对。吴刚摇头给他使个眼色，说："好吧，既然有误会，咱们去澄清下也好。"

此刻，白朗和老赵、姜改改、牛兰花正在姜战斗家努力忙活。就在白朗紧紧地抱着情绪低落、恳切表示要放弃自己生命的姜战斗那一刻，白朗的情绪几乎失控。他感觉那严重残缺的身体已经失去了温度。他就像在用自己的体温，在努力融化一块刺骨的坚冰。他不由得牙齿打架、连连抖着寒噤。他感到自己的心离着这个人，竟然是这样的遥远。遥远到无论怎么努力，也无法看到他的内心世界。人与人之间，这种心灵的隔膜，远甚于千山万水呀。

深夜时分，白朗回到饲养院。蔡金凤照例做好了饭，坐在圈椅上耐心看书、等待。饭后照例是散步送金凤回学校休息。他在返回的路上，给陈璐发一个"早晨好！深吻"的短信，紧接就在当天日记（微信）中深有感触地写道："真没想到，每一个人，都像是一座封闭的城堡。我们很难想象，一个十九岁在一场战争中为了保护战友而失去一双手臂和一条左腿的人，当他艰难地走过漫长的青春年华，走到年过半百的时候，生计仍然艰难，加之疾病折磨，生活的路更加举步维艰……你就在这个时候遇到了他，不得不关切他的生活，不得不悉心关注他心情的变化。就在这时候，平时沉默寡言的他，突然情绪低落、泪流满面地对你说：'求求你，帮帮我吧，我不想活了！'你该怎么办呢？"

他的这条日记（微信），就像一块石头，落入平静的水面，顿时激起了巨大而迅速扩展的涟漪。群里立即热闹起来。天南地北的同行，七嘴八舌，似乎口无遮拦。也有的潜身沉默。从一定程度上讲，日记同微信一样，是自我宣泄和排解压力、记录心路历程的平台。有时是写给别人看的，更多的时候是留给自己回味的。关于这一条内容，多数人对他表示同情理解，但也还有人觉得他是故意煽情，甚至有些故弄玄虚，批评说真不该发这样的消息。有人趁机吐槽那场战争是否值得或应该发生。更多的同事为他出主意，说："紧紧地拥抱他，温暖融化他心灵的坚冰。"群主金霞开始一直保持着沉默，最终，她竟然发个流泪的表情说："救人一命，胜造七级浮屠。"白朗回她一炉香火、一个双手合十的表情。白朗深知，金霞大姐是一个富有同情心的人。她父母双亡，从小在孤儿院长大。

白朗擦洗一番躺下，半天睡不着，眼前尽是姜战斗愁苦的面容和牛兰花的无奈神情。

第十七章

八月里来开花什么花花开，

什么花花开得满山洼洼黄？

八月里来开花金桂花花开，

金桂花花开得呀蜜蜂嗡嗡来……

一个多月之后，即八月下旬，一个阳光明媚的上午。大约十点多钟，解放军一级英模姜战斗心情愉快地独自一个人躺在床上，摇头打着节拍听着 QQ 音乐。

这个小小的塑料盒盒，他叫它"收音机子"。因为他从小的记忆中，只见过"收音机子"。他对电子设备的记忆，基本还停留在二十世纪七十年代末期。令他惊讶的是，眼前巴掌大小的这个小方盒盒里，好像有多大个舞台！好像是你想听什么，里面就有什么。记得那天，白朗书记又来看他，特意送他这样一个礼物。起初的时候，他还不乐意要哩。心想买这么个玩意儿，还不如把钱给了嫂子。可是听了没几天，他就深深地爱上了这个宝贝儿。据说白朗书记是用自己的工资给他买的，说是最新产品。想到了白朗，姜战斗的脸上浮出笑容，情不自禁地就跟着"收音机子"哼哼起来。里面正在唱的陕北民歌，介绍说是陕北的两名青年歌手对唱。哼着哼着，他就欢喜得合不拢嘴，露出满嘴雪白牙齿。姜战斗越来越感到唱歌是个好营生。

也说不清是因为心情好才唱，还是唱歌使他心情好，他下意识跟随着收音机子，随意就哼哼起一支歌来。他记不得歌词，却不住地哼哼。哼着歌儿的时候，连那只老黄狗和狸猫都惊异地看他，汪汪地附和，喵喵地欢叫。他哼着，眼睛一直盯着窗外的院子。如今，窗上安了一大块明亮的玻璃，窗户上端还装了一个可以透气御寒的风斗。这些都是白朗书记亲手做的事情。他人真好，真细心。他说不清为什么这世上还会有这么好的人。母亲在世的时候，老太太成天为他烧香拜佛。可是自从她老人家过世，他的心灯就开始飘摇不定。他再也不相信这个世上还会有人像母亲一样地关怀自己，更不相信自己的人生还会有什么希望和起色。以后兰花嫂进入他的生活，使他即将熄灭的心灯重新亮了起来。再后来，就出现了白朗书记。他把这些统统归结为母亲的烧香拜佛，归结为天无绝人之路。在他的印象中，这个好人，白朗书记每次来看他，都要为他做一件令他感动的事……他起初心里过意不去，后来渐渐就明白了，这不是神明显灵，这是人家的人品，你不让他行善不行，就像嫂子对待自己一样。他开始相信，世上就有那么一些人，心甘情愿地为别人忙活，助人为乐，是他们的人性。这些人，他们宁愿苦着自己，也要帮助别人。白朗书记就是这样的人。他坚信这个人，他就是不当书记，也会做善事的。人家追求的是用善心拯救一个灵魂，这该是多么伟大啊！

这些日子，一想起白朗书记，姜战斗就觉得自己有了精神。窗外院子里那棵老桂树，还是他入伍那年临走栽的。如今整整三十年了，它长成了一棵大树。眼下，金桂正开着满树的黄花，一串串的桂花垂落下来，金黄金黄，就像一团一团的金色蝴蝶。只不过它不是天上飞落下来的，而是泥土里冒出来的。想不到泥土里面竟然藏着这么浓香洁净的宝物！想到此，姜战斗禁不住摇头苦笑。难怪母亲在世时总说："你还是个碎娃哩。"

有时候躺在那里，他感到自己想的事情，的确就像一个傻小子，甚至比碎娃还想得离奇古怪。他自己还不知道，在自己的内心深处，保留着一片少年的天真净土。那里很神奇，常年盛开着五彩的鲜花。近来在睡梦中，他常梦见自己搀扶着年迈的母亲，在鲜花盛开的园子里慢慢走。他梦见最多的，就是自己能够站起来走路，搀扶着年迈的母亲……

眼下，不是梦中，而是阳光明亮的八月的一天上午。他清晰地感觉到桂花的香味，顺着风斗飘进屋里来了。那味道是他熟悉的，真香呀！他禁不住使劲儿地吸着鼻子闻着，简直都要沉醉在那浓烈的香气里啦。他突然想到从前桂花盛开时节，勤劳的母亲总要亲自搭梯子上树将花骨朵给他蒸桂花米糕吃。那是他从小最爱吃的饭食。心灵手巧的母亲，用糯米面和麦面搅蒸出的桂花糕甜香无比，蘸上自家养的蜜蜂酿的桂花蜜糖吃，那可真是好吃。姜战斗想着，不由自主地要咽唾沫。每逢这时，他就闻到桂花的香气。对他这个永远无法离开母亲怀抱的儿子来讲，记忆之中桂花的香气，是和母爱的气息紧紧地连在一起的呀。

这时，窗外孤零零飞来一只麻雀贴着窗户玻璃朝屋里张望，并且啾啾地叫着。他就好像看到了自己的影子。兰花嫂子今天回牛头镇娘家去了，说好了晌午要回来的。自从母亲过世，他就把嫂子完全绑死了，她哪里也去不了。这回娘家爸病了，不回去不行呀。收音机子里的歌曲不知啥时停了，窗户上阳光也背了过去。

他突然格外想念起嫂子。

从前窗子上糊着厚厚的报纸，他平躺在炕上，只能呆望天花板上的蜘蛛网和老椽上垂落下来的灰尘须子。那是老屋常年烟熏火燎的结果，常常有苍蝇在上面打秋千或者围绕着污垢吟嗡翻飞。这是他能够看到的，最精彩生动的画面。如今的窗子上，安了玻璃，屋顶也清扫得干干净净，并且糊上一层亮丽的壁纸。屋顶墙角那只蜘蛛正在蛛网上睡觉，它的身边黏了一只蚊子正在挣扎。悄然地守望蜘蛛，这是他的一个秘密。可爱的蜘蛛在此已经居住了快一个月了，姜战斗时常望着这只从天而降的蜘蛛发呆。老狸猫顺着他的眼神发现了他的秘密，时常做出捕捉蜘蛛的动作，每每总被他呵斥制止。勤劳的蜘蛛织网过程他全都看在眼里，很佩服这从天而降的精灵，既能干又充满智慧的小动物。眼睛看疲倦了，他索性闭目养神，眼前就出现令他心神不安的一幕。

"兰花嫂，兰花姐。"他重复着，心跳突然加快。

母亲过世，再也没有人伺候他了。姜战斗一连哭了三天。第四天，村里研究决定把他送往省上荣军疗养院。临行那天早上，姜战斗哭得死去活来。谁都看得出他不想离开上牛湾村。就在人们抬起上车的时候，却被他嫂子挡住了。牛兰花突然对老支书姜建国跪下说："你们不能把我兄弟送走，从今往后，我伺候他！"众人听得都惊呆了。

老支书说："牛兰花同志，你可想好了。伺候一个瘫子，这可不是简单事情。咱们县里民政上好容易才申请到这个名额。"

牛兰花说："我兄弟是国家的功臣，是你们姜家的光荣，我愿意伺候他一辈子。"

人们听得一愣，随后竟都感动哭了。姜战斗却瞪眼望着嫂子半晌，突然说："嫂子，我，我不能连累你……"说着泣不成声。

牛兰花二话没说，当众抱起姜战斗返回了自家老屋。那一刻，姜战斗在嫂子怀里，再度感受到了母爱般的温暖。也就在那一刻，他的眼泪好像溃堤的水……此后，失去母亲的心情，暂时复归于平静。当日再也无话。在屋里，他和嫂子的交流，完全是凭借眼神来完成的。

第三天，夜深人静之时，嫂子为姜战斗擦身洗澡。这还是母亲过世后，头一回由别人代劳。姜战斗感到老屋里的空气有点异样，说不上是紧张还是别的什么状况。以前都是母亲为儿子擦洗身子。在母亲眼里，儿子永远是个娃子。同样，在儿子的心中，母亲永远神圣。

眼下，姜战斗不安地看着嫂子像母亲一样麻利地拉着风箱先为他烧了一锅热水，又把热水一瓢一瓢舀到脸盆里端到他面前，帮他擦洗伤口。渐渐地他似乎感到母亲还活着，就在眼前，像每次那样在给自己擦洗身体。他定睛一看，嫂子幻化成了他日夜思念的母亲……

这世上两个默默无闻的苦命人，经历了我们常人难以想象的折磨的牛兰花和姜战斗，彼此深深地感受了"相濡以沫"这个词语的幸福境界。他们的人生际遇，就像傍晚的云彩与霞辉的碰撞结合，命运反倒把他们迟到而异常复杂的情感，渲染得格外绚丽多彩。

从此，上牛湾村著名一级英模姜战斗的人生，开启了新的一页。人们意外地发现，他吃饭似乎食欲大增，也爱说爱笑了，苍白泛黄的脸色逐渐红润……连他家的老黄狗和狸猫都为他汪汪、喵喵地高兴不已。由于牛兰花的真情奉献，姜战斗的人生出现了人们预想不到的微妙转机。

但是，好景不长，灾难接踵而来，先是老支书退位姜耀祖上台，集体对他的接济和照顾大打折扣。加之姜武狐假虎威，仗势欺人，他的抚恤金屡屡被克扣，生计出现危机……牛兰花开始还瞒着姜战斗。她自己为此整天愁眉不展，夜夜失眠叹息……再加上姜战斗褥疮困扰，看病难又没钱，这个残缺的家庭刚刚亮出的笑脸，转眼又是愁云密布……这样艰难的日子，直至白朗书记到来，才开始慢慢变化。白书记的关怀，使他俩的人生打开了一扇新的大门。姜战斗甚至梦想着，有朝一日，自己要站起来，走出家门……

眼下，一个人躺在炕上的时候，也愿意哼哼着唱歌。望着窗外的时候，他感受到了鸟语花香、阳光明媚……许久没有过这样的心情，也好久没有心思听人唱歌，而且是这样欢乐愉快地唱一首歌颂春天的歌。

这是咱们农民自己的歌，他想，他的身下是昨天白朗书记亲自送来的新式自动升降床。只要按下床头的按钮，就可以根据需要自动升降，白朗书记是专门掏钱为自己量身定做的。此刻，姜战斗躺在上面，就像坐在一个大沙发上，格外舒服妥帖。

恰在此时，听见院子里有脚步声。姜战斗心中一阵兴奋，伸直脖子张望。果然就是白书记和姜改改，还有一个姑娘，他一时还没认出来。他们同样幸福地推着一辆崭新的轮椅……顿时，收音机子里的歌也仿佛唱得更加快乐……

只听见白朗书记说："桂花真香。"

姜战斗在屋里高兴地唱道："八月桂花遍地开……"

白朗在当天的日记（微信）中写道："今天抽时间同村里医生姜改改去姜战斗家里一趟，送去了新轮椅，还和他商量安装假肢的事。改改还带着她的堂妹，省林业大学园艺系毕业的大学生姜珍珍一起。两个姑娘所表现出的爱心，令人十分欣慰。谁说是农村青年一旦离开农村，就再也不想回来了？无论如何，得让英雄体体面面地走出家门，站在世人面前……不巧兰花嫂子没在，听说是娘家爸病重。记得要派人去探望。一进院子，满院桂花飘香，屋里传出欢乐的歌声……见了面，姜战斗满面春风地说：'这首民歌真好听！'再也听不见他说消极的话了。存在决定意识。面对他，我开始意识到，什么是精准扶贫。"

这条微信，迎来了满堂喝彩。连最喜欢吐槽的那位新疆老哥，都给了三个大拇指表情。白朗乐得直给大家打拱感谢。

第十八章

再说那日，省报著名记者吴刚被"请到"颍川县牛头镇派出所配合接受询问。还没问几句话，那几个糊里糊涂奉命行事的年轻民警，就发现问题的严重性了。他们深知，违背中央八项规定可是触摸高压电线呀。他们刚刚集体学习了省公安厅的通报：各地公安系统处理工作时间内酗酒和公款吃喝的案例。而吴记者所说的这个案子，可是远甚于那些过失，而且涉及的领导，也是足以上中纪委通报的对象。俗话说"请神容易送神难"，他们万万没想到，自己毫无精神准备地就陷进了一桩要命的矛盾斗争旋涡。几个人经过紧张商议，决定还是明哲保身为上策，于是决定礼貌"送神"。但同时考虑到对上头如何交代的问题，还是要求吴刚大记者答应一个条件，那就是销毁他所获得的全部照片。吴刚开始坚决不答应，最后达成的一致意见是，派出所向他出具一个请求销毁照片的文书。派出所经过请示马国玺书记，吴刚当晚就被用警车礼送至颍川高铁站顺利返回了省城。

当晚，刘秦岭几个迅速赶回上牛湾村，把刚刚发生的事情，一五一十地报告了白朗书记。白朗听后，感到事态严重。如何处置，他也一时拿不定主意，就一再叮嘱刘秦岭，千万不要声张。刘秦岭恳切地答应。当时已经是夜里十点多钟。等到刘秦岭、梁大海和高云峰他们一走，白朗仔细想想，越想心中越感到没底儿，就决定同县委书记石坚通电话。

石坚书记听了白朗汇报后，半晌沉默无语。随后，只对白朗说了一句话：

"这件事，你们不要介入，同时你也告诉刘秦岭他们几个，千万不要声张。"

白朗表示明白。石坚书记又关切地询问村里的工作，以及拉电、修路项目落实情况。这也正是白朗想要请示汇报的另一个问题。石书记见白朗回答有些迟疑，便问："有什么困难你尽管讲。"白朗回答说："县里国家交通补贴资金已经落实到位，但是还不够。因为上牛湾原先道路基础太差，好多地段，需要改道，多数需要加固路基。这样估算下来，现有的投资就远远不够。"

"大约还缺多少，你们做个概算，可以申请追加。或者先干起来，等稍后再追加也行。"

白朗听得，心里暖融融的，一时感动得不知该说什么。

石书记又说："工作中，包括你个人生活上还有什么困难你就讲。总之，不要客气。"

白朗说："其他再没什么困难，修路的事，为了节省资金和体现绿色环保，我们正在积极设法引进一种科技创新的铺路技术，也就是把建筑垃圾粉碎之后，调和一种添加剂铺设道路，既节省资金又坚固耐用。"

石书记一听，大为高兴，惊奇地问："有这样好的新技术吗？"白朗说："有，是新近深圳一家企业开发的新产品。广东那边一位朋友介绍的，我和他们已经初步谈成了技术转让的意向。"

"可靠吗？转让费用大约需多少钱？"

"初步谈的是一次性买断技术，转让费一千万。"

石书记明显迟疑一下，说："费用是高了点儿。不过主要还是看技术是否可靠。"

白朗说："技术问题，我正在通过中科院有关权威专家调查咨询。产品取样已经快递过去，等调查论证报告一出来，就可以进行施工现场试验。费用也已经初步落实，我们浙江的同事帮助联系了他们省一家实力雄厚的企业。人家愿意出资引进这项技术，并且谈好以村里劳力为主，成立一个专门运用此项技术筑路的企业。这样就可以一举两得，村里的道路也修好了，村民参与打工，脱贫攻坚也可以得到落实。"

白朗正讲得来劲儿，电话那边出现一阵沉默。他突然意识到，自己是不是说多了。今晚原本并没有打算汇报修路和引进新技术这件事情。下来之前，他给自己定的一条规矩是：多做少说。这项工作还只是在积极推进之中，其中还有不少难以确定的因素，万一某个环节有问题，就可能泡汤……可书记一问，自己倒没管住嘴巴……白朗心里懊恼，正在责备自己，却听电话那边说："好家伙，白朗同志，原来你可是个真正的'光做不说'的家伙。这么短时间内做了这么多工作，而且还都是大事情！好呀，我就喜欢这样干工作的人。这么多年，光说不练的风气太盛，在咱们手上得彻底改一改这种坏风气。这项技术，如果真的实用，咱县里坚决支持你们引进，必要时也可以叫城投公司投一部分资金。不过，到时候，先得紧着把咱们县的筑路任务完成，你看咋相？"

白朗听得大出所料，更是大为感动，说："石书记英明，只要有您领导这个态度，我心里就有底啦。如果试验成功，全县的铺路工程，我们包圆啦。据初步对比计算，运用新技术，可以比老办法节省一多半投资。也就是说，如果全县实现村村通需要投入三十个亿，就可以节约十七八个亿。"

"就按节省一半计算，也不得了呀！"石坚兴奋地说，"更重要的是，我们找到了一个绿色发展的突破口。符合咱们县作为国家南水北调工程对水源地经济发展的要求。"

白朗不再说话，想多听听县委书记对此项目的评估。石坚接着说："不瞒你说，自从建起源头水库，淹没了那么多的村庄和农田不说，更严峻的是对地方经济发展和水源保护这一对矛盾如何看待，出现很大的分歧和争论。县里同志和上级以及水利部门各执一词，争论不休，好像一讲发展经济，就会破坏环境，而一讲水源保护，就必然要制止或者放慢发展。你们这项新技术的引进，对我启发很大呀。"

白朗说："我也是考虑了上牛湾的实际处境，也就是您经常讲的，宁可发展慢点，也必须保护生态，坚持绿色发展。"

"我只是在宣传中央精神。比如'绿水青山就是金山银山'这个口号，中央早就提出来了，但是真正理解的并不普遍。听了你对这个工程的介绍，我是一下就明白了，好的、正确的口号，必须落实到项目上去才算是真正理解，真正落实到位。"

白朗听了，心里十分高兴，说："这种添加剂，无色无味，的确对环境没有任何污染，我们已经在浙江企业开始小范围试验成功，效果非常理想，除了铺路，还可以制成透水地砖和其他固体建材。比如城市街道上用的。多数地方采用传统技术和原材料烧制的地砖，铺上不透水，用不了多久，就被压破了。用这种新产品，成本可降低一多半儿，而且十分结实，汽车上去根本不会轧破。"

"哎呀，这么神奇，那我得尽快去你那里看看，你们抓紧推进落实。等你们公司成立投产的时候，我一定去祝贺。"石坚书记高兴地说。

这个电话打了半个多小时，石坚书记还没有结束通话的意思。显然对白朗介绍的这个新技术十分感兴趣，最后还特别叮嘱："专利技术引进来，可以先在上牛湾搞试验，等成功之后就在全县推广。你可是为咱们全县立了一功。"

白朗听了石坚的话，大受鼓舞，感到自己肩头的担子更重。他一放下电话，就兴奋地对老赵说："这下好了，县委石书记完全肯定咱们的技术引进方案，还表示将来要把全县的铺路任务全交给我们。"

老赵原本躺在炕上看报纸，听白朗这么一说，兴奋得一下从炕上坐起来，抱住白朗说："这下好了，他镇上马书记不支持也不行了。"

白朗说："马书记的工作，我们还要认真来做，不能让他觉得咱们是用县委石书记压他。"

话音刚落，就听见外面有人敲门，一边敲一边还压低嗓子喊"白书记"。两个人同时听出，是刘秦岭的声音。老赵急忙下去开了门。刘秦岭满头大汗，带着一股热风进来，身后还跟着两个人，一个是绿叶公司的王小五，王小五的身后，羞答答地竟然站着个身材苗条的女人。白朗一眼认出是江翠花，感到有些纳闷，这深更半夜的，这么三个人怎么就聚集到了一起！正疑惑不解，就听刘秦岭气喘吁吁地说："白书记，赶紧，那几个人又聚集在红船上干坏事哩！"

"哪几个人，你别急，慢慢说，究竟是怎么回事？"白朗说。

"还能有谁，姜耀祖、马国玺马大屁股、李宏伟、刘狗剩，还有金鑫集团的金总嘛！"

"你咋知道？不是说他们在姜耀祖新楼里吃喝嘛，咋又上了红船？"

刘秦岭看看身后的王小五和江翠花，说："你问江翠花嘛。"江翠花激动加紧张，满脸通红，说："白书记，下午那个照相的记者走后，他们全都慌了，李副县长起身要走，被姜支书硬是跪地留住，随后立即上了红船，说那里绝对安全，几个人对继续吃喝有些厌倦。姜耀祖说为了给领导压惊，就指派刘狗剩和姜武联系经办，很快从牛头镇'牛气洗浴中心'调来五个女娃娃为他们按摩……"

一旁的王小五补充说："金鑫集团的金总还自告奋勇说，钱由他来包付，免得又说公款如何如何！江翠花是趁着他们行乐之后酣睡不醒这才冒险跑出来报告的。白书记你看这事该咋办？"

白朗一听，心中怒火腾烧！真恨不得立即带上人把红船给围了，让这些披着共产党员外衣的坏人，统统现出丑恶原形。可是他又一想，事先石坚书记的指示已经十分明确，就是提醒他不要介入此矛盾之中。但是想到情况又有新的变化，便把刘秦岭叫到一旁小声说："天太晚了，你立即叫王小五送江翠花回船上去，以免打草惊蛇。"

刘秦岭迟疑了一下，见白朗直给他挤眼，就点头答应着出门去了。刘秦岭走后，白朗心潮起伏，一直还平静不下来。他万万没想到在社会基层、农村社区，这些每天同老百姓面对面、被群众敬为神明赋予各种权力和荣誉光环的大小社会管理者，他们竟然如此放纵自己，滥用权力，一点群众观点都没有！在他们的心目中，只有自身利益，没有群众利益！白朗越想越生气！他开始重新审视自己眼下所处的这个特定环境。

上牛湾村，伏牛山区，千千万万个普通村庄中的一个。他进村一年多了，说是已经熟悉，其实还十分陌生呀！许多东西他还没有看到，没有看清，没有读懂呀！这个环境中，自己还远远没有融入其中哩。想到那些面孔，那些自己不得不每天面对的这些形形色色的工作伙伴，有的人同自己其实是两股道上跑的车，走的不是一条道呀。就拿姜耀祖来讲，名誉上是个村党支部书记，实际上已经完全失职变质。白朗原先还总觉得他就是个地道的农民党员干部，虽然自私一些，心胸狭窄点，只要经过学习和帮助，完全能够改邪归正的。可是现在看来，问题并不那么简单。根据他的所作所为，他简直就是一个典型的蜕化变质的党内败类。更为可怕的是，他和上上下下的同类人，周围的各种利益集团互相勾结，很自然就织成了一个牢不可破的关系网。这看不见摸不着的世俗大网，实际上控制着广大的基层社会，分配占有了大量的社会福利和公共资源。他们共同信奉"人不为己，天诛地灭"的信条，不愿做任何牺牲奉献。对于这类人来讲，在利益这个怪兽面前，似乎一切崇高信念和高尚情感之类的东西，都变得虚无缥缈、微不足道。人世间一切都是速朽的，唯有利益永恒！这法则，似乎可以超越人们供奉的任何神明，无条件地控制人们的思想言行。利益至上，享乐至上，它所凝聚形成的大大小小的利益集团，实际上主导着和制约着越来越多的人的灵魂。什么叫精神滑坡，什么叫精神钙质流失？白朗的思绪，又回到了上牛湾村。他想到了自己接触的老党员姜怀安、老书记姜建国、老饲养员姜万福，还有村里的老人们，他们的言谈举止、精神风貌。他们文化不高，也讲不出什么深奥的道理，但是他们接受了利他思想与牺牲奉献意识，因此他们看不惯村里有些人打着改革开放的旗号胡作非为，看不惯那些"嘴上讲仁义礼智信，腰里别着镰刀拐子棍"的两面人。在那些人眼睛里，利益就是一切，利益总是令他们"一叶障目，不识泰山"。于是一切的崇高与伟大，都变得一文不值。就拿上牛湾来说，这个利益集团的成员，从村、镇到县，还有不择手段先富起来的私企老板，这些人，他们既然个个手握实权，或拥有金钱，就成了主宰沉浮者。他们实际上已经严重扭曲了执政党的形象。他们虽然并没有什么明确的组织机构和组织名称，但是宗旨的一致和利益的链条就像黏合剂，早已经把他们紧紧地维系黏合在一起。他们越黏越紧，别人无法进入。他们为所欲为，别人只能就范。权钱交易，成了其中最具权威的黄金法则。

"白朗呀白朗，看来，你所面对的，绝不是一个人的问题，而是一伙人、一个利益集团、一种可怕的社会风潮呀。"

白朗动情地对自己说出这句话，突然就感到浑身发冷，觉得自己就像塞万提斯的名著《堂吉诃德》中的主人公，单枪匹马在古老的大荒原上手持一杆长矛，同巨大的风车孤军作战。身边鼾声大作的老赵，就像那骑着瘦驴的助手桑丘……如此想着，不由得哈哈笑了起来。随即，一种从未有过的强烈的孤独感袭来，他突然打了个寒噤！

而后，他又振奋起精神，因为感到石坚书记就站在自己身边，正高声对自己呐喊："白朗同志，坚强起来，无论如何，咱都不能轻易服输！有什么困难，随时给我打电话！"

他的面前突然涌现出全村人的面容，就像一片青铜的雕像，一片黑压压的士兵，个个手持长矛！

于是他振奋不已，连夜给广东向他推荐引进新技术的金霞大姐通了电话，请求尽快同专家组见面洽谈。金霞答应立即落实。处理完这些事情，又是深夜两点。

"每天几乎都像打仗一样。"他在当天的日记（微信）中写道，"从早晨一睁开眼就开始忙活。感到自己就像被一条无形的鞭子抽打着的陀螺，转速越来越快，自己完全把握不住节奏。村里问题太多，大大小小的，很难分出轻重缓急，一时老虎吃天无从下口。今天，小光棍姜光照又同他妈闹了别扭，说是嫌饭里没肉，其实是想要媳妇又不好开口。小伙子人很耿直，就是过于老实，不会说话，得想办法给他说个媳妇。至于修路、通电、产业致富、恢复学校、建设村部、重点帮扶户精准脱贫措施、基层党建（培养发展年轻党员）和村委会班子建设等等，更要抓紧推进，不可丝毫懈怠。"

　　群里的反应是一片同情的哭脸表情。群主金霞大姐苦笑着点评说："眼睛里有了活儿，未来就有了希望！"

　　白朗送她一枝玫瑰花。真是授人玫瑰，手有余香。只隔了一天，金霞就给白朗快递过来一包礼物。白朗很是意外，打开来一看，竟然是玫瑰花种子。白朗感到奇怪，就打电话问金霞。金霞说，建议在你的上牛湾村里播种玫瑰花，然后采集加工玫瑰精出口。白朗一听就来了精神，说正好可以同他设想的村子美化绿化工程结合起来实施，可以把村里小片的土地利用和妇女劳力组织动员起来。金霞说出口市场销路由她负责联系。两个人又是一拍即合。谁来负责种植玫瑰呢？白朗一下子就想到了姜珍珍。姜怀安老人的重孙女姜珍珍刚好大学毕业，学园林绿化的，还选修了花卉种植专业。下午交谈中已经流露出想要回村创业，说她这几年一直关注牛尾河沟治理情况。家乡的变化对这个二十二岁的对未来充满幻想的姑娘展现出巨大的吸引力。

第十九章

　　高速列车在江南水乡奔驰。一定意义上讲，标志着中国现代化水平的高速铁路，改变了中国的国际形象，也加快了国民的生活节奏。白朗坐在车窗前，一直专注地瞅着飞速变换的窗外景色。老赵坐在他的身边看报、打瞌睡。白朗很喜欢旅行，喜欢观景遐思的状态，让思绪自由飞翔。

　　此去浙江宁波，是应东华集团老总黄凯先生之邀考察和洽谈技术引进。白朗想象着见面的情形，不禁记起第一次同黄总通话的情形。那是一个月前，白朗按照金霞大姐提供的电话号码，忐忑不安地拨通了黄总的手机。不料只三言两语，彼此就觉出来电。三分钟后，已经感到是久逢知己一样，话很投机。交谈之间，话题宽泛，语言思想的火花四溅。不知不觉地就过了十多分钟，却还都是开台锣鼓。两人山南海北地神聊，半个多小时尚未涉及正题。白朗开始有些困惑不安，又不得不积极配合应酬。不过令他欣慰的是，言谈话语之中，倒也没有丝毫年龄职业经历和地域文化等方面的差异阻隔，这是初次接触南方大老板的白朗事先最担心的。实际情况恰恰相反，他们在一些重要问题上的政治观点、对某些矛盾的分析和某些历史人物的判断与评价，竟然都很一致，有些方面简直是不谋而合。以后的一个月内，接连几次电话长谈，就都是黄总主动打来聊天。黄凯一般打电话，都在早晨七点钟左右。显然他起得很早，习惯把自己新近想到的话题，或是想不明白的政治甚或经济的，乃至国际关系方面的宏观问题，在这黄金时段选择自己看重的人来交流。白朗每次都是听得多，讲得少。有时候，他正忙着村里某个具体棘手的工作，就有点不耐烦。可是黄总乐此不疲，于是他只能耐心倾听，竟逐渐成了他的功课。令他惊讶的是，黄总在电话里很少谈及自己企业发展和存在问题，更不愿意在电话里谈及具体的发展项目。一提到具体项目，黄总就说："这件事情咱们见面再说吧。"回答得坚决而明确。这就导致了白朗和老赵此次千里迢迢的宁波之行。

列车飞驰。白朗靠窗坐着，一路凝望着窗外。人在旅途，让自己彻底地放松下来，任思绪最大限度地飘飞开去。此刻，另一列高铁迎面驶来，两车相错的瞬间，更加凸显了时间与速度交会的强大威力。

"高铁可真是个好东西！"白朗心中暗暗赞叹。他望着弯道上飘然远去的列车，活像一条白色巨龙伏地飞奔。既平稳迅捷，又经济实惠。这是人们从前梦寐以求的交通工具，它奔驰的速度，其实不亚于飞机。舒适度和科技含量还有安全系数，显然都优于飞机。这些长处征服了中外旅客，也几乎完全改变了人们的时空概念。高铁在中国的快速发展，距离和时间都不再成为问题的时候，就会带动人们的思想观念产生一系列飞跃和里程碑式的突破。白朗心想，等将来上牛湾村致富了，一定要组织全村的人乘坐高铁到南方旅行一次。也可以说，他们这次冒着酷热的南行考察洽谈，就是为了实现未来致富目标打个前站。为了节约开支，他们乘坐二等座，但是他俩已经感到很不错了。老赵是头一回出远门，也是头一次乘坐高铁。他一上车，就好奇地四处张望抚摸，发现无论是机车外形还是内部设备，都较之从前的绿皮火车不知进步了多少倍。处处都令人感到新奇，感到豪华惬意。老赵的表现，使白朗想到了上牛湾的村民……这是改革开放的产物，由于高铁的出现，中国牛气了许多，也改变了许多。这或多或少引起了世界关注和某些人的眼红嫉妒。看来世界毕竟比之中国复杂得多。国与国之间，也就像邻里之间的关系。当你家整天吵吵闹闹，日子过得紧紧巴巴，富足的邻居会指指戳戳地议论，笑话你家不会过，把光景过烂干了。等到你家形成核心，有了主心骨，有了明确目标，有权威地带领全家励精图治，日子过得比别人强一点点的时候，就会有人跳出来骂大街，甚至千方百计阻挠破坏你家的发展好运……白朗想到了近些年的各国关系，特别是中美关系问题……但是很快，思绪还是回到了眼前。

乡村第一书记，进入角色很快。一年多时间，他完完全全沉到了生活的旋涡之中，脑子里无时无刻不想着村里大小事情，心里满满当当装的全是村民的愿望和诉求。尽管下来前已经有精神准备，但是村里的贫困程度还是让他大为吃惊。住在半山腰上的百户人家长期只能喝窖储的雨水。水窖里蝇虫乱飞，空气污浊，闻着都令人窒息……这种生存状况对白朗触动很深。"晴天一身灰，雨天一身泥"的碎石土路，草棚屋檐下村民呆滞无望的眼神，更像钢针刺痛他的心。

"长期以来，基层党组织在干啥，党员都有谁，如何发挥模范带头作用的？下来之前，那张绘制在脑子里的宏伟蓝图，瞬间变成一片荒芜的沼泽，只要进入其中，你将举步维艰……"他在日记里写道，"还有那些特困户，他们很快就像是你的亲人，巧玲姐弟和她妈，英模姜战斗，小光棍姜光照的心情，还有那位担任过支书的年过九旬的老党员姜怀安，哑女和姜贵的婚事，更成了你的无尽的牵挂。这几户人家，三天不去上门看看，你就有些不放心。还有学校的事情，医务室的事情，牛尾河沟的生态恢复与经济效益，绿叶公司的官司和事业，全村整体的扶贫规划和分步实施计划……"

浙江宁波站到了，这是他们此次南行的目的地。一下火车，就见东华集团老总助理，帅气的小丁已经早早地等候在了车厢门外，这是他们没有想到的。人站台迎接客人，这种热情态度对于初次见面的合作伙伴来讲，第一印象真的不错。白朗心中暗暗感叹。老赵更是赞不绝口，一再说："看见没，人家发达地区，还就是发达地区！你不得不承认这一点呀。"白朗被他逗得嘿嘿直笑。

又一个没有想到的是，相互只通过几次电话的堂堂东华集团董事长兼总经理黄凯，竟然亲自出马接待白朗他们。

车子开到公司总部，黄总西装革履，早早地站在总部大楼前迎接。

等到白朗刚一下车，黄总笑嘻嘻地迎上来说："白朗书记吧，同我想象中的一模一样。"说着就是一个西方礼节，紧紧地拥抱。

"谢谢黄总支持。"白朗有些不好意思地说。

进入大厅，迎面是公司的标志符号：一个古体的福字。就像一个人在马步举重，简洁而有力。黄凯指着那标志说："白朗兄弟，听说你是学历史的，我们这个企业标志性的符号，如今时兴叫什么 logo，这是我自己设计的，你看咋样。"白朗仔细端详，点头称是。黄总又指着右侧墙上大理石墙砖上雕刻的一篇《东华赋》问："你看我们的企业宗旨，这也是我自己撰写的。比起我们先祖黄庭坚先生，当然是天壤之别呀。不过我还是较为满意，表达了我的人生理想与我们东华的企业精神。"

"黄总是黄庭坚后裔？"白朗惊异地问。

"是的。据我爷爷讲，我们祖上是江西修水，明朝末年才迁至浙江宁波的，至今我每年还要去修水寻根拜祖。"

白朗听得心中肃然起敬，说："黄庭坚的书法，启功先生评价是六百年来第一人。我看诗词歌赋也是独树一帜，宋明鲜有出其右者。"

黄凯听来连连点头。接下来，白朗把那文白杂糅的《东华赋》当众一字一句仔细诵读一遍，且边读边议，诠释含义。其中的确也不乏锦言佳句。读到精彩之处，他就会情不自禁地赞叹一番。黄凯自然是陶醉其中，目光炯炯，一语不发。正当他听得美滋滋点头，白朗又会对那些明显不到位的言辞略加批评。黄凯的小眼睛就直直地眨巴，听得格外仔细。文章被认真地诵读评说一遍，白朗的总体评价是"很不错"三个字。黄总哈哈大笑，转身对大伙说："你们都听清楚了吧，这可是专家的定评。"

白朗认真补充一句："很好呀，黄总学哲学的，文史哲难以分家，古文底子自然会好！"

黄凯这回眼睛更加明亮，他回头看看周围的助理小丁及几位副总和中层，还有负责公关接待的美女小华，神秘而不无自豪地对白朗说："不瞒你说，这也不是我独立完成。我当时身边有高人指点呢。我根据自己的想法起草出来后，又经那位高人做了文字修改。不过他改的有几句，我至今还不大满意。"说着，就讲开了自己的看法。恰恰就是白朗批评的那几处。白朗感觉他讲得很有道理，也颇有见地。白朗心中对黄总的博学开朗以及诚恳坦率由衷欣赏。心想，在当下经济艰难转型之时，能把企业做到东华集团这样，那一定也是个务实求真接地气的人。

接下来，兴奋中的黄凯高谈阔论，貌似有些离题较远。白朗起初并不理解，但是他仔细想想就觉得他这样，倒是一种独特的思维定式。也许人家这才是同国际接轨的大气。他提醒自己，跨国公司的老总，世界五百强靠前者，人家着力谋划的是全局，而非局部。白朗如此想着，就记起了古人箴言"不谋万世者，不得谋一时；不谋全局者，不得谋一域"。不就是讲的这个道理嘛。一贯不喜多言的白朗，努力说服自己，诚心接受这难得一遇的忘年之交。

见面之后，他才逐渐发现，面前这个身家百亿的大老板，竟然是如此的质朴真实、平易近人。当下，大伙儿上楼进入一个陈设简洁的会议室。宾主坐定，黄总一一介绍公司参会人员。白朗才发现公司其余六名高管中，竟有三名是来自欧美国家的外国人。这三名高鼻子蓝眼睛的老外，心安理得地往那里一坐，黄总介绍他们的时候，每个人都谦恭地站起来深深地鞠躬。老赵对此似乎格外敏感，当老外同白朗握手的瞬间，他都不失时机地用手机抓拍。白朗感觉出他们对于各自的这份工作和位子十分看重。黄总对此显然已经习以为常，并没有丝毫的卖弄之嫌。尽管这几位高管往那里一坐，一下就把东华跨国经营的特点体现了出来。白朗还是发现，黄总随后介绍的三位班子成员，倒是他十分看重甚至格外自豪的。他显然很注重详细介绍他们原先的工作经历。比如几位中国籍副总，都是来自国有大型企业的高级别管理层。黄总显然对这一点十分津津乐道，谈话的表情也难掩得意之色。他明确表示，民营企业有了这些从国家队挖来的优秀人才，就会如虎添翼。白朗倒不这么认为，他说："这应当感谢国家改革开放的人才双向流动政策和中央不断扩大开放的产业政策。但是一个人的出身，并不能证明他的能力大小，关键还是要看他的学习能力和适应能力，还有个人品质。"

黄总点头称是，随即连连说："那是，那是。我们看法是完全一致。"

谈判协商开始。黄总亲自兴致勃勃主持。可是他的开场白，正文还没讲几句，话题就有些跑偏。白朗的感觉是同每次通电话类似，谈的全是类似于总理办公会上的议题。不过在场的多数人倒听得津津有味。这时候的黄凯，不像民企大老板，倒像是个地道的演说家，或是外交家，或经济学家、哲学家、政治家。白朗心里有些着急，也有些担心。他们此行目的十分明确，就是要把那个事关全局的重要技术引进项目确定下来，签了正式合同，才算不虚此行。可是眼前的黄总，讲了足有一刻钟了，还对此事只字不提。他心里有些着急，随即又叮嘱自己，要沉得住气。

黄总这边，话锋正劲。俗话说"在商言商"，学哲学出身的黄凯显然颠覆了这条规律。黄总开口，并不直奔商业主题，而是大谈祖上黄庭坚之书道文采，大谈东西方国际矛盾演变和世界经济形势动向乃至贸易争端走势，大谈国家现行政策的利弊得失和调整建议，最后话题落到了近期的中美关系……

白朗耐心地听着，不知不觉，注意力竟然完全被他吸引，情不自禁地也投入到了讨论之中。这也许正是黄总的初衷。他喜欢你谈论他所关注的话题。于是原定的商务谈判，成了国内问题与相关国内重大政策问题的研讨。

　　白朗同黄凯面对面坐着的时候，他从文学的角度，仔细地对他加以观察，发现他简直就像是个歌德笔下的浮士德。"思想的线索已经断头，知识久已使我作呕。"白朗脑海闪出这两句诗。理性和感性正在发生强烈冲突。白朗想着，感到面前这位激情四射的学者型的商人，也属于和社会自身矛盾交织难以找到答案的一位当代英雄、时代典型一类人物。由此而对黄凯更加感到了有趣。人家的企业东华集团名副其实做得很大，而且是利用西方资源，国内清洁生产，解决某些行业和用户燃眉之急。论规模，堪称同行业中全国老大，论实力影响，则是世界范围内数一数二。黄总正值年富力强，原本华东师大哲学系高才生，爱书如痴，不仅国学涉深，且遍读西方古典哲学名著和世界文学名著，竟然还通读多遍的《资本论》等马列经典。这也许是当今民营企业家中绝无仅有的个例。原本一个嗜书如命的书呆子，却在商海中上下求索，如鱼得水，游刃有余。这令包括白朗在内的许多人感到不可思议。如今面对黄凯，白朗耐心听其言，更加感到此君不凡，性格异样。眼见黄总滔滔不绝、云蒸雾罩中，他就像在阅读一本内容丰富的玄幻小说。开始不知所云，渐渐知其然而不知其所以然，慢慢读进去一些，峰回路转，突然之间就发现，面前这个黄凯可是真不简单。他身陷商海，并不瞻前顾后，却总是左顾右盼。不求安逸，不谋暴利，却是迎难而上，乐在潮头，上下求索。既然不贪名利，却又不满足现状，一路跌跌撞撞，从端着铁饭碗当公务员开始，到辞职亲农支农起步，靠卖鸭饲料起家，成为亿万富翁。又因助人为乐意外招祸，经历被诬陷冤屈、数亿资产瞬间蒸发消失，同时是监禁、坐牢、被牢头狱霸残酷折磨，然后是无罪释放，妻子离异。总之，九死一生，百折不挠，结果起死回生，东山再起……黄凯是六十年代生人，年岁不算大，但千折百回的人生经历，简直就像一部波澜起伏的电视连续剧。

　　当白朗点点滴滴了解了这一切，顿觉黄总的形象又高大了许多。心中不胜赞叹，今日的东华，简直就是千锤百炼的硕果。苦难与磨砺，成就了辉煌事业，更锻打出黄凯的钢铁真身。这正是"踏遍青山人未老，风景这边独好！"

　　好风景里面，人的心情愉快，智商也会同步提升，思想不断碰撞出智慧的火花。

　　黄凯自觉人生多艰，自己三十多年在改革开放大潮中连滚带爬，历尽艰辛，终于战胜了来自客观与主观的一切羁绊困扰，成就了一个顶天立地的男子汉。眼下，白朗面对黄凯，心情很是复杂，遂陷入了超越功利的深思。眼前这个身材不高但豪气十足的宁波人，与其说是商人或企业家，倒不如说是一位哲学家或医生，中国的传统士子和传统意义上的中医大师。当他面对社会，包括自己的企业，就像面对一个有血有肉有情有义的人。中医诊病治病，讲究望闻问切，着眼点都是全貌、大局、大气象、大格局，善于运用辩证思维、讲究辩证施治。由于着眼点不是局部，而是全局，所以，就不会只是头疼脑热，头疼医头，脚痛医脚。就不会总是心肺肝肾如何如何，而是天地日月、水木金火土、精气神等等。黄凯仿佛无师自通，竟然会中医针灸、艾灸，时常给他自己和孩子治病，竟然多有神效。搞企业，他也是大胆运用哲学原理，实行辩证施治、和谐统筹管理。于是乎，在人们眼里，本来是一个民营企业的老总，却从来不是站在自家一企看问题，而总是关注着国家乃至全球经济走势与外交大事。他整天乘坐飞机满世界奔波，可谓日理万机。谈的生意，动辄都是上亿美金。合作伙伴也多是世界五百强企业。但是，如今为了颍川县上牛湾的这么一个小不点项目，堂堂黄总竟然连夜从新加坡赶回来亲自出面接洽商谈。

话锋终于转入了正题："感谢白朗书记，给我们提供一次到内地投资的机会。"

白朗说："准确讲，你们东华这是用实际行动参与工业反哺农业，支援带动西部农村脱贫致富。"

"无论如何，这也是我们相识的契机。欢迎你，我的好兄弟！手机上几次通话，我们已经成了同道知己。年轻有为的白朗书记，你说是不是？"

白朗谦虚地说："相识也是，咱们得感谢金霞大姐的牵线搭桥。"

"对呀，恰巧我有位朋友认识广东的金霞。"

"久仰东华集团和黄总大名，此次慕名拜会，在此感谢对内地山区扶贫事业的大力支持。"

"你对新一届党中央重拳出击、反腐倡廉，怎么看？我是举双手拥护喝彩。还有整军强军……"

不料想，黄凯又一次岔开话题，直奔国内反腐倡廉和整军强军的成果。并且公然宣称自己的企业从一开始就是依靠市场而非依赖市长发展云云。言谈之中，黄凯一再表示自己是新一届中央核心的铁杆粉丝。白朗越发感到黄凯是一个极不寻常的民营企业家。望着黄凯，他想到了一句古语："醉翁之意不在酒，在乎山水之间也。"显然，两人虽然表达形式不同，但也都属于性情中人，相互很能理解，甚至感到了某种"志同道合"。

座谈会上，黄总终于尽兴，希望白朗开坛。白朗当即向黄总和诸位介绍自己由国家机关下到内地农村的切身感受，目前工作中存在的主要问题和引进这个技术项目对于全村脱贫致富，乃至全县绿色发展、保护源头净水的重要意义。显然，白朗的精确谈吐、年轻儒雅风度与沉稳气质，以及大胆稳妥的工作思路，令黄凯及各位十分认同。

黄总听后，当即明确表态说："这个项目，我们董事会经过认真考察咨询，已经决定独家出资引进。除了一千万技术转让费我们拿，另外，再拿两千万作为新成立公司的运转和业务启动周转资金。合同我们这次就正式签订了。下面我们讨论一下新公司的业务范围和注册名称。"

白朗听得心中一块石头落地，说："名称就由黄总亲自起一个吧。业务范围，我考虑除了运用新技术产品承接铺路工程外，还可以依托此项新技术研发系列节能环保建材产品。"

黄凯说："这样很好。新公司的业务你多指导，名称，我看就叫东牛科技建筑建材有限公司吧。企业和村里联营，各取一个字，你看如何？估计也不会有重名，先注册再看。"

"东牛科技建筑建材有限公司？嗯，东华集团，上牛湾村，各取一个字，好！"白朗点头说，"这个名字好，科技，建筑建材，业务范围也符合我们的实际。"

老赵当即兴奋地鼓起掌来，嘴里连连说好！大伙都热烈鼓掌。如此，真正涉及项目洽谈的，仅仅用了不到一个小时。当晚，白朗和石坚书记通了电话。石书记得到好消息，很是高兴，当即按照事先商定好的，第二天就飞抵宁波，参加了在东华集团举行的隆重的合同签订仪式。当地和江北省媒体做了公开报道。东牛科技建筑建材有限公司成立，成为震动颍川县的一件大事，也是江北省精准扶贫的一个亮点。合同明确规定：由东华集团独资购买技术，然后同颍川县上牛湾村联合成立一个经济上独立核算的公司，吸纳村里外出打工者和贫困户劳力。企业运用环保节能新技术进行铺路、环保建材开发生产和其他相关项目的经营。合同刚一签订，相继就成立了新公司的筹备机构。黄总亲自指派集团副总陈大伟挂帅担任总经理，还确定了相关人员，并决定设立公司筹建处银行账户。一千万技术转让费和两千万企业注册资金尽快支付到账。而且那天黄总当着白朗明确授权陈总："大小事情都要多和白朗书记商量，就地全权决断，不必请示。"白朗无言以对，心中不胜感激。随后，黄凯亲自送白朗他们上高铁站，一直送到车厢里。临别又是握手，又是拥抱，彼此都有些依依惜别的感觉。黄凯的慷慨大度与做事的有板有眼，令白朗十分钦佩。

结果，还没等白朗和老赵返回颍川，人家奔赴上牛湾考察的人员已经动身。此后一连好几天，白朗和老赵还有村主任老王都会同陈总他们考察决策。确定公司办公租房和筑路原材料汇聚堆放加工的厂址，以及在颍川工商等相关部门办理手续事宜。在筹建组向村里两委会汇报情况的决策会上，支书姜耀祖起初一言不发，态度冷漠。见大伙儿反应热烈，都说是大好事，最后不得不表态说："我原则同意，但是就怕技术不可靠，修路质量不过关。"陈总当即回应他说："姜支书讲的这两个问题，保证都不成问题。"姜耀祖红着脸，无话可说了。他开始有些后悔当初没和白朗一同去宁波考察，他赌气推说有事。这下可好，又叫白朗占了上风。

总之，企业和村里双方快马加鞭，进展神速。前后不到一个月工夫，包括订购设备等，一切筹备就绪。随即办理了营业执照。从法律意义上讲，东牛公司已经诞生。

那日由宁波返回途中，白朗一直处于兴奋状态，心中思前想后，感慨良多。高铁上当即还吟诗一首，题曰《儒商》，来日微信赠予黄凯，曰："欣逢山谷黄俊裔，遍读经史化龙驹。身投商海未贪痴，胸怀峰峦聚澄碧。西域归来辩清浊，颍川此去驱寒饥。爱心不作沽名饵，但写华章逆寒衣。"

黄凯回以"哈哈笑脸"表情，竟然赞曰："诗超好，夸大了！"

白朗会心一笑。此时，正值午夜零点。他兴之所至，随即将《儒商》和媒体消息报道内容加按语，作为当天日记（微信）发出。点赞如潮。金霞高兴得连发三个小绿人表情。紧邻的湖北王莉依然是笑嘻嘻的表情。她除了热烈祝贺，还真诚地留言："白书记，你做了一件大好事，既解决了建筑垃圾的出路，又大大降低了铺路成本。我们这里原料有得是，乡村硬化路面欠账也很多。你们东牛公司大有用武之地呀。"白朗心中不胜感激。回以香炉、拱手诚谢表情。至此一路无话，到达颍川站时，刘秦岭亲自开车来接。

第二十章

　　太阳尚未落山的时候，上牛湾小学校的临时校园里一片光明一片静寂。热烈了一整天的阳光，开始变得柔和温顺。阳光均匀地洒在灰色的屋顶上，墙外山下的微风贴着屋脊吹起来，院中砖台花圃上那面鲜艳的五星红旗被轻轻地吹动抖擞着。花坛里不多的几株牡丹、芍药早就谢了，月季花却不知疲倦地盛开着。几只蜜蜂在夕阳里忙碌地采集着花粉。院子里空无一人。活泼的孩子们刚刚放学离去。教室里空了，窗户打开着，夕阳和晚风随意穿梭。校长姜贵和支教老师蔡金凤照例护送学生回家。这是每天的程序，学校必须负责把二十八名学生送回家去。学校的大门敞开，不知是谁家刚下猪娃的老母猪，趁着没人就摇头摆尾哼哼着，领了一群猪娃溜进了院子。

　　老母猪进学校这一幕，却被没事闲溜达的姜武看见了。姜武自从那日招待县、镇领导，关键时刻擅自脱岗失职造成严重后果，被姜耀祖一气之下撤了治保主任一职，就一直赋闲在家。他整天无所事事，吃了喝了，就搬把躺椅在院子里晒太阳。要不，就在村里闲溜达，撵着看驴马交配公鸡踏蛋。他身强力壮，整天喝酒吃肉，白天看了动物交配，夜里越发想入非非。擦黑睡不着觉，就爬上太公峁，看人家东村生活讲究些的人家年轻女人点着灯，站在屋里擦洗身子。他看得燥热难耐，实在熬不住，就东家出西家进地串门。却发现谁都对自己没个好脸子，四处不受欢迎，老光棍心中就更加郁闷懊恼！心想原先你们见了老子哪个不是点头哈腰！如今老子治保主任一不当，连村里的狗见他姜武都不摇尾巴。姜武摸摸光头，进了学校院里。突然眼前一亮，眼珠子骨碌乱转。原来他一进校门，就看见了哑女姜枣花。

此刻，哑女穿了一件洗得干干净净的白碎花衫子，正蹲在院子东头的菜地里劳作。姜武见状，浑身的热血就昂奋起来。他就像一只饿狼，暗中觊觎哑女也不是一天两天了。在姜武眼中，哑女长得真叫人心疼。这女子除了不会说话，作为一个女人，身段、面相、前胸后腰和乳臀四肢，啥啥都正好。姜武喝多了酒，发酒疯的时候，只要一见哑女，他就乖了，也不骂大街，也不动手打人。他眼睛色眯眯的，满脸堆笑，嘴里嘟囔着："不胖不瘦二膘膘，不高不低正好好。"众人眼里，这货就像淫疯子。其实他也就是个淫疯子。都传说，他时常在城里洗浴中心抱着小姐弄事的时候，嘴里还一个劲儿喊叫哑妹子长哑妹子短。有一回，他实在耐不住，就咬咬牙，进城花三百多元给哑妹子买了一身套裙，一双大红的高跟皮鞋。当晚，姜武趁着村里人都睡定，就亲自悄悄送到哑女家里。不料却被哑女和她那比狼性子还倔的喂牲口老汉姜万福像撵野狗一样，举着铁锨和扫把撵了出来。大前年，姜武荣任村副兼治保主任后，以为自己的社会地位大大提高，可以有资格同哑女谈婚论嫁啦。结果他打发媒人进门，开口刚说出姜武二字，就被人家轰了出来。媒人碰一鼻子灰，姜武从此死心，对向哑女求婚不再抱有幻想。但是越是得不到，就越发想得心慌。特别是近些日子，听说跛子姜贵竟然也对哑女有了想法，心里头就更加不是滋味。"奶奶的，简直太不公平！"眼下不幸治保主任也被撤职，姜武心里头整天骂骂咧咧，更加感到郁闷难受。眼下一见哑女，顿然心生欲火，浑身热血沸腾，燥热难耐。

这边哑女正在菜地忙活，校门里进来人，她丝毫没有觉察。哑女自从来到学校，更成了闲不住的人。她很喜欢这一份工作。虽然从小没上过学，但是很羡慕人家背着书包走进学校上学。如今能在学校做事，也算是圆了她的一个梦。除了做饭，一有空儿她就爱到菜地里忙活。不是浇水，就是除草，或者是捉虫、培土、施肥。哑女的外部世界，是一片寂静。寂静使她失去了许多，但也成就了她的心灵安宁。这使得她做事情十分专心，总是一心一意，目不斜视，渐渐地已经习以为常。

姜武见四处无人，假装赶猪就进了学校。他警觉地到各个教室和上房各屋里巡视一遍，弄清了确实没人，这才蹑手蹑脚地返回大门口，慢慢地关上了门。这才鬼鬼祟祟朝着哑女这边走来。哑女身处危险，却毫无觉察。

眼下，她正聚精会神地蹲在地上为黄瓜、辣子、西红柿和茄子松土。上午的时候，她刚刚给地里浇过水，此刻刚好潮湿。她用一柄小锄头，一锄紧挨一锄地翻着泥土。她动作迅捷麻利，潮湿的土壤被锄头挠拨得十分松软后，又被结实地培拥在蔬菜的根部。哑女深深地弯着腰，用力地吸气呼气。她清晰地闻得见泥土那种独特的清香气息。她从小闻惯了这样的气味儿，这样的气味儿，伴随着爸和妈身上散发出的汗腥味儿，简直就是一种绝配。她感到这就是世界上最迷人的气味儿。那时候的她，耳聪目明。除了夜里睡觉，一整天都瞪圆一双黑白分明的大眼睛，看着周围的一切。草棚顶的老屋院子，长着一棵粗壮的老香桩。屋檐上的燕儿窝，屋顶上的瓦棱草，还有老树上的喜鹊……每晚睡梦中，还能听母亲纳鞋底时针线穿过鞋底的吟嗡之声。从小在这样的环境和气息中长大，她感到自己就像是一棵小桩树苗苗儿，已经变成了其中不可分开的一部分。假若三天不听见燕子和喜鹊的叫声，闻不见泥土与汗腥味儿，她就会感到缺少了什么。就像喜欢吸烟的父亲，没了烟抽一样心神不安。早先，也就是六岁之前，她还有个特别喜好，就是倾听父亲吆牛，母亲叫鸡。一个像是跟人说话，一个像是哄娃高兴。那是春耕时节犁地的时候，她跟了父亲在山里一边捡拾野菜，一边看大人吆牛犁地。眼下，锄着菜地，她就又想起了当时的情景。山里的太阳暖堂堂的，父亲赤脚高挽起裤腿，左手扶犁，右手高举着牛鞭，嘴里就不住地同老黑牛说话。"哎呀，回来嘛，老慢！就不能紧走两步，慢三摇二，还想不想吃草吃料啦！我说老伙计！"

　　父亲把那头毛色光亮滚膘溜圆的老黑牛叫"老慢"。这牛听说很懒，但眼睛瞪起来却看着很灵醒，就像一面镜子。妞妞时常在它的眼睛里望自己的模样。由于它懒，队里人谁都不愿使唤，担任饲养员的父亲只好自己调教。她亲眼所见，老慢好像果真听得懂父亲的调教劝说，牛耳朵轻轻一抖，浑身猛地哆嗦，就加快了步子。她还看见父亲手里的鞭子，总是在牛头上空晃悠，但从来没有落到老慢身上。不久以后，老慢在父亲的犁铧前面，渐渐成了一头勤快听话的犍牛。村里人喜欢它了，父亲的脸上挂上了笑容。母亲叫鸡，那是全村一绝。母亲喂鸡的本领，也是全村人佩服的。每年春季，家里的六七只母鸡下的鸡蛋，母亲再也舍不得拿到镇供销社或集市上卖，而是一颗一颗地慢慢积攒起来，分别放到两个竹笋筐里，用麦草包裹起来，放到温暖的炕头上去。妞妞最喜欢听的，就是每天早起母亲同母鸡说话，就像唱歌一样。天刚刚亮，她还猫在被窝里面做梦，母亲就在窗外"咕咕咕，咕咕咕……"叫了起来。于是，她就醒来，站起身踮起脚尖伏在窗户小镜上张望。她隔着窗户，竖起机灵的小耳朵仔细地听。她惊异地看见那六只母鸡，母亲给它们都起了很好听的名字。有大黄，二黑，有花豹子，芦花白，火婆婆，还有毛腿花，一只只排好了队，站在母亲面前。"咕咕咕，咕咕咕，火婆婆过来。"母亲一伸手，就见那只冠子又大又红的老母鸡，快步走过来，纵身轻轻地一跳，就到了母亲的怀里。"嗯，真乖，我们火婆婆真乖。"母亲的声音，突然变得细小温柔如同耳语。只见火婆婆翘起尾巴，把屁股乖乖地冲着母亲的右手，母亲就伸出食指，伸进鸡屁眼里探摸一番。"好啦、好啦。"此后那火婆婆就像欢呼一般咕咕叫着飞下地去。母亲嘴里也咕咕叫着。另一只母鸡，花豹子又飞上母亲怀里……妞妞知道，妈妈这叫摸蛋。母亲是担心家里人都上地劳动，鸡把蛋丢了。就这样，如此挨个地摸下去，母亲叫鸡的声音充满了温情和欣喜。每逢这时，老桩树上的喜鹊窝里，也会随之热闹起来。因为母亲摸完了蛋一高兴，就会在地上撒一把豌豆、高粱或是玉米糁子。那时候，鸡们欢快地啄食，那只总是高扬起脑袋的老公鸡，就迅速地冲过来，照着一只它相准的母鸡背上冲上去，狠巴巴地用嘴嗛着人家的冠子，屁股对着屁股放屁一样，随后即心满意足地嘎嘎叫着落下来，拖着一边翅膀在地上乐得直打转转。妞妞看得惊奇，正莫名其妙，就听母亲说，这叫公鸡"踏蛋"，说是只有踏过蛋的鸡下出来的蛋，才能孵出鸡娃子。每当这时候，老桩树上的喜鹊也会飞下来享用食物，母亲并不驱赶它们。

妞妞的记忆中，这是家中的小院里最欢乐祥和的时候。可惜不久，她得了一场大病，一连三天高烧不退。母亲用尽了各种办法为她退烧，但高烧就是不退。那时村里没有赤脚医生，就是改改她爸，刚刚考上大学。第三天夜里，妞妞被烧糊涂了，连夜送到镇上医院，命救下了，却完全失聪，渐渐就成了哑巴。对她而言，有声的世界，从此戛然结束。童年的记忆越发美好，她越是刻骨铭心。许多年后，当她长成大姑娘，在春夜里浑身燥热难耐的时候，她就记起公鸡给母鸡踏蛋的情形。但是她并不晓得，这就是女儿怀春。

此刻太阳已经落山，小学校院子里突然变得昏暗起来。哑女正聚精会神干着活，猛一抬头发现天色不早，眼睄菜地也锄完了。她就站起身，活动活动酸硬的腰腿，嘴里还轻松愉快地哼哼着什么，随即就头也不回地起身往厦房里走去。她盘算着，赶紧洗了手，就开始烧火做饭。

这时候，姜武就像一匹饿狼，一直躲在背后瞪着血红贪婪的狼眼珠子，痴痴地望着哑女的身子。他感觉自己那目光就像一团野火，一下子就把哑女的衣服烧光了，只留下光溜溜的身子。那一股邪火，顿时就在他的内心熊熊燃烧开来，直到烧得他浑身火辣辣发烫，嘴里咝咝直叫。随即他的作为人的意志力完全丧失，这时候的他，更像一头发情的公猪，正准备不顾一切地直接上去，抱住毫无觉察的哑女的后腰，把衣服扒光……当着就要冲上去那一刹那，他又迟疑了一下。扭头看看空荡荡的院子，似乎听到门外有人走动的声音，毕竟是做贼心虚，神经一紧张，心头就凉了下来。

　　这时，毫无觉察的哑女已经走回灶间准备下手做饭。劳作之后，她的心情十分轻松愉快，嘴里就不由得要哼哼地发出愉快的声音。这总是在一个人的时候，连她自己也不知道这是在说，还是在唱。大约就像那些母亲怀里飞下来的欢乐的母鸡吧。哑女正洗着手，眼睛的余光似乎感到一个黑影闪了一下，自己的后腰就被什么东西紧紧地箍了起来。一股臭烘烘的口气令她作呕！很快就感到是一个人！她大张着口，却喊不出来。该不是姜贵和自己逗笑？不对呀，姜贵是多正经的人！她情急之下一低头，下意识地对着那黑乎乎的手，狠狠地就咬。

　　就在这同时，那手躲开她的嘴，竟然在她的两腿之间狠劲摸索起来。色狼！色狼！哑女嘴里含糊地喊叫，拼命地挣扎。一转身，终于看清了，原来这个色狼竟然是姜武。她突然变得就像是一头母狮子，撕心裂肺地号叫着，一头朝那色狼扑上去。不料那姜武身子一躲，哑女扑通一声就趴倒在地上。姜武趁势扑上去，死死地压在她的身上，伸手就撕扯她的上衣。哑女拼命用手护着。色狼粗气大喘，不顾一切地把魔爪伸进其中，粗野贪婪地捏揣……另一只手，就去解裤带。哑女拼命地翻滚反抗，很快就没有了力气。她的裤带被解开……她被仰面压在身下不能动弹。这时候的姜武就像一只真正的饿狼！双目血红，咬牙切齿，满脸狰狞。哑女恐惧地瞅着他，满脸是泪，一副央告求饶的无奈表情。姜武已经完全失去了人性，他狼性十足地快速解开裤子……就在这时，屋门突然被踢开，姜武惊回首，就见姜贵手里举着铁锨，浑身发抖地站在门口。哑女也看到了姜贵，就又拼命地挣扎起来。姜武还不想罢休，又一次把哑女压在身下，正要继续施暴，就觉脑子嗡的一声巨响，接着背上和腰上又是一连串的猛击。他就昏了过去。原来是姜贵动手了。

　　哑女趁机掀开姜武从地上爬起来，上去抱着姜贵哇哇大哭。姜贵顾不得哄她，眼看姜武缓过劲了，正从地上挣扎着要爬起来。姜贵急了，就要上去按压，却被哑女死死地抱住不放手。他只能用脚踢踏狗日的姜武。姜武毕竟练过拳脚，趁机一纵身爬起，提起裤子蹿出屋门，狼狈逃窜。

姜贵急得跟啥似的，哑女仍然在哭。他扶她回到隔壁她自己住的屋里换衣服、洗脸梳头。劝说半天，哑女显然是吓坏了，还是抱着姜贵不松手，哭得浑身哆嗦。其实说白了，姜贵心里又是难受又不无宽慰。他索性把双手紧紧搂着平日多看一眼都会心慌气短的哑女，感到哑女在自己怀里慢慢平静，抱着他的双手也抖抖地松弛下来。就在这时，突然听见门外有人走来，他赶紧松开哑女，掀开门帘一看，就见蔡金凤和白朗书记站在门外，表情都有些惊异。

原来他俩刚才走在村道的时候，远远看见一个人从学校大门里慌慌张张地跑了出来。白朗一眼就认出是姜武。

"姜武这时候到学校去干什么？"他想。

"是姜武吗？我没看清脸，双手怎么还提着裤子？"蔡金凤惊异地说，"不对……哑女一个人在做饭。"

两人说着，就加快了脚步。

哑女一见白朗和金凤，就又哭了起来。金凤看见哑女的衣扣掉了，内衣也被撕破，就知道是怎么回事。

"究竟是怎么回事？"白朗问姜贵。

姜贵低头不语。哑女哭得更厉害。

"姜校长，是不是姜武欺负哑女来？"蔡金凤问。

姜贵还是不说话。他心里很是矛盾。他恨死了姜武，但是他又担心此事传出去，毁了哑女的名声。看来不说出真相又的确不行。正在犹豫之间，却听蔡金凤说："白书记，不用问了，你可得为哑女做主，严惩色狼罪犯姜武呀！"

姜贵听得，一激动，也脱口而出："是呀，姜武强暴哑女未遂，是我亲眼所见。要不是我及时遇见，那牲口就得手啦！"

白朗听得，顿时怒火中烧。他看了看衣衫被撕破、披头散发的哑女，一时不知该说什么。哑女此时冷静下来，开始慢慢洗脸。

白朗示意金凤留下陪哑女换件衣服，他和姜贵来到西隔壁姜贵住的屋里。两人坐下来，开始谁也不说话，只听见墙上的石英钟嘀嗒地走得令人心慌。过了一阵白朗说："姜贵，你说说当时的情况吧。"

"我送学生回家路上，碰到巧玲她妈上山掏猪草回来，就帮她把草背回家，又说了一会儿话。估摸着哑女快把饭做好了，就急急忙忙往回赶。一进院子见烟囱还没冒烟，灶房的门却关着，就感觉气氛有些不对。赶紧跑去推开门，就看见姜武光着屁股把哑女压在身子下面。"

"哑女咋相？"

"哑女在地上挣扎，裤子被解开了，内裤还没脱……"

白朗一挥手，表情痛苦地制止道："姜贵，不要再说了。"

屋子里又陷入了沉默。姜贵实在沉不住气了，就问：

"白书记，你说这事咋个处理？"

"依法处理！"

"嗯，要是姜武不承认咋办？"

"你是目击证人，还有我和金凤碰见他慌慌张张出的校门。另外，哑女的衣服被撕破，胸前还有抓伤。你现在就上姜支书家里去报案，让他立即给镇上派出所打电话。就说我已经知道这事了。"

姜贵走后，白朗又把蔡金凤叫出来安顿她务必寸步不离地陪伴着哑女，晚上睡觉也不要离开。蔡金凤答应着去了。白朗就像紧张地指挥一场战斗，他在屋里飞快地走来走去，脑子里迅速想着眼前发生的事情和未来的走势与后果。他感到此刻的自己，对于哑女和姜贵来说，就像是一棵大树，在风雨中为他们这两个苦命的残疾人遮风挡雨。他原本已经听金凤多次说过，姜贵如何对哑女示好，又如何千方百计掩饰自己对人家哑女的爱慕。他当时就欣喜地问："哑女对姜贵是什么态度？"

"哑女不说话，只是脸红……"

一句话把白朗逗乐了。他嘿嘿地笑着说："哑女当然不会说话，脸红是什么意思？"

"说明人家羞了嘛，知道姜贵喜欢她，这还用问！"

白朗嘿嘿地笑着说："她是不是也对姜贵有意思？"

"这，我可不敢肯定。姜贵爱哑女倒是真心的。"

"你看他们两个一起过日子合适吗？"

"我看很合适。姜贵腿虽有点残疾，但是不妨大事，人又聪明善良，会照顾好哑女的。哑女除了不会说话，再就没有一点说道，我看配姜贵绰绰有余。"

"那好，找机会你就跟哑女谈谈，看看她心里怎么想的，如果能促成，那就太好了。"

白朗一边回想这些，心里还在操心姜贵报案的事。

姜贵一路小跑，气喘吁吁来到支书姜耀祖家报案。他一路上还真担心支书祖护姜武，把事情隐瞒下来呢。不料姜耀祖听了事情经过，毫不怀疑事实是否有误，当即吹胡子瞪眼，火冒三丈，骂道："姜武这货简直就是牲口！连牲口都不如！姜贵，你等着，我马上给镇上派出所刘所长打电话，你直接给他报告案情，我也认为这事情弄大了，村里内部管不了啦，就按照白书记的意思，经法律程序解决吧。他奶奶的！"

电话通了，是刘所长亲自接的电话。姜贵讲完案情后，姜耀祖接过电话，神神秘秘地老半天只说了一句话："刘哥，村上第一书记白朗的意思是建议立即拘留姜武，刘哥，你听明白没有？"电话那边说："听明白了。"

"那好吧！他奶奶的！"

姜耀祖骂骂咧咧地愤然压了电话，姜贵这才告辞。

果然，当天晚上，两个民警乘车来到上牛湾村，也没找白朗或姜耀祖打招呼，也没来案发地点侦查取证，甚至也没找受害人和目击证人谈话笔录。只是悄悄地进村，直接就把姜武带走了。奇怪的是，姜武犯下丑恶罪责后，既没有当即逃跑，也没有拒捕反抗，只是乖乖地束手就擒。村里没有引起任何的风波和议论，事情就算告一段落。

白朗起初感到有些奇怪，随即就觉得这样不动声色地处理同弄得满城风雨相比，无疑对哑女是一种保护。他在当天的日记（微信）里写道："当你真正进入一个小小的乡村，你会逐渐觉得这可真正是个大社会呀，更像是一本大书。你越往下读，就会越发觉得，内容太丰富，人物太生动。后边的故事情节难以预料！"

发出之后，老半天竟然没人点阅。白朗看看表，才晚上十点半。他不放心，就给蔡金凤发了一条短信，询问哑女的情况。金凤回答说："白书记放心，哑女没事。人家这阵儿正红着脸，羞答答地端着碗吃姜贵特意为她做的压惊面片哩。吃得好香好香，我都看得直咽口水哩。"

白朗看了摇头苦笑，心里突然由衷地为姜贵得到了幸福而高兴。随即口中下意识地吹着口哨，轻松地翻阅浏览着微信朋友圈。这才记起，今天又是周末，老赵该回家去了，屋里又是只他一个人，连蚊虫飞鸣的声息都听得真切。他随意地翻阅微信。突然眼睛一愣，发现"乡村第一书记"群里许多人在发哭泣表情，也有人"作揖""上香"。随即就出现了诗文唁语，一派怀念、痛悼的氛围。出了什么事情？他的神经立刻紧张起来。这才发现原来是湖北荆州某村第一书记王莉同志在夜以继日的紧张工作中，意外车祸身亡。噩耗传来，令人痛心呀！白朗突然觉得眼前一黑，几乎晕过去……多么好的一个漂亮姑娘，她前两天还给白朗微信点赞！想着在北京培训时大家一同讨论问题，一起听课、用餐、登长城、联欢的情形……那个皮肤白净圆脸盘大眼睛、永远乐观微笑着的精干的美女书记！难道一个热情似火、充满活力的年轻生命，就这样永远地消失在神圣而平凡的岗位上了？啊，山区农村党建、精准扶贫、中国乡村振兴之路，实在是太崎岖坎坷啦。问题成堆，积重难返。一场没有硝烟的战争，需要拼死努力，用锥子刺痛脑子，用熨斗烫烙心脏……阵痛呀！白朗身体突然一阵抖颤，止不住泪流满面。

第二十一章

东牛科技建筑建材有限公司成立大会在上牛湾太公祠召开，会前照例还要举行拜祖仪式。一年多来，这已经逐渐形成制度。村里所有重要集会，都在祠堂举行拜祖。而进祠堂举行拜祖仪式，大大增强了人们的庄严感和精神凝聚力。

成立东牛公司，同时也是村里铺路工程开工典礼。这是村里的大事，恰巧又是星期日，还不到九点钟，穿了一身白色演出服的蔡金凤就带领学生和刘梅香、哑女姜枣花她们组织的妇女健身操队伍早早来到会场上，每个人都兴奋得像逢喜过年。蔡金凤口里吹着铜哨子指挥集合。等到队伍一站整齐，就敲锣打鼓开始练习变换动作和队形，也是吵台预热和彩排。鼓手当然还是姜贵，他穿了哑女细心为他缝制的雪白汗褂和可身的黑绸子灯笼裤，头上就像陕北腰鼓手一样，时兴地挽着一条崭新的毛巾。这身打扮，不用问，也是蔡金凤的设计。如此装扮起来，姜贵挥动红穗子鼓槌灵巧击鼓，就显得格外精神。刘梅香、哑女和队员们在金凤指挥下，踩着鼓点儿熟练地做着健身操。哑女的目光却透过人群，不停地偷看敲鼓的姜贵。她听不见鼓声，但是能够根据鼓手的动作，准确地判断出节奏。可是当她发现姜贵只是一心一意敲鼓，并不看自己时，心里就有些失落。其实不然，姜贵在敲鼓的时候，眼睛的余光一直在注视哑女。听到锣鼓声，全村的男女老少就都循声上岕来了。温暖的阳光里，广场上一片热烈祥和气氛。大伙儿好久没有这么轻松愉快地相聚了，广场上很快就聚集了不少人。神情庄严的老年人一来，首先恭敬地入祠磕头拜祖。好看热闹的碎娃们兴奋不已，就围着戏楼相互追逐、疯跑喊叫。懂事又漂亮的巧玲在学生舞蹈队排头领舞。她妈就笑眯眯地抱着二蛋，拉着大蛋的手在人群里看她。村里白发苍苍的老婆婆们看着她都很异样，手里不停地做着针线活儿，就小声议论说："北京来的白书记真能，人家一来，把个疯婆子都治成好人啦。"

大伙儿正说着，就见大个子刘秦岭背着姜战斗，一路喊叫着走过来："让一让，大伙让一让，咱们的一级战斗英模来了！"姜战斗红了脸咬牙直笑，先是用头顶刘秦岭的脖子，见止不住他，就用额头碰他的脊背。刘秦岭咻咻地笑着，连连求饶。

见两人一起耍得滑稽愉快，众人都哈哈大笑。这时候，就见扛着轮椅的王小五也学着刘秦岭的口气喊叫着："让一让，大伙让一让嘛。"

"你掂那是个啥？车子不车子，椅子不椅子的？"

村里不少人没见过轮椅，众人都感到异样。王小五看看说话的人，不回答，故意卖关子地把轮椅放在地上，高声对刘秦岭说："报告刘总经理，后勤兵王小五复命，请一级战斗英模姜战斗同志上车落座。"

刘秦岭看看大伙儿，故意回答："好，知道啦。"

说着，就弯下腰把姜战斗稳稳地放到轮椅上面。众人鸦雀无声地瞅着。直到看见王小五推着姜战斗在地上转圈儿来回表演一番，众人这才爆发出一阵欢呼和掌声。

人群中，小光棍姜光照说："你们看见没有，这就是人家第一书记白朗办的好事，再不要兰花嫂子成天背了。"这小子，他如今是白朗书记的铁杆粉丝，逢人就夸白朗书记好。

旁边一位白胡子老汉低声对另一个老汉说："听说还有给咱拉电这事，也是人家白书记跑县上找书记寻县长批的哩！指望咱姜耀祖支书，咱们西头还不知猴年马月才能点电灯。"

这话被站在人群后面的白朗听到了，他心中感到的并非欣慰，反而有些惆怅。他认得这个姜光照，如今已经是东牛建材公司招的第一批员工，他正操心给姜光照说媳妇哩。后面的白胡子老汉很熟，是哑女她爸姜万福。说心里话，他不愿意听到群众在表扬认可自己的同时，议论甚至批评现任的党支部书记。再说，自己所做的都是应该的，而且需要办的事情还有很多。这么想着时，他就悄悄离开人群，一转身看到老支书姜建国老汉背着手弯着腰，慢慢地走上山来。就近的几个老汉见他来了，都亲热地问候。他也不停脚步，只是一笑点点头。

看到老支书姜建国,白朗突然记起一件事情,就走过去,叫一声:"老书记。"

老汉抬头,看一眼白朗,就径直走过来,激动地握住白朗手说:"年轻有为的白书记,咱上牛湾人感谢你。来了时间不长,干事不少呀!"

声音提得很高,好像故意让周围人听。近旁人都听得真切,人们顿时安静下来。白朗再一次感觉到老汉在人们心中,还是很有分量的人物。心想,老人家做过的点点滴滴好事情,仍然铭记在人们心头。

"老支书说得对呀。白书记好人。"

"俺们都这么认为。"

听见老支书和众人说自己好话,白朗有些不好意思。他把老支书请到一旁,小声拉话说:"老书记,有件工作得你老人家支持呀,两委会前天开会商议过了,想成立个村里民主监督小组,请你出面牵头。"

老支书掏出烟袋,一边隔着布袋往烟锅里装烟叶子,一边说:"行呀,就怕做不好。支书姜耀祖是啥态度?"

白朗知道姜耀祖当时表示反对来,但是并没有坚决反对。于是他还是说:"姜支书也同意了。"

老支书怀疑地问:"他能同意吗?"

"同意。"白朗说,"大伙都同意,都说由你点将,组织几个有威信、头脑清楚的老年人,一旁看着,随时批评提醒,及时反映村民的议论心声,防止我们工作中做错事、引错路。"

老汉沉吟着点烟,点着了,慢慢地抽着,显然心情很不平静。言谈中流露出对儿子的担忧。两人就这样蹲在人群边上说话。白朗欣赏老人家遇事这种沉着老到的沉稳神态。

"农村艰苦而复杂的实际环境中,各个时期打磨出的这些老党员老干部,我们可是不敢轻视。他们往往党性强,私心不重,有信念,更有工作经验。他们既是党员干部,又是群众中的一员,所以既了解群众的心思,更懂得党的根本宗旨和基本规矩。不论他们身上有什么缺点和不足,我们都应该尊重他们,积极争取他们支持工作。"

这话是那天在两委会上白朗讲的。姜耀祖听后,再无话可说。这话乍一听好像有些冠冕堂皇，其实是掏心窝子话。白朗从一进村那天开始，就有了这样的念头。以后的情况更加证实了这看法是对的。要联系广大群众，首先得联系好这些代表性的人物。因此，就想到了邀请老支书他们出山，名正言顺地为村里两委会保驾护航，客观上也是对某些人胡作非为的一种抵制和限制。

时值八月中旬，正是伏牛山区酷热难耐季节。才九点过半，人们已经感觉炎热。太公祠外古戏楼前广场村民已经聚齐，大伙围着刚刚到位的铺路机器看稀罕。

白朗知道，几位重量级的人物还没有到场。老赵和王石子焦急地在路口伸长脖子张望。此刻，东牛公司总经理陈大伟正陪着黄凯董事长，风尘仆仆地连夜赶到颍川县城，又马不停蹄地往上牛湾赶。县委书记石坚和县长韩万才也要破例一同亲自到场祝贺。这令白朗心中十分感动。真是有贵人相助呀！眼下，他站在戏台上面，面对早已经熟悉的全村父老乡亲心情十分激动。不用说，这种场合支书姜耀祖又来了精神。他欣然接受白朗的委托，一改当初的反对冷漠态度，用老赵的话说，又像突然打了鸡血一样昂奋不已。

因为连带拜祖，全村的人都回来了。经白朗提议，村党支部会议研究决定，村主任王石子代表上牛湾村担任东牛公司副总经理。他按照白朗的叮嘱，破天荒专意穿了一身蓝色西服，扎了一条红领带，同白朗并排坐在台上。他的心情格外激动，心中对白朗书记十分感激。

"王主任，今后又是王总了，一定要虚心向人家陈大伟总经理学习，不懂的问题就多请教，遇事多商量。"

王石子点头答应着说："重要事情，我还是首先向你汇报，你得拿大主意。"

白朗说："有重大的事情，大伙商量着办。"

两人正说着话，就见县委石书记和韩万才县长陪着黄凯和陈大伟乘一辆面包车来了，车子一直开到太公峁上。锣鼓舞蹈气氛里，白朗他们急忙上前迎接。村民们看见，那南方来的有钱大老板，人也不高大，衣着也不显贵，见了白朗书记，竟然二话不说，上去就紧紧地抱住。这礼节好多人没有见过，都说看着怪怪的。可人家县里书记、县长却带头鼓掌助兴。人们也就跟着热烈鼓掌。大伙也算是大开眼界。

今天既然又是村里铺路的开工仪式，但见村主任王石子早已组织好身穿酱红色工装、头戴安全头盔的工人。人们仔细端详，全都是上牛湾在外打工的棒小伙子。他们伴随一台挖掘机和一台铺路机聚集在施工奠基现场。硬化道路计划从村里向牛头镇上延伸。人们的心情别提有多激动。

这时，锣鼓舞蹈停了，周围安静下来。人们瞪大眼睛，盼着仪式开始。

紧紧拥抱过后，白朗激动地握着黄凯的手说："感谢黄总的大力支持！"

"还是那句话，感谢你给我们东华集团一个来西部内地投资发展的机会。"

石坚书记在一旁笑嘻嘻地望着他俩对韩万才县长说："这两位可真正是志同道合，想法一拍即合。"

韩县长嘿嘿一笑说："看得出来，是君子之交呀。"

黄凯指着戏台上面的那条醒目的横幅"诚谢东华集团对贫困山区人民深情厚谊"说："石书记、韩县长，我看这横幅内容再加一联，组成一副对子，你们看好不好？"

石书记说："好啊，黄总来对下联吧。"

众人的目光顷刻都投向黄凯。姜耀祖急忙喊道："大伙安静，都注意了，咱们黄总要亲自作对联啦。"

黄凯也不紧张，同白朗和书记县长几位一道登上主席台，站在麦克风前，先看了看黑压压的人群，随即伸手挠头想了想说："既然上联是'诚谢东华集团对贫困山区人民深情厚谊'，我就对下联，'恭贺上牛湾村有各级党政领导大力支持'。"

"好啊！"大伙齐声欢呼，热烈鼓掌。等到掌声落下，县委石书记说："既然是对子，就得有条横批嘛，我看就四个字：东牛真牛！"

"东牛真牛！"

大伙又是一阵欢呼和掌声，会场上气氛热烈而祥和，仪式按照程序往下进行。宾主入祠堂拜祖，黄凯对这个环节十分感兴趣，连连夸赞白朗安排周全。他对那些千锤百炼的箴言祖训更是视为珍宝，诵完之后一再叮嘱陈大伟要为他抄录一份，随时学习。还说东华集团既然同上牛湾结盟，也就是一家人了，村里的祠堂太公，也就是东华的祠堂太公，要随时顶礼膜拜。白朗和村民们都十分感动。县委书记石坚说，你也是我们颍川县的骄傲。黄凯兴奋得同石书记也紧紧拥抱在一起。

接下来，仪式开始。其间，白朗显得很忙。他一会儿同黄总商量企业发展和下一步东华帮助上牛湾村翻修村部、援建学校事宜；一会儿抓紧机会向县委石书记汇报村里贫困户建档立卡登记及一户一策的脱贫计划和加强党建的工作进展情况，一会儿又向韩县长汇报村里拉电施工和通电入户的情况及此次利用高科技硬化乡村路面的具体设想……陪着这几位领导，他心里真是高兴。书记县长，还有远道而来的黄总都是稀客，三人同时来参加一个会，这是上牛湾村历史上绝无仅有的荣耀。想着他们都是特意前来支持自己的工作，白朗心中就十分感动。如此，东牛公司成立大会和铺路开工仪式还没开始，上牛湾村太公峁上就已经是群情激昂、一片欢腾。随着锣鼓家什和伴奏音乐的再度响起，整个村子沉浸在一片欢乐和欣欣向荣的气氛之中。这令特意被白朗请到戏台上面就座的两代老支书姜怀安和姜建国，心中既高兴又感慨万端。两位老人，也是叔侄两人在村里执掌多年，他们经历了时代的变迁，经历了新中国农村发展所有的进步与曲折。两人都情不自禁地想起了当年成立人民公社和实行包产到户和开工修筑源头水库的热烈情形……想到自己在上牛湾村干了这么多年，竟然还给后人拉下这么多的欠账、饥荒……两个老汉心中突然地感到了深深的内疚。两人对视，心照不宣。白朗注意到了两位老人的愧疚表情，就同时握住他们布满老茧的手，说："老书记，从今往后，咱们上牛湾要彻底拔掉穷根，团结致富奔小康呀！"三个人都会心地笑了。姜怀安老人笑得最开心，最响亮。

随后，姜建国老汉瞪眼在跳健身舞的人群里寻找，他的心情一下子就轻松起来。他看到耀祖她妈在人群里扭搭，她那是强挣扎呀，人明显瘦了，转过眼，他心里感到很不是滋味。他听狗剩说啦，耀祖他妈病了。听说是查出了不好的病，马上就要上县医院住院，村里人都还不知道哩……想到此，耿直老汉心里就堵得难受。自从那天为搬新房和收礼的事情闹了别扭，老伴儿第二天就提着大箱子离开了家，此后就再也没有回来过。听说她一直住在儿子那里，听说这次得病，与住在新装修房子里的味道有关。说那味道有毒致癌，全是家具和墙壁的气味造成的！说是急性甲醛中毒，引起的血液病……"唉，真是造孽呀！"老汉狠狠吸一口旱烟，吐着烟雾长叹一声。他多想去看望耀祖他妈，又磨不开面子。老汉不愿意再往下想啦，心里真是五味杂陈，苦不堪言。

刘秦岭带领绿叶公司的全体员工，兴致勃勃地也来参加大会。按照第一书记白朗的提议，他已经正式宣布，把一级英模姜战斗聘请为公司的企业精神形象大使兼主管员工思想政治工作的副总经理。有了这两个头衔，姜战斗每个月可以拿到平均工资两千五百元以上的收入。如此，专职照顾姜战斗的牛兰花，也就自然而然成了绿叶公司的一名员工，同样也可领取一份工资。另外，他们还按照白朗书记调研之后的提议，又与常年在公司打工的上牛湾的每个劳力，依照《劳动合同法》签订了劳动合同。如此依法整合之后，绿叶公司的员工积极性和管理水平又上了一个台阶。整合之后，这还是第一次有机会在全村人面前亮相。差不多百十号人了，他们统统穿着新缝制的天蓝工装，戴着额前绣有一头金牛的鲜红镶边的长檐帽子。那奋力前行的金牛图案，还是白朗书记的创意，说这意味着，公司脚踏实地砥砺前行和开拓进取的创业精神。整个工装和帽子的颜色搭配，着力体现"绿水青山就是金山银山"绿色和谐的全新发展理念。眼下，员工们全体列队整齐地集中呈现在人群中，就好像一片盛开着花朵的花圃，显得十分引人注目。特别是高大魁梧的总经理刘秦岭和昂首挺胸坐在轮椅上的公司形象代言人姜战斗，他们两个身后，是姜喜才、梁大海、高云峰、李大顺、王小五五位年轻的复转军人。他们精神抖擞地站在队伍的最前列。看到这情形，白朗心中格外高兴，这完全是接受检阅的阵势呀！这么想着，他就不由得扭头看看身边的石书记、韩县长和精神特别昂奋的黄凯董事长。

只听石书记对韩县长说："老韩呀，你看见了吧，这就是刘秦岭带领五名复员军人创建的绿叶公司的员工。他们没要国家一分钱，五年工夫就绿化恢复了一条荒沟，目前已经开始盈利。而且还带动起全村三分之一的富余劳力就业。有了上牛湾绿叶公司这个典型，我看全县的荒山荒坡不愁恢复绿色植被，每年的复转军人安置问题也就不必发愁了。看来咱们研究工作，还是不能坐在会议室里苦思冥想，而要着眼于实际。及时发现，鼓励和支持大家创新创业，力求在创新创业中解决就业。"

"书记讲得对，我想县政府下一步要办的一件事，就是系统总结上牛湾振兴乡村的经验，然后在全县推广。"

作风一贯务实的韩县长属于那种说到就要做到的人，他认为政府职能的转变最关键的，还是干部思想作风的转变。

石书记和韩县长交换意见谈得正投缘。白朗陪黄总在岭上转了一圈儿回来，黄总说："白朗兄弟，还有咱书记、县长，真没想到，你们这个上牛湾，风水气场这么好！真个是理想的好地方！你们注意到了没有，整个村子就是一个坐西北面东南的大元宝嘛。书记、县长，你们看，对面的村子主体，是弧形的饱满充实的元宝体。我们所在的这个高高的山峁子，刚好在中轴线上凸出来，就好比元宝中间凸起来的那一块。当年你们的先祖，真会选村址呀！我们的东牛公司，就要在这一片风水宝地上诞生，让我们携起手来，共同走出伏牛山区，走向全国……"

他生动形象而充满激情的感慨，通过麦克风传出，县里两位领导都听得连连点头。村民们更是掌声不断。

在掌声与笑声里，韩万才县长突然记起了近日看过的一份报告，就是讲要在牛头镇上牛湾村的牛尾沟规划修建一个什么别墅群，起名叫"绿特小镇"。同时他也看到过绿叶公司总经理刘秦岭给自己写的一封信，反映金鑫集团未经过绿叶公司而同村里签订牛尾河沟开发的告状信。他当时就把这封信批转给了主管副县长李宏伟……这么看来，李宏伟整天会上会下唠叨鼓吹的牛头镇这个旅游开发项目，还真有问题！韩县长想着，脸上轻松的笑容顿时消失了，眉头紧紧皱起。他开始想着，一会儿务必到牛尾河沟看看，听听绿叶公司和村里群众的反映。回去之后，要尽快过问这件事情。

黄凯很健谈。无论台上台下，大伙听得都不由得拍手称是。黄凯董事长说得一激动，竟然站起来，白朗也随之站起身。不料黄总一伸手臂，再次同白朗紧紧拥抱在一起。会场上似乎起了一阵波动。显然这个西式的礼仪形式，在农村人眼里还是有些怪怪的。这里石书记和韩县长显然能够理解黄凯的激动心情，就带头鼓起掌来。白朗心中十分感动。无意之间，发现不远处的姜耀祖脸拉得老长，就像看到了头顶天空里的一团乌云，心里的阳光顿时被遮住了。

"他妈的刘秦岭，你个王八蛋，哪里都少不了你个狗日的。又是来领导面前显摆的吧！"

姜耀祖把气全部撒在了刘秦岭和绿叶公司的头上。他看着他们那一片绿汪汪红飘飘的，就像一潭死水上漂着落红，真是不顺眼。再加上看见这个黄总，简直就像个神经病。他心里不快，见谁都气不打一处来，就故意当众高声调侃刘秦岭说："我说刘大经理，你咋不把帽子也做成绿的？要做成绿帽儿戴上，那才好看哩！"

刘秦岭说："你说这话可就更不像个村支书啦，就跟你平日做事一样离谱，纯粹属于狗尿上赶跳蚤，冒弹（谈）。"周围人都嘿嘿地笑。

由于姜耀祖是故意照着台上麦克风说的，所以台上台下的人都听得清楚，但是却没几个人笑。台下的刘秦岭说啥，就只有周围的人才听得清，可笑声却很快蔓延开来，因为人们都在传问刘秦岭说啥。他的话是人们口头传播出来的。

"狗尿上弹跳蚤，冒弹（谈）！"有人甚至高声重复着这句话。当下就弄得姜耀祖脸红得像生猪肝，在台上坐不住了，站起来高声喊道："大家安静，不要交头接耳！马上要开会啦。姜贵，赶紧敲锣鼓！"人群里又是一阵哄笑。

刘秦岭趁机说："这下可把狗卵子弹疼啦。"

绿叶公司的员工听清了，就哧哧地笑。笑毕，都咬牙撇嘴，哼的一声发出轻蔑的起哄。

这时，轮椅上坐着的姜战斗，突然一转身，高声唱道：

"咱当兵的人—— 一二，唱！"

姜战斗带头高唱，还夸张地用脑袋的摇晃打着节拍。绿叶公司的绿衣红帽员工们，特别是几位复员军人，亮开嗓子齐声高唱："咱当兵的人，就是不一样……"

歌声嘹亮，群情激昂，白朗见状心中别提有多高兴。

见主席台上领导都在亲热地交谈，自己一个人被丢在一边，姜耀祖心里感觉不是滋味。他抬起胳膊看看手表，故意把麦克风拍拍，音箱发出刺耳的声音。这是以往开始开会的信号，会场上逐渐安静下来。按照事先分工，白朗负责接待领导和客人，姜耀祖负责主持开会。但此刻他的情绪，突然一落千丈，再也不像开始那么积极而兴奋。什么整理队伍呀，维持会场秩序呀，吆猪撵狗呀，训斥调皮小孩子呀等等，再也看不见他指挥着姜武，像风呼噜一样四处奔波张罗。如今姜武不见了，人们看不到那老光棍吆五喝六出头露面，反倒有些不大习惯。人们显然看见，除了蔡金凤和姜贵，好像就只有支书姜耀祖一个在会场忙活。

会议宣布开始。依照顺序，白朗代表上牛湾致欢迎词。石书记讲话，黄凯讲话，王石子表态发言，陈大伟表态发言。领导剪彩。

锣鼓家什停了，全场出乎意料地安静，只有那整齐雄壮的歌声嘹亮。《咱当兵的人》，这是姜战斗进入绿叶公司给大伙教的第一首歌。他想借鉴当年部队的思想政治建设的方法，打造企业自立自强、团结奋进的文化。刘秦岭坚决支持，员工们也感到心气儿十足。

先前姜耀祖与刘秦岭针尖对麦芒交锋的插曲，白朗并没有注意到。可眼下这雄壮有力、象征着团结克难无比自豪的歌声，却使他大为振奋。特别是对姜战斗的出色表现，更是喜出望外。

歌声仍在继续，黄总为此又激动起来，他冲着麦克风说白朗："想不到呀，你们上牛湾可真是人才济济！我看这个大个子刘秦岭，能干大事，还有英模姜战斗，咱们东牛公司将来也要请他当形象代言，把宣传广告做到珠穆朗玛峰上去。广告词我都想好了，让姜战斗站在珠峰顶上说'姜战斗在此，山高人为峰，东牛我最牛！'"村民又是掌声雷动。

白朗表示赞同。石书记说："黄总讲得好，我们广大的复员军人和农民兄弟的奉献，就像空气和水。到任何时候，都不能忽视和轻视这个光荣群体。"

黄凯连连称赞。他显然发现自己同石书记有了共同语言，接下来两人谈得十分投机，就许多共同感兴趣的问题埋头交换意见。

石书记见黄凯对牛尾河沟的生态建设和旅游开发十分关心，还特意向他介绍了绿叶公司的近况和牛尾河沟的绿化情况。

仪式宣布结束，人们还不愿意离去。白朗不失时机地向韩县长递交了一份综合工作汇报。韩县长十多年前担任牛头镇党委书记时曾经在上牛湾村住过一年，村里不少老人都认识他。听了牛尾河沟的生态恢复情况，他十分惊异，声言会后想到沟里看看。白朗高兴地说："韩县长，很值得一看。石书记上次来看过，说是很受启发。记得石书记当时谈了一个观点令我们很受鼓舞。他说全县四百多个行政村，每个村子目前差不多都还有一两条这样的荒沟，如果都像上牛湾这样调动民间积极性得到治理，那么全县的复员军人安置和生态情况就都不成问题了。"

随着一阵鞭炮声响起，铺路的机器发动轰鸣，用石书记和黄凯董事长的话讲，上牛湾从此开启了新纪元，进入了一个新的发展阶段。

第二十二章

会后，县委书记石坚有事先回县里了。白朗陪同韩万才县长和黄凯董事长视察牛尾河沟生态恢复和生态旅游开发工程。

刘秦岭当然兴致勃勃全程陪同。时令到了八九月间，正是牛尾河沟风景秀丽之时。加之今年进入夏季，雨水格外充沛，夜霖昼霁，日耀月润，满坡遍野，万绿葱茏，真可谓欣欣向荣，蒸蒸日上。一路之上，刘秦岭津津乐道，如数家珍。韩万才县长同黄凯董事长耳闻目睹，如痴如醉。人家并非孤陋寡闻，实乃绿叶公司点石成金，业绩不凡。

黄凯董事长原本诗人气质，一路边听边看，真是感慨万千出口成章。绿山绿树，世间哪里没有？可是白手起家，艰苦创业，令其失而复得，真是难能可贵。碧树蓝天如今何处不见，然而点滴躬行，驱霾化境，雨后彩虹，却是分外珍贵。山泉清流，本是自然风物，未见干沟枯涧焕发清澈容颜，实属神仙手段。奇花异草，原来并不稀奇，但是消失殆尽渐次复苏繁衍，值得刮目相看。叹曰："五颜六色，点缀花彩；诗情画意，难以尽数。"

韩万才县长学农出身，长期工作在基层，为人忠厚质朴，做事循规蹈矩，从来不苟言笑，更不越轨行事。但是也有个毛病，就是主观一些，对任何问题他思想上事先都爱画个框框，而且很难轻易改变。比如对白朗，他接触得很少，但是看法却不小。认为上面下来的人嘛，无非锻炼锻炼，镀镀金什么的，回去等着提拔晋升。可他一来就急急忙忙又办公司又修路、打井、改厕啥的，明眼人一看就不对劲儿嘛，其中有利益嘛。因此就画上了一个这小子在做生意的框框。难怪白朗几次联系要给他汇报工作都被推给了主管副县长。

这天，韩县长这一路看下来，并没有过多注意什么风景，只是清楚地看到了绿叶公司的治理工程和开发理念，同时也想着全县的荒山荒沟治理问题。最终留在他印象中的不是什么色彩，不是什么风景气象，也不是诗情画意，而是实实在在的变化，是坡现沟渠、山脊梁峁上的工程措施与生物布局。星罗棋布的亭台道路，自然与人工互相融合，勾连点缀，衬托呼应。至于景色如何"常看常新，晨昏有别，四季不同"等等，刘秦岭所介绍的这些词句意思，他倒没有多少真切感觉。

恰巧是在周末，游客来得不少。韩县长和黄董事长不时询问大伙儿的感受，回答基本都是伸出大拇指，赞叹不已。只是中途遇见有几个戴大墨镜穿着迷彩服、打扮有些古怪的游客。他们不守规矩，离开步道在树林花丛中蹚摸。有时还显出某种忙碌，好像是很专业，一边目测、记录什么，还不时地蹲下身子查看地下的泥土，然后往小本子上划拉，看着有些像画家写生，又好像不是。刘秦岭对此毫无觉察，他只是兴奋地为两位贵客介绍着各种情况。白朗注意到这个可疑现象，感到有些蹊跷，就格外留意。他甚至发现，有一个人的背影很像姜武。但仔细再看，又感到不像，此人似乎比姜武身材高些瘦些。总之，他感到山里的情况有些怪异，心中投下了阴影。

韩县长是故地重游，自然有许多感慨。他一路看，一路听刘秦岭介绍，不时提出一个问题。他问得很细，听得格外认真，还不断往小本子上记着。看到沟里天翻地覆的变化，都快认不出来了。他说简直不敢相信这是四五年内完成的工程量。都说自然生态一旦被破坏，没有十年八年的努力，就很难恢复。十多平方公里的流域面积，真要恢复，那工程量该有多大？可是就凭绿叶公司一个小小的民营企业，据说开始只有五条光棍，雇用村里十多家贫困户的劳力，常年干活的总共也就二三十个人，哪里来的这么大的干劲儿？更令韩县长惊奇的是，哪里来这么多的投资？别说是支付工钱，就是买树苗子，也得些钱呀！县上、镇上又没拿一分钱，他越看越感到惊奇，难怪石坚书记看了会如此重视，一再强调说要在全县推广。这样的经验实在是太宝贵了。

韩万才县长一路发着感慨，越来越对刘秦岭这个复员军人刮目相看，同时对李宏伟副县长想要在人家这里建立什么别墅群的想法有了不同认识和看法，甚至对他的动机都产生了怀疑。看完现场，一行人来到绿叶公司总部，大伙慢慢地坐下来，一边品尝公司新种植开发的绿茶，一边畅谈观感。

黄凯董事长兴奋得满脸通红，激动地说："奇迹，奇迹！简直就是奇迹。没想到你们这里有这么好的一条沟，简直就是树山花海、植物天堂呀。我只有在加拿大和美国才看到过类似的奇观。可以说规划设计简直天衣无缝。你们是请的哪家国际公司的设计大师搞的规划设计？"

刘秦岭不说话，只是涨红着脸站在一旁傻笑。白朗见状，就笑着说："黄总，设计大师就在你的面前。"

黄凯惊得一下站起来，说："你是说这是刘经理的杰作？！"

刘秦岭认真地说："开始我们也想请专家设计，结果一打听，光设计费就得好几百万。我们就只注重了植物种类的论证，而放弃了布局设计规划，由我们自己从实际出发，边学边干，边修订规划，逐渐完善，就搞成了眼下这个样子。"

韩县长听了高兴地说："你们这真正是因陋就简，因地制宜呀！"

黄凯听了，一时无言以对。沉吟半晌，他突然握着刘秦岭的手说："好啊，我可找到人啦，我南京新迁总部的院子，正需要好好规划一下，你方便了请到南京做客，帮我做个规划。"

刘秦岭看看白朗和韩县长，一时不知该如何回答。

白朗笑着说："好呀，顺带也给我们刘总做个广告。"

刘秦岭说："设计不敢说，我们的名贵花木倒是可以在南京找到落脚的福地。"

黄凯说："那好，那好。"

韩县长说："十多年前，我担任牛头镇党委书记，为保护水源地，在这里蹲点包村。记得村支书姜建国曾经领着我看过这条沟，也是想绿化恢复生态。我还请县林业局的专家为他们搞过规划。治理步骤是先搞工程措施再搞生物措施。也就是先修条田、挖鱼鳞坑，再栽树种草。当时的想法就是搞水土保持，群众积极性不高。结果，花了国家不少钱，也没有达到目的。今天看了绿叶公司的业绩，很是令人惊异。此刻我想的一个问题是，如何把我们的政策目标和群众的积极性结合起来，变我们要群众干为群众自己要干。这是一个根本性的问题，这个问题要解决不好，我们振兴乡村就是一句空话。"

黄凯说："韩县长这个观点我完全同意。我们家乡前些年也搞厕所革命，政府派人给农民修厕所，农民站在一边嘴里嗑着瓜子看，负责修厕所的乡镇干部却跟着干。送水泥的车子来了，干部卸水泥，要农民搭把手，农民不动弹，嘴里还说，'你给我付多少工钱？'干部气得不行，说'给你家修厕所，你还要工钱？'农民说'是镇上让你们修的，又不是我们要修的'。干部没话了。现在好多农村工作，都搞成了这样。干部撅着屁股拼命干，农民站在一旁看，嘴里还嘟嘟囔囔有意见。"

"对呀，扶贫如果变成扶持懒汉二流子，那就失败了。"韩县长说，"振兴乡村，首先得把农民的志气扶起来，把大伙儿的精气神培养起来。"

白朗一声不吭地听，想着上牛湾村下一步的工作。

刘秦岭说："韩县长，你说的这个问题，我们白朗书记一进村，就注意到了，也注重在实际工作中努力解决。就拿'厕所革命'来讲，白书记首先自己做了一个样板，又帮助特困户和五保户搞了几家。然后根据实际情况，制定出实施规则。简单讲，就是你要搞，就给你补贴资金。你不搞的，就没有补贴。村民到人家一看，不光是厕所干净，重要的是有了生态大棚和新式沼气池，把发展庭院经济和治理脏乱差有机地结合了起来，形成了完整的庭院循环经济系统。这样一本万利的事情，谁不愿意干？如今你就是想挡也挡不住。干部的一条好主意，完全变成了农民的自觉行动。他们不光自己建，还自己管自己维护，甚至自己更新设备，根本就不要干部操一点儿心。我们上牛湾的这个经验，很值得总结推广。你也看到了，今年开春，白朗书记还给村里路边、地边、院边栽植了两万多株银杏树，还有几千亩玫瑰花……"

韩县长听得，忙说："对啊，白朗同志，就恢复水源地生态同发展经济相结合这件事，你给我们写个单行材料。你们的实践经验很有推广价值，也很适宜在全县水源地一带大力推广。"

白朗说："韩县长，我们的工作在进行中，经验还不完善。其中一个关键性的问题，就是沼气技术服务和设备配件服务得跟上。我们还没有找到更有效的组织形式。就像城镇的物业管理，我看还是要走社会化服务的路子。"

韩万才县长心中突然有些内疚，感到自己前些日子，错怪了白朗。人家下来一心一意扶贫帮困，大胆创新寻找发展路子，自己非但没有积极支持，还怀疑人家是在做生意捞钱。真是官僚呀，不应该呀。县长平时同白朗接触不多，经过这短短的不到一天时间近距离了解，韩万才县长突然感到面前这个由上面派来的青年身上有一种不同寻常的品格。说老实话，他对于上级派遣第一书记到乡村任职帮助工作这种形式原本是不大赞成的，认为这难免会同当地基层干部在观念和行事风格上形成差异，甚至产生矛盾。如果再遇到那些不谙世事的"三门"干部，且又不顾当地实际，主观武断，一意孤行，那就往往闹出笑话，会不同程度地对下面的工作和发展，形成某种干扰。可是同白朗的短暂接触，再加上平时的耳闻，他几乎要改变自己的看法了。白朗的身上，这种视野开阔、高境界的认识，和谦虚务实的精神是融为一体的，这是一个基层干部所必备的可贵品格和素质。他开始对"第一书记"这个角色刮目相看起来，便关切地问："下来一年多了，村里情况都熟悉了吧？"

白朗想想说："表面上的情况，基本都知道了。但是更深层次的矛盾和问题，还不能说完全掌握。比如说认人，全村五百多口，大多数都能叫起名字。但是对于每个人的性格和思想状况，了解得还是类型化、概念化的，缺乏个性化的掌握。就连村干部的情况，大体也还是如此。所以，很难做到知人善用。"

韩万才听得，连连点头。

白朗补充说："不过，我对于上牛湾村的两任老支书的了解还是较多的。姜怀安老支书，姜建国老人，他们身上体现出的品格，对我的工作和成长很有帮助。"

韩县长高兴地说："你说的这两位，我都很熟悉，他们不光是在上牛湾，就是在牛头镇，当时也是很有威望的。特别是姜怀安老先生，政治理论水平很高，还善于解决复杂问题。当年我们还请他到外村搞过路线教育，很受各村欢迎。哎，我听说你们东牛公司利用建筑垃圾研发生产的透水砖既环保又美观结实，我看首先在咱们颍川普及使用，我明日就让政府办了解一下，建议凡是今年开工的项目，最好使用东牛牌透水砖。"

白朗听得，心中十分高兴。他感到，这个表情严肃的韩县长看问题很客观，抓工作也很实，心里暗暗对他产生了敬意。这时，黄凯和刘秦岭在一旁围绕着牛尾河沟的茶叶开发和未来打开销路正聊得热闹。白朗趁机向韩县长汇报上牛湾未来三年发展的总体规划。韩县长拿出小本子，听得十分认真。

白朗说："韩县长，你刚才讲的一个观点十分重要，就是乡村振兴中绝不能一讲支援扶持，就干脆越俎代庖。我认为从一开始制定规划，就必须明确谁是主体。这方面我们以往有经验，也不无教训。我看至关重要的是，必须把农民群众自身的积极性和主动性调动起来。我下来以后才深深体会到，这个问题实在是太重要了。这个问题如果解决不好，一切好的目标和愿望，包括好的政策都将成为空话。"

韩万才县长点头，示意白朗继续讲下去。

"这个认识，对于我们制定发展规划也很重要。有人说，主体都跑完了，还怎么形成主体？是的，就拿上牛湾来说，村里几乎一多半青壮劳力都进城打工了。但是我们想过没有，村民为啥要进城？他们进城难道真是为了享受现代文明吗？离乡背井，没吃没喝，拼命劳作，一年到头有时连工钱都领不到。还有的工伤致残，甚至把命贴上。可是为了生计，他们只能离开家乡去打工。村里每人平均仅仅六分薄田旱地，无论如何都养活不了一家人呀。其实只要你找到了致富奔小康的路子，多数农民是愿意回来创业发展的。我们上牛湾一年来的实践，已经证明了这一点。"

"哦，我听一位很有影响的大作家下来采风时就公开讲。"韩县长说，"他曾经接触过一些进城打工的青年农民，说他们一提起'振兴乡村'就摇头，说是他们既然出来了就没打算回去。说你就是真正把农村建设成天堂，他们也不回去！说他们宁愿在城里讨饭受苦，也不愿意回乡下吃肉享福！农村如果连人都没了，还怎么振兴呢？修的房子再好，没人住不是又要造成新的浪费吗？你咋看这个问题？"

白朗说："我认为他只是听了个别人的一面之词，也许有宁愿在城里讨饭也不愿意回家乡的人，但那毕竟是个别人，而不是所有的农村人的趋向。要相信大多数的农民还是热爱生他养他的农村的。这种乡愁情结不会泯灭。只要农村提供了发展机会，多数人还是愿意回来的。我们上牛湾，一年内已经有一多半外出打工的人回来了，而且还在陆续往回走。"

"你说说，吸引力在哪里？"

"在于我们制定了一个同每户人家利益相关的发展规划。"

"说说看。"

"我们上牛湾未来三年的发展规划，总的是三句话：精神为主体，产业是两翼，幸福做动力。三句话都是围绕村民的生存与发展讲的。也就是说，我们首先注意到要从指导思想上突出村民自身在发展中的主体地位。整个乡村发展和振兴事业，都应该是围绕村民素质的提升、村民生活的富裕和村民自身不懈努力的奋斗精神动力来考虑。力求一下就能让多数村民理解、接受。"

还没等白朗说完，韩县长就迫不及待地说："好，太好了。你接着讲。"

白朗见韩县长如此感兴趣，也就来了精神，说不知韩县长注意到没？站在太公峁看上牛湾村，就是一只振翅欲飞的鹰。鹰有一体两翼，我们经过反复调查论证，形象地提出了'一体两翼'的三年发展规划。具体讲，精神为主体，就是一抓党建，二兴文化，三重德育。产业为两翼，一翼是已有的绿叶公司，生态打头，发展为主，按照新发展理念，在土地和荒山荒坡上大做文章；另一翼就是东牛公司，主要从当地资源禀赋出发，引进消化适用的现代高新科技，开发新产品，吸纳全村以至周围各村精壮劳力，向外部市场拓展，在减轻农村土地压力的同时，为生态建设提供资金、人才智力和科技支持。我们的发展目标是，保护好环境，建设好家园，让村里每一户、每一个人，吃好住好，精神愉快，共享发展幸福。"

白朗讲完停下来，望着韩县长。韩万才还在低头记录。

"好，太好了。"韩县长在笔记本上写完最后一个字，激动地抬起头来说，"不简单呀，白朗书记！你用最简短的语言，讲了一个很好的规划。不是贴在墙上那种，而是能让人牢牢地记在心里。这说明你心中已经有底、有数。这个规划，我相信村民们都参与了制定，是实事求是的体现、集体智慧的结晶。提炼概括得也简练精确，让人听一遍，就能记得住。我相信村民都能讲述，因为其中的每一句话，都和他们的利益息息相关。每一句话展开来，又都有一连串扎扎实实的实际内容。而这些要干的事情都是村民早就希望干的，又是需要每个村民参与其中来做的。最重要的是，我发现这些内容，已经化作了你们当下的工作和积极推进项目。你们正在积极努力，有条不紊地落实着。"

这回，该白朗点头了。他心中很受鼓舞，看来韩县长完全理解并肯定了他们的发展规划。他心里别提有多高兴。

白朗在当天晚上的日记（微信）中写道："村里东牛公司成立，铺路工程开工，可谓大事、好事连连。不过要有精神准备，由于公司成立时间紧急，原本需要事先做工作的相关问题和矛盾会接踵而至。这些问题和矛盾，多数不是公司自身能够解决的。至少自己今后更要忙得不可开交。比如得赶紧着手疏通工商、电力、税务、银行、保险、环保和相关企业行业的各种关系，还得尽快准备大量原材料（建筑垃圾和各种固体垃圾），当务之急是尽快落实来料堆放地点，申请立项建设原料粉碎搅拌加工基地，解决设备和生产车间、运输工具等问题。只要公司开始运营，铺路工程一开，这些就都提上了议事日程。"

群里多数人点赞祝贺，也有人表示要来取经，还有的说希望东牛公司早日运作上市，说他们愿意参股。金霞大姐起初啥也没说，最后只给他一个绿色的拥抱。白朗回以同样的表情举动。

总之，白朗感到自己受命下村来，可以说已经闯过了第一关，也就是站稳脚跟。特别是三年发展规划的制定，受到了县委和县政府主要领导认可，是一件值得高兴的事情。但是前面的路还很长，问题和矛盾会层出不穷，必定变化莫测、险象环生，甚至困难重重。他叮嘱自己，不能有丝毫的松动懈怠。想到白天在牛尾河沟看到的可疑现象，他眉头顿时又皱起来。他很自然就记起了绿叶公司与金鑫公司的合同纠纷官司。矛盾最终如何解决？也许是一场你死我活的博弈。想到此，他心中感到格外沉重。

第二十三章

　　这天一大早，一辆黑色帕萨特小轿车行驶在颍川县城开往牛头镇的路上。副县长李宏伟手里捏着一根点着的细支儿香烟，狠狠地深吸一口，便仰面闭目靠在铺着厚毛坐垫的座位上想着心事。他有个习惯，坐小车永远都是坐在前面副驾驶的位置上。这是从前当村支书和镇上书记形成的习惯。他的左首，凹圈里放着一只透明玻璃杯，杯中泡了上好的绿茶，显然茶沏得很浓。上好的毛尖泡开来，翠绿翠绿的，一根根尖头儿向上，层层竖立在杯中，就像一条条活生生的热带小鱼儿向上探头。李副县长眼泡浮肿、眼睛红红地盯着茶杯发呆，显然是昨晚没有睡好。他被烟头熏黄了手指的捏烟的右手边，车门上巧妙又别致地挂着一个帆布挂兜儿，分作上中下三排，每排并列出三个小兜儿。其中分别装着炒好的南瓜子、葵花子、核桃仁、大杏仁、大红枣和花生米之类零嘴小吃。这些都是司机，也是贴身警卫兼生活秘书的王保才的杰作。保才没有文化，人长得五大三粗，是李副县长老婆的娘家侄子，说白了，也就是自己人。此刻，李宏伟狠狠地吸几口烟，掐灭了烟头开窗狠狠地扔了出去，就随手抓一把南瓜子慢慢地嗑着，心里还在回味昨晚那场特殊宴席。

　　好些日子没喝大酒了，虽然天天小酒不断。昨晚喝的这一场，是金鑫集团金总亲自做东，说是在他们公司的机关食堂，其实是个装修十分讲究的私密会馆。楼房门脸儿很小，装修也很朴素，环境十分隐蔽，里面布置豪华，设备齐全，吃喝玩乐，样样上乘。服务人员都是高薪招聘的超级美女。东南西北，俊秀柔顺，各地各种风格的都有，而且号称一律是大学毕业，还有个别是研究生学历。真是钱能通神，想不到都到这时候了，还有这样一处神不知鬼不觉的"天上人间"。说是宴席，其实客人只有他自己一人，主人也就是金总金占川自己。其次就是四个美女轮番地敬酒伺候。那些二十出头的大姑娘，年轻轻的，却个个训练有素。统统穿着大开衩的紧身旗袍，裸露着雪白细腻的大腿和圆润若剥了皮儿的水葱胳膊。到人跟前，浑身散发着比任何香水味道都要迷人的青春气味儿。李副县长虽说见多识广，可哪里见过这阵势，相比之下，他从前就是一只见啥吃啥的老猫，如今突然看到时兴贵重的高档猫食，就感到无法自制。他扛不住美女们手揽胸蹭的轮番轰炸，一杯接一杯喝着据说存放了二十年的茅台。于是，那一对牛铃眼很快瞅着美女都成了双双对对。那些姑娘，可真是个个赛过天仙，加之又精灵古怪，一个个不用人教，口口声声地叫喊着"亲哥哥"，端着酒杯的手，有意无意地在李副县长的手上、身上、脸上和颈项上磨磨蹭蹭。更令他难以承受的，是那些坚实又酥软的胸脯和大腿，以至圆润的屁股和微微鼓起的小腹部，也在副县长肥胖笨拙却对于女性格外敏感的身体上紧紧地依靠磨蹭。如此这般的诱惑调戏，李副县长起初还尽力克制情绪，尽量假装出与身份相符的表情和尊严。可是到了最后，还是把持不住了，心里痒痒得难受，光凭眼睛盯着已经无法过瘾，双手就抖抖地想要摸人家姑娘娃那些只许看不许摸的禁区。也难怪，副县长也是人呀，是人就得有七情六欲。李副县长为自己的行为寻找着理由。"老实说，谁也是凡胎肉身呀，何况她们又劝我喝了那么多的国酒茅台！"他心里替自己表白，显然头脑依然清楚，思维正常。当他这么想着的时候，双手就完全失去了最后一点理智。当一个叫娇娇的姑娘端着酒杯靠近他的时候，他目光突然像一对电灯泡一样地发烧发亮，随即就毫不客气地拉住了姑娘的手。这一拉不要紧，娇娇就势小屁股一抬，就坐在了李宏伟的怀里，一只手竟然大胆地搂住他那粗壮的脖子。接下来发生的事情，就不用再说啦。要不然，为啥要比喻成天上人间呢？李宏伟属于那种喝了酒就像一头发情期的公牛一样亢奋，力大无比，天下无敌。于是，他义无反顾，乐不思蜀，尽心尽力，酣畅淋漓……没想到，过后的回味还会有如此的感受。真是一宵尽兴，回味无穷。

难怪他此刻并没有像每次喝了大酒那样呼呼大睡，而是兴致勃勃地嗑着瓜子，想着心事。但是那动物般尽兴后的快乐，很快就被人性的烦恼代替。图一时的痛快，总难免留下难以平复的痛苦。老天爷可真是个精明的老头儿，人世间的事情就是这样公平，无法人为随意控制或改变。

"唉，近来真是倒霉透顶，瞎瞎事情不断……真他妈倒霉，连放屁都砸脚后跟哩！"他想。他希望昨晚上发生的好事情，能够冲一下近来的霉头。本来不信邪的他，近日开始变得迷信起来。真想找个有名的大师给看看，难道说自己的官就此当到头了吗？难道说自己的财运也就这样了吗？李副县长想着，心里感到一阵烦乱。但愿今天即将发生的事情，倒是一个时来运转的节点。于是他就想到了上牛湾和姜耀祖，解铃还须系铃人。细细盘算，倒霉的事情还是由此人家中开始的。

那日在姜耀祖家喝大酒，李宏伟做梦也没想到会被省里吴刚大记者现场抓拍。自从那件事情发生，他的心头就像被安上了一颗炸弹。他知道，按照中央八项规定精神，这未曾定时的炸弹，随时都可能爆炸。导火索控制在人家手里，人家想啥时点燃就啥时点燃。想想那些丑态百出的现场抓拍照片，他就心慌意乱，舌头根子发麻。一旦被曝光，后果可是不堪设想。你瞧瞧，各种媒体上，几乎每天都有中纪委网站向全国公布各地官员违反中央八项规定的执纪通报。如果严格按照规定，他李宏伟辛辛苦苦熬了大半辈子的这顶从七品的乌纱帽早就不翼而飞。说起来，姜耀祖和姜武两个家伙哪里知道，这个错误后果可真是他妈的严重！还有更可怕的事情，就是恐怕拔出萝卜带出泥。如果再把绿叶公司与金鑫集团之间的合同纠纷牵扯出来，那就搅成了一锅糊嘟！弄不好就得滞留双规，要负刑事责任！想到此，他不由得倒吸一口冷气。起初他为此好几天都吓得睡不着觉……更头疼的事情，还是自己大包大揽为金鑫集团承诺审批工程的事。分管土地局的他当然深知，在生态刚刚恢复的上牛湾牛尾河沟大搞房地产开发，这意味着什么！这里是国家南水北调水源的上游，是国家法定只许绿化不许开发的生态禁地。自己虽然借口"开发乡村旅游"和"建设绿特小镇"，但是理由根本就站不住脚。再说那个合同，也没有经过荒山承包者的同意，而是由村里背着人家非法强行签订的。这事要是没有人反映也就罢了，但是石书记和韩县长都批转过刘秦岭的告状信，要他根据事实，依法慎重处理。他都没有照办。后来，村里第一书记白朗来了，问题明显变得更加复杂。总之，此事遇到了预想不到的阻力。可是事情要是办不成，不光是丢人现眼，主要还有个经济损失的问题。他当然不会忘记，自己三年前已经住进了人家金鑫集团金总亲自送的一套价值千万元的独栋别墅。真是活见鬼，怎么偏偏就开始了什么扶贫攻坚、振兴乡村，还给贫困村派驻什么第一书记！说老实话，自己起初并没有重视这个情况，总还以为也就是个形式主义空摆设罢了。可是万万没想到，事情远远不是那么简单。自从来了这个白面书生白朗，情况就变得越来越复杂。再加之那个软硬都不吃的刘秦岭不断捣乱，就连县上石书记和韩县长近来话里话外也表示了明确的不同看法。更要命的是，他发现姜耀祖这小子在村里说话越来越不行，甚至连他老子姜建国都明确地站在了他的对立面。他连自己的亲信姜武兄弟都保护不了，还指望他关键时候能够站出来扛事？李宏伟隐约地感到自己在上牛湾苦心栽培的这个浑身都是毛病的代理人，当村支书的日子也就进入了倒计时。想到此，李副县长的心里就感到一阵紧张不安。近来贯彻八项规定，螺丝是越拧越紧，他感到空气紧张压抑，呼吸都有些困难。真是船迟又遇打头风，又开始实行什么“公车改革”“清理办公室面积”和“严格个人重大事项报告”等等，真是屋漏偏逢连夜雨……李副县长不想再想下去了。他无奈地瞅了一眼身边的王保才，这个红脸的汉子，从二十来岁就给自己开专车，一路忠心耿耿，只干活不说话。唯独喝起酒来，比自己还贪杯……打起瞌睡来拉都拉不醒。然而，他喜欢王保才，离不开保才。那就像穿惯了的一双鞋，完全合脚了，舍不得再换新的。可是，下一步车改，发过了车补，公车就取消了，专车司机也就失业。据说县里要成立什么后勤服务中心，走向市场。这也就意味着，用车是要自掏腰包的。尽管金总已经主动表态，等事成之后给他买辆大奔驰坐。可就是真正买下了，谁又敢坐呢？

李宏伟越想越烦，不知不觉间车子已经停了下来。有人打开了车门子，伸进一个圆圆的大脑袋。李副县长定睛一开，顿时大吃一惊，这不是姜武吗？该不是遇上鬼了！姜武不是早被抓起来了吗？怎么就突然冒出来了，真是活见鬼！李副县长眨巴着两只牛铃大眼正迟疑，就听姜武满脸堆笑地说：“请李县长下车参加金鑫集团牛尾河沟特色小镇开工剪彩仪式。”

李宏伟这才回过神来，立即就恢复了影帝级的表演和拿捏技巧。只见他不慌不忙，笑呵呵地从车上探出谢了顶的大头。姜武一个箭步上前，模仿专业警卫那样伸出一只右手，护在李副县长的大脑袋与车门框上沿之间，以免碰头什么的，其实也就是一种当众作秀罢了。作为从基层一路摸爬滚打上去的老戏骨，李副县长对此当然十分理解，更是深感惬意。他慢慢地直起腰抬腿下车，出了车门就见金总和姜耀祖，还有镇上马国玺书记几个都穿着一模一样的灰蓝西装和黑色皮鞋，系着同样显出金鑫集团标记的金黄领带，笑嘻嘻地站在车门口点头哈腰地迎接自己。李副县长心想，好家伙，这个金总真会来事，为了这么个开工仪式，还专门缝制了一批新行头。其实这些行头早已送给他了，他只是多了个心眼儿故意没穿。看到眼前这情形，幸亏自己没穿，不然叫大伙儿一看，个个灰不溜秋，就像是那些身穿工作服的站台小姐，那成何体统！金占川当然是聪明绝顶，更是察言观色的老手，他发现李副县长并没有换上公司提供的盛装，而是仍然穿着他平时总喜欢穿的夹克衫和旅游鞋。下车后又望着他们几个的衣服，明显迟疑了片刻，他就明白是什么意思了。心中一阵紧张，后悔不该给别人购置同样款式和价格的行头。他急中生智，上去就凑在李宏伟耳朵上说："李县长，看见没，这就是你领导亲自选定的那块风水宝地，咱们作为房王来打造。我知道你朋友多，人气旺，喜欢宽敞，咱们设计的使用面积，就不少于六百平方米。你看如何，要不然再加一层，三层就上千了。"李宏伟听得心中窃喜，但是他还是板着脸说："我说老金呀，我理解你是一片好心，但是我还是要批评你一句，不该先修这栋呀！你就没想过，万一传成了是非，我还能要这房吗？"

金总用手遮着，把嘴几乎贴在李宏伟耳朵上说："放心，没人知道，也就你我两个人心知肚明。"

李宏伟扭头看看身后，见没人留心，便说："三层当然更好。"金老板连连点头说那是那是，心中却叫苦连连。

听了金总的贴心汇报，李宏伟当时就像注射了一针强力兴奋剂，先前的种种倒霉以至不愉快的念头瞬间荡然无存。他像突然间才记起或是退回重拍一样，转回身，笑呵呵地同欢迎自己的几个人物一一握手。握手对于李宏伟，那可是一门艺术，其中的学问可就大了。握手的部位不同，体现的是相互间地位的不同。比如他同上级握手，特别是那些手握实权、掌握自己命运或者有可能惠及自己的人，那必然是双手上前全手掌紧握，传达的信息是心心相印，心灵相通，我是你的亲信无疑等一类的示好的信息。当然如果同下级握手，那就另当别论。多数是伸出四个手指轻轻地拉一下子，表示威严与威势的提醒和距离感的存在。假若遇上姿色漂亮的年轻女部下，那就正好试验一下她的纯度与心意。他会早早地把手伸出去，如果对方主动伸来手心，而且紧握不松，那就是有戏。如果对方只是同样伸出来四个手指，轻轻地一挨，那就是礼节性的。当然也有那种风月场上老梅花，表现例外的，那就不在一般之列，凭经验来识别。同样，他握手的力度，也大有讲究，轻与重往往体现出关系的亲与疏。比如眼下，他同亿万富翁金总金占川，当然是紧紧相握，而且握住好一阵不松，嘴里打着哈哈，说着似乎不重要却是对方喜欢听的话，眼神里透出亲密无间的意思。总之，这貌似简单的一握，要胜过勾肩搭背、私密长谈。然而，对方抓住了这个机会，又是摄像又是拍照，当众做广告一样，分秒必争，也是紧握不松。其次轮到镇里马国玺书记。这个冷面兽，外号大屁股狼书记，好色贪财远近闻名。他原先只是牛头镇书记李宏伟手下一个党办文书，相当于镇上党委的秘书吧。这小子沉默无语，貌似愚钝，行动敏捷，一双小眼睛很善于察言观色，悄无声息把什么事情都可以搞定。应该说他是李宏伟一手培养起来，可谓是安插在牛头镇的第一亲信，当然也是忠心耿耿的。因此两人握住手，就像是用自己的左手握住了右手，那种亲密无间是无法言传的一种默契。紧握之后，即是用力地捏握，接连暗示三下，表示知心会意、心灵相通、互相信赖、心照不宣之类的意思。与往日不同的是，眼下此刻，李宏伟面对马国玺心想，这才是真正的铁杆亲信，利益和命运把彼此联系在一起，是打断骨头连着筋的自己人呀。他如此盘算着，心里就坦然多了。至于同姜耀祖握手，那就又有所不同，起初也几乎同马国玺一个档次，但是很快就松开，也没有捏握的程序，关系的密切程度显然就降了一等，这是一种无声的暗示与警告。至于接下来其他的人，只是轻轻地伸出手，让对方挨握一下，也就应付过去。大体就是这样，面带微笑，不冷不热。平淡之中，带着几分居高临下的威严和莫名其妙的神秘。

握手之后，大伙儿就簇拥着李副县长，哼哼哈哈地说着话，慢慢朝会场走去。李宏伟拿捏着架势，慢慢抬头看，只见不远处一片由山坡上新整出的平地上，停着挖掘机、打桩机、混凝土搅拌机和自动装卸的拉土及运送建筑材料的大型卡车。建筑机械的周围，列队聚集着穿了整齐橘红色工装的建筑工人、施工技术人员和部分金鑫集团员工，总共也就五六十人。没有敲锣打鼓，没有老年秧歌队，也没有扯旗放炮。这与一贯喜好张扬和夸张喧哗的金总的风格很不相同。这也是按照李副县长事先交代的策略办的，即"低调低调再低调"。原因是这个项目很特殊，必须得慎之又慎，以免扬了虚名，招来实祸。

几位来到会场，就见靠近新开挖裸露出岩层的山体地面，背西朝东用白灰画了一条白线，线后亭亭玉立着一排穿着红色旗袍的礼仪小姐。李宏伟不由得挨个瞅一遍，就认出是昨晚在会馆见到的那些三陪小姐。其中当然也有陪他睡觉的那个乖巧的娇娇妹儿……那女娃娃也认出了李副县长，眼睛突然一亮，他不由得低下头来，心里不胜紧张。金总看出了这个细节，心中暗暗得意。

背景崖体的正面，醒目地拉着一条红底白字的横幅，横幅上面用黑体写着："金鑫集团牛尾河沟绿色小镇开工典礼。"横幅两边的岩石上，垂着一副黑底金字的对联，上联是：牛头威武镶金辉；下联是：犊尾俊秀铸鑫煌。

李副县长喜欢书法墨迹，对此很有感觉，甚至颇感新奇。就站在对联前，仔细欣赏，还情不自禁用地道的颍川话念了起来，不料当下就遇上了拦路虎。他感到尴尬，结结巴巴地硬着头皮念着。结果连蒙带猜地，还是读了两个明显别字，逗得大伙儿都忍不住哧哧地笑。终究是念下来了，李副县长长出一口气，竟然还不过瘾，又重复着念了一遍：

"牛头威，武镶（让）金辉，犊尾俊，秀铸（涛）鑫煌……"

他刚念罢，就从人群里飞出一句俏皮话，说："李县长，到口的肥肉，可不能轻易'让'呀！咱得镶，把金辉福禄镶得牢牢的。"

"对呀，不能让，你们听，听听群众的呼声！"李副县长幽默地说。

还没等他话音落地，满场子就哄堂大笑成了一片。李副县长还以为大伙儿是欣赏他的颍川土话幽默，也就很得意地随着大伙儿哈哈大笑起来。这下可就像是煎油锅里倒了一瓢凉水，顿时炸了锅。哄堂大笑变成了哈哈爆笑、狂笑。随着哈哈的笑声，金总趁机一挥手，姜武赶紧点燃了一串鞭炮，开工仪式也就匆忙拉开了序幕。金总宣布开工仪式正式开始，接下来他抱紧麦克风自拉自唱，先讲了一通此项工程的深远历史意义和重大现实意义，又请马国玺书记代表镇上讲了一通，无非是坚决支持、全力配合云云。此后姜耀祖代表村上也东拉西扯讲了一通，首先代表全体村民，感谢金鑫集团，感谢金总大老板，感谢县上李副县长，感谢镇上马国玺书记，感谢了一通之后，似乎就没话可讲，只得表了个态度，什么责无旁贷、大力配合等等。金总当然满意。他最后提高嗓门，隆重请出李副县长代表县委县政府作重要讲话。掌声过后，李副县长干咳着清清烟酒嗓子，拿腔拿调地讲道："女士们，朋友们，同志们，讲啥呢？有一句话讲得好，叫'啥也别说了，就看行动吧！'"讲完，他就不再说话，瞪圆一双布满血丝的牛铃大眼睛，转来转去地瞅着大伙儿。

众人忍不住，就开始哈哈大笑。李副县长很得意，他喜欢听笑声，认为对讲话的人而言，听众的笑声是比掌声还要金贵的奖赏和鼓励。于是，他窃喜之下就不慌不忙地接着讲道："对呀，什么全域旅游、特色小镇、绿色发展、合作共赢，等等，这些个新理念、新套路、大道理，咱们就不说了！就说一句话，工程质量要高，建设速度要快，为牛头镇增光，为颍川县添彩！"

"好！"下面响起一片掌声。人们是在为他讲话简短而喝彩。李副县长可没有这么理解。金总不失时机，带头喊起了口号：

"质量要高！"

"速度要快！"

"为牛头镇增光！"

"为颍川县添彩！"

口号声回荡在山坡之间。随着喊声落下，挖掘机的机声隆隆响起，沉静的山谷顿时颤抖起来，失去了往日的安宁。

此时，白朗书记正和刘秦岭一道带着绿叶公司和东牛公司的员工，在县上接受铺路技术的培训。他们计划联合作业，在村里修路的同时，把牛尾河沟规划已久的那条旅游专线也加宽、硬化。不料，金鑫集团竟钻了这个空子。绿叶公司集体进城培训的情报当然是姜耀祖提供的，目的是趁机造成已经开工的既成事实，把生米做成熟饭，叫你谁也无法更改。由于封锁严密，白朗三天之后才得到这个消息。他当下寝食难安，急不可耐地打了一圈电话后，无可奈何地躺在临时宿舍的架子床上，瞪眼望着天花板发呆。他感到了真正的孤立无援。此刻已是深夜，刘秦岭就睡在自己的下铺。这身材高大、性情彪悍的山区汉子很响地发出鼾声，睡得正香。白朗有几次都忍不住想把他叫醒，把这不幸的消息告诉给刘秦岭，又怕他沉不住气，鲁莽从事，闯出大乱子来。他真是左右为难，感到进村之后，又遇到了新的难以应对的挑战。

无可奈何的白朗在当天的日记（微信）中写道："真是一波未平，一波又起。我这才懂得，树欲静而风不止的道理。不该开启的工程竟然开工了！而且你眼巴巴地瞅着，却又无能为力。真是喊天天不应，叫地地不灵。但是，我又是责无旁贷！在实际生活中，真理与谬误之间的界限总是被纷繁芜杂的现象掩盖，往往模糊不清，原则也就随之成了模糊不清。有人浑水摸鱼，有人明哲保身，有人放弃原则，有人视而不见。你做怎样的人呢？是明哲保身，假装视而不见，还是挺身而出，捍卫真理，坚持原则？当这个话题从书本进入实际，难度就大大地增加，对每一个人的品质和人格，甚至党性和价值观都是一种考验。我该怎么办呢？"

他写完之后，又不想发了。结果犹豫了一阵，还是鼓起勇气发到了群里。他看看表，已经是凌晨三点四十分。显然，没有人开机浏览。手机网络就像平静的水面上，孤零零地漂着一叶扁舟。白朗重新躺下，想着心事，直到昏昏睡去。但是他一直处在睡梦中，还感到自己是在一条河上，孤身一人划着顶风船。由于风浪太大，小船几乎要被顶翻。他奋力抓住舵柄，只身与风浪抗争……突然，电话铃响了，他被唤醒才知是梦。电话是县委石书记从外地打来的，询问牛尾河沟的情况。原来县委办公室转达汇报了白朗反映的上牛湾发生的事情。石书记电话里一再叮嘱他要沉得住气，不要冲动。特别强调要注意做工作，把刘秦岭和绿叶公司的员工情绪稳住，万万不可酿成人员冲突甚至群体械斗。白朗开始接电话的时候，忘记了刘秦岭的存在。可是等他接完电话，却发现刘秦岭已经不在了。他四处找了一大圈儿，都没有见人，就感到事情不妙，立即起身，叫人分头寻找。

情急之下他没留意，手机群里围绕他的那条微信，展开了激烈争论。有的说要坚决坚持原则，有人讲要灵活对待以免矛盾激化。金霞大姐建议："无论遇上什么矛盾，都要沉得住气，要冷静，不要冲动。"还说好事要抓紧快办，坏事冷处理为宜。话虽这么说，可是事关重大，白朗还是心急如焚。

第二十四章

意外得到金鑫集团擅自开工的坏消息，白朗当时十分气愤焦急。他二话没说，就直接给县委石书记打电话。不巧石书记参加省上组织的到外地参观考察团，办公室的值班秘书说，要一周之后才能回来。他情急之下，又立马给韩县长打电话反映情况。韩县长仔细问明情况，电话那头半天没有言语，这令白朗十分失望。又过了一会儿，他才回话说："这么着吧，我让办公室派人过去，了解下情况。上次从上牛湾回来，我还打算开个专题会，讨论一下呢，可惜事情太多，总也挤不出时间。这下可能是不巧，可能又误了提早挽回的机会。不过开工也不等于就不能停下来嘛……"

白朗一听就急了，赶忙说："韩县长，这件事情关系重大，不光是影响上牛湾几十户人家的脱贫致富，还严重影响国家水源的保护安全。同时，还有……"他话到嘴边，又停了下来。

"那咋办呢？生米做成了熟饭，总不能马上命令停工吧。再说，这也是当初县长办公会研究通过的一项工程，人家也是五证齐全呀！你得给我时间呀，我再有权也不能鲁莽从事：容我再想想。"

白朗无言以对，他一时不知道再讲什么了。看来，问题只能留待石书记回来解决了。可是事情迫在眉睫。据说，开工之后，一天二十四小时不停地施工，眼看一栋别墅的主体就要起来了，接着又准备建十栋别墅。整个牛尾河沟，转眼之间，就会变成一座乌烟瘴气的大工地。许多花木被毁，树木被伐，白朗实在不忍心这种可怕的局面出现。同韩县长通过电话，白朗就想立即找到刘秦岭研究对策。真正等到人家生米已经做成了熟饭，那就很难纠正了。随后即使工程叫停，也会造成不可挽回的损失和恶劣影响。

东牛公司的总部和员工培训基地设在县城东边近郊区一栋较为偏僻的独立写字楼里。南北通透的六层小楼，总面积大约六千平方米，原本是一家民营化工厂的办公用房兼科研实验楼。原先的化工厂生产涂料，由于污染严重，再加之质量欠佳，逐渐陷入困境，最后债台高筑，只得宣布倒闭。厂房与设备被银行拍卖还了贷款，就剩得这座小楼，连租都租不出去，只好长期闲置。原因很简单，就是因为是破产企业的办公场所，哪个企业都不愿意租用。不过也有不信邪的人，这就是东华的副总，即东牛公司总经理陈大伟。他头一次来颍川考察时，一眼就看中了这座建筑。位置适中，功能也较为齐全，可谓物美价廉。房租每年十万，相当廉价。楼上有宽敞明亮的培训教室和员工宿舍，还有很不错的产品研发实验室等。第一次职工业务培训，陈总十分重视，请的是技术转让方的科研人员和发明中试车间的熟练技术工人。讲课从不同岗位和不同工种的实际操作出发，真正是理论联系实际，讲述既通俗易懂，也深接地气。说白了，本质上还是以师带徒，几乎是手把手地现场练兵，培训的效果也就可想而知。员工们无论是识字的年轻人，还是上了年纪的文盲半文盲，很快就掌握了自己的岗位技能，一周之后，就都陆续上工地干活。筑路工程进展顺利。

"用人们丢弃成为公害的建筑垃圾铺路，比昂贵的水泥柏油还要结实耐用。这可能吗？人老几辈儿没听说过！"

消息传到周围四乡八村，人们议论纷纷，许多人摇头不相信，说是白日说梦话，吹牛不上印花税。甚至还有人说，这都因为是上牛湾村来了个白面书生第一书记，人家为了尽快显示政绩，凭空捏造奇迹，异想天开空想出来的闹剧。还有的说这北京派来的小白书记可不简单，人家是中央某大领导的乘龙快婿，下来就是为了镀金提拔，人家并没想着为底下办什么实事。还有的说是县里有意照顾支持，其实是县财政破格拿钱铺路，找个说道掩人耳目等等。议论声中，不久就听说铺路工程已经正式开工。说开工仪式县里石书记、韩县长都亲自到场了，党政一把手都表示大力支持。县电视台和广播台当日新闻也头条播发了消息。于是，不少人就开上小车，骑上摩托、蹦蹦车、自行车，甚至步行几十里赶到上牛湾来看稀罕。结果每天铺路的人不上五十，而看铺路的人有时却超过一百。一时间，上牛湾村用建筑垃圾铺路试验成功，成了全县最热门的一个话题，全县最亮丽的一道风景。而赶到现场看个究竟，就成了人们的强烈愿望。率先引进这项创新技术的东牛公司，和最先利用互联网技术发现和大胆提出引进新技术的上牛湾村第一书记白朗，成了舆论关注的焦点和新闻舆论的热门人物和话题。很快，人们的议论主题就从起初的"用建筑垃圾铺路，实现废物利用，没钱也办事、钱少办大事"的就事论事，提升到了更具新闻价值的绿色发展、创新发展和精准扶贫以至振兴乡村的创新理念。视野也由一个村、一个县，提升到了在南水北调源头，在资源贫乏、交通不便、信息不畅的偏远贫困的伏牛山区，如何改善提升生存条件，如何坚持绿色发展，如何从根本上振兴当地区域经济上来。

桃李不言，下自成蹊。上牛湾村通往牛头镇的新材料路面在日夜不停地延伸，外界舆论的影响力也在不知不觉地扩大。这是白朗事先毫无精神准备的。省报、省台和中央各大媒体纷纷派记者前来现场采访。白朗起初还坚持躲在背后，尽量让陈大伟和王石子出面接受采访。不料他们在回答记者提问时，都讲了第一书记白朗如何如何，可是一提起要采访白朗，就又说他不接受采访，这就更加引起了记者们的注意。结果各种报道中，都出现了白朗的名字，但是谁也没有见到他，于是有记者用了一个词语"神秘嘉宾"或在东牛公司幕后实际操纵和推动的"神秘人物"。不料，个别记者有意无意制造的噱头，倒成了更多记者关注和各家都想采访的重点对象。白朗突然之间感到了压力。老赵倒是认为他应该站到前台来，甚至可以开个记者招待会。这样，把所有的情况和信息都公开了，既可以宣传新技术和上牛湾村的实际现状、工作情况，客观上也是对各种风闻和谣传的一种巧妙回应。白朗一时没有表态，他感觉为难的是，自己真的不愿意成为舆论焦点，更害怕成为什么新闻人物。他只是想埋头干点实事，为群众多解决些困难。这是得到金鑫集团牛尾河沟别墅贸然开工的消息之前，白朗的心情和特殊的处境。

事情发生得实在太突然了。此刻，白朗心烦意乱，再也无法淡定。他不得不分心离开东牛公司总部，离开员工培训中心赶往事发现场。时间是早上八点多钟，距离他同石坚书记通话也就一个多小时，老赵得到消息由村里赶来，累得气喘吁吁。他们的目的是赶在刘秦岭到达牛尾河沟山口之前，必须守候在那里，阻止他带人进沟。

初夏的阳光强烈，一出来就刺人眼睛。此刻，白朗心急如焚地坐在老赵的电动摩托车后座上，心里只想着快点再快点。但是他没有说出口，因为他感觉老赵已经把速度放到了最大，摩托车的轮子在路面上飞旋，眼瞅就要随风飘起来了。这要在平时，白朗早就提醒他放缓速度，但是今日的情况实在是紧急，简直就是十万火急！关乎绿叶公司的命运，更关乎全村人的长远利益和国家水源地的安危。这种情况下，如果任刘秦岭鲁莽行事，很可能事与愿违，造成更大的损失和不良影响。这是石书记反复叮嘱过的，更是某些人和金鑫集团希望看到的。比如说，两家发生械斗，或是打出了人命，吃亏的只有刘秦岭和绿叶公司及其员工。很可能，经你这么丧失理智的非法一闹，就等于授人以柄，人家刚好反咬你是抵赖合同，无理取闹！结果有理反而成了无理。白朗最不愿意看到的就是这样的结果。可一切的一切，都在朝着这样的结果酝酿靠近，难怪他心急如焚。此刻，摩托车离开县乡主干线路，拐入由乡镇通往牛尾河沟的简易土路。碾在坑洼不平的路面上，车胎立即颠簸起来，车后也扬起一溜尘灰，越发烘托出情况紧急。这条道路，正是绿叶公司和东牛公司计划联合修的一条旅游专线。

道路延伸进山口，一直伴随潺潺流淌的牛尾河上行。一路上所见，河水清澈见底，两岸遍栽银杏、核桃和枣树，平缓的山坡则开垦成了美丽的茶树园圃。园林花圃之间就像镶边儿一样，栽种了大量的玫瑰花、艾草、金针花和向日葵。墨绿、金黄与火红交替呈现，更显艳丽。这也是经济作物，除了供人们观赏，经济效益也很可观。玫瑰花可提炼花精，艾草有药用价值，金针是上好的菜肴，葵花子可以食用也可榨油。刘秦岭听取白朗的建议春季补栽的苗子，眼下已经形成一道景观。沟里由于恢复了植被，原先干枯断流的牛尾河里，不但有了清澈的流水，还有了小鱼儿和螃蟹，沟里的气候也变得湿润起来。原先久违了的云雾水汽，也随之诞生，露水与彩虹出现在早晨的阳光里。眼下进沟来，看到这些景象，白朗的心中悲喜交集，更加愤然不平、焦虑不安。这些难得的成果，浸满了绿叶公司和上牛湾人的辛勤劳动与心血汗水，更是刘秦岭的命根子。得知有人变着法地要野蛮占有他们数年奋斗结出的劳动果实，想到了最近发生的事情，他就越发想不通了！为什么生活中总有那么一些人，他们为了私利不择手段，总是要把自己的幸福建立在别人的痛苦，或者是破坏别人幸福基础之上！

"根据时间推算，刘经理应该在我们后边。"一路上一声不吭，只顾专心驾车的赵志远说。车速随之放慢，说话的声音显得缓和下来。

白朗听得松一口气，问："你敢肯定吗？"

"除此之外，还有没有进山的车路？"

"没有，再就是从村里绕行，那也要绕到这后山来，路反而更远了。这是进沟的唯一一条汽车道。"老赵很肯定地说。

"那好，咱们就在这里守候。"

两人说着话，车子就停了下来。白朗下了电动摩托，活动一下僵硬的腰腿，就感到肚子饿得咕咕直叫。老赵同样没有吃早饭。看到清澈的河水，就情不自禁地俯下身子，用手掬起水喝。连续几掬清凉的河水下肚，两个人都不禁打了寒战。彼此相对苦笑。老赵开玩笑说："白书记，你将来发达了，可不能忘记咱们在牛尾河里空着肚子喝水就风当早饭吃这一幕呀。"

白朗听得瞪他一眼，看看手表说："唉，好赵大组长，都火烧眉毛啦，你还有闲心说风凉话！咋还不见动静，从时间推算，他也应当到了吧。"

老赵说："你不是时常要我沉住气吗，这回咋就这么猴急起来。你看人家石书记、韩县长，关键时刻就是有城府、有定力、有办法。"

白朗听得，瞪他一眼不再说话。

时令进入九月，伏牛山中的早晨，空气纯净，阳光格外温暖。但是，白朗此刻对这些却毫无察觉。他感到头有些发胀，太阳穴微微作痛，脸也有些潮热，浑身都烦躁难耐。经验提醒他，这些都是血压升高的迹象。他跪下身子，掬水洗脸，甚至俯身把脸埋在水中憋了一气儿，这才抬起身，连续地做着深呼吸，感到胸部和头部好受了一些。他索性脱了鞋，把脚泡进水中祛暑降温。如此，整个人也就安静下来。显然，他默默地接受了老赵的批评，努力让自己镇定从容，随即，呆呆地瞅着脚边的流水。水中有金色的小鱼儿和黑色的蝌蚪在安详从容地游动，他注意到了小鱼无法闭上的眼睛和小蝌蚪无法静止的尾巴，这些都是各种生物的不同本性反映出的外在特征吧。随即，又发现蝌蚪喜欢往河泥里钻，而小鱼儿则喜欢向水草中觅食。流动的河水就像一把鸣琴，大自然的无形之手轻轻地抚摸弹拨出潺潺的旋律。于是清清的河水里，成了一片自得其乐的祥和世界……突然，一只不大不小的螃蟹出现了，它张扬着丑陋的六脚二螯横行而至，小鱼儿同蝌蚪转眼之间逃得无影无踪。这情景，令白朗很是恼火。想到了人世间某些人和自己当下的处境……

关于采用先进技术铺路，起初引起各种各样的谣传和风言风语，他也听说了。老赵听得唉声叹气，说是太亏人啦！一定是姜耀祖这一帮人故意造谣捣乱。白朗起初对此只是厌恶，倒没感到有多大的压力，心中有时甚至暗暗高兴。他不在意对于自己的褒贬，而是希望更多的人知道先进技术的意义和应用前景。希望就像免费打广告一样，通过"眼见为实"把东牛公司的品牌和信誉传播出去，以便尽快打开市场，占领产业高地，引领绿色建材市场，赢得行业先机。而这其中，施工工艺流程和原材料，从技术层面讲已经不成问题。重要的是施工质量和进度，这是决定效益和信誉的关键，而这很大程度取决于员工的技术素质。岗位技能培训是提升员工素质、保证工程质量和进度的关键。因此，白朗和陈大伟商量，决定工地上由陈大伟和王石子两位全权负责，他和刘秦岭盯在员工培训这个环节上。果然，随着工程的推进，开始三班倒，人换班机械不停，用人当然也就越来越多。好在前方后方配合默契，一批批合格的员工，不断输送到工地，使得日夜不停的工地，成了向全县乃至不少外地客户展示的舞台。人们感到奇怪的是，从前令人头疼的建筑垃圾，被粉碎加入少量添加剂和黏合剂之后，竟然神奇般变成了另一种高科技的绿色建材产品。

白朗还要坚持村里和公司两头跑。他白天在公司忙上一整天，夜晚还得回村里处理当天的工作。村里的事情，最忌讳的就是一个人拍脑袋决策。许多事情都要在会上定，许多会都得晚上加班来开。尽管很忙、很累，但心情还是愉快的，因为白朗感到了村里的各项工作都在稳步推进，随着工作局面的打开，他也逐渐看到了自己存在的价值。

再说这天黎明，刘秦岭做了个噩梦。他梦见晴朗的日子里，自己带领绿叶公司全体员工正在牛尾河滩里栽树，天空突然就聚了一团乌云。那乌云越滚越大越压越低，最后把整个牛尾河沟都裹在了其中。人们面对面都看不见对方，呼吸也变得困难起来。他正一个人拼命地挣扎，想要把大伙儿集合起来。可是怎么也喊不出声，好像有一只手掐在自己的脖子上。他拼命挣脱，可总是无法摆脱。他终于睁大眼睛，发现一个人在黑云中露出丑陋面孔，那面孔在乌云里正咧开大嘴朝他哈哈大笑。刘秦岭定睛一看，竟然是姜耀祖！他再仔细看，又成了李副县长！他大吃一惊！立马坐起身再看，却是金鑫集团的金总，那小人得志模样，正张大嘴巴亮出金牙，冲着自己哈哈大笑。他惊得一下从床上弹了起来，才发现自己是在做梦。天已经大亮，上铺的白朗书记正在接电话。虽然声音压得很低，他还是敏感地听见一句话："金鑫集团在牛尾河沟的别墅群项目趁机开工了，可是绿叶公司和他们的侵权官司还没有结果呀！"

"什么？金鑫集团已经开工了？！"刘秦岭听到这句话，无异于当头挨了一棒，顿时头晕眼花，感到天旋地转。脑子里雷鸣电闪，仿佛就要爆裂。然而，另一个声音在说，沉住气，刘秦岭，万不可让自己失去控制。他当即静静地躺着，让自己冷静下来。就听见白朗书记仍然继续同县委石书记通着话，进一步证实了那个他最害怕也是最不愿意听到的消息。要是真正开工，那就说明自己努力一整年的心血全白瞎了。也就是说自己寄予最后希望的白朗书记，再加上县委石书记的力量，都无法阻挠黑恶势力的横行霸道！他顿时感到了绝望，感到了一种无可奈何的解脱：那个可怕的念头，顿时又在眼前闪现出来……自从村里和金鑫集团背着自己签订那份非法合同后，他就不时地会想到这样的结果：身上绑上炸药，同这几个黑恶势力的代表人物同归于尽！他又记起刚才睡梦中的可怕情景，这真是老天显灵，他们几个的末日也就到了！刘秦岭心里这么想，倒有些大义凛然的解脱之感。他不愿意连累任何人，他早已给姜喜才、梁大海、高云峰、李大顺和王小五他们交代过了，自己一旦有事，就由他们几个推举姜喜贵来接替总经理。这么想着，他悄悄地溜出了宿舍，走出了院子，来到停车场上，独自一个人开车向城里飞驰而去。

白朗面对牛尾河水想得出神，就听见老赵在一旁说："白书记，你听，有车开过来了。"

他急忙侧耳倾听，果真听见隐约传来急促的汽车轰鸣声。"看来车子开得飞快，咱们得设法拦住他。"

两个人迅速行动起来。老赵从路边推来一块大石头摆在路中间，又把摩托车停在了石头后边，作为第二道防线。于是两个人站在摩托车后边十多米开外，组成第三道防线。为了预防万一，白朗把外衣脱下来提在手里，好挥动指示刘秦岭停车。

车子出现了，果然是刘秦岭的黑色北京现代。刘秦岭远远地就看见了他们俩，车子在近前停了下来。刘秦岭走下车，面部的表情十分严肃甚至冷漠。

白朗和老赵慢慢地走过去。

"老刘，你这是上哪儿去？"

"这还用问？我的白书记，你又不是不知道。"

"知道什么？"

"你不用瞒我，金鑫集团开工了，对不对？"

"嗯，我正要找你谈这事，你就不见人了。"

"不用谈了，我都知道了。剩下的事情，由我们自己解决。"

"刘经理，事情还没到那一步，咱们得冷静应对。"

"我无法冷静！整整一年了，我的忍耐已经到了极限！"

"不能这么讲，事情往往就看最后的耐心。"

"再忍耐下去，人家把别墅都盖起来了。"

"盖起来也得拆除！"

"谁说的？"

"我说的，信不信？"

"很愿意相信，但是又不敢相信！"

"要是拆不了的话，我愿意头朝地，离开上牛湾村。"

刘秦岭不再说话，反身进了汽车，发动机器，加油起步，照着他们两个人开了过来。他眼睛瞪得血红，到了近前也没有停下的迹象，两人急忙拖着摩托躲开。车子的保险杠把那块大石头一下子顶到了河沟里。车子一溜烟开走了。

老赵呆愣着，白朗气恼地吼道："快追呀！"

老赵急忙发动摩托，二人奋起直追。前面，刘秦岭似乎开得更快。白朗无奈地说："看来一场利害冲突，在所难免。这就是上牛湾的现实。"

老赵不再说话，专心驱车追赶。

第二十五章

　　开弓没有回头箭。这是金鑫集团老总金占川的一句口头禅。搞了差不多二十年房地产开发的他，深知这个领域水有多深，人有多混，游戏规则有多简单又有多复杂。说这话的时候，他是在上牛湾的村部红船上，支书姜耀祖就坐在他的身边。他的正对面上首，一边是县上李副县长，一个是镇上马国玺书记。时间是牛尾河沟别墅群工程开工仪式的当晚。四个人喝了三瓶茅台之后，他们又开始喝干红。

　　照例，喝到这份儿上，李副县长有些言语和举止失控，他的有些颤抖的手，开始在江翠花姑娘的大腿上乱摸，人家姑娘强颜欢笑地坐起身子躲避，李宏伟就不高兴，嘴里一个劲儿地说："翠花呀，你能不能真实一点，能不能务实一点。"

　　马国玺书记只是把晕晕乎乎的脑袋扭到一旁，眯起眼睛，嘴里嘿嘿地坏笑。

　　姜耀祖脸色不大好看。自从东牛公司成立、铺路工程开工，他就高兴不起来。他感到自己在村里说话的分量越来越轻。而那个原以为是个白面书生的白朗，反倒成了一言九鼎的人物。人都说强龙压不住地头蛇，可姜耀祖却明明感到自己被人压得喘不过气来。作为上牛湾村的堂堂支部书记，姜耀祖无论如何不能接受这个事实。他喝了一肚子的酒，就想在李副县长和马书记面前诉苦，希望他们帮着自己把失去的权力和威信夺回来。可是此刻，不懂事的金占川，却又借着酒劲儿，念开了他的狗屁生意经。他这老一套，也不知在酒桌上念过多少遍了！

"我说姜支书，你也是明白人，你说说看……什么情况下，你必须当机立断、快刀子斩乱麻……知道吗？什么时候，你又得变作滚刀肉一团，死缠软磨，钝刀子割肉，只见刀动，不见你肉开……你知道吗？"

姜耀祖心里很烦，很想怼他一头子，可是话到嘴边，就又变了："对呀，我原先还真不知道，听了你金总的高论，我总算知道了一点皮毛。"

金占川听得高兴，端起酒杯说："喝。姜支书，不愧是村干部子弟，家传秘诀，真懂行情。俗话说啥来？'舍不得孩子，套不住狼'，这话一点不假，这是一条铁律，铁……律，懂吗，你知道什么……是，是铁律？"

姜耀祖心中不快，却还是赔着笑脸说："这我还真不懂得。""喂，不说这个，咱说别的……"金占川说着，自己斟满了酒，一仰头，喝干了一大杯红酒。言语开始完全失控，但是还是说个不停。因为他心里还是高兴，毕竟困扰了一年的工程终于开工了呀！

"多数情况下，你……在领导面前，你猜怎么着？得拿着明白装糊涂呀！还有，你在员工或合伙人面前，你……就得拿着糊涂装明白。知道吗？"

姜耀祖禁不住哈哈大笑起来。李宏伟和马国玺也忍不住哈哈大笑。

"笑什么笑！不好好喝酒！"不知为啥，李副县长突然收住笑，发火了。他牛铃眼瞪圆了就像两团火球，直愣愣盯着翠花姑娘。江姑娘也喝了酒，平日白净的脸颊显出两片红晕。由于厌恶，她那微微噘起的嘴唇更加性感，风姿越发地显得楚楚动人。这是姜耀祖注意到的，他也注意到了江翠花对李副县长酒后挑逗的反感态度。那已经远远不是从前的无奈应付，而是一种明显的拒绝。这也许正是老家伙突然发火的原因。正如李副县长对待姜耀祖的态度变得冷淡一样，姜耀祖也越来越看不惯这个老家伙的好色无耻贪婪霸道做派。感到他这么下去，迟早要出大事。

这时候，在场的四个男人都现了原形。他们喝着同样的酒，却由于年龄、身份和境遇、欲望的不同，心境与渴求却大为不同。在头脑尚且清醒的江翠花眼里，这四个平日自我意识都很强的渣滓男人，此刻正因为酒精麻醉的作用，陷入贪占之欲、淫荡之念、趋炎附势之惯性束缚的泥淖不能自拔。眼看着几个人在丑态百出地挣扎，江翠花心里暗暗嘲笑，感到恶心。在这个被他们高薪雇来视作玩物的女大学生眼里，他们被动物属性所奴役，言谈举止无异于低等动物的低级追求。"可见高贵与卑贱，的确不在于贫富与地位高低，而在于人格。"

她此刻在心里对自己说着。在这条船上，没有人同她交心，她在寂寞恐惧中，养成了同自己默默交谈的习惯。眼下她被强迫着喝了酒，但是她没有醉，心中更加清醒。反倒很想把这几个家伙彻底灌醉，她好去给王小五他们通风报信。自从上次白朗书记在红船有惊无险之后，她的手机就被姜耀祖没收了。他们不再信任她了，许多情况下说话都防着她。没收了手机，姜耀祖说每月给她增加五百元保密费……她只好暂时默认。此时此刻，江翠花很想念王小五，很想离开这乌烟瘴气飘忽不定的黄船，见到王小五和白朗书记、刘经理他们。她感觉这些人才是堂堂正正，称得上是人的男人。她这么想着，心里就觉暖暖的，有了希望和力量。苦命的姑娘，她迫不及待地想要离开这里。

　　李马姜金，四个人又喝了几瓶干红，酒劲儿开始发作。首先醉倒如泥的是李宏伟副县长。马国玺书记也满嘴胡言，几乎不省人事。唯有金占川和姜耀祖头脑尚且清醒一些，但是两腿发软，已经不能行走。江翠花的一双大眼睛，不时地就要往船舱角上扫视，那里有王小五安装的微型摄像头。他们包括姜耀祖在内做梦也没想到，她江翠花早已经是绿叶公司的正式员工。她和王小五恋爱了，并且已经私订终生。也就是说，她已经是上牛湾村一个未过门的媳妇。她的真实身份再也不是那个被人们视为"三陪小姐"的红船女招待江翠花，而是正义力量派遣的一名"卧底"，再也不是人们想象中的那个任人玩弄的从事色情服务的弱女子。如果说从前迫于生计，她也曾经有过以姿色讨好当权者和有钱人换取生存利益的念头，那么眼下她对于李宏伟的无理骚扰，已经巧妙地给予了坚决抵制。同样，对于姜耀祖和别的男人她也是如此。就像一头陷入困境的小鹿，她慢慢地用舌头为自己舔伤，以捍卫一个女人的人格尊严。曾经多次厌世而想到死的她，眼下终于找到心中时刻装着她的复员军人小五哥，有了王小五的牵挂，正义加爱情，使得一个孤立无援的弱女子突然之间变得坚强起来。

　　"我算是把我自己服了！"金占川说，声音很大，舌根子有些僵硬，咬字不真。

　　姜耀祖听成了人家把他姜耀祖服了，一下来了精神。他凑到金总面前问："你服什么？"

　　"多少回啦，真是山穷水尽……结果又是柳暗花明……多少暗礁险滩，眼瞅就要搁浅或是触礁沉船，却又峰回路转，云开雾散，化险为夷，有惊无险呀。多少次陷入难以自拔的艰难困苦、孤立无援之时……"

金占川酒后吐着"真言"。姜耀祖却是无动于衷。他的内心，对这些贪得无厌的所谓大款，怀有一种很矛盾的看法，既想利用又很憎恶。

不料想，金占川说到此处，突然就伤心起来，进而还泪流满面。这令姜耀祖越发莫名其妙。再看看李副县长，正歪在圈椅上酣睡，嘴里直流哈喇子。而马国玺那哑蚊子，却把手牵着江翠花死活不松开。两人正在撕扯，姜耀祖急忙喊道："马书记，你听，外面好像有脚步声。"那马胖子一愣，江翠花赶忙把手拽了回来，假装有事，躲到船舱外面去了。

这边，金占川自斟自饮，默默落泪。他果真是海量，也是很自信的人。一个成功的男人，总有其过人之处。特别在商海里沉浮而不沉底，更是令人钦佩。对此，金占川本人也有自知之明。他甚至越来越感到自己不简单哩。于是，在酒桌之上，只要一喝多了，他就有一句口头禅，那就是"我算是把我自己服了！"他说这话的时候，往往是酒酣微醉，或是酒过八巡之后。

"我算是把我自己服了！哈哈……"

再说江翠花躲开镇上马书记的无耻纠缠，二次进舱就瞅见尚未醉倒的金总正夸耀他自己，心中就感到稀奇。这个亿万富翁，平时似乎看见谁都比他自己强大，可是只要喝了大酒，他就开始变得目中无人。平日的低调谨言就变得放肆妄言。这种内心的疯狂，使得他酒后内心极度膨胀。他完全忘记了自己那回乡知青、民办教师的出身，而跻身于他所仰慕的上流社会。陶醉酒中，那是他最得意和倍感幸福的时刻。金总、金总，他喜欢人们这样的称呼，企业内几乎没有人知道他的名字。在员工眼里，他再也不是那个被推荐招工和上学都没门，而当了十年民办教师也转正不了的乡村穷秀才金占川，而是同县长县委书记平起平坐的人物。员工们只知道，他们的金总平日喜欢读书看报，喜欢了解外部世界的变化和上面的政策趋向。人家开会讲话，总是一国际，二国内，三才是本行业形势，第四才轮到说说自己企业内部的事情。金占川的前半辈子生活在乡村，浸泡在农民堆里，脑子里既有农民的保守固执，又有念书人的自负与敏感，这两样东西一经融合，再加上改革开放的大气候和中国乡村及其基层城镇人情社会的特殊土壤熏陶，就铸造出"金总"这样一个生意场上二十年砥砺攻进，以至纵横捭阖甚至无坚不摧的特殊人物。眼下，日趋壮大的金鑫集团，全省的名牌企业，全市的利税大户，成了金总的化身，成了颍川县的一张名片。这就是名不见经传的绿叶公司所面临的博弈对手。

　　牛尾河沟别墅群开工这天晚上，李马姜金四人红船再聚，一贯很有自持力的金总终于也喝多了，喝得烂醉如泥。直到第二天上午，他还不曾醒来。等他睡醒时，已经快晌午了。他感到船里一片寂静，知是人走船空。恰好江翠花买菜回来，他赶忙起身一问，才知各位领导都各自忙活去了。金总感到有些头疼恶心，他知道这是喝多过后的必然反应。特别是人上了年纪，一场大酒灌醉，三两天都缓不过劲儿来。可是在业务场上，又不得不这样。说老实话，他也早厌恶了这个行当。房地产开发，这不是什么生意，更不是正经的市场经济。说白了，也就是魔鬼同魔鬼打交道的营生。鬼捉鬼的结果，就是夜里失眠，肚里有了冷病，生怕半夜鬼来敲门。谁能知道，自从发了大财，失眠症就一天也没有放过他。难怪他时常打比方说："咱们房地产开发这个行当，就像一个大万花筒，里面五颜六色，什么花儿草儿鸟儿都有。你争我夺，明争暗斗，法与不法、不法与法，桌上桌下、屋里门外……这里面的套路可就大了。那简直就像变戏法，很难用文字表达呀！形象些讲，既像是踩钢丝，又像坐过山车，晃晃悠悠，忽上忽下，弄好了，你是利税大户，披红挂花，皆大欢喜；弄不好一头栽下，即使要不了小命，也会锒铛入狱，一败涂地……我们这些人，就这么跌跌撞撞，硬着头皮走来，也不知能走多远，走到哪里。"这么想着的时候，金总的脑袋突然变得一片空白。

　　两天之后，金占川又神气活现地坐在自己的豪华奥迪车上。这车价值一百多万，顶级标配。他喜欢这个牌子的轿车，喜欢坐这款省部级官员都不敢坐的豪华轿车。每当坐在这样的专车里，他就有了自信。车子离开县乡公路，拐进山沟，开始在坎坷不平的简易土路上慢行。牛尾河沟的景色很美，但是他无心欣赏。短短十多里土路，竟然开了一个多小时。远远地就望见半山坡上的一号别墅工地。三层的主体已经耸立起来，今天是上梁封顶的日子！金占川的心情有些复杂，既说不上是高兴，也很难说是难受。反正是酸辣苦涩甜，五味杂陈。但是无论怎么说，也还是一种痛苦中的幸福。回想起来，自己下海这二十多年，每做成一件事，都是这样的感受。磕头把脑袋都磕晕了，浑身叫人扒过几层皮，还得打肿脸装胖子。

　　但是，只要一进入工地，他就又来了精神。他就像疯了一样地东张西望，继而大喊大叫。工地就像军事重地一般，明确竖牌，红字标明："施工重地，闲人免进！"这是金总最满意的。

没过多久，金占川已经在牛尾河沟的一号别墅建筑工地上亲自指挥施工了。他知道，刘秦岭那一伙人，留给自己安心施工的战略机遇期也就是三五天时间，接下来就是一场拉锯恶战。他早已经有了充分的精神和应急准备。比如他大笔一挥就拿出五十万元，由姜武牵头组织起维护工地秩序的"棒子队"。说白了也就是高薪招聘三十名身强力壮的无业人员，经过擒拿格斗和武术短期训练后，一律身着迷彩服，头戴钢盔，手持一米二长的特制木棒子，腰间还别了对讲机和直流高压电棍，可谓是全副武装上岗。金总发现，姜武这货弄这事情还真有一套。瞧那一个个壮汉，昂首挺立，怒目而视，如临大敌般很有威慑力。

"姜武，对，应当叫姜队长。你今天得把弟兄们集中一下，给一号工地增加到十个人来守卫。一号开工早，其余九处，刚在准备开工，一号主体已经起来，今天上梁封顶，要举行鸣炮驱鬼的上大梁仪式。"

姜武故意作秀，突然来个立正敬礼，厉声吼道："报告金总，姜武明白，增加到十五人，外围再加一道岗哨如何？"他突然压低嗓门儿，"都有哪些领导前来参加？"

金占川神秘地把手遮在姜武耳朵边说："李宏伟李副县长要来。其他领导还没最后敲定。保卫工作必须按计划到位。"

姜武兴奋地举起双拳一跺脚说："太好啦！"

所谓一号工地就是建给李宏伟副县长享用的那座三层超标小楼，堪称是小镇别墅之王。这个秘密当然只有金占川和李宏伟两人心知肚明。此刻，大约是上午八点半，平静的牛尾河沟风和日暖，谁也不会想到，正酝酿着一场人为造成的巨大风暴。

第二十六章

天刚刚亮，姜喜才就接到了刘秦岭打来的电话，说金鑫集团的牛尾河沟别墅群项目已经在三天前秘密开工。这令他十分震惊，甚至有些不大相信。他原本的任务，是同梁大海、高云峰、李大顺、王小五一起分别领着培训过的员工倒班参加村里铺路，这是全村的当务之急，大伙儿心里明白，只要路一铺通，牛尾河沟的旅游开发就有了优越的交通条件……可没想到离开才一星期时间，就让金鑫集团钻了空子。姜喜才放下电话，立即召集四兄弟开会，传达刘总经理指示，要求立即组织所有人前去制止。几位一听，个个火冒三丈，摩拳擦掌。大家心里只有一个念头，那就是早就该收拾金占川这个王八蛋，机会终于来了！

"金鑫集团这不是同咱绿叶公司过不去，这是同咱上牛湾村全体村民过不去呀！"遇事善于动脑子，会做宣传鼓动的姜喜才说。

"对呀，是和咱们上牛湾全体村民过不去！"梁大海气喘吁吁说。他人胖，一生气，脸就红得厉害，显然是血压升高了。

高云峰问："那照这么说，咱们得把全村人都动员起来，去同他们斗呀！"

"我看能行，是不是？人多了好。"李大顺说。他原先在部队是做饭的，没扛过枪，胆小怕事。他说了这句话，胆怯地看着大伙儿。谁也没注意到，他的手心紧张得直冒冷汗。

"姜耀祖这狗日的是个卖村贼！"王小五咬牙切齿说，"我才打听出了，他还参加了开工仪式。那天夜里，他们在红船上喝酒庆祝来，县上李副县长、镇里马书记还有金占川，全都喝醉了。"王小五举着手机说。他刚刚为江翠花买了一个手机，昨晚幽会时给了她。也就是说，红船上的情报系统又秘密接通了。

刘经理说过，他不在的情况下，绿叶公司姜喜才说了算。姜喜才办事谨慎稳妥，从不妄用职权，今日事急，他当即同意高云峰几个弟兄提议，决定除了带领绿叶公司员工前去外，同时把全村在家的人都动员起来，无论男女老少，造成更大的声势，同金鑫集团的霸道行为做最后抗争。正像刘经理所说，看来已经到了把事情闹大才能解决的地步，一定不能害怕事态扩大。

机灵鬼王小五提议说："最好连学校老师学生也动员起来，男女老少背水一战！"

如此，正在给娃们上音乐课的蔡金凤，突然就看见姜贵在外面向自己招手。她出门问话，看见王小五站在姜贵身后，就大体知道是怎么回事。她故意问姜贵："姜校长，你说，叫学生娃们也去山里闹事？你说这合适吗？"

姜贵哼哼唧唧无言以对。就转身看着王小五，看他如何回答这个问题。

"让学生掺和进大人的矛盾冲突中间，万一出个安全问题，谁来负责任？"蔡金凤声音提高了几度。

姜贵迟疑着还是不回答。王小五急了，说："眼下是火烧眉毛，也得看个大局嘛，这是全村人的利益，学生娃一上工地，不用说啥，这事情就摆平了！"

"有那么简单吗？"姜贵怀疑地问。

"白朗书记是啥态度？"蔡金凤问。

"对呀，白书记啥态度？"

"你们咋就不明事理呀，这还能叫白书记出面表态？明明是姜耀祖做下的坏事情，能让第一书记和支书发生正面冲突吗？"

蔡金凤一想，倒也是。她本想给白朗打电话请示一下，经王小五这么一说，也觉得言之有理。加上她早就知道白朗对这件事情的基本态度，那是十分反感、坚决反对的！如今对方已经偷着开工，他一定不愿意看到还没完全恢复生态的牛尾河沟生态再遭人为破坏。于是，她把一双大眼睛鼓励地瞪着姜贵。姜贵显然还在为难，看到她的眼神儿心里才有了底。此时，王小五焦急地看看表说："赶紧，集合队伍出发，时间不早了。再不抓紧人家就要放炮封顶！到那时，生米做成熟饭，谁反对也没用啦。"

姜贵说："那好，咱把哑女也叫上，让她负责学生安全。"

　　再说，刘秦岭心急如焚，正拼命开着小车在山中赶往工地。白朗坐着老赵的电动摩托车紧追不舍，无论如何也不能眼睁睁着老刘做出鲁莽之事。山沟的便道坎坷不平，汽车开快了颠簸得厉害。而电动摩托轻捷，眼看就要追上了！就在老赵咬牙一轰电门将要超越过去的一瞬间，刘经理汽车后尾一摆，扬起的浓浓尘土就把他的视线完全遮蔽。他不得不放慢速度，结果又被落在了后面。就这样，他们一前一后，拉锯式地行进。汽车和摩托，都把速度放到了最大。那紧张危险的阵势，就像是公安抓逃犯一样，彼此都拿出了看家的本事。

　　远远地，沟掌平缓向阳山坡上的一片茶园里，那座灰色的水泥建筑，就像一个巨大怪兽，从绿色的山坡植被里破土亮出一颗丑陋的大脑袋来，一群人正围在那怪兽头周围忙碌。车子行进到沟掌上，道路没了。临时停车场已经停着十几辆小车。两个身穿迷彩服头戴白色钢盔手提大棒的壮汉，虎视眈眈地站在那里。刘秦岭看到这情形，突然把车子停下来，老赵趁机冲到他的前面。车子扬起的灰尘，令他咳嗽不止。

　　"你们是什么人？"

　　刘秦岭脸色苍白，仍然咳嗽不止。老赵灵机一动，说："我们是金总请来的客人。"

　　两个壮汉立即换一副点头哈腰的笑脸，说："快请，快请，别墅封顶仪式就要开始了。"

　　刘秦岭一听，一下愣在那里。白朗平静地对他说："刘总，咱们迟到了，赶紧一同上去吧。"

　　刘秦岭会意地点点头。三个人停好了车，开始沿着原先修的旅游盘道朝山上快速攀登。爬了大约一半，就听到上面一阵掌声哗啦啦响。有人在念名字和职务，掌声随之一阵一阵地响起又落下，显然是介绍来宾。随后一个嘶哑而自信的声音拿着腔调，用有些滑稽的醋熘普通话宣布："牛头镇，牛尾河沟特色小镇建设，一号别墅合龙封顶仪式现在开始！第一项，鸣炮！"

　　三个人都听出来了，那主持人正是金占川。金老板喊声未落，就听工地上鞭炮燃响。

　　好长的一鞭响炮，高高地悬挂在塔吊上，自上而下，足有两三丈长。噼里啪啦，响了足足七八分钟，待到鞭炮声停息，漫天都是硝烟纸皮，人们一片咳嗽声，搞得地上一片狼藉，都埋怨炮放得太长了！

　　白朗他们三个人脚步没停。当盘山的道路转过一片花圃，所谓的"一号别墅工地"就完完全全地呈现在面前了。

　　三人走近前去，悄悄然地站在人群后边瞅着。白朗心中禁不住一阵哀叹。这种现象，是他下来后诸多看不惯的一种，且仍在盛行不衰。人们见怪不怪，早已经麻木接受。你想要改变这一切，又是多么的困难。

　　突然，一个声音喊道："合龙口啦，老天爷佑护，新楼坚如磐石，主人平安吉祥！"

　　声音尖细空灵而怪异，仿佛是天上的云彩里飘出的。人们的眼神儿顿时都集中到了楼顶。

　　原来那呐喊声，发自站在楼顶高墙上的一个人。这个人就是风水先生马阴阳。他骨瘦如柴，骷髅般的脑袋，一双深陷眶中的大眼珠瞪着，大嘴塌鼻，下颌留着一把雪白胡子，远远望去，活像一只从天而降的大马猴。加之一身雪白衫裤，自有几分仙气儿。这个马阴阳，他常年装神弄鬼，自诩往来于阴阳二界，赚了活人的钱又赚死人的钱，忙得不亦乐乎。颍川方圆百里，无人不知无人不晓。看坟埋人、盖房合龙口、求签算卦、问婚事求子女、跳神辟邪、掐脉治病画符御灾等等，他一专多能，似乎样样精通。眼下，马阴阳披红挂彩，脸上一面涂红一面涂黑站立高墙，煞有介事，令人诚惶诚恐。随即他开始作法：怀揣罗盘镜，嘴嚼黄表符，一手端墨盒，一手捏着毛笔，胸前还垂着一只阳光下熠熠生辉的铜哨子。他唱歌一样喊过之后，嘴中就念念有词。这样一来，下边的神容大和尚同上边的马阴阳，二位平日互不认可、更不相见的人物，便不期而遇了。那个热闹劲儿，就像摆擂台一样拉开了架势，彼此都想压对方一头。于是乎，平日对和尚视而不见的阴阳满嘴鬼话，而对阴阳不屑一顾的和尚则满口经文。两厢暗中较劲儿，凡人哪里看得明白。人们鸦雀无声，洗耳恭听。有的钦佩阴阳，有的迷信和尚。大伙儿看得有趣儿，这可急坏了金占川和负责维护治安的姜武，一庙不敬二神，一山不容二仙。二人都担心锣鼓长了没好戏，弄得不好，来个节外生枝，可就不得了呀！塔吊司机干脆灭火，吸烟等待。

　　其间，刘秦岭几次想要站出来大喝一声，同他们抗拒，都被身边的白朗坚决地制止了。他暗示他，一定要沉得住气，看看这场闹剧怎么收场。

　　和尚与阴阳斗法，也不能没完没了呀！终于，两厢争斗结束，到底等到铜哨子吹响的时刻。塔吊司机闻声，发动机立刻重新轰鸣起来。松弛的钢缆缓缓绷紧，地面一根巨大的水泥横梁，被稳稳地吊离地面。人们敛声屏气，唯闻风声鸟鸣。此时此刻，金占川心中格外得意，也倍感荣耀。因为绿叶公司纠缠，半死不活地拖了整整一年的这项黏牙工程，终于就要浓痰出口，尘埃落定！这可是一本万利的工程，是抱了个大金娃娃呀！别处盖楼，一亩河滩地少说也得几十万上百万的地价，加之上下打点，左右都拜到，还要限制容积率，各种名堂盘剥勒索到最后，所剩利润也就可想而知。可这恢复了如画生态的牛尾河沟，按照县里全域旅游规划项目的荒山荒坡文化产业用地性质，土地流转的价格，一亩地也就三五万块钱撑死了。等到盖起豪华大别墅，一栋少说也得卖个七八百万上千万元。二十栋别墅，是个什么概念？单说净利润，也得赚一个多亿。金总心中如意算盘打得正响，面前禅容大和尚嘴里嘟嘟囔囔念的什么，他是一句也没听懂。在他心目中，法事也就是个摆设而已，是排场给众人看的，就像燃放鞭炮或者烧钱打商业广告一样。

　　此刻，心里最激动的人，还不是金老板而是李副县长。这鞭炮、阴阳、和尚、人群、棒子队、大塔吊，还有周围的山川风景、远处的湖光烟波……围绕点缀着想象中的独栋大别墅……而这一切的一切，都将为自己拥有……想到此，李宏伟完全忘记了自己的身份，他就像喝醉了老酒还没醒来，又像是做梦一样不敢相信眼前的事实。他先是悄然用手掐一掐自己的大腿，又摸摸自己阳光下熠熠生辉的大脑门子，感到一切都是真的。随即就迫不及待地回头看看金总，看看身边的马国玺、姜耀祖，发现他们都在向自己讨好地笑着。这当然不足为奇。他甚至怀疑自己还在睡梦之中。直到塔吊把大梁提升到空中，他才被那指挥的哨子声唤回到现实。在他布满血丝的眼睛里，大梁上的那一匹红绸布垂落下来，反射着太阳的光辉，很快就晕染了大半个天空。

　　在经验老到的马阴阳有节奏的哨音指挥下，在神通广大的禅容大和尚的佛法作用之下，那根挽着红绸布的预制混凝土大梁，被高高地吊了起来，慢慢朝屋顶上预留的缺口移动。工地上鸦雀无声，只听见机器的轰鸣和指挥装吊的哨声、诵经声在响。

　　一栋三层别墅安梁封顶，如同小菜一碟，原本没有什么难度。眼瞅红绸布挽着的水泥大梁就要安放到三层楼顶之上。禅容大和尚突然加快了诵经的节奏和声音，全场就都听着他一个人在施法。指挥安梁的马阴阳听得心中大为不爽，他突然拖长一声铜哨子，这是在紧急情况下停掉的信号。于是眼瞅就要提吊就位的塔吊，只得停止下来。地面人圈正中兴奋不已的禅容大和尚顷刻之间仿佛中了邪一样扑通一声倒在地上，口吐白沫不省人事。这位身穿贵重袈裟的大和尚，可是非同寻常之人。许多人都认识禅容大和尚，他是省政协委员，江北佛协副主席，牛头山牛头寺住持方丈。庙里本图清净，僧人不染凡事。也不知从何时开始，颍川人乃至江北省人盖房，上梁封顶除了风水先生，还要重金请僧人施法辟邪。讲究的人家会请有名的高僧，只有特殊情况下，禅容大和尚才会亲自出马，这是最最体面的待遇。为了祈求平安、大吉大利，金总为牛头寺捐资百万，才请得禅容大和尚亲自出马为一号别墅安梁封顶施法。不料李副县长要坚持请马阴阳到场主持吊梁，就导致一山难容二仙的问题出现。李副县长正毕恭毕敬地站在禅容大和尚的身后。他的身边是马国玺书记，再往后是姜耀祖和金总，金鑫集团的高层管理者及参加施工的工人和银行、税务、环保、土地、工商、文化，还有李副县长所分管的农业、林业、水利、住建、旅游等部门领导，人们一圈一圈地站着，整整齐齐地排列成半圆，姜武带领棒子队站在最外一圈。十五个人，拉开整整两圈。迷彩服和棍棒，把个小小的工地围得水泄不通。禅容大和尚突然倒地，口吐白沫不省人事，全场顿时大乱。人们哪里还顾得上梁封顶，而是急忙抢救大和尚。大和尚倒地，必有孽障作祟！金总心中想到，急令赶紧叫救护车来。不料大和尚突然之间，又跪起身来，眼睛直愣愣地盯着屋顶上面的马阴阳，手里的木鱼又敲打起来。马阴阳见状，突然就在高墙上面作起法来，嘴里不停地念叨：

"天灵开，地灵开，妖魔鬼怪快离开！……"

马阴阳声音怪异，反复地念叨，显然是含沙射影，底下听的人都慌了神儿。唯有禅容大和尚心里有数，还在敲打木鱼，诵经不止。真是一庙不敬两神，一山难容二仙。和尚阴阳狭路相逢，都认为是对方掺了自己的行情，夺了自家饭碗，于是眼睛发绿，火冒三丈，哪里还有心思施法。彼此较劲儿，相持不下，李副县长没有脸面，事主金总更急得不知如何是好。

眼瞅大梁就要安放到位，突然之间却鬼使神差地刮来一股大风，把那沉重的房梁刮得一歪。马阴阳情急之下嘴里喊道："慢，慢，慢，稳住，稳住，稳住呀！"

人群发出一阵哄笑。那塔吊司机哪里见过这复杂场面，脑子一热一紧张，手感就差了。结果，战战兢兢用力一拉操纵杆，那房梁竟然像风呼噜一样随风旋转起来。垂吊的钢缆当即发出咝咝的叫声和钢丝断裂声。马阴阳急忙吐掉嘴里的表纸，再次狼狈地喊着："稳住，稳住，稳住呀！"

下面的人见到危险，都四散逃离，唯有禅容大和尚还跪在那里仰天发愣，手里的木鱼也顾不得敲了，更顾不得装神弄鬼，情况十分危急。

只见那塔吊非但没有稳住，反而又朝相反方向旋转起来。这是提吊重物最忌讳的情况。那挽着房梁的钢丝再度吱吱地响着，如同定时炸弹的秒表在跳！每个人的心都随之狂跳，禅容大和尚完全惊呆了。好在钢绳只断了一股，大梁失去平衡，一头垂下，斜着搭在了墙体上面。幸亏没有出现伤人事故，但是一号别墅封顶上梁仪式，就此宣告失败。这最害怕出现的倒霉一幕，对金占川来讲，无异于五雷轰顶。而李宏伟也感到一种不祥之兆，心里十分恐慌。马阴阳却还敲风凉话说："缘分不到，来了不该来的人。今日梁上不去了！得另择吉日。"

他话音未落，就听山梁上传来一阵嘈杂声，原来是姜喜才、梁大海、高云峰、李大顺带的绿叶公司的员工和村民赶到了。大伙儿呼声震天，每个人手里都举着一把工具，不是铁锹就是镢头或挑粪的叉子。人群跑步翻过山梁，像洪水一样直奔一号工地而来。白朗一看急了，忙对刘秦岭说：

"刘总，是你安排的吧？解铃还须系铃人。你赶紧把他们挡住，以免和棒子队打起来。"

刘秦岭兴奋地说："我调大伙儿来，就是和棒子队打的，我就不信没王法啦，金鑫集团，你们欺人太甚！"

金占川一回头，简直是活见鬼呀！他看见刘秦岭竟然就站在自己背后，顿时大吃一惊。他慌乱中忙叫："姜武，姜武！快来人呀！有鬼！"众人听得，一片慌乱。

姜武哪里听得见呀。此刻一切都迟了！瞧，绿叶公司的员工再加上牛湾的部分村民，少说也有一两百号人，正把姜武和十几个棒子队员团团围住。好在棒子队究竟还受过一点训练，十多个人背靠背地举着大棒子，形成了刺猬战阵，村民则仗着人多，手持五花八门的农具，把他们围在中间。双方对峙着，虽还没有动手，但是也剑拔弩张。情况十分危急！双方一旦动手，肯定会出人命，后果不堪设想。白朗看在眼中，急在心头。他的耳边突然响起县委石书记的声音："无论如何都要把刘秦岭给我稳住，不要让他鲁莽行事，捅出大娄子……"

没想到，这家伙倒给我玩了计谋，先假装进城，来了个缓兵之计，然后又来了个声东击西……这边刘秦岭见一切都在自己计谋之内，就像发出总攻信号一样，趁机抢起胳膊，上去就给了金占川一个大嘴巴子，直打得身材瘦小的金占川，就地转了两圈几乎倒下。随后他手捂在脸上，双眼金花四射，好一阵回不过神来。

此时，姜贵和蔡金凤、哑女他们跟随王小五带领一群小学生也赶到了。他们并没有冲下山坡来，只是站在山梁上，由蔡金凤领着喊话："金鑫集团的人，你们听清楚！牛尾河沟不是姜耀祖一个人的，而是全体上牛湾村民的。大伙儿说了才算数！"她喊一句，学生娃娃们喊一句！声音既整齐洪亮又有力量！呼声在山沟里发出回响，传出很远很远。

"谁敢破坏我们的生态植被，我们决不答应！走到县委书记、县长面前也不答应！"

说来也怪，学生娃娃的呐喊声，比村民手里的家伙还管用。李宏伟副县长听得，当即傻了眼，立即对金占川说："老金，还愣着干啥？"

金老板被刘秦岭一记耳光打蒙了，听到李副县长喊叫自己，这才回过神来，问："李县长，你的意见是？"

"撤人呀！还等着出人命不成？"

恰在此时，棒子队那边出现一阵骚乱。趁着混乱，有人照着姜武头上抡了一铁锨。

"出人命啦！快呀，要出人命啦！"

姜武大叫，手捂在头上，流下一道血迹。原来是哑女气愤不过，从背后上去拍了他一铁锨。她原以为干了坏事的姜武早已经服法，没想到他如今逍遥法外还继续干坏事！便忍无可忍，做出了聋哑人的极端行为。她这一铁锨就像捅了马蜂窝！棒子队和村民果真噼里啪啦打了起来，好在大家都在试探和招架，并不认真下手伤人。

白朗见状急了，奋不顾身地大喝一声："干什么，都给我住手！"

双方听得都一愣。白朗趁机冲到了棒子队和村民中间。不料那姜武看见白朗，竟然抡起手里的大棒，照着白朗头部就抡了下来。眼看就要砸到头顶，哑女手里的铁锨横过来一架，棒子打偏了，却扫在白朗脸颊上，顿时血流满面。白朗用手捂着脸强忍着。

"姜武，住手！"一声雷鸣般的呐喊，惊得姜武手里的大棒掉在了地上。

人们定睛看，呐喊者竟然是坐在轮椅上的英模姜战斗。

"还不下令撤人！李副县长的话你也不听？！"

姜武这才发现，趁着人家围攻棒子队之机，金占川和姜耀祖正护着李副县长和镇上马书记逃跑一样快速朝山下溜去。

眼看大势已去，姜武随即叫喊："撤，撤，快撤退！"

他结巴得说不成话，就捂着受伤的大脑袋慌忙要下山去。那些六神无主的棒子队员紧随其后。义愤填膺的绿叶公司员工和村民们还是紧紧围着不放他们走。

"撤退？休想，来了就别想跑！"人群里有人喝道。

"让开，让开。乡亲们，放他们走吧。只要他们服输，保证以后不再捣乱，就放他们走。"白朗强忍疼痛喊着。

"听见没，姜武，以后还敢捣乱不？"还是姜战斗的声音。

姜武支支吾吾，一副贱到骨头的狼狈相。

"说，还捣乱不了？"

"不能呀，再也不能捣乱呀！"姜武带着哭声说。

有人骂，有人哧哧地笑。

刘秦岭说："别听他说假话。"

白朗脸色苍白，痛苦地朝他摆了摆手，说："把棒子留下！"

姜武丢下手里的棒子，向众人深鞠一躬。人群迟疑着，让开了一条通道。

刘秦岭不乐意，喊道："为什么放他们走？白书记，你都受伤了，还能轻饶这些暴徒？再说，姜武还是在逃嫌疑犯呢！"

"对呀，白书记，可不能放走这群狗腿子。"姜贵说。

白朗说："你们听我的，没错。一码是一码。"

姜武面无血色目光里充满恐惧。他见众人让开了道儿，就狼狈地捂着受伤的大脑袋，惊了的兔子一样拔腿就跑。

"还不把大棒丢下！"众人喝道。

那群乌合之众也趁机一个个丢下大棒跑得比谁都快。

嗷嗷，嗷嗷……人们站在山坡上欢呼着胜利。

有调皮的学生娃们捡起土坷垃向棒子队员投去，嘴里还一个劲儿地喊叫：

"叫你们再当狗腿子，叫你们再当狗腿子！"

姜喜才和梁大海、李大顺还有王小五兴奋地把姜战斗连同轮椅抬起来举过头顶。

白朗看着突然有些担心，心里一紧张随即眼前一黑，就晕倒在地不省人事。刘秦岭见状二话没说，急忙背起白朗就往山下飞跑而去。

蔡金凤在一旁急得直流眼泪。她突然意识到某种可怕结果，就不顾一切地追上去，一路扶着白朗的身体紧随其后。陷入痴情泥淖难以自拔的姑娘，最担心的，最不愿意看到的事情到底还是发生了！

第二十七章

白朗晕倒的直接原因，是血压过高引起眩晕所致。也就是说，由于工作过于繁忙紧张，他得了高血压。这是医生开始的诊断。白朗起初听了很不以为然，下来任职时身体好好的嘛，加之自己又是业余长跑运动员，连续打两场篮球都不觉得累。他就不信下来刚一年多，身体就会出问题。要那样，这身体也就太经不住折腾了！此刻躺在县医院住院部的病床上，白朗懊丧地想，昏昏沉沉就睡着了。

"乡村第一书记，中国没上品级的最小官员，可是要真正尽心尽职地工作起来，那是要累死人的呀！"在颍川县医院里，蔡金凤深情地凝望着病床上昏睡不醒的白朗，心里对自己说，"上面千条线，下头就这一根针呀。就拿白朗书记来说，眼看他整天忙得团团转，就像一个上足了发条的忠诚可靠的钟表。村里的几十户贫困户，全村几百口人的命运和生计统统装在他的心里，那颗心还能不累吗？"

金凤心里很难过。她又记起了基层干部的待遇问题，包括可怜的老赵和镇上的干部。责任大如天，可工资待遇却低得没法说。想到此，她就情不自禁地对自己说："整天工作在农村的这些基层干部，他们的待遇实在是低得可怜！一个普普通通的声乐演员，随随便便唱一首歌，少说也挣几千上万甚至十几万。更有那些所谓的大牌歌星、影视明星，唱一首歌，演一集电视剧，据说开口就要几十万甚至成百万上千万！这还不算，还有的贪得无厌，竟然还搞什么'阴阳合同'，昧着良心偷税漏税！加之各种各样见不得人的所谓'潜规则'，真可谓乱象横生……一个名伶就可以目无法纪，为所欲为！唉，同样是生活在这个年代，由于职业不同，人生追求不一样，处境便截然不同！像白朗这样高智商、高学历的品格高尚之人，你究竟是谁，又是为了谁？"她想起了自己时常演唱的那首歌……唉，蔡金凤一时想不明白，更找不到现成答案，真是令人头疼！

年轻美丽的县剧团歌唱演员蔡金凤，不知不觉陷入了精神的困扰。她并没有意识到自己正经历着一次重要的精神嬗变。望着眼前沉睡不醒的白朗，想到演艺圈的种种丑陋乱象，想着自己的未来婚姻和现实选择问题，心中不胜烦乱……唉，人生真是一本杂乱无章的书，许多问题似是而非、扑朔迷离……她越想越感到不得其解。她不愿意再往下想了！

午休时间，颍川县人民医院住院部显得安静了许多。中午饭后，探视病人的和送饭的患者家属都离开了。蔡金凤独自呆坐在白朗病床前，凝望着头上裹着绷带，左手腕上打着点滴的白朗，心里头突然涌起一阵爱慕的同情和深深的悲伤。随即，她情不自禁地默默对自己说：

"什么是废寝忘食？什么是日理万机？这回是真正看到了。从中央到省市县镇，各级布置的所有任务，村里大大小小所有的事情，都得从他这一孔针眼儿里穿过去呀！怎么办？除非你失职不干事，就像人家姜耀祖那样假公济私，一心一意以权谋私，对上应付，对下欺瞒，玩弄权术……结果脱离群众，被村民戳脊梁骨！不然，你很可能只有躺在这病床之上……"

蔡金凤想到此，伤心地抹着眼泪。她此刻的心情，真是五味杂陈。

病房窗户外，有一棵高大的白杨树，树上有个很大的喜鹊窝。白天，两只老喜鹊进进出出，窝里的小喜鹊大约刚刚孵出不久，整天嗷嗷待哺。老喜鹊带回食物的时候，老老少少就要欢呼似的叽叽喳喳叫唤一阵子。蔡金凤生怕那叫声影响白朗午休，就轻轻起身来到窗前，想把窗户关上。也就在此时，一只羽毛美丽的百灵鸟突然飞来，孤零零地落在白杨树顶端，叫声清脆而婉转，简直就像歌唱一样动听。眼泪未干的蔡金凤敏感地意识到，自己就好比是落在高枝儿上的这只小鸟，孤鸣枝头，形只影单和者盖寡呀。她不禁又是一阵悲伤，鼻子一酸，止不住眼泪又一次模糊了双眼。

小鸟飞走了，蔡金凤关了窗户，回头望一眼病床上的白朗。这是白朗住院第三天中午。据主治医生吴主任讲，病人眼下已经脱离危险。说他实在是疲劳过度了，血压不稳，需要好好卧床静养。瞧眼下，病人睡得真香。蔡金凤慢慢回到床前，像刚才那样，默默地坐在方凳上想心事。

白朗睡得似乎很香，轻轻地发出鼾声。他刚刚吃了老赵从家里带来的西红柿面条和炒酸辣土豆丝、烙饼。饼子里面还放了葱花牛肉馅儿。牛肉葱花月牙烧饼，这是颍川一绝。老赵这人真有意思，他提着饭菜一进门，张口就说他自己亲手做的饭菜来了。其实在蔡金凤看来，老赵又是瞎吹乎哩！你闻那饭菜味道，香喷喷的诱人，明明像是县城街上有名的胡大烧饼馆里买来的嘛。胡家是回民，祖上传说曾经被宣到西安为慈禧太后做过烧饼。可是白朗开始就说了不要在街上餐馆花销，就吃老赵家的面条、炒土豆丝嘛。所以听老赵这么一说，蔡金凤很能理解他的一片好心。为了一道儿瞒着白朗，金凤只得也附和着说："咱们赵大哥真有两下子，胡大烧饼的厨师哪里能做出这么好的饼子味儿来。"她本是想要附和老赵，反倒令人感觉像是话中有话，揭了老底儿。好在白朗和老赵都像没听出来。有趣儿的是，金凤这边说胖，老赵那边还真喘上了！他竟然顺杆儿往上爬，说："你听听，你听听，连咱们铁三角食堂的大厨蔡金凤同志，今天都认可我老赵的厨艺啦。瞧人家，一句一个赵大哥赵大哥地叫着！金凤你放心，赶明儿回到上牛湾，我给咱们再露几手，你们尝尝，那才叫个好哩！"

白朗听得，表面上不住地点头称是，脸上也是满意的笑容，嘴里吃得似乎很香。其实白朗并没有嚼咀饭菜的味道，心里想着的不是老赵的厨艺如何，而是他夫人的病情，想着他家的困难和他的处境。白朗深知，老赵家里妻子长期患病，孩子上学花销也大，就凭他一个准科级干部的死工资过活，经济十分吃紧。好在老赵夫人的病，经白朗介绍的中医免费治疗，吃了一段时间中药，癌细胞已经得到了有效控制，人的精神也开始逐步好转。这简直是奇迹！白朗到城里办事，每次都要顺道看望老赵夫人，经济上也没少接济。老赵夫人原先在小学教书，自从病重，就不再上班了。她贤惠善良，是个实诚人。白朗来看她，每次都不空手。她心里实在过意不去，就硬要留白书记在家吃饭。她每次都要精心做顿面条，炒个他最喜欢吃的酸辣土豆丝。如今在医院闻着这饭菜的味道，白朗一下就判断是赵夫人亲自下的厨，至于胡记牛肉烧饼，当然是买来的了。白朗边吃边想，心里就堵得难受，嚼着饭菜的嘴巴慢了下来。他从老赵的身上，看出了基层干部的艰辛。此刻，老赵站在一旁看着，那面部的表情，就像看着自己的亲人吃自己做的饭菜一样，起初是高兴，渐渐地就也皱起眉头发呆。各自想着什么，彼此心照不宣。命运把两个出身和处境不同的人紧紧地拴在了一起。他们不期而遇，没有任何顾虑，精神上就紧紧地拥抱在了一起，彼此信任，互相爱护，携手干事。同样的处境，共同的目标，激励他们相互鼓励支持，就像严冬里彼此得用体温来温暖对方。难怪村里人都说，白朗书记和驻村干部老赵，两个人的关系，真像亲弟兄一样亲密。他们整天形影不离，工作中更是配合默契，建立了情同手足的深厚友谊。白朗端着饭碗，完全呆愣着了。他突然发现，老赵脸色发黄，眼圈发黑，人又瘦了许多。他想老赵昨晚大概又是一夜没睡觉吧，他在为填表而熬夜。想到填表这事，白朗就再也吃不下了。这是他们最不愿意做，但又不得不认真来做的。可以说是一项令他哭笑不得的工作。这段时间，弄得他们几个人，睡梦中都在填表！白朗不愿意再想这件事了。只是命令老赵，赶快回家，好好睡一觉。

可老赵哪里睡得安稳呢？他一回到家，就一头扎在桌上那堆表格中间，头也不抬地填写起来。他老婆问他什么，他都听不进去。给他面前放一杯银茶，他都忘了喝。一个人，自觉自愿地投身一项事业，常常会奋不顾身。

填表整理扶贫档案，即全村贫困户档案精准识别数字规范填写工作。从理论上讲，此项工作没有任何问题，白朗在接受任务时对镇上领导说。他想，这显然是为了适应"大数据""云计算"的要求吧，便于做到掌握情况精准。可是当他拿到表格，就皱起了眉头。表格设计实在太复杂！填写要求和环节既多又烦琐。填到最后，他甚至觉得是一项多余的工作，但是上面催得很紧，省里和县、镇，都有具体的时间要求。他躺在医院正犯愁时，老赵自告奋勇地承担了这项工作。在白朗住院这几天，老赵除了白天照样要来三次医院送饭，每天晚上就加班填表。老赵心细，做事严谨，一项工作只要交给他，你就尽管放心。白朗只是担心他的身体，他前不久胸闷，已经查出有冠心病的征兆。此刻白朗睡不着，心里头就为老赵的健康担忧。他埋怨那些设计表格的人，如果下来看看，体验一下，就懂得该如何设计了。眼下这些表格，除了可让上面业务主管部门坐在办公室掌握情况外，对于贫困户脱贫并没有实质性意义。在一切工作中，总是少有人把复杂问题简单化，而随时可见把简单问题复杂化的做法！这就像写文章讲话，善于铺陈、长篇大论的人比比皆是，而概括精练者却寥寥无几。他想着，那些要命的表格，正在困扰着疲惫不堪的赵志远同志……

眼下，老赵面前的这一堆表格，三十七类，两百个指标，令人望而生畏。其中要是一个数字填错，就会被判为整个无效。表格摞起来，足有一尺多厚。

名字要是填错一个字，就会出现电脑上无法输入或输入后无法正确归类的情况。"种养殖项目统计表""劳动力情况统计表""就业情况统计表""慢性病情况统计表""户收入情况统计表""耕地林地情况统计表""学生上学情况统计表""残疾情况统计表"等等。有些家庭，根本就没有其中多项，也要登门统计清楚，才能填上"无"。表上还不能出现任何涂改痕迹，真是不胜烦扰。

老赵一边填表，心里一边埋怨："有些人真是吃饱了饭没事干，想出这样的办法，简直是折磨人嘛！"

老赵和白朗对此都有深切体会。最难的就是填写数字，比如身份证号码，稍有不慎填错一个数，就得撕了重新填写。加之各种补贴，名目繁杂，又是陆续下达，今日填了，明天又要改，挨门逐户统计计算，很难精确。如此，搞得人头昏脑涨。六百多份，反复填写，人又不是机器，很难不出差错。白天还有许多事情，只能通宵达旦加班。正值盛夏，靠近水库的上牛湾，炎热难耐。夜间赤身裸体，关上门窗热得不行，打开窗户蚊虫咬得不行。灭害灵一晚上用好几桶，还是无法阻止蚊虫叮咬。无奈之下，只好一个人干活，一个人负责驱蚊。一动一静，颇为滑稽。好容易任务接近尾声，白朗却意外倒下了……

那一晚，由于注意力过于集中，老赵的右脚指头被老鼠咬破了，他却一点没有觉察。

这段日子，不断有消息传来：某某县乡村第一书记填报累死云云。不知道是真是假。白朗宁愿信其假也不愿信其真。老赵只是看到白朗脸色很不好看，其实他自己也累得够呛。老赵开玩笑说："再这么下去，咱俩也非倒下不可。"白朗急忙捂住他的嘴说："老兄，你可不敢胡说。"

老赵说："不过倒下也不可怕，士为知己者死，为了支持白朗书记你的工作，我老赵就是累死，也心甘情愿！"

他原本是想逗白朗一笑，不料白朗听了半天心酸得说不出话。过了好一阵才说："不许胡说，咱们要健康愉快地活着，上牛湾的群众还需要咱们。"

老赵听得收起笑容，紧紧握住白朗的手说："好兄弟和你一起工作，我赵志远啥也不怕。"

"精准扶贫"，究竟怎样算是精准？"群众需要我们做什么，我们就做什么。"

白朗很欣赏这句至理名言。而且一进村，就努力按照这话去做，收到的效果大伙儿有目共睹。可是在此期间，总有人不干实事，乐于搞形式，摆花架子。

也有人别出心裁，提出各种各样一刀切"标准"。以致形式主义在一些地方和一些方面出现……此刻，赵志远在家中书房，这是上世纪末盖的砖混结构两居室的一间不足六平方米的斗室，他已伏案六个小时。这是儿子平时学习的地方，如今娘俩在另外一间屋子睡了。为了完成这项艰苦而枯燥的工作，白朗和老赵已经陆续干了十多个通宵。这期间，白朗书记还插空参加东牛公司的职工培训，开办了扶贫车间，处理了村上许多的大小问题。想起医院里躺着的白朗，老赵的心里涌起一股热流。白朗书记，他是真正被累倒的呀！想着明天就可以把完成任务的好消息报告白书记，老赵心中涌起一阵激动。这么想，他心里就增添了力量。他把白朗要自己注意休息的叮嘱，早就丢到了九霄云外。眼看已是深夜，屋外一片静寂。没有任何的干扰，正是专心填表的好时光。黎明时分，县城停电，他又找来一截蜡烛，点着继续工作。手指发酸的时候，他抚摸着那些表格，就感到十分亲切。他知道其中每一张上都留下了白朗书记的笔迹和体温。他在住院之前，是坚持亲自动笔填写的。可是如今他受伤了，伤得不轻。上牛湾村如果不能按时交稿，就会扯全镇、全县甚至全省的后腿。他不愿意让各项实际工作都已走在全县前列的上牛湾因为整理扶贫档案填报落后而受到追责惩处……如此想着，就又记起自己背着的处分，"党内警告"是他背上一座无形的磨盘，沉重地压在他的身上……想到此，他突然感到胸前一阵憋闷，呼吸开始困难，进而是背部剧烈疼痛，浑身大汗淋漓……他想挣扎着站起来，双腿却不听使唤。他记起了白朗书记给自己的硝酸甘油，说是无论啥时只要感觉心脏不适，就赶紧在舌头下面压上一粒。可是他心里这么想，双手已经不听使唤。他心里一着急，嘴里含糊地说声"完了"，身体随即一软，手中的笔就掉在了地上……老赵，他感觉身体里边像有洪水突然袭来，一切意识都被淹没……他脑子里突然闪出一个强烈的欲望提醒自己："该不是心肌梗死？"随后即不省人事。

第二十八章

　　颍川县医院住院部。一大早，蔡金凤开窗户拖地打水抹桌子，忙完了一切，就不停地伸手看腕上的表，甚至好几次到楼道里张望。眼看过了七点半钟，该到吃早餐时候了。八点以后，外科吴主任，也是白朗的主治大夫就要来查房。她想赶在此前把一切都处理停当。她已经帮着白朗洗漱完毕，还特意为他换了一件洗干净的白色 T 恤衫。眼下可真是万事俱备，就等老赵把早饭送来。可是等到七点四十五分了，楼道里还不见人影儿。她想老赵一定是睡过了头，这几天他也实在是太累了。这时，医院供应早餐的餐车来了，她索性用饭盒打了一份简单的早餐，送到白朗面前。白朗昨晚大概又睡得不好，明显眼睛发红，眼圈泛黑，脸上阴云密布，一副心事重重的样子，看着令人担忧。蔡金凤又开始盼望起老赵来了。她知道，老赵来了，白朗的情绪就会多云见晴。真的，每次只要一看到赵志远，他的脸上就立即浮现出灿烂的笑容。对此蔡金凤还甚是羡慕甚至嫉妒老赵。她心想，自己要是个男生该多好呀！也不需要有任何的顾虑，只管同白朗整天摸爬滚打在一起，也不怕别人说三道四，自己的内心也不会有任何心理障碍……

　　白朗无故被姜武打伤。事发当日，已是三夏大忙季节，学校也该放忙假了。蔡金凤和哑女、姜贵几个人一商量，就干脆放假锁了校门，三人赶到县城医院照顾白书记。白朗好说歹说，就只留下蔡金凤和老赵两人，其余赶紧回村参加夏收，照看建校工地。白朗在医院度日若年，无奈因为伤口缝了几针，又打了预防破伤风的针剂，医生说需要认真观察一段时间才能出院。白朗总认为，其

225

实这是医生想把他留下的一个说法。

为了保证白朗的人身安全，绿叶公司经理刘秦岭背着白朗专门派梁大海和高云峰两员大将日夜守卫在病房外面，以防输得一败涂地且还逍遥法外的金占川、姜武一伙儿伺机再来报复。白朗书记住院第二天，县上石书记和韩县长就分头到医院看望。石书记来时恰巧刘秦岭和王石子二人在场。石坚书记就势通报了县委常委会刚刚做出的几条决定：县委会同县纪委决定，根据省报记者吴刚举报和发生在牛尾河沟的违法违纪破坏生态事件，副县长李宏伟、牛头镇党委书记马国玺二人立即停职，接受组织审查。建议牛头镇党委撤销上牛湾村党支部书记姜耀祖党内职务，并同不法商人金占川一同移交司法机关做进一步调查处理。

县委的决定，英明果断。在场的每个人都深受鼓舞。白朗苦笑摇头，心想，看来自己这一棒子没有白挨。刘秦岭当时喜极而泣。当着县委石坚书记的面，蔡金凤高兴地唱道："漫天的乌云风吹散，毛主席来了晴了天……"大家情不自禁，鼓掌欢呼，招来了护士长的制止。

相貌出众的女歌唱演员，心中一时感慨万端。等到病房只剩她和入睡的白朗时，她脑海就像过电影一样闪现一连串的面容：先是父母亲朋……随即是那位至今还在打着如意算盘的县剧团副团长、自命不凡的卢兆祥，这令她十分不安，再后来，竟然是远在大洋彼岸的那个没见过面的陈璐……她虽然没有见过陈璐，但是想象中人家一定是文雅才女……她也看出来了，表面上随和质朴的白朗，选择对象眼光极高。他能看上的女人，那还差得了吗？一定是相貌出众，聪慧过人，性格不同寻常……想到此，她心中就感到一阵自卑的烦乱。那女儿家善良又敏感多愁的心中，充满了对白朗过于关注的痴情和难以走近的隔膜之痛。

第二天，不知为啥，直到上午查完病房，也没见老赵前来送饭。白朗一直不说话，躺在那里，眼睛直直地望着天花板。直到所有的液体都快输完了，他也没说几句话。蔡金凤看出了白朗眼神儿里充满了期待和焦虑。她知道他是在等老赵。就像伏在战壕里，发起总攻之前，等待战友的到来。虽然说他们三个是上牛湾驻村的"金三角"，但是白朗书记与老赵的默契关系，蔡金凤心中的确暗暗羡慕，甚至嫉妒。

如此一直悄无声息地等到上午十一点多。上午的药剂彻底挂完了，还不见老赵的影子。白朗此前一直沉默不语，直等到蔡金凤又一次把医院的饭菜端到他面前的时候，他才诧异地瞪起眼睛问："老赵今天怎么还没见来？该不是有啥事情？是不是生病了？你赶紧给他打个电话。"

蔡金凤感到他的眼神里充满了异样的惊恐，摆在面前的饭菜几乎原封未动。她急忙给老赵拨通了电话，可是老半天没人接听。眼巴巴瞅着她的白朗，脸色顿时变得煞白。蔡金凤忙撒谎说："对了，老赵昨日好像说过家里有点事情上午要处理。"

白朗这才似乎放下心来，嘴里嘟囔着说："老赵实在是太累了，等忙过这一阵子，得让他好好休息几天。"

午饭后照例下床活动一会儿。大约中午十二点半，白朗终于睡着了。但依然眉头紧皱，似乎身体哪儿不适。显然，他在睡梦中忍受着痛苦的折磨。蔡金凤看着，就像自己在忍受某种疾病的折磨一样难过。这使她又一次深深地意识到：自己爱上了这个也一时说不清究竟哪里可爱的男人。

窗外一窝喜鹊，一对老喜鹊和刚孵出来不久的一双小喜鹊，那令人羡慕和谐美满的一家子，又一次叽叽喳喳地欢叫起来。蔡金凤赶忙关上了窗户。

夏日正午阳光，透过窗户玻璃照在白朗沉睡中犹显痛苦的脸上，那被伏牛山的田野之风吹拂成栗子色的光滑皮肤，显出一种金属般的瓷实美。蔡金凤用身子为他遮阳，看出白朗睡得很不舒服。他那棱角分明的嘴唇和眉宇间的英武神情依旧，透着音乐剧《西区故事》中男主人公温情善良与不无刚毅的魅力。这是她看到他第一眼时的强烈印象。这也许是全世界的女性都会欣赏的男性之美吧。热烈的夏日阳光照在金凤背上，她不觉得丝毫炎热。深深爱恋中的姑娘，倒仿佛严冬里偎在爱人怀抱，她心跳加快，浪漫遐想……默默凝视，白朗那痛苦神情更像影片结尾，两人痛苦诀别中的痛心疾首，相拥而泣……蔡金凤深知，满满占据他心灵的，并非自己，甚至也不是远在大洋彼岸的陈璐，而是上牛湾的工作和全村人的光景，是六十七户贫困人家的生计。看得出，乡村第一书记，他已经深深爱上了上牛湾的一切，包括人与自然。这个她看得很清楚，也令她最为感动、深受感染，同时也令她陷入了无奈的痛苦。一个你深爱的人，没有真正理解或接受你，那是追求者的悲哀。可是，蔡金凤不愿意这么认为。她觉得一个男人，在人生追求的道路上，能有如此博大情怀和真挚的情感，他就是一个值得深爱的人。多少个夜晚，当她辗转反侧不能入睡时，他那轮廓分明的脸庞就会浮现，她在心中反复咏叹：那聪慧而透着真诚善良的眼睛，就像两团熠熠生辉的烈火，把自己心中最隐秘的爱情火把点燃……美女爱英才，她为之倾倒并深深沉醉……

"金凤呀金凤，眼前的白朗书记，他就是你梦中的白马王子！"多少次静夜里失眠，她一遍又一遍对自己说："蔡金凤，此生你记住，非白朗不嫁！听见了没有？蔡金凤！"

一贯自视甚高的姑娘，说着痴情的话，随即嘴唇紧咬，眼睛里聚满泪水……这些日子，蔡金凤深切地体会到了，爱的甜蜜之果，是在苦水里孕育出的。

眼下，看着白朗睡着了还紧皱眉头的疲惫痛苦样子，姑娘心中不胜忧伤。她真希望自己能够为他多分担些工作的压力，她甚至愿意为他彻底改行，放弃成为大歌唱家的梦想，当一辈子乡村音乐教师！只要那样可以同自己深爱的人天天在一起，她无怨无悔。

睡梦中的白朗仿佛在做噩梦。他突然惊悸地坐起身来，眼睛没有睁开，嘴里却急促地喊道："姜武，你想干什么？你……想干什么？老赵，快，抓住姜武，这个坏蛋……快！"随即就又躺下呼呼睡去。蔡金凤一时吓得束手无策，浑身打战。

蔡金凤一步不离，守在白朗病床前。当他入睡的时候，她却异常清醒。更多的时候，她总是在替白朗难过，想着他的处境……眼前总是出现一个人拉着装满重物的架子车翻越大山。那重物就是上牛湾村，车子艰难而缓慢地朝上行进，他步履艰难，别人却帮不上忙。有时候，她也像大洋彼岸的陈璐那样想，为什么不留在中央大机关工作，而跑到这偏远落后的伏牛山区受罪？

对于这一切，白朗一无所知。他原本并不喜欢同女演员交往，更不愿意自己工作的环境中有一个漂亮女人在身边晃来晃去，招惹是非。但是在同支教音乐教师蔡金凤近距离接触中，他发现她的内心世界，就像眼前的青山绿水一样纯净。更为奇妙的是，她闭花羞月的美丽容貌，使得他把她很自然地同一个当地传说中的历史人物芈月姑娘联系在了一起。电视剧《芈月传》热播之后，仍是余音袅袅。

上牛湾的牛尾河沟背后，有一座高山，相传叫芈月山。芈月山同一段美丽的传说融为一体。其中的女主人公美丽的芈月姑娘，很自然地就令白朗联想到了土生土长的蔡金凤。芈月是古代楚君威王的小女儿。史载本县丹阳是楚国故都。楚国历时八百一十九年，其中在丹阳建都时间三百五十三年。楚国四十二位君主，有十八位在丹阳国都执政。芈月姑娘的父亲楚威王于公元前三百三十九年登基，在位十年，足见那时国都已经由丹阳迁往湖北荆州一带。芈月姑娘同颍川发生联系，也只可能是回乡寻根问祖，这与蔡金凤支教似乎有些雷同。白朗到上牛湾不久，就对这个传说故事产生兴趣。记得春天的一个周末，他曾经同老赵、刘秦岭和蔡金凤一道儿徒步翻越牛尾河沟，攀上高高的芈月山考察，才知不光是民间传说，那里的确有古人在石崖上留下的摩崖石刻"芈月山"三个篆书大字。白朗更加感兴趣的是芈月山下那条长满银杏树的山沟，当地人称银杏沟。传说中芈月就是在这里同一位青年书生相遇，随即相知相爱，演绎了一段美丽动人的爱情故事。此后，白朗仔细考证了这段感天动地爱情故事的历史背景。遗憾的是，故事中的两位主人公，芈月与名士春申君，虽然都是历史上真实有名的人物，但是他们出生的年代实在是差异太大，也就是说，当芈月二十七八岁已经嫁为人妇之时，春申君才呱呱坠地。显然故事有些牵强附会。"但是芈月山的传说，却是仍在民间流传。这就是艺术，虚构的魅力。其实不需要科学考证。"白朗在日记（微信）中做出了这样的结论。群里许多同事拍手叫绝。更多的人表示同意。还有的说，上牛湾附近的银杏沟，可以开发生态文化旅游，这同白朗的想法不谋而合。随后不久，白朗写了一篇题为《芈月山考察记》的文章，通过微信发在了网上，其中就明确提出在实行生态保护的同时开发生态文化旅游的构想。这篇图文并茂、谈古论今的文章，立即引起读者的热议，很快就有驴友自驾来探访。有人还纷纷发微信写文章，"芈月山"这个从前少有人知的名字，借着电视剧《芈月传》很快在网上走红。此后白朗亲自写出一个保护开发方案呈报镇上和县里有关方面，同时致信石坚书记。石书记亲自过问，列为绿叶公司的二期开发项目，开始进入可行性研究和方案申报。一次吃饭时，白朗半开玩笑说，他在考察文章里面，所描写的闭月羞花的美女芈月，就是按照蔡金凤的相貌写的，所以才那么真切动人。这话说者无意，听者动心。从此"闭月羞花"这个从白朗嘴里说出的赞美之词，在蔡金凤的心中，简直就是最大的陶醉与安慰。

　　看来，女人在恋爱中所表现出的痴情都是相同的……蔡金凤想着，自己感到有些离谱，不禁摇头自嘲。她理智地提醒自己，这个时候，要无条件地替白朗着想，替他分忧。

"不要再胡思乱想……你上了这高竿，你就得不顾一切去努力！只能为理想而废寝忘食、奋不顾身，绝不能瞻前顾后，左顾右盼！"

这是白朗时常对自己讲的一句话。蔡金凤起初听着有些别扭，渐渐地她终于理解了这话的含义和分量。人家这绝不是简单的豪言壮语呀，而是一个人的信念。

蔡金凤人很聪明，又属于那种"一根筋"式的美女。作为学声乐的歌唱演员，她过去几乎整天埋头于试声练耳、提息吊嗓、拿捏发声技巧和控制情绪、运用胸腔共鸣、调动丹田之气等等的纯粹专业训练中。特别是大学那四年，从进校的第一天起，她就宿舍琴房餐厅，餐厅琴房宿舍，开始了无休止的重复动作。如同驴拉磨一样，整天在磨道里旋转，搞得昏头涨脑。睡梦中还是满脑子的考试、比赛、演出，演出、比赛、考试。最浪漫的事情，就是一个人躺在床上展开美好的想象：绚丽多彩的舞台，全身心投入纵情歌唱，经久不衰的掌声，众星捧月成为明星，走到哪里都被掌声和鲜花包围，被粉丝的追捧与之相应的灯红酒绿、荣华富贵……她的人生，似乎从进入音乐学院声乐系那天起，就被锁进了一个狭小的怪圈之中，开始在遥遥无期的明星奋斗梦中无法自拔，音乐以外的世界，似乎根本就不存在。因此，她从未想过任何政治问题和艺术以外的其他问题，更没有兴趣讨论音乐行情之外，同明星梦毫不相干的任何话题。久而久之，蔡金凤不光是反感社交，厌恶政治，她甚至对大大小小的官员都怀有某种超越客观的偏见。这其实也是她迟迟不能接受父母给自己介绍的对象的潜在原因，认为人家是"削尖了脑袋一心向上爬"的小政客。可是，自从这个白朗出现在自己视野中，她的看法变了。爱情的力量真是神奇，她开始关心起政治来了，逐渐地意识到，当下的政界，就主流而言，并非是政客们升官发财的角逐地、名利场，仍然是心怀理想的政治家为老百姓谋福利的平台，是讲究牺牲奉献的地方……想起那天，在金鑫集团一号别墅封顶现场的情形，她不由得浑身又紧张起来。瘫软在刘秦岭背上的白朗，刚才还是活生生一个顶天立地的男人，突然就不省人事，连脖颈都直不起来……心爱的人儿呀，你还能醒过来吗？现在看来，自己的担心完全是多余的，人家这不是好好的吗。但是她又想，这是个报警信号，万不可掉以轻心……金凤越想心中越害怕。如此繁忙的工作，再加上各种按道理不该发生，但偏偏就节外生枝，人为制造出的矛盾问题……到底把他压垮了！蔡金凤心疼地想，顿时又忧心忡忡起来。

自从那晚月光下穿过村里桂树林时，由于陈璐突然打来电话两人闹了别扭之后，表面上他们的关系疏远了。他们虽然还在一起搭伙，但见面时白朗总是小心翼翼，蔡金凤也理智了很多。然而彼此很快就都意识到，情感的问题并不是那么简单。就像冬季的冰河，表面上的冷静暂时掩盖着内里的骚动不安。特别是蔡金凤明白，自己的内心更加充满对白朗的深深依恋。这种表里不一的状况，每时每刻都折磨着她使她寝食难安。

"唉，爱情呀爱情，你简直就是一种痛苦的折磨，当人们感到幸福美满的时候，那会不会又是爱慕悄然消失的开始？"蔡金凤心神不安地问自己。

当爱在心田埋下种子，它就会破土而出。多数情况下，理智无法管束情感滋生蔓延。青春期的生理骚动，在其中起着推波助澜的作用。她担心这一切会不会稍纵即逝？

然而此刻，白朗的注意力却不在个人情感方面，而在更大的视野上徘徊。从某种意义上讲，这也许是男人和女人的某种区别。

醒着的时候，病床上的白朗想："中国素有'乡土中国'之称。国家的繁荣与衰败，体现于乡村的兴盛与衰落。乡村生活这一首古老却又充满活力的乐曲，就像一条平原上流淌的小溪，没有交响很少变奏。最大的特点就是慵懒缓慢。这是农民的幸福也是某种悲哀。久而久之，人们懒得思变，一切照旧，看不到变化。年复一年，月复一月，几乎重复着同样的旋律和节奏。年轻人受不了寂寞与贫穷的折磨，却又无能为力。改革开放以后，年轻人开始纷纷离开家乡到城镇谋生，后果却使得乡村从此开始走向全面衰落，城市也不得不降低文明的标准……"

这天深夜，白朗避开护士与蔡金凤，在驻村日记（微信）中写道："意外受伤住院，我躺在病床上，人闲下来就不由得胡思乱想。想着想着就感到了悲伤。撇开眼前的功利和个人成败得失不论，就从人类社会学和哲学的层面来探讨一下乡村振兴问题。精准扶贫是解决微观问题，其在振兴乡村的宏大构想中的意义不言自明……"

白朗写到这里，停了下来。他犹豫着，要不要就此打住？他原本就属于那种话到嘴边留三分的人，自从担任乡村第一书记之后，就更是谨言慎行。不过此刻这个问题，如鲠在喉，不吐不快。好在群里也没外人，且有约法在先，讨论话题不得外传。如此想来他叹息一声接着写道：

"有一个问题很棘手，不知该不该讨论，也不知出路在哪里？好在群里都是咱们同事，权当关起门来说私房话吧。从哲学意义上讲，这个问题既是宏观的又是微观的：乡土中国的社会结构解体和传统村落迅速消失问题。我们上牛湾村周围方圆十里，原先有十二个行政村，三十七八个自然村（村民小组）。现在有两个半被牛头镇发展吞没了，源头水库淹了一个半，还剩八个行政村，不到三十个自然村子，而且都还是只留一半左右甚至更少的人常年在村里生活劳作。类似这种情况，据说全国各地较为普遍。更加令人担忧的是，现有的村庄普遍出现了'空心化'问题。这种趋势究竟能不能扭转？这究竟是颓势还是进步？如果是退化，如何才能有效遏制？"

他写完发出的时候，墙上的闹钟显示夜里十一点。网上人还多，立即引起强烈反响。

新疆的王龙是学考古的，但却喜欢研究社会问题，他近期为自己起的网名是"羊肉馕饼"。他几乎每次都是第一个点阅，继而跟帖评论说："这是十年前学界就开始探讨的话题，如今提出'振兴乡村'，就是针对这种现象，振兴是一场及时雨。新一届党中央英明！"网名"老陈醋"（山西吕斌），此君平日一直潜在群里，轻易不言声。这回他显然是忍不住也跟了一帖，曰："上面提出振兴乡村，我举双手赞成！讲振兴乡村，其实就是讲振兴中华。乡村再不振兴，城市也要连累垮了。我们的城镇化万万不能走欧美的老路。应当承认，改革开放这四十年，中国的城镇化，我们没有所谓的顶层设计，就像是一场门槛很低，农民几乎是人人都可以参与的人数不受限制的马拉松比赛。结果随着改革开放一声枪响，我们的农民兄弟就像潮水一样，争先恐后涌流进城。造成的结果是，城不像城，乡不像乡，或者叫城乱乡衰。由于前前后后有七八亿农民进入了城市，城市品质明显下降，而乡村严重失血，不单是土地荒芜，更形成了神经萎缩，全面衰落。这是不争的事实。解救的办法，就是从振兴乡村入手。可见谈乡村并非是只言乡村，也暗含着市民素质提高和城市品质提升。"

老陈醋的帖子，发人深思，群里半晌没人发言。

白朗新近取了个网名叫"银杏树"，他向老陈醋发了笑脸表情，还送了一朵鲜花，后点赞曰："高见！中央的意见和规划搭起了四梁八柱。上面决心很大，各种优惠政策和措施也正在陆续出台。但是，振兴乡村没人不行，村民当是主体力量。可是人仍在外流，回来的很少。这该咋办？"

吉林董欣浩，网名"高粱花子"快人快语，刚一上线就立即跟帖热身："振兴乡村关键是人的问题，没人如何振兴？我们东北这些年农村青年离乡人数日益增加。我接触过不少离乡进城的务工青年，说城里再苦再累，他们都不愿意回来，离开了就不再回去。"

群主金霞大姐忍不住点评："这也太绝对了吧！"

董欣浩发来哈哈大笑的表情。

网名"梁山好汉"的山东同事说："谁都知道土地荒芜严重，'空壳村'现象普遍。仅有老人和儿童的村子，如何振兴得了？我曾经同一位在县城开小超市的村民交谈过，他八十年代生人，小超市开十年了，还在城里租房子住，而家里的房子却盖得很漂亮。我问他，你愿意不愿意回村居住，他说不愿意。我问为什么，他说不为什么，就是要让子子孙孙把农民这顶帽子摘掉。我说为什么？他说当农民低人一等。我说这是谁的看法，他说是社会的看法。我说如今不一样了，他说还一样。我看他是试图为自己找到一种坚持下去的理由。无论多么的困难，目标多么遥远，甚至前途渺茫，他都得坚持，义无反顾地坚持。这是一部分农民的心态，与贫富没有关系。"

白朗一时不知该说什么。只得回应"人各有志，农民也不例外。学会包容，理解万岁。各地、各村情况不尽相同。传统村落减少，看来是一种趋势，人为难以阻止。但减少，并不等于消失。中国最终仍有数亿农民将要生活在乡村。水往低处流，人往高处走。要坚信农村的生活环境如果有一天超过城市，那就只有固执的人愿意留在城市啦。这也是一种规律。物极必反，振兴乡村是时代命题，责任不可推卸，我辈只有担当"。白朗知道，讲这些没用，但他还是不由自主地讲了。

第二十九章

　　县里驻村干部老赵，姓名赵志远。他低矮黑瘦，小鼻子大嘴的，看着很不起眼。算起来他在上牛湾村住了将近三年，大多数人不知道他的官名叫赵志远。村里大小人都管他叫老赵，连三岁小孩子见了他，都会咬着大舌头喊"咬赵""咬赵"。开始一两年，老赵默默无闻，许多人都不知道村里来了他这么个人，知道的也不清楚他是从哪里来，又是来干啥的。那时候，老赵在村里的地位和影响力，就像当时的村主任王石子一样，纯属无足轻重，晾得很尴尬。于是，无论啥时候，他骑着那辆黑黢黢的电动摩托车，悄悄地进村或是悄悄地离开，并没有人留意。连村里巷道好事的狗，看见他都懒得叫唤一声。说白了，他的反响还不如叫花子进村。这要让老赵看明白了该是多么的伤心呀。是老赵没有看明白，他实在是没有时间和精力关注这些。那时候他从村里出来进去，满脑子都是自己家庭的困难。远在家乡农村的父亲，脑血栓瘫痪在炕。县城里原本教了十多年书的优秀教师妻子，突然查出了肺癌！这晴天霹雳，又不得不对妻子和儿子保密。说来真不公平，老天爷把一切压力和痛苦都叫身板单薄的老赵一人扛着，好像故意要把他压垮。一个和谐美满的家庭，一下子出现了危机，就好像山崩地裂一样可怕。老赵举目四顾，孤立无援。天地都仿佛开始变得装聋作哑。想到可怕的后果，他只能在深夜把头埋在被窝里抽泣流泪。

　　赵志远的妻子李爱琴，比他整整大三岁。当时他在部队已经升任副连长，说只要再熬三几年，升了营级，老赵就有资格带家属。不知为啥，两人一见面就都同意，婚事就算是定了。后来老赵知道女方年龄比自己大，提出解除婚约。

话一出口，竟遭到母亲一顿数落。因为母亲见过未过门的儿媳一面，一下就相中了。

母亲说："大几岁怕啥，我就比你爸大三岁，这不过得好好的嘛。你没听人说'女大三，抱金砖'。按照咱们颍川的习俗，这可是幸福临门呀！你这是金砖入了怀，还胡乱弹嫌！"

赵志远无言以对，只好作罢。可是自从结婚以后，别说是抱什么金砖了，他连个银砖也没见过，甚至就从来没涨过一回工资，而且厄运不断，苦不堪言。老赵只能认命等运，静观其变。真是福不双降祸不单行！老赵的命，用他家乡人的话说，也就算苦到蒂把儿上了。

赵志远在部队十年，由一个识字不多的农家子弟，一路班副、班长，排副、排长，一直当到主管后勤事务的副连长，也算是功成名就。后来部队风气变了，出现了"一切向钱看"的奇怪现象。老赵却不知道，仍然靠勤勉奉献，埋头工作，梦想"百尺竿头再上一层"，事实令他一次次失望。于是原本忠心耿耿的赵志远考虑再三，还是决定急流勇退。"我决心到地方继续为人民服务，为建设美好家乡而努力奋斗"，这是他递给团里的转业申请报告中很动情的一句话。可是报告没被批准，赵氏豪言却很快在连里被传笑。他老实巴交，一贯喜欢看书读报，也就养成咬文嚼字的毛病。他并不知道，部队转业也要走后门送礼，更不知道在网络语言走红的当下，他的那些所谓豪言壮语已经很难打动人。他为此烦恼，一连好多日子睡不着觉。后来，由于得了抑郁症，老赵的十年军旅生涯，就这样糊里糊涂结束了，他心里很不是滋味。

他挥泪别过连队和战友回到老家颍川。那年他二十八岁，尚不到而立之年，也还算风华正茂。他原先一心想到县公安政法系统或组织人事部门干，可这些人们眼里有权有势的单位，都是争着抢着要进。说白了，上面有权有钱的人很多，他被三挤两挤就分配到县文联搞了行政。县文联一共三个编制，一辆小车。驻会主席一正一副，所谓办公室就他一个人，既是主任也是秘书长。县财政每年满打满算拨款十万元，除过人头工资外，办刊物、外出开会、下乡采风，还有各个协会的专业活动经费几乎等于零。一部桑塔纳破车没人开，只得闲置。就在这时，县里抽人扶贫，县文联也得包一个村。老赵就来到了上牛湾村。别的单位包村，有权有钱，县文联是清水衙门，啥也没有，老赵也就只能混日子了。

因为家属有病，再加之在村里也无事可干，他几乎一个月也在村上住不了几天。难怪业绩年终排名全县倒数第一。自从第一书记白朗进村之后，情况发生了很大变化。老赵也同王石子主任一样，随之成为村中一个不可缺少的重要人物。他时常幽默地对人说，自己是第一书记白朗的"三陪助手加司机秘书"。有人问怎么讲，他说："陪吃、陪睡、陪开会，附带驾电动车谈判寻领导办事和接待群众上访啥的。"每次都逗得人家哈哈大笑。白朗也止不住嘿嘿地笑。他仔细想想，倒也有点这意思，不过还是纠正他说："你讲得不准，应该说咱们是好同志、好兄弟、好伙伴、好同事。"这"四好"一出口，反倒逗得老赵又哧哧地笑。最近两天没有见到老赵的白朗，躺在医院一闭上眼睛，面前就是老赵的音容笑貌。他实在忍不住，就问金凤："老赵这两天上哪儿去了？"

蔡金凤说："老赵回村去了，村里建学校和村部翻修还有扶贫车间技术培训，离不开人呀。"

白朗听了这才放下心来。金凤讲的也是实情。

可又一想，不对呀！"咋就连个电话都不打？"

"他，电话坏了，还没来得及换新的。"

白朗沉吟着，不再说话。心中默默祝福，好人一生平安。

自从东牛公司成立，上牛湾村就像进入了发展的快车道。接二连三的实事、好事，引来了大变化，令村民喜出望外，笑逐颜开。先是东牛公司铺路工程进展顺利。新技术彰显威力，低耗高效，短短一个月，就净赚利润五百万元。这消息令全村人振奋不已。也就是说，村里无论男女老少，平均每个人都成了万元户。这对于贫穷的上牛湾来讲，简直是历史的奇迹。与此同时，按照村里同东华集团签订的合作框架协议，东华集团出资援建的"东牛希望小学"，按照白朗的建议，在目前饲养院的基础上重新设计翻修建设的上牛湾村党支部、村委会工程也破土开工。同时，为了支持大学生回乡创业，解决村里二三十名留守妇女和辅助劳力就业，村里决定规划建设扶贫车间。没有投资，白朗带着老赵四处奔波，协调扶贫专项、民政救济和小额贷款再加上东华的援助，多渠道解决了资金问题。他又带着支委、村委一道满村选厂址。结果，只用了不到半个月时间，就在距离饲养院不远处的一片乱石坡上，盖起一座足足有五百平方米的宽敞明亮的"扶贫车间"。这在上牛湾更是一件新鲜事。资金不足部分，还是由东华集团慷慨援助，白朗心里实在有些不好意思。自从他同黄凯无意间成为神交好友之后，极重友情又讲义气的黄凯就表现出超越商业往来的慷慨大度。城市支援农村，工业反哺农业，这口号虽然喊得很响，但是具体怎么搞，还是没有定数。贫困村如何同民营企业联合振兴，仍然是个需要研究破解的课题。虽然各级扶贫办按照中央精准扶贫精神提出了一系列规定动作，但是各级标准并不一样，而且大多是输血式的、一次性、给予性的解决。上牛湾村和东华集团联合成立东牛公司引进高科技，找到了合作共赢的新模式，堪称双赢样板。另外，建立扶贫车间，有些地方国家投资建成后，往往没有项目，长期闲置。白朗想问题很周全，他在车间开工建设之前，就委托姜珍珍和魏涛开始考虑村里留守妇女扶贫就业项目和利用伏牛山区生物资源开发高科技产品的考察论证。姜珍珍和魏涛经过网上调查和实地考察、咨询专家，提出了依托当地中草药资源，开发医疗保健产品解决妇女就业的一揽子想法。

这天，姜珍珍和魏涛来医院看望白朗，其实是按照白朗的短信邀请，来汇报他们的考察论证情况。他们来时，恰巧是上午查房过后。

见白书记精神不错，姜珍珍开门见山地说："咱们伏牛山脉作为长江、黄河和淮河的分水岭，由于独特的地理位置和气候特点以及生物多样化的环境，形成了极其丰富的生物资源。其中的珍贵野生药材品种之多，药性之强，开发潜力之大，都是全国罕见，被业内称为除了云南之外的第二个天然药库。"

白朗见年轻的姜珍珍介绍得那么专业，心中十分高兴。谁说青年人都不愿意回乡，我们姜珍珍同学，省林业大学园林设计系高才生，毕业之后原本可以应聘省城发展，但是她却义无反顾地选择回到故乡。不光是自己回来，还带回了男友魏涛。两人一同携手创业，真是令人羡慕。

兴致勃勃的姜珍珍，见白朗书记望着自己发呆，还以为是自己哪里说得不对呢。正有些忐忑不安，就听白朗问她：

"回乡的感觉如何？没失望吧？"

"没有，可以说目前劲头还算足吧。就是感到开头太难，创业不易。"

"感到不容易就是进步，说明你已经进入了角色。"

珍珍看一眼一旁只是傻笑的魏涛，说："感觉就像一个刚学会游泳的人，一下子跳到了大海之中，面对浩渺波涛，既兴奋又有些紧张。"

白朗听得笑了起来。魏涛也跟着嘿嘿地笑。

性情活泼的姜珍珍撇嘴瞪魏涛一眼，又说："幸亏只会傻笑的魏涛同学在我身边壮胆，要不然我还真有些害怕。"

白朗笑着问一米八大个儿的魏涛："听说你是生在大城市，来农村感受如何，父母的态度怎样？是真心支持吗，还是勉强同意甚或根本就不同意？"

貌似性情腼腆的魏涛看看珍珍，说："实话讲，我还真有些不大适应，就是感到卫生条件还是不能和城市相比，再就是封闭感，尽管也有网络，可以随时和外部通话联络，但是感觉还是比城市落后至少三十年吧。我是说物质生活与精神生活全方位的那种落后。"

白朗听着，有些意外。他很注意姜珍珍对此的反应。不承想，珍珍却很严肃地不住点头，表示完全同意魏涛的看法。显然他们早已经就此问题交换过意见，并且达成了共识。这令白朗感到惊异。作为"80后"，他对"90后"的思想还真不够了解。

"那，为什么还要回来？"

魏涛说："正因为如此，我们才决定回来的。因为我们两个人共同的生活理想就是四个字'迎接挑战'。我父母都是大学老师，他们完全尊重我们的选择，临别只送了我们四个字，就是希望我们不要'半途而废'。"

魏涛说完，两个小年轻同时笑了起来，笑得那样开心。他们谈着关乎自己一生幸福和命运的事情，就像在谈论一件微不足道的小事情一样轻松愉快。

白朗却听得瞪起了眼睛。魏涛的回答，完全出乎他的预料，也没想到他们的想法竟然是如此的单纯、简单。他情不自禁地在心中为他们鼓掌点赞，从容同时却不无惭愧。真是小瞧了他们，"90后"的现代青年，他们的思想意识，较之"80后"更加自由开放。看起来他们活得更加自我，但是却也更加脱俗，更加真实，更加勇敢大胆，从容面对生活的挑战。

姜珍珍、魏涛走后，白朗的心情久久难以平静。他们的到来，一席简短的交谈，令白朗得到了很大的慰藉和某种思想的启发。白朗想，姜珍珍和魏涛，同刘秦岭、姜喜才、梁大海这些一心热爱家乡的复员军人一样，他们才是乡村振兴的生力军，才是主体力量。有了他们的参与，乡村振兴指日可待！因此他就想，对于他们这些人，要加倍呵护，十分爱惜，千方百计给予大力支持。关键是自上而下，要有一整套优惠政策的出台。

第三十章

其实，村里在爱护人才这方面，已经做出了努力。比如帮助姜珍珍和魏涛创业，白朗和老赵没少费心。为了摸清当地资源情况，白朗、老赵一个月前就同姜珍珍和魏涛一道，走访了当地几位名中医，还冒着酷热，一连好几天上山实地考察，采集了不少地道的野生优质药材标本，其中有北柴胡、连翘、茱萸、辛夷、栀子、杜仲、丹参、冬凌草、半夏、艾草、绞股蓝、银翘等送请省中医研究院专家进行测试研发，据说不同程度都有一定抗癌成分。在白朗提议和支持下，大学毕业毅然决然与志同道合的男朋友魏涛一道回乡创业的姜珍珍注册了自己的公司：颍川恒智康健科技有限公司，并研发注册了"恒健牌"药枕和"颈康泰"保健围巾。还根据艾草的广泛药用功能和疗效，开发了足疗药包、爱心香包、婴儿裹肚、老年背心、男士短裤和女士健康用品系列。计大小十多种药用保健产品。并且规划落实了药材、花卉繁育和种植基地。

结果，扶贫车间一建成，村里就利用扶贫小额贷款，购置手摇缝纫机二十台，又经金霞大姐介绍，姜珍珍专程前往广东请来教师刘阿琴，立即开办了首期缝纫刺绣技术培训班，一次解决村里二十五名妇女就业。哑女、巧玲妈和兰花嫂也报名参加培训，很快就成了骨干。上牛湾村妇女原本就心灵手巧，注重女红，因此培训效果出人预料。多数妇女，很快就能上手正式生产操作。第一批产品很快通过质量验收。由于产品事先已经在网上做着广告，因此很快就打开销路，有了第一批订单。也就是说，妇女们很快就有了收入，县、市电视台对此及时做了报道。县市扶贫办很快把上牛湾村定为"扶贫车间示范基地"，还把姜珍珍树立为大学生回乡创业的优秀典型。消息不胫而走，周围各村妇女闻讯，都纷纷前来上牛湾参观学习。也有驻村干部和村上干部一道前来取经的。一时间，继铺路工程之后，上牛湾又一次成了人们关注的焦点。村里的扶贫车间，也成了村里最热闹的地方。姜珍珍和魏涛一不留神竟成了新闻人物，尽管他们对此不感兴趣，但是却发现有商业广告效应。生意迅速红火，他们一时忙得不可开交。网上销售很快形成热点，订单不断，资金回流很快，创业亮出了绿灯。姜珍珍首先想到要给妇女们增加工资。如此一来二去，她同妇女们的关系愈加密切，逐渐融入乡亲们的感情之中，大伙亲热地叫她珍珍妹子，同她无话不说。

"白朗书记让狗急跳墙的姜武用棒子打昏倒了！"

纸里包不住火，白朗住院的消息终于公开。一连好几天，扶贫车间干活的人们都在议论这件事情。听说珍珍和魏涛曾去看过白朗书记，人们就向他们打听情况。"白书记被姜武打住院了！"成了村里的头号新闻。

全村人都骂姜武挨千刀的，断子绝孙，不得好死！

大约除了支书姜耀祖之外吧，村里人人都替白朗书记捏了一把汗。老支书姜建国得知此事后，气得不吃不喝，当下就提着拐杖四处寻找儿子姜耀祖，还发狠话说不把姜武这牲口送到监狱，他就要同儿子一刀两断！姜怀安老人知道后，专门把重孙女珍珍叫到屋里询问情况。直到珍珍说伤势不重，人好好的，老人家这才放心。

村里的妇女们听到这个坏消息，当时就炸了锅。当时巧玲她妈、兰花嫂子和一群妇女都在村里扶贫车间缝纫刺绣培训班接受技术培训。大伙听到这个消息，一边伏在手摇缝纫机上缝制产品，一边心疼地议论着。妇女们深知，要不是白朗书记亲自带人跑前忙后，就没有她们今天的就业。情绪最为激动的是巧玲她妈，她说自己恨不得攥上咬姜武那货一口。

"好啊，你要真咬，人家才高兴呢！"兰花嫂子故意逗她说。大伙儿都会意地嘿嘿直笑。

巧玲她妈竟然没听明白，还抬起头莫名其妙地问人家："为什么？你们笑啥哩嘛？"

兰花嫂子说："你想想，人家老光棍，正愁没女人咬呢！"

巧玲妈一听急了，上去就捂住兰花嫂子的嘴，说："嫂子你真是，不许胡说，人家说正经话哩。"

"说正经话？我问你，你从前咋还咬过人家白朗书记一口。这回又说要咬旁人。你又不是属狗的。"

"谁说我不是属狗，我就是属狗！"

"你属狗也不能见人就咬呀！咱只能咬他姜武这样的坏人！"

"谁说我咬好人来着？"

"谁说的？我说的！是我亲眼所见。"

"那可不是真咬，那是亲得不行，才……"

巧玲她妈说着，脸突然就红得像只下蛋母鸡。

那时她还在病中。一次白朗书记又上门帮着干活，见了恩人，她一高兴就懵懵懂懂地抱住人家穿半截袖的胳膊狠狠亲了一口，恰巧兰花嫂子也在当面。那回倒把白朗连吓带羞闹了个满脸通红。农村人结婚早，巧玲她妈虽然已经是三个孩子的母亲，但是年龄也只有三十五六岁。说起来，比白朗书记也大不了几岁。

如今提起白朗书记，巧玲妈的心里别说有多感激。她自从按时吃上白朗书记从北京托人买的特效药之后，病情很快得到了控制。眼下已经几乎没有任何症状，看着完全成了一个好人。她不光把家务料理得井井有条，还参加了扶贫技术培训，进了新建成的"精准扶贫车间"。她边学边干活，眼下每天收入达到一百元。她的心情一下子轻松愉快起来。加之她天生勤勉聪慧，眼下已经熟练地掌握了缝纫和手工刺绣两门技术。说白了，上牛湾村的妇女，全是白朗书记的铁杆粉丝。在妇女们的眼睛里，白朗书记就是完美无缺的偶像。在半边天们的心中，白朗书记就是自己的大恩人。如今人家受伤住院的当口，妇女们认为，她们唯一能做的，就是提上鸡蛋和挂面，带上核桃大枣和柿饼子等吃喝，到县里医院去看望。可是这个计划昨天刚要实施，她们相约结伴刚出村，不料竟被村主任王石子拦了回来。说是白朗书记有话，要大家安心培训，早日出师。还说他自己伤得不重，只是碰破点皮，很快就要康复出院了，要大伙尽管放心。还说回来要亲自主持缝纫刺绣学习班的结业考试，要大家一定不能分心。话说得句句中听，像是白书记的口气，但是从王石子的嘴里说出来，就有些不对劲儿。于是开始大伙说什么都不相信，加之连日来，村里甚至镇上，传说什么的都有。有人到红船上办事，甚至听姜耀祖亲口说，"白书记情况有些不妙。"再问，他什么话也不说了，故意制造悬念。于是很快，传说的版本越来越多。有的甚至说白朗到了县医院，就一直昏迷不醒，基本上也就成了植物人。还有的说，醒是醒过来了，可是说话还不行，大小便失禁……传得有鼻子有眼儿的，好像有人亲眼看到一样。深知真相的王石子到处辟谣，可大伙儿就是不信。都说耳听是虚眼见为实，要亲眼见了白朗才算。

王石子无奈，心想这正应了白朗书记的观点。白朗一次在两委会上针对此类现象说过："这就是乡村口头新闻的特点。在一张看不见的网上，道听途说的成分很大，只能当作小报的花边新闻或者消息灵通人士的口头《参考消息》来读。只要有人故意造谣，或者有意要传播什么，就会一夜之间传得家喻户晓。可见，这张看不见的网，作用可是不小呀！关键时候如不及时揭破，往往会扰乱视听，动摇人心。"

大伙儿深知，白朗书记讲的乡村祖祖辈辈形成的那张传统熟人圈子内千丝万缕的看不见摸不着的大网，同当下城里人用手机和电脑制造出的那张看得见也摸得着的网络相比较，同样不好对付，但又不得不迎难而上，直面客观存在。

眼下，王石子主任不让妇女们上县医院去看望白朗书记，这就很难说服大伙儿。尽管他如实转达了白朗书记的原话，但是妇女们就是不信。王石子无奈，只好咬咬牙拨通白朗书记的视频电话，直到大伙儿围拢听到白书记的声音，看到真人头上戴个帽子说话，每个人这才心中一块石头落地。所有的误传和谣言在那一刻不攻自破，特别是当大伙儿看见白书记在视频里说话，还像往常讲话那样笑眯眯和蔼可亲的样子，大家就彻底放心了。好开玩笑的兰花嫂子对巧玲她妈挤挤眼睛说："这回看清了吧，说你哩，你往哪儿看。白书记好好的，你操啥心哩，黑了都急得睡不着觉，是不？"

众人听得就哧哧地笑。巧玲妈被笑得不好意思，但总算心头一块石头落了地，她这下彻底放心啦。说老实话，在这个世界上，对她这个苦命的识字不多的农村妇女来讲，除了三个娃子，就是这个白朗书记对她最重要。他在她的心目中，就是最亲的人呀。想起人家为咱的日子操了那么多心，难道就不该替人家操点儿心？她知道兰花嫂子是逗自己高兴哩，也不成恼。

这时候，广东来的缝纫刺绣老师、全国三八红旗手刘阿琴说："这下好啦，大伙儿就按照白书记的意见，安心参加培训学习。缝纫技术，大家基本已经掌握。今天我们继续学习，手工刺绣……"

　　刘老师话没说完，大伙儿都开始准备刺绣的绷盘和针线、图案，唯独巧玲妈坐着发呆。随即她就像犯了病一样望着窗外。原来她看见了一个人，村主任王石子正从门外走过。于是，她不向任何人请假，就独自起身出了车间。不料她一带头，车间里顿起一阵躁动，随即便闹哄哄地乱了。妇女们一个跟着一个都往外走。刘阿琴老师生气了，不知外面发生了什么事情。培训助理姜珍珍赶紧伸手阻拦，可是哪里拦挡得住？她急忙跟出来想看个究竟。

　　原来大伙是托王石子主任进城给白朗书记带上吃喝表达心意。王石子起初不答应，就被围在人圈圈不让他走。

　　妇女们开始同王主任辩论说理：

　　"王主任，你说说，咱们喝的自来水甜不甜？有没有原先的窖水好喝？"

　　"是呀，是谁争取资金给咱们打的这四眼机井？"

　　"王主任，你如今动不动就在手机上面发号施令，从前你咋不打电话？咱的手机加强信号哪里来的？"

　　"王主任你再说说，咱们点的电灯明亮还是原先的煤油灯亮？"

　　……

　　王石子知道妇女们的意思，他却一时不知怎么回答。妇女们见他愣着不说话，就还是不依不饶。

　　"王主任，你说说……"

　　"王主任，你说说……"

　　山里的妇女，本来说话嗓门就高，如今到了一起，一个学着一个的样子，开言更像是吵架打仗一样，机关枪乱扫。王石子历来喜欢安静，如今被聒得脑仁子疼。他想拔腿躲开，但是转身一看，四周都被恼怒的妇女和难看的苦瓜脸围得严严实实，好像他老王犯了多大错误。不就是没让你们上县医院探视白朗书记嘛，咋的啦！难道我比姜耀祖、姜武还坏！他想着想着就来了气，一改平日的和风细雨，大声说："咋的啦！你们有本事到别处闹去嘛，就会拣软柿子捏！"

　　一句话把妇女们都逗乐了，他自己也意识到不该提"柿子"这两个字。他也知道，别人背后就叫自己是"软柿子"。

　　见他突然无语，大伙哧哧地笑得更欢。王石子恼羞成怒，低头蹲在地上点着一根烟抽。他原本约好了是要进城找白朗书记研究工作的，刘秦岭还在村口等他哩。于是抽了没半根烟，他就蹲不住了。站了起来。妇女们就又来了劲。

"好了，大家都回车间啦，一会儿老师要发火了。"

姜珍珍说，可她的话很快就被妇女们的声浪淹没了。

"好王主任哩，你就为我们带个好嘛。就说我们全村的妇女都感谢咱们的白书记。"

"好好好……"王石子主任心软了，嘴里不耐烦地答应着。

妇女们就争着把自己准备好的礼品一下子堆到了他的面前。煮鸡蛋，烙面饼，核桃红枣柿饼什么的。王石子皱起眉头，没办法只得从各家的慰问品中各拿一点，算是代白朗书记接受了大伙儿的心意。他这才得以脱了身，早已被揉搓出一身汗来。

姜珍珍见状，趁机把大伙儿重新招回到扶贫车间。

第三十一章

已经住院十天了，村里的工作千头万绪，每一天都令白朗如坐针毡，心急如焚。许多事情，只能通过手机遥控沟通指挥。

擦破点皮儿，那是他自己的话。医生可不这么认为，诊断书上明明写着："钝器敲击，左额头软组织破裂，疑似脑震荡。病人有头昏头疼恶心症状，厌食嗜睡等，怀疑颅内渗血，建议住院观察，进一步做全面检查。"

此后，每日上午都有针剂吊瓶，还不停地叫你到不同的科室进行各种检查。又是做心电图，又是什么超声波，又是彩色B超，又是核磁共振，一连好几天折腾下来，白朗感到精神疲惫体力也消耗很大。整天躺在病床上，感到浑身都难受，心理压力不小，逐渐感到自己真像是一个危重病人，头昏脑涨，连走路都觉得脚下没劲。加之村里百业待举，铺路工程正值关键时期，东牛集团的员工培训，还有连着开工的学校和村部翻修两大工程，也不知进展如何。老赵一连几天没有消息，王石子主任每次来都是一个腔调："村里一切都好，大伙儿都很好，白书记，你尽管放心。"再追问，他还是这话。他越这么说，白朗就越发担心。夜里睡不着觉，就想得很多，开始频繁出现焦躁不安的情绪。脑子里百虑交集，很快就结成了一团乱麻。真是扯不断，理还乱，白日昏昏沉沉，夜晚反倒毫无睡意。渐渐地，服了安眠药，也不管用了。医生把他的病情及其蔓延结局说得十分可怕。他开始认为自己永远也离不开医院，离不开医生了。

好在这天，王石子带来了村里妇女们的心意。白朗激动得一时不知该说什么。为了让他高兴，王石子主任不厌其烦地介绍说这是谁家的鸡蛋，这是谁家的柿饼，这是谁家的红枣，这是谁家的梨谁家的苹果……每介绍一户，他就吃一个。他一口气吃了好多好多。直吃得肚子开始发胀，呼吸都有些困难。这时，只见门外有人敲门，进来的是蔡金凤，身后紧跟着县委石坚书记。白朗发现他们的神情不对。蔡金凤眼睛发红，石坚书记也是满脸沉重忧伤。两人的胸前，还都十分刺眼地戴着一朵小白花。白朗脑子里突然就闪过一个念头，该不是老赵出事了？连续三天没有见到赵志远，这是他最害怕得到的噩耗。果然，石书记态度严肃地说："白朗……同志，有个不好的消息，本来想等你出院后再告诉你的，我考虑再三，还是觉得应当及时让你知道。"

白朗听得，脑子嗡的一声几乎昏倒。早有准备的蔡金凤上前，一把扶住白朗的身子。他感到自己的心脏跳得就像擂鼓，太阳穴开始剧烈胀痛，眼前发黑……他猜想，可怕的消息终于来了。就瞪眼望着石坚书记。多么希望自己猜错了呀，只是一场虚惊。或是发生了别的什么不好的事情。可是，他猜得竟然千真万确。

"白朗，你要冷静，赵志远同志，前天早晨五点多钟，因心脏病突发而不幸病逝……明天上午，县里在殡仪馆举行遗体告别仪式。"

白朗只觉得眼前一黑，后面石书记再说什么，他都没有听见。等他醒过来的时候，看见面前围了好些人。多数是穿白大褂的医护人员，穿深蓝夹克衫的县委石书记也在其中。见白朗醒过来，石坚书记上前，紧紧地握着他的手。好像害怕一松开，就会永远失去他似的。两个人的手都是那么冰冷，彼此眼睛里却含着热泪。老半天，他们谁也不愿意松开……

夜晚，一切都归于平静。过不去的一切，都已经过去了。墙上的钟表在一刻不停地跳走，分分秒秒，伴随人们的心脏跳动，把每个生命的存在，撕扯成嘀嘀嗒嗒的碎片。人的一生，就在这嘀嘀嗒嗒的撕扯中苟延、挣扎，直至消失，谁都无法拒绝生命的尽头。难道老赵的钟摆，就这样停止下来，永远地停止下来了？刚刚四十五岁，正是生命力旺盛的年华……哀乐再起，他的面前，突然又是老赵：真正男子汉的姿态，昂首挺胸，傲慢地躺在那里，身上覆盖着一面党旗，脸上的表情平静，如同睡着一样。白朗慢慢走过去的时候，没有听见他打鼾，心脏就猛烈地一缩双腿顿时发软。蔡金凤警觉地把他扶住了……他睁开眼睛，想再看一眼老赵，看见的却是一片茫茫雪地，望不到头的雪地。远处一行黑色的脚窝，是老赵留下来的……

　　不知过了多久，白朗脑子里一片空白，也像严冬里落了厚厚的一层雪。突然之间，他感觉自己一个人，在茫茫雪地上孑孓独行。周围是一望无际的空旷寂静，他不知道自己从哪里来，又要到哪里去。雪很深，而且还在下。只感到浑身很冷，仿佛即刻就要被冻僵。有一阵，他似乎想停下来往来路退回去，可是双腿却不听指挥……

　　这时，电话铃响了，他立刻想到了陈璐，不由得打了个大大的寒战。住院之后，不知从何时开始，陈璐半夜从美国打来的电话，成了他人生天平上一种负面的砝码。尽管她并没有流露任何消极的表示，但他开始检点自己，开始怀疑自己的人生和事业选择的正确性。许多次，他心乱如麻，无端发火，甚至擅自拔掉腕上的针头，一个人跑到病房楼顶上，站在矮墙边上张望马路上熙熙攘攘的行人和汽车……有好多次，他明明听到陈璐亲切的声音在远方召唤自己……他变得性格异常脆弱，无缘无故地就会热泪盈眶。有时就像一个人，突然失去了骨骼的支撑而变成一堆毫无自持力的软瘫肉团。一贯喜欢阳光的他，变得害怕见光，大白天也要拉上病房的窗帘。黑暗中，他用衣袖使劲儿地擦着眼睛，想看清陈璐的面容，但是越擦眼前却越发模糊。呼唤声越来越遥远，他的神情立时紧张异常，身后却突然出现闹哄哄的一片呼喊。他回头看，除了漆黑一片，什么也不见。然而，仍听见许多人，熟悉的声音里，浮现出上牛湾村那些熟悉的面孔，瞪大的眼睛，亲切又怒气冲冲地朝他呐喊！白朗大吃一惊，再定睛看，那些眼睛就变成了一双，是姜耀祖的小三角眼，又像是李宏伟的圆鼓鼓的大眼珠子。那眼光就像钢针，直刺他的肌肤，他感到一阵钻心疼痛。就在这时，那眼神又化作姜武的一双牛蛋眼，手中挥舞着大棒，无情地朝他打下来……他一闭眼瘫倒在地，嘴里呼哧大喘，浑身直冒虚汗。他仰面朝天躺着，定睛看，天上却是蓝天白云，周围空无一人，无风无雨，静得能听见自己呼吸。他知道这是幻觉！这令他十分恐慌，感到自己处在一个万丈悬崖边上，又像陷入泥淖一样不能自拔。

　　夜里，上述的可怕思绪与幻觉，接连重复出现几次之后，他完全失眠了。从前一直认为自己很坚强，坚强得就像一座石山，意志如同山体上的岩石。从来没有想到过这岩石会变得如此的虚弱，甚至像冰崖，随时都会崩塌……

　　一个人，焦虑失眠中产生的种种难以置信的奇怪念头，就像传说中的大鬼儿小鬼儿，死死地缠住他不放。如今，由于老赵的突然离去引起百感交集，白朗日夜处在这样的纠缠之中，更加感到了某种难以名状的恐怖。这种恐怖，在黑暗中就像癌症病人体内可怕的癌细胞，成几何级迅速扩散。这种病理不清、缘由不明的恐惧感，终于变成渴望解脱痛苦的强烈愿望。

是夜，整个病区、整个医院、整个县城都进入了酣睡状态。整个世界，突然之间就浓缩成了这么一个小小的病房，一个除了痛苦绝望就什么也容纳不下的心胸。仿佛整个人类，此时此刻就他一个人无奈地醒着。渐渐地，先前的焦虑恐惧，化作从未有过的孤独，既像雪地上的独行，又像大冬天一个人在暗夜中封冻的江面上突然冰层破裂而落入刺骨的水中……突如其来的灭顶之灾，孤立无援的挣扎，无能为力的绝望，冰冷刺骨的钻心疼痛感觉，一个人一生中绝无仅有的沉沦感……这就是活着，这难道就是活着！白朗再也躺不住了，他一咬牙，迅速地翻身下床，透过窗外微弱的星辉，看见墙上闹钟的秒针仍然急促跳走，静止不动的时针正指着四点。他头脑异常清醒，凌晨四点！不能再拖延了，得寻个了断！他咬紧牙关命令自己。

悄悄地开门出来，蹑手蹑脚。他知道蔡金凤就在附近，护士站里有一张临时行军床，后半夜她会和值班的女护士挤在一起打个盹儿。走到亮着灯的楼道里，他望了望护士站那边，空无一人。回头看见自己穿着白色蓝条纹的住院服，就像一头孤独的斑马，突然感到奇丑无比，浑身的筋骨肌肉都不舒服。

楼道充满了难闻的消毒液气味。他一闻到这种味道，立即就感到头晕恶心。一时间，他不知道该向哪里去，就像个置身于陌生环境的逃犯。他目光慌乱地在两堵雪白的墙壁之间寻觅，就像在沉溺中寻找一条求生通道。他时而感到自己很清醒，时而又像在睡梦之中。懵懵懂懂地，等到再次清醒过来的时候，他吃惊地发现自己已经鬼使神差地上到了住院部的楼顶。十五层楼的楼顶，在县城里，已经是高层建筑。他来到那堵靠近马路的矮墙边上，低头望下去，但见黑乎乎一片。随即隐约分辨出路边停着的汽车，像一只只装死的屎壳郎。乌黑的天空与漆黑的大地之间，形成一条明显的分界线，弯弯曲曲地延伸，模糊着消失在远方。

突然，他仿佛听见陈璐在天地线的远方尽头召唤……像受了委屈的孩子见到亲人，他顿时泪流满面！再也不能让时空阻隔爱情！他很想攀上眼前的矮墙，感觉就像要从冰窟中挣脱。陈璐伸给自己的手，却是看得见摸不着。他拼命挣扎，想要让身体升腾，但是浑身却没有力气实现这个欲望。此时此刻，心中只有一个念头，就是攀上矮墙，纵身一跳，脱离这无限烦恼的冰河苦海……让自己的身体在夜空中随风飘起，就像一只自由而轻松愉快的风筝，去追赶先行的老赵……没有任何的羁绊牵挂，让一切的苦难，一切放不下的功利追求统统见鬼去吧！让所有的焦虑困扰和无端的精神压力顷刻随风消散……他奋力一搏，居然站在了墙上，就像跳水运动员信心满怀地登上十米跳台，但那可不是十米，少说也在三四十米，但是他却毫不惧高……

也就在此时，又一个声音在耳边响起，他隐约感到一双手伸过来猛力一拽，随即一双臂膀紧紧地把他抱住了。他拼命想挣脱，却又使不上劲儿，腾飞起来的身体，又被拖了回来，重重地摔倒在地上……

原来白朗一离开病房，就被护士站里的蔡金凤在监控视频上看见了。她急忙撵出来，就见白朗已经上了楼顶矮墙……危急关头，蔡金凤不顾一切，拼命抱住白朗，把他从绝望中抢救回来。白朗清醒过来，知道是金凤救了自己。黑暗中，两个人情不自禁地紧紧拥抱在一起。这还是他们相识以来，第一次拥抱，竟然是在这样的境况下，相拥而泣。此刻的金凤，在白朗的心中，既是亲爱的同事又是知心的异性朋友，是像母亲一样令他信赖给他带来心灵的抚慰温暖的特殊角色。而在蔡金凤的心中，白朗就是太阳，就是她日夜思念深爱着的一个男人。一个她暗恋了一年多，天天见面，却一直无法表达的理想的爱人。她把他抱得很紧，生怕一松手，就会永远失去。白朗冰凉僵硬的身子，在蔡金凤的怀抱里，开始变得柔软服帖。他不再挣扎，而是开始后悔。噩梦一场过后，早先那个清醒坚强的白朗，开始苏醒过来，理智回归，他开始了正常的思维。刚才发生的事情，他万分后悔，甚至感到了羞耻。他不敢相信，怎么会发生这样的事情！他开始理智地审视和判断自己的处境和周围的一切。他望着蔡金凤，突然感到了深深的愧疚。他更多的是感激。感谢她默默地呵护着自己，在关键时刻成了他人生天平上一颗挽回生命的砝码。

黎明时分，蔡金凤搀扶着白朗回到病房。白朗一进病房就说："金凤，一切你都看见了，感谢你！不过，你还得帮我一个忙。"

"啥事，你说。"金凤瞪大眼睛，诧异地望着白朗。

"你得先答应我，帮还是不帮？"

"帮，我一定帮，只要是你需要……"

"那好，我想立即出院。"

"这？是不是等……"

"不要再等了，金凤。再住下去，后果……你都知道……"白朗脸忽地红了。

"那好，我帮你。白朗……书记。"

"好，你去开车，一小时后，医院大门口见。今天下午刘秦岭和王石子正好在村里召开两委扩大会，我们回去刚好赶上参加。"蔡金凤完全明白了白朗的心思，她一激动，上去紧紧地拉住了他的手，发现那手又恢复了平日的温暖和力量。她兴奋地说："放心，蔡金凤永远是理解你、支持你的人。"

白朗感动地说："有你和乡亲们，我白朗什么病都没有，什么邪都不怕，再也不会干傻事了！"

蔡金凤瞅着他坚毅真诚的眼睛，顿时热泪盈眶。

第三十二章

王石子、刘秦岭二人受县委石书记当面委托，当天就赶回上牛湾村，准备第二天开会传达县委决定。临行前，白朗书记明确交代，鉴于姜耀祖已经不再担任上牛湾村党支部书记，红船立即封闭。刘秦岭说能不能在他家里开会，说因为饲养院翻修已经开工。白朗想了想说，干脆就在太公祠堂召开。王石子和刘秦岭都表示同意。

王石子坐刘秦岭的经理专车一道由县城回村。一路之上，刘秦岭兴奋得就像个顽童。他一遍又一遍，不住口地数说着李宏伟、马国玺、姜耀祖和金占川的种种劣迹。

"我说王主任呀，咱们今天应该庆祝！这是咱们颖川的大事情呀！县委英明做决定，一举粉碎'四人帮'！"

"粉碎'四人帮'？"王石子听得吃了一惊，"咋就跟'四人帮'都挂上了？"

"唉，王主任你有点幽默感行不行？李、马、姜、金，这四个坏家伙，是不是一帮子坏蛋？他们这些年是不是上下勾结在一起净干坏事？"

"嗯，你别说，还真是这样的！"

"这不就对了吗，四个坏人一帮子，咱颖川县的'四人帮'嘛！"

老实巴交的王石子听得不禁哈哈大笑起来。他心想，把这四个家伙弄下来，还真是个大喜事！就说上牛湾吧，自从姜耀祖在李宏伟、马国玺支持下上台，四五年里没干一件人事！瞎瞎事倒明里暗里干了不少！特别是白朗书记来了这

251

一年多，他可是阳一套阴一套没少使绊子，捣蛋日鬼没歇过。这回好了！县委和石书记英明，及时清除了这块绊脚石、搅屎棍儿，白书记从此可以甩开膀子大干一场啦。他心里这么想着，但没有说出口。胆小怕事的忠厚农民，他们王家在上牛湾势孤力薄，祖祖辈辈在村里说不起话。多做少说、息事宁人就成了他们王家的平和家风。王石子这么想着，一时瞌睡劲儿上来，头一歪竟然睡着了。

开着车的刘秦岭兴奋度仍然空前高涨，他说："王主任呀听着，粉碎'四人帮'你也算一个功臣。我看出来了，从一开头你就站在白朗书记这边！也难为你这个有名的老好人啦。不行，这回我得请你美美吃一顿！你听明白了没？县委对这四个坏家伙的处理，是老天开眼呀！说白了，是咱牛头镇更是咱上牛湾人的第二次解放！"

刘秦岭正说得来劲，起初王石子还"是是是""对对对"地附和，到后来听得耳鼓膜都有些酸困啦，就打起了瞌睡。

刘秦岭说着，忽听王石子那边已经传来鼾声！他扭头一看，这家伙睡得真香，就伸出一只手，扶起他的脑袋说："唉唉唉，我说王主任，发生这么大喜事，你还真能睡得着！快醒醒，到了牛头镇，我请你吃九品十三花。"

他说着，再看看王石子，发现老兄睡得更香。也难怪，这一向实在是太累，连他也感到有些疲劳，但他却毫无睡意，仍然沉浸在兴奋之中。

他开始冷静下来想着。从那天金鑫集团所谓一号别墅封顶仪式的闹剧，到眼下的县委做出英明决定，真是就像一场梦境。他简直不敢相信这是真的。看来县上书记县长也还都是明白人，但是他最信服的还是从中央直接派下来的驻村第一书记白朗。他心里还真感激白朗书记自始至终在中间所起的作用。他是为了上牛湾的长远发展，更是对俺们绿叶公司工作的全面肯定和最有力扶持，对他刘秦岭的充分认可。

刘秦岭一路想着。眼瞅就要到牛头镇了，王石子睡醒来说："我担心咱俩把会开不起来。"

刘秦岭问："为啥？"

王石子说："你又不是不知道，村民是有利才起早嘛！"

刘秦岭说："粉碎'四人帮'，多大的喜事，大伙能不来吗！"

刘秦岭一句话，把王石子叫醒来了。

　　到了牛头镇上，眼看天色不早，两个人肚子都饿了。

　　王石子说："时间不早了，咱到路边摊子上买一碗烩面热热一吃好继续赶路。"

　　刘秦岭说："不行，咱回去也没紧事。"

　　王石子说："还得通知，准备开会。"

　　刘秦岭说："开会也是明天的事。这不，我已经发了短信，让王小五和李大顺两个赶紧通知，要挨门逐户，这你该放心了吧。再说我得说话算数呀，你得给我个感谢的机会呀，就到一品楼吃。不喝酒，只吃饭。"

　　两人说着话，就停车进了一品楼。

　　进门一看，怎么冷冷清清。一问老板才知，近来执行中央八项规定，严禁公款吃喝，动辄花销大几千元的九品十三花已经没人订餐，只得改卖老烩饼和羊肉烩面了。刘秦岭有些失望，王石子心中却暗暗高兴。于是每人要一碗羊肉烩面，刘秦岭又特意要一盘白切羊肉、一盘莲藕调菠菜，热乎乎端了上来，两人埋头吃饭。眼看快吃饱了，一品楼的侯老板又赠一碟水果，凑过来说话。这时候，就见门里进来一群人。刘秦岭正纳闷，王石子却认出是神泉沟、砚台村、铁匠营、磨盘子、下牛湾、朱家寨子、清水湾和簸箕峁等周围八个村的支部书记。这些人多数都当过村主任，王石子全都认识。从前上牛湾村除了人口和贫困户数，其他各项指标基本排在第九。人家见了王石子，都不大理会。如今不同了，见了他离着老远，就亲热地喊叫王主任。老王当然知道原因何在。他急忙站起身，让大伙儿一起吃饭。都说对面摊子上刚吃过了，看到外面刘经理的专车，才进来的。侯老板急忙招呼大伙儿坐下喝茶拉话。

　　原来镇上刚开完干部大会，说各村支部书记都参加了，姜耀祖也代表上牛湾参加了会议。会上县委组织部和县纪检委当场宣布了对马国玺和姜耀祖的初步处理决定，还宣布任命了新的镇党委书记呼延龙。随即，马国玺和姜耀祖被当场带离。听说白朗书记被姜武打伤住院，会场顿时炸开了锅。虽说姜武因涉嫌黑社会组织犯罪已经被县公安局依法拘留，但是人们还是愤然不平。结果一散会，上牛湾村周围八个村子的支部书记就聚在一起，合计着明日要到县医院看望白朗书记。恰在这时就碰到了刘秦岭和王石子主任。

　　王石子说："白书记马上就要出院，等回到村里再看吧。"

　　大伙一听急了，都说："那不中。村里群众要是知道了，俺们没法交代。"

　　这倒也是，在周围各村人们眼里，白朗就是他们脱贫致富的引路人。村民都说，白朗书记的一个金点子和上牛湾村的慷慨援助，使得像上牛湾一样，长期贫困发展束手无策的周围各村，一下子就找到了脱贫致富奔小康的门路。

　　上牛湾村原本人均收入排在全镇倒数第一。自从白朗进村，先后成立了东牛公司、支持壮大了绿叶公司，扩大生态绿化面积和运用新技术开展绿色铺路工程，两大公司每个月纯利润不下两百多万。再加两家公司的劳务工资，这样上牛湾人每户每年股份分红四五万元。这不光是在全镇，一下子就跃上了全县年人均收入第一。而且随着几种环保建材产品的陆续研发投产和"扶贫车间"的建成运转，全村每个月的纯收入，都在七八百万元以上。这在周围引起不小震动。村民手里有了钱，不少人开始谋划建新房，也有翻修旧宅子的，有修院子和大门楼子的。相互攀比，一户搞得比一户排场。但是周围各村，虽说也有不少劳力开始在东牛公司打工挣钱，但缺少劳力的贫困人家仍然很贫穷。白朗调查后了解到，这八个村子的贫困户，大约占总人口三分之一。每户平均两三亩山坡耕地。种粮食，每亩地收入最多三四百元。而且大量使用农药化肥，本身就是对水源地的严重污染。而转让给别人种，每亩可得承包费三百元。也就是说，原先依靠土地，不但影响环境，每户最多年收入也就千把块钱，人均现金收入只有两三百元。

　　白朗考察过芈月山及周围生态条件之后，产生了跨村投资保护生态开发林果业的思路。经村里两委会讨论研究，在各村共有的荒山荒坡上统一土地流转，交由东牛公司，实际上也就是上牛湾村投资治理，栽植核桃、猕猴桃、石榴、板栗和银杏等生态与经济效益都好的果木林。每年平均每户土地转让费可以收入两三千元以上，这比以往已经高出一倍。加之这些农户每年仅在自己的地里承包除草参与管护，又可以收入五六千元。五年以后，即到了盛果期，果树按合同归还土地主人，所有产品由东牛公司统一收购或加工销售。这对于村民来讲，是从前做梦都梦不到的好事情。如此，有了固定收入的产业，家家户户都可以彻底脱贫，同时也实现了生态恢复，真正体现了先富带动后富和绿色、共享发展理念。县委充分肯定了这个创新、协调的扶贫模式，可上牛湾村支书姜耀祖和部分村民坚决反对。白朗还是坚持了大多数党员和群众的意见。年初开始实施。一期投资三百万，八个村共计植树两万亩，扶持一千户贫困户脱贫。

　　王石子见各村支书还是要坚持到医院看望白朗书记，心中既感动又着急，就说："各位心情我理解，现在主要是教育村民，认真履行合同。当前问题是，要提醒大伙儿摆对位置。各村在除草中，也反映出不少问题。农民毕竟有私心，目光又短浅，并没有把果木看成是自己的，完全是雇用思想。有的磨洋工，也有的应付差事，有的甚至领了树苗撂下不按时栽，造成苗木枯死。我们村里人听说后，开始有人不满，说就不该干这出力不落好的事。白朗书记正为此着急上火。"

大伙听了，都低头不语，也有的叹气摇头。

刘秦岭说："各位要真关心咱们白朗书记，就应当全力配合支持他的工作，一起在教育发动村民问题上多用心思。白朗书记时常说，振兴乡村绝对不仅仅是扶贫增加农民收入的问题，更要全面提高农民的素质，培养有爱国情怀和奉献精神的新型农民。也就是说扶贫同时要扶志气，提高咱们农民的自尊自重自律能力。如果这个问题解决不好，树栽上也没用，过几年有可能都被偷偷砍了烧火。"

各村支书听得红着脸纷纷点头，都表示要回去立即就开会传达。因为这个合同是他们和白朗书记共同签了字的，每个人都感到有责任。

下牛湾村支书牛德贵平日好说笑话，此刻见大伙儿都很尴尬，便缓和气氛说："王主任，这你也知道，前些日子闹草荒，为解决除草矛盾，你和白朗书记一道在我们村召集八个村的除草现场会，面对那些贫困群众，白朗书记可真感人。他见到大伙儿非但没发火，还像看到自己的父母兄弟姐妹一样亲。他坐在人们中间，那哪是讲话，简直就像同自家人拉话嘛。和风细雨，谁听了不感动？我反正感动了。我们村最难说话的牛老汉，外号常有理都被说服了。你听人家白书记咋说的……"

身材又矮又胖、生性活泼的牛支书就像演戏一样，当下来了一段模仿秀：

"牛大叔，你家有几亩果林？"白书记问。牛老汉就坐在他身旁，两人一并坐在树下同一块石头上。

牛老汉说："一亩核桃，两亩多猕猴桃吧，还有半亩不到些石榴。就这些。"

白书记又问："你家几个劳力参加除草？"

"就我和老伴儿，还有个十三岁的孙娃子，放了学，也能帮着拔草，顺带还喂几只羊。"

倔老汉回答，大伙儿嘿嘿地笑。

“你老多大岁数了？”

“今年虚岁六十八，明年七十。”大伙又是笑。

“所有果木地里除一遍草，需要多长时间？”

“雨水多了，十天半个月就得除一遍。不然草就把树苗子拿住了。”

“拿住了？荒草把果树苗子拿住了，你老心疼不心疼？”

老汉看看周围的人，忍不住嘿嘿地直笑。大伙儿才发现老汉满嘴没剩一颗牙，于是又是一阵笑。

牛支书学得惟妙惟肖，听的各村支书都哧哧笑。他自己却不笑，继续模仿表演：

“果树地荒了，宁愿看着让草长，到地里拄根锄把站着就是不干，对不对？不心疼，一点都不心疼，是不是？”白书记这回是问大家伙儿，脸上仍然带着笑容。那么多人，没有人回答，大伙儿只是尴尬地嘿嘿笑，其实比哭还难看。

这时候，只见白书记脸上的笑容消失了。他很动情地说：“牛大叔，你老说说看，每天在自家地里头，给别人掏钱为自己种的果树苗子除草，一天还有人付百十块钱，天底下还能找到这样的好事情吗？就这还不好好干，宁愿眼瞅着树苗子被荒草拿住，也不好好锄，就为了拖延时间，多拿那百十块工钱。这像话不像话？”大伙听得都严肃起来，再也笑不起来了。牛老汉红着脸突然站起来，面对着白朗书记深深鞠了一躬，说：“白书记，从今往后，锄草管树这事情，你就不用再操心啦！谁再不上心，谁就是大浑球儿！”

大伙儿听得动了心，齐声都说：“对，谁再不上心，谁就是大浑球儿！”

支书们还等他往下表演，牛支书却说：“行了，接下来你们又不是不知道。这正是，白朗书记启发式教育农民事一段，欲知后事如何，且听下回分解。”

大家哈哈大笑，齐声说好，连带一阵掌声。

王石子笑着说：“牛支书你真是记性好。是呀，那天白书记没有严厉批评谁，可是大伙儿都服了。他还说，咱们不能只看眼前，而误了长远致富和保护田园生态大计呀。白朗书记讲得很动情，许多村民都被感动了。那天我看见诸位也都在场，希望咱们各村认真履行合同，不要让白书记两面为难呀。我们这样才是对他最大的安慰和关心支持。”

各村支书都有些愧疚地点头称是。牛德贵支书看看大伙儿，态度严肃地表示：“扶贫和教育农民，必须同步。这是那天白朗书记反复叮嘱咱们大伙儿的一句话。俺们都牢牢地记住了吧？行啦，既然明天白书记就出院，咱们就不去医院看他了。都赶紧回村去组织果农加强田间除草管护，还有提早规划果园游览采摘旅游线路和管理设施。白书记布置的这项工作也写在合同里面，他回来又该亲自检查验收了。咱们可不能再交不及格卷子！"

刘秦岭听得，高兴地说："牛支书这话我爱听，咱们不能躺在地里让人扶呀！"

"哎，我说刘总，听说你们绿叶公司有五根台柱子，又称五大金刚，都还没对象哩？"

"对呀，怎么？你想当大媒？"

"对呀，俺们下牛湾刚好有五朵金花……"

"俺们村也有好女娃，都说情愿嫁到你们上牛湾。"

"俺们村也是。"

"俺们村也是。

别的村支书都抢着说。刘秦岭心中不胜欢喜。

"好啊，"王石子也高兴地说，"这个任务就拜托各位支书费心。俺们男方这边，具体由咱们刘总经理负责牵线搭桥，不过也不要局限在你们绿叶公司内部，村里的好小伙子多哩，比如姜光照这小伙子，都可以重点推荐。"

刘秦岭说："那好，大伙儿说中不中？"

支书们嘴里连连说"中"，挨个儿同王石子、刘秦岭亲热地握手告别，出了一品楼，最终恋恋不舍一直送他俩上车开走，这才散去。

刘秦岭开着车，没上通往下牛湾的公路，而是直接开进了牛头镇党委政府的院子。王石子不解，问他干啥，刘秦岭说："既然镇上已经宣布了上面决定，咱们就得要份传达文件，回去好给大伙儿传达嘛。"

王石子恍然大悟，再次觉得刘秦岭比自己想得周全，心里更加佩服。

第三十三章

第二天下午，按照县委书记的委托和白朗书记在医院的安排，由刘秦岭和王石子共同主持，召开有全体党员和共青团、妇代会参加的上牛湾村党支委和村委扩大会议。昨日刘秦岭让王小五和李大顺挨门逐户发通知时，王石子主任还一再担心人到不齐哩。刘秦岭说："你放心，我敢担保，人不得少。"

"你咋知道？"王石子感到奇怪。

"你不信等着看嘛，要是该来的没来，超过三个人，算我错了。"

王石子将信将疑。这也难怪，从前王石子召集村民开个会那比上天还难，往往是说七点开会九点人还到不齐。结果，早来的见没人，说上一阵闲话就又走了。后边来的人一看没几个人，也就悄悄地溜了。如此，久而久之，王石子干脆不再通知开会，村上有事就挨门逐户上门通知或挨个协商。今天眼见这热闹情形，老实巴交的王主任起初还有些纳闷。

眼下王石子忐忑不安走进祠堂，果然看见人来得不少，这才放心。他发现除了姜耀祖外，党员和干部全都到了。连姜怀安和姜建国两位老者也不例外。姜改改和姜珍珍，还有珍珍的男友魏涛也都到了。牛兰花和姜战斗，当然少不了。姜战斗穿了绿叶公司的长袖保暖工装，下身安了假肢，站在门外迎接大家。他刚理了发刮了脸，一米八的个子，挺脱得就像一棵大树。进门的人都很异样，围着他问长问短。姜战斗有说有笑，性格完全变了。

"你们都瞧瞧，我们家姜战斗立起来了，国家一级英模，到底能自己迈步走路了！"

生性乐观的牛兰花站在姜战斗身边，幽默地说。那亲切的目光一直在姜战斗浑身上下扫描，一刻也舍不得离开。小光棍姜光照爱凑热闹，他既不是党员也不是团员，却也早早地来了。令人惊异的是，他竟然还和一个谁也不认得的年轻姑娘一起，扶着他的老娘。老太太喜得合不拢嘴，见人就指着姑娘说："这是我未过门的儿媳妇。"哑女、巧玲妈和扶贫车间的姐妹们挤在一堆儿坐着，二十五人一个不少。看来共青团员和妇女们果真都来了。

王石子越看心里越高兴，他更加信服刘秦岭这个人了。

按照白朗书记安顿，王石子出面主持会议，由刘秦岭传达县委和镇上有关决定。其实要讲的事项，大伙儿早都知道了。因为镇里传达后，昨天晚上县电视台已经公开播放了新闻。中共颍川县委对几名违纪违法干部采取组织处理的英明决定，已经是家喻户晓。但是人们还是早早地来了，都想亲耳听一听那令人振奋的好消息。

时令进入十一月，伏牛山区的气候已经渐凉。后晌日头一斜，气温就降得更低。来开会的人们都穿了御寒衣服。为了大伙儿安心开会，鹤发童颜的姜万福老汉，特意在祠堂厅前生了一个木炭火盆，火盆周围放了几把圈椅。他还特意早早地把比自己大一辈儿的姜怀安和同自己平辈的姜建国请到火盆旁边喝茶说话。其余的两把椅子，请村主任王石子和支委刘秦岭入座。太公祠堂开会，非同一般地方，自觉坐好，没有胡乱走动、大声喧哗的。这令万福老汉心中十分惬意。

接下来，王石子主任宣布开会。他说："受驻村第一书记白朗委托，下面请咱党支部委员刘秦岭传达县上和镇里对有关人员的处理决定和相关会议精神。"

他这里话音刚落，刘秦岭还没等到开口，就见祠堂门里走进来一个人。王石子吃了一惊，这不是白朗书记吗，咋就像是从天而降？他简直不敢相信自己的眼睛。见他那样，所有的人都扭头朝门口张望。

"白朗书记回来了！"

"白朗书记回来了！"

人们情不自禁地惊呼。

没想到才十多天不见，白书记人整整瘦了一圈儿。见大伙儿如此热情又惊异，头上戴着一顶遮阳帽的白朗脱帽向大伙儿深鞠一躬，说："乡亲们，我没事了，回来看见大伙真高兴，我这就同大伙儿一道继续咱们的各项工作。"

祠堂里响起一阵热烈掌声。原本在门外面看热闹的村民，这时也都自动进了太公祠堂。于是就像拜祖的阵势一样，祠堂里面聚满了人。大伙儿全体都站起来了。王石子和刘秦岭急忙出来迎接白朗书记。

蔡金凤停好车进来，几个人搀扶着白朗走上前去。他们来到火盆边上。白朗首先同姜怀安、姜建国两位老者见过。姜怀安老人握着白朗的手，仔细在他脸上端详一气，这才心疼地摇头说："人瘦多了。"

姜建国在一旁惭愧地直摇头，说："子孙不孝，我有责任呀。"

白朗握住老人的手安慰他说："谁也不怨，就怨那些年咱们的党建工作和精神文明建设出了问题。"

两位老人沉重地点头。大伙儿侧耳倾听。姜万福让哑女端上来一把圈椅，白朗坐下来说："大伙儿接着开会。"

见有些村民就要退出去，白朗说："既然大伙来了就不要走了。会议内容也不保密，村里两委扩大会嘛，也可以扩大到全体村民。"王石子重复一遍刚才的开场白。刘秦岭开始传达。祠堂里鸦雀无声，仿佛掉一根针，都能听得真切。

哑女用盘子端来几杯银茶。蔡金凤给两位老者送上，又给白朗递过一杯。一路之上说了不少话，白朗正感到口渴难耐。他眯起疲惫的眼睛，慢慢地喝着。看到这杯白开水，白朗突然就想起了刚来上牛湾那天，老赵热心地为自己端上"银茶"的情形，心中顿时又感到了难过。亲爱的赵志远同志，整整一年多了，四百多个日日夜夜咱们几乎形影不离，难道你就这么不辞而别，再也见不上了？可怜老赵走时连一句话都没有留下……显然，白朗还没有从失去老赵的痛苦中解脱出来。如何解脱痛苦？他想为老赵做点事情，但又不知该做什么。那天在殡仪馆遗体告别时，他已经见过老赵的夫人，他问她有什么困难需要组织上和自己关照？老赵夫人只是伤心落泪，摇头不语。白朗真后悔，当老赵在世的时候，除了一起拼命工作，对他个人生活上几乎没有什么照顾。直至他的身体，像一座冰山，没有任何迹象就突然之间倒下来……白朗越想越难过，刘秦岭说的话，他一句也没听见，人家传达完了，他还毫不知觉。突然就听到王石子唤自己的名字，要大伙欢迎白朗书记讲话。于是祠堂里响起一阵热烈掌声。等到掌声过后，白朗的脑子里还是一片空白。此时此刻，他不知该讲什么。他感到自己内心，充满了孤独和愧疚。觉得对不起老赵，对不起许多帮助过自己工作和生活的人。包括蔡金凤和王石子、刘秦岭、姜怀安和姜建国老汉。还有绿叶公司、东牛公司，周围八个村子那么多可亲可爱的村干部和村民……

他原本真的不打算讲什么，只是想露个面，让自己看到乡亲们，也让乡亲们看到自己。好让彼此悬着的心，都放下来。

"可是你不讲话，人家掌声不停呀。"当白朗意识到这一点，就立即站起来，深深鞠一躬。这一鞠躬，话匣子就好像被打开了一样："各位老者、同志们、乡亲们，今天，我从医院赶着回来，报告大家一个不幸的消息，县上驻村工作组组长，大家熟悉的我那位好搭档赵志远，也就是老赵同志，大前天晚上加班为咱村贫困户建立档案填表，又熬苦一夜没睡，当他坚持工作到凌晨五点多时，突发心脏病……去世了。"

白朗说着，一时泣不成声。全场起初还是静默无声。突然之间，人们回过神来，都陷入了极度悲伤痛苦。首先是兰花嫂子和巧玲她妈忍不住放声大哭，许多妇女都哭出声来。太公祠堂顿时发出哭声一片。王石子脸上拖着两行热泪，挥手示意大伙安静、安静。姜万福急忙让珍珍和魏涛把难过得浑身抖颤的老太爷姜怀安扶到祠堂北耳屋由他陪着歇了。白朗回过神来，接过蔡金凤递来的纸巾草草擦了眼泪，继续动情地说："乡亲们呀，咱们老赵生前没有留下一句话，可是我了解他的心思呀，就是一心盼望咱们上牛湾人尽快富起来，家家户户都过上富裕文明的好日子。他对咱们上牛湾的感情很深，对咱们脱贫致富既有苦劳，也有功劳呀……"

白朗说着，停下来，环顾四周，看看大伙都在瞪眼等他讲下去，他就庄严地传达说："县委石书记讲，中共颍川县委已经正式做出决定，追认在脱贫攻坚和振兴乡村一线带病坚持工作并做出突出成绩不幸殉职的优秀共产党员赵志远同志为爱民烈士。"

刘秦岭激动不已，突然站起来带头喊起了口号：

"向赵志远同志学习！"

人们齐声附和："向赵志远烈士学习！"

"向赵志远烈士致敬！"

"感谢县委县政府！"

"感谢石书记韩县长！"

口号过后，白朗说："还有一件事情，要和大家商量。之前我请示了石书记和韩县长，也同老赵的夫人、儿子商量过，鉴于老赵生前对上牛湾村怀有无比深厚的感情，大家都希望由我出面同上牛湾村民商量，可否把老赵的骨灰安葬在咱们牛湾河沟的牛尾坡上，建亭立碑永远纪念。大伙儿是否同意这个建议。"

"同意。"

"太同意啦！"

"让世世代代都记住赵志远这个官名。"

"今后再不要老赵长老赵短，统统都称呼赵志远同志。"姜建国老汉提议。

大伙儿异口同声说中，随后又是一片沉默。

白朗处在充满信任与感激深情的声浪中，渐渐感到全身温暖，觉得自己就像一条干渴的鱼，又回归到了大海，重新获得了生机。村民的真诚与热情，点燃了他生命的激情，驱赶着忧郁狂躁和孤独消沉的黑暗。他感觉自己冰冷的心开始被热情融化。白朗惊异，自己一回到上牛湾，就好像忽然换了一个人，天地顿时变得宽广起来，生活与工作的热情，重新在胸中被点燃。

老饲养院成了工地，村部翻修已经接近尾声。当日，白朗同王石子、刘秦岭、牛兰花等一道看完村部和学校的建筑工地后，蔡金凤和姜贵本想安排他临时到原先小学校，也就是姜贵家里吃住。白朗却坚持选择了太公祠堂的北耳屋安身。

当晚，白朗同姜万福老人住在太公祠堂的耳屋里。两个人都很兴奋，一直长谈到深夜。他们兴致勃勃详细策划了一件十分重要而有深远意义的事情。两个人都认为这件事情，对上牛湾人的影响将会十分深远。

耳屋是祠堂内南北对称的附设建筑。他们住的是北边这间，背墙东侧的小窗户，每天早晨可以早早地照进一缕阳光。屋子大约二十平方米大小，东西长，进深较浅，门在尽西头开着。

白朗每次走进姜万福老人住的这间小屋，就感到一种祥和温暖的气氛。最令他感到惬意的是那股浓浓的书卷气息。屋子北墙正中，黑漆八仙桌上方，是一幅四尺整张的中堂字画。画的是《老子骑牛图》，工笔小写意，笔墨老到，上色淡雅，田园土路上的青牛，步履稳健，憨态可掬。智者老聃则鹤发童颜、布衣麻鞋，却手不释卷。两边的对联很有意思："清贫何堪虑，牛背好读书。"字画显然出自一人之手，飘逸道劲，高古不俗。落款"耕夫"，年代竟然不详。

白朗每每面对北耳屋这幅字画，总要沉吟半响，感觉十分值得玩味。"君子固穷，不废经纶。小人但富，必生淫邪。君子得道，天下太平。小人得志，四邻不安。君子当权，泽惠盈远。小人当道，伤理积怨……"不知为啥，每每对着这幅静虚空灵、超然祥和的字画，白朗脑子里就会情不自禁穿越世俗，浮想联翩，呈现许多平日很少蹦出的思想念头。此时，他即提醒自己说，世间原本并无君子小人之分，所谓君子与小人，只是每个人头脑中的两种人生理念。这就如同两个小人儿，他们同处一室，整天争高论低，相互碰撞，喋喋不休。时而你来，时而他往。一邪一正，一神一魔，亦邪亦正，邪正正邪，邪邪正正。如此抗衡，永无休止。其本质则是人的低级动物属性与崇高人性之间的博弈抗争。人之所以为人，精神崇高所致。兽之所以为兽，生理本能所限。固乃诗书兴而传，德育旺而承矣。进而有升华沉沦之别。得道明德者，升华有君子之称；失道缺德者，堕落乃小人之喻。人之一生努力，是是非非，坎坎坷坷，皆于二者之间挣扎沉浮矣。古人云："君子近来，小人远去，实乃自省自律之说。"

白朗面对古字画，任思绪发散，探微钩沉，思古抚今，不胜感慨。一转身他才发现，皓发雪髯的姜万福老人一直平心静气站在自己身后。白朗突然意识到，眼前这位老人，这座祠堂，就是上牛湾人的精神象征，也就是全村人的精神家园、道德陶冶之所。应该说，也是防止人们迷惘堕落的最后一道道德底线。拜祖为了啥？拜祖就是一种提醒与温习。是对来路的回顾，对家族崇高精神财富的敬仰，对前贤的顶礼膜拜。他想到激动之处，突然紧紧握住老人的双手说："感谢你，姜老，这么多年，自觉自愿地守护这太公祠堂，你这是守护咱们上牛湾人的精神家园，守着咱们民族的根脉初心呀。"

姜万福听得，一时激动无语。眼含着热泪，半晌才说："白朗书记，终于有人读懂了这幅《老子骑牛图》。那作画的'耕夫'，就是我们的祖宗，太公子牙的一位玄孙。他一日得道，毅然带领全家，远离都会的功利、躲避市井喧嚣，来到这青山绿水的伏牛山中，结庐扎根，孕育子嗣，耕读纺织，过起世代清平祥和的布衣生活，故言：'清贫何堪虑，牛背好读书……'"

屋间生了火炉，面对面支着两张板床，显得十分亲近温暖。那一夜，白朗和姜万福老人，面对面坐在床上敞开心怀。姜万福讲了不少有关村里和太公祠堂的故事传说。白朗看见，老人那只神秘的樟木箱子，就放在屋角的板架上。他突然想起，应当在祠堂内办一个村民图书室，让大伙儿有个看书学习的场所。白朗谈了这个想法，姜万福说："好呀，咱地方有，可以设在南耳屋里。眼下堆放些杂物，我明天就可以拾掇出来。"

白朗说："那好，我随后和村干们商量一下，再分头征求两位老者和村民们的意见，随后置办些桌椅板凳和藏书柜书架子，再就是选购适合大伙儿阅读的各类图书。"

姜万福高兴地说："这样我那一箱子宝贝古书，也就派上了用场。"

白朗惊异地望着那只硕大的香樟木箱子，想象着那些历经数百年的名著珍本，心中不胜感慨。

"这些传家之宝，我准备统统捐给咱图书室，让大伙儿各取所爱，敞开来读。"

白朗说："那太好啦，我也可以近水楼台，先睹为快。"

姜万福说："那还用说，不过这些书，我感觉你早就都读过了。"

白朗忍不住说："好书是要反复读的。比如《资治通鉴》《二十四史》《群书治要》《史记》《春秋》，先秦诸子百家经典文章，还有《诗经》《楚辞》、汉赋唐诗、宋词元曲、明清话本等等，包括人们熟悉的'四大名著'……"

白朗尚未说完，姜万福即说："且慢，且慢，我说白书记，你咋就知道得这么详细，我这秘而不宣的樟木箱子里的书目都叫你给背下来了！"

白朗先是一怔，随即会意地笑着说："我有特异功能，可以穿墙见物呀，别说是箱子里装的书了。"

老人家听得，忍不住哈哈大笑起来。

白朗接着说："另外还有现当代中外经典作家和杰出政治家、科学家、文化学者的代表性作品，都值得一读。"

姜万福说："好我的白书记哩，也就是你能识货。前些年，姜耀祖那货带来个收古董的骗子，曾经要我把这些书便宜处理给人家。我故意问他打算掏多少钱，你猜咋的，人家咬咬牙说一万块！我说休想！一千万我也不卖。我说这是老祖宗留下来的无价之宝，我们上牛湾人世世代代要读，世世代代要传承下去。"

白朗说："万福大叔，你回答得太对了！这些书籍，哪里是金钱所能估价？且不说这些经典古籍珍本的文物价值，就是从阅读教化的意义上来说也是无法估量。我是学文史的，深知这些古籍，其中字里行间充满了前人智能经验和中华哲学思想、美学精神、道德礼仪规范，是我中华瑰宝、精神文化结晶。不过，我还是建议，把这些古籍珍本，捐献给国家图书馆古籍馆，然后用所得奖金，购置一批新出版的同类书籍，以便村民借阅。万福大叔，你看如何？"姜万福说："白书记高见，高见。献给国家，这样就提升了这些书的作用和身价，也是先父他老人家的一个遗愿。"

两个人说着话，不知不觉，窗户上面已经透亮。虽说是彻夜未眠，白朗并不感到疲惫，反而觉得精力充沛。一起吃了哑女送来的早饭，姜万福老人很快躺下睡了，白朗仍然没有倦意。他随即和哑女一起到村里扶贫车间看了缝纫刺绣培训情况，又着王石子和刘秦岭召集在家的两委开会，特意提醒让姜珍珍和魏涛也来列席。会议专题研究了村里开办图书室的有关事项。决定事不宜迟，说办就办，具体工作由姜珍珍和魏涛负责，姜万福老人配合落实。有困难及时向白朗书记汇报。会上还根据白朗提议，研究了下一步要开展的几项重点工作。确定了近期要办的三件事：一是利用冬闲策划系列活动，加强关注村民精神健康和思想道德教育；二是尽快做工作解决村里大龄青年的婚姻大事，争取元旦举行一次健康向上的集体婚礼；三是筹备上牛湾村敬老院，实行全村七十岁以上老年全部由村里免费供养。这也是白朗在医院里琢磨出的几件事情。大伙研究一番，一致表示同意，并且做了明确的分工：精神呵护与思想教育，需要全年常抓不懈，白朗书记亲自来抓。解决大龄男青年婚姻问题，由刘秦岭抓。成立敬老院由王石子抓。大家有分有合抓落实，白朗全面负责推进。

"另外，又有两件事情。"白朗心情沉重地说，"也得研究确定。一是金鑫集团抢先开工的牛尾河沟所谓一号别墅，现在成了半拉子工程，如何处理？县上有关方面的处理决定是没收，交由绿叶公司和上牛湾人自己商量确定。我建议不要拆除了，以免造成环境的二次破坏，干脆改变一下图纸，由绿叶公司盖起来，作为游客接待中心，如何？二是村里原任支书姜耀祖利用职权谋取私利，收受贿赂盖起的三层楼房没收归上牛湾村集体所有。我们顺带得商定一下如何处置。我提议就作为咱们敬老院用房吧。大伙儿讨论一下。"结果，每人发言表态，都说同意白朗书记的意见。刘秦岭当场激动地连说英明英明。白朗最后传达了牛头镇党委的最新决定：提名刘秦岭同志作为上牛湾村党支部书记人选，由第一书记白朗负责召集全村党员大会选举通过。当场响起掌声。

第二天，刚好是双休日。白朗立即召开全村党员大会，补选支部书记，并且提名姜战斗为支部委员候选人。投票结果，二人均满票当选。刘秦岭当堂表态，一定不负众望，勤政廉洁，全心全意地做好工作。白朗带头为他们祝贺，说："其实，你们二位，特别是刘秦岭同志，早已经全身心地投身到了村里的事业。相信以后会更加努力做好工作。"又是一阵掌声。

会后，蔡金凤请白朗到姜贵家里吃饭。正好哑女也在，他们一起吃着饭，白朗讲了村里计划元旦举行集体婚礼的事。姜贵和哑女一听说"结婚"二字，脸就红了。白朗一看就猜出了几分。果然，姜贵和哑女，他们已经积极报名参加集体结婚。白朗又给金凤布置一个任务，要她加紧动员，请姜战斗和牛兰花，还有姜珍珍和魏涛、姜改改和县医院小李大夫、姜光照和他未婚妻也参加集体婚礼。金凤见白朗回村一进入工作状态，就又完全恢复了积极乐观的精神状态，仿佛完全变成了另外一个人，心中暗暗高兴。

白朗主动要求出院回村不到一个月，村里各项工作很快陆续摆顺。特别是创办村里图书室这件事情，他亲自拿在手上，很快就得以推进。姜珍珍和魏涛具体办理也很上心。白朗为此专程带这两个年轻人回京一趟。他不仅把自己的两千册个人藏书悉数捐赠，还同相关方面商定了赠书（姜万福的祖传善本）与捐书的有关事宜。经过紧张筹备，一切都按计划实现，并很快就向村民开放。计划等到来年四月二十三日，即世界读书日那天，实现藏书五千册的上牛湾村图书室，正式宣告成立。届时可供全村和周围八个村村民浏览借阅。

再度进入繁忙工作的白朗，逐步恢复了健康，夜晚睡得比姜万福老人还香。

第三十四章

是年十二月底，眼瞅新的一年元旦又要来到。伏牛山区普遍下了一场瑞雪。鹅毛大雪不停点地下了三天三夜，仿佛所有的一切，都被大雪覆盖。此日清早起来，雪停了，但太阳并没有出来。白朗站在太公峁上放眼望去，山川草木、村镇道路连同天空气流，统统凝结化作一片银白世界。触景生情，白朗的心情十分激动。他喜欢这静默的洁白，喜欢茫茫无际的辽远状态，喜欢看见这大自然的力量主宰一切的景象。从一定意义上讲，这是对狂妄人类的一种提醒和忠告，甚至是某种毫不客气的游行示威。也难怪，岁月流淌，四时轮回，随着所谓科技的进步发达，在天地人的世界构架中，人类自恃聪明，自高自傲，显然越来越妄自尊大，无视乾坤自然规律，甚至自觉不自觉地一步步戕害或吞噬自然。结果水污气浊，天怒地怨，危机四伏却愚钝而不自知……

气温降到了零下十摄氏度，这在伏牛山区的冬季也算是少有的低温。白朗看着自己口中呼出的白色气体，突然觉得，原来自己，包括每个人类个体，不过也就是这大千世界里小小一缕白气，那么微不足道，简直若有若无，转眼即失，稍纵即逝。好在自己刚好也还姓白，真可谓恰如其分。说真的，他对自己这个白姓，从前没有什么特殊感觉，自从来到这秦楚交汇的颍川上牛湾村之后，了解了当地人文历史，这才突然意识到，竟然是冥冥之中的某种巧合。据考证历史，白姓本身出自秦地，并且源自芈姓。此地恰有芈月山及其传说，可谓一巧。相传，颛顼帝之后裔陆终，娶鬼方氏为妻，生下六子，其中第六子名叫季连，赐姓芈。季连的后裔熊绎在荆山一带建立诸侯国，定都丹阳，即辖颍川上牛湾所在之地，此二巧矣。后羋姓后裔战败故隐羋姓而改姓白，由渭水流域遁入秦岭山中，此三巧矣。纵观历史盛衰，皆围绕功名利禄而不共戴天，争抢得你死我活。为了权与利，父子翻脸，豆萁燃煎，天良背弃，人性沦丧，司空见惯。结果往往鹬蚌相争，渔翁得利。落得两败俱伤，身败名裂。恰如《红楼梦》所云"白茫茫一片大地真干净……"思古至此，白朗突然领悟，上牛湾村姜姓始祖耕夫那两句貌似浅显其实不知包含多少血泪深哲的对联"清贫何堪虑，牛背好读书"。老子当年骑青牛入关，可谓入世之举。那么这幅出自后人的《老子骑牛图》实乃出世之意。告别闹市，回归田园。这一观念转变，经历过多少钩心斗角、尔虞我诈，战火硝烟与血腥悲惨之教训启迪……如此理解，如今的"振兴乡村"，深层含义，实乃又一次生存觉悟：回归田园呼唤与觉醒。

　　面对茫茫雪景，熟读历史的白朗思绪飘飞，浮想联翩。就在这时，太公崮上突然起了一阵寒风，白朗打个寒噤。一转身，就见姜万福老人和蔡金凤笑眯眯地站在自己身后。老人手中端着一碗热气腾腾的银茶。穿着雪白羽绒服的蔡金凤怀里抱着一件红色羽绒服。她嘿嘿一笑说："咋样，我们伏牛山的雪景美丽吗？"

　　"嗯，实在是太美了。是那种令人冷静的美，发人深思的美。不过，应该说，是咱们伏牛山美。"

　　白朗说着话，感激地接过老人手中的水碗，紧紧捧在手中。金凤把羽绒服为他穿上。热汤暖服，两颗热心，白朗顿时感到自己从里到外，暖融融的。

　　"咱们伏牛山？怎么说？"金凤故意问。

　　姜万福老人抢着说："咱们白朗书记如今可不是外人呀！"

　　白朗说："万福大叔说得也对，不过更有一层意思。我们据考证白姓的祖宗，也有一支在这伏牛山中安眠。"蔡金凤听了激动不已，忙问："真的假的？哪本书上写着？"

　　姜万福与白朗相视而笑。

　　蔡金凤一跺脚说："万福大叔，赶紧让我读读这本书嘛。"

　　三个人一齐笑了起来。笑罢，蔡金凤说："白书记，万福大叔说了，前面松树林中的梅花开了。你不去看看？"

　　于是两人踏着厚厚的积雪，慢慢朝林中走去。姜万福老人在背后望着他们，那一白一红的紧紧相伴，多好的两个青年人呀，天生地配的一对，可不就像严冬里盛开了的两朵梅花!

这几天,蔡金凤和新来的自愿支教老师——香港中文大学刚刚毕业的小景姑娘和小伙子小刘忙得不可开交。为了把村里有史以来的这场集体婚礼办得既优雅文明,又红火热闹,白朗希望蔡金凤能发挥自己的文艺特长,编排个舞蹈和歌唱节目,好为大伙儿提神助兴。金凤编排歌舞是内行。她把妇女健身舞调了欢快抒情的乐曲,再设计一组注入新锐集体舞元素的秧歌舞动作,显得既传统又新潮,力求雅俗共赏风格。她又让小景和小刘扮成一对乡村恋人,双人领舞,这就组合成一个适合在婚礼上助兴的欢乐祥和的集体舞蹈。再加上大红大绿的服装色彩,热烈欢快的乐曲,十分钟八分钟跳下来,也就把婚礼气氛烘托到位了。接下来,得有一首歌,由她自己亲自登台演唱。就像画龙点睛,只是她自己准备唱的歌曲还没确定下来。

此刻,正是深夜时分。安静下来的蔡金凤,想到这次村里的集体婚礼,她的心情有些复杂。从前没人想嫁过来的上牛湾村,如今听说周围八个村的姑娘都愿意来。下牛湾的五朵金花,只有一位如愿以偿。其余各村,坚决要求“平分帅哥”,整得负责此事的支书刘秦岭没办法,只得原则上答应每村一个“名额”。其实他早以绿叶公司名义,事先组织各村青年到牛尾河沟游览联欢过几次。买眼镜对眼光嘛,人家私下早已经相识相恋。结果,他手下的所谓五根台柱子,除了王小五恋上江翠花外,全都帅哥有主。金凤得知这个情况,高兴之余又不无伤感。她不敢仔细想,心里头憋闷得发慌。这又勾起了她对白朗更强烈的爱恋。驻村第一书记白朗将是这场集体婚礼的总主持。说真的,有白朗在场的情况下,蔡金凤最想唱的,就是那首充满深情与忧伤的当红恋歌《很爱很爱你》,这么想着时,她就情不自禁地哼唱起来:

> 想为你做件事让你更快乐的事,
> 好在你的心中埋下我的名字。
> 求时间趁着你不注意的时候,
> 悄悄地把这种子酿成果实……

只唱了几句,她就再也控制不住自己的感情,不知不觉竟然泪流满面。蔡金凤突然觉得,这首歌的词曲,多么像自己心灵的写照。在姑娘心中,情感的溪流，每一层波涛、每一圈涟漪、每一朵浪花，只为他一个人而欢乐呈现，只为他一个人而日夜流淌。啊，亲爱的白朗，我亲爱的人儿，你听得见吗？你可曾知道，在这个世界上，茫茫人海中间，有一颗心儿在为你跳动。她一天看不见你，就感到天空中没有了太阳。她每一刻想不起你，心中就会漆黑一片。啊！亲爱的人儿，有一颗心，滚烫滚烫，像炉火中的煤炭，为你燃烧到这般模样……

这天，白朗正同刘秦岭和王石子在绿叶公司总部一起研究着给赵志远操办后事，面前是一幅设计草图。骨灰安放时间初步商定放在来年清明节之前。刘秦岭主张哪怕多花点钱，也要把墓地和碑亭修得像模像样。

"我们做了三个方案，分别是投资一百万、一百五十万、两百万。"

白朗看了规划效果草图后，态度严肃地说：

"我看还是要本着节约的原则，重在精神和事迹展现，让游客重在了解和参与，而不是靠放大硬件建设，搞得过于夸张，反而适得其反，叫人觉得名不副实。这也不是赵志远同志的风格。他生前一贯简朴低调，不爱铺张。再说，周围各村老百姓生活都还比较困难，我们一下子拿出这么多钱……我看不妥。"

王石子点头同意。

刘秦岭说："再少了，就没法找人设计了。"

白朗说："本来就不必找人设计。山上你们目前不是已经建了不少亭子。我看找一个位置合适的，在亭子里面立一块碑，刻上烈士的生平事迹也就行了。"

"那墓地咋办？"刘秦岭问。

"墓地就更要入乡随俗。在向阳僻静山坡，入土为安。立碑为纪念。只要有路可通，扫墓方便即可。"

刘秦岭和王石子都表示同意。

正说着，就听有人敲门。声音很响。随即就见王小五领着江翠花进来。江翠花羞答答地躲在小五身后，王小五转身把她推到前面，气呼呼地说："白书记，正好你在，我们有事上访！"

白朗笑着看看刘秦岭，问："什么事情，还用'上访'这个词语？"

刘秦岭似乎知道是咋回事，忙挥手说："小五，咱内部的事，下来再说。"

小五看看江翠花，说："等不得呀，刘总，自从你说要我和翠花不要参加集体婚礼，翠花就哭得不吃不喝。说要是不参加集体婚礼，她就不结婚了，也不活了。"

江翠花听得，又开始低头啜泣开来。

白朗一下子知道是咋回事了，便笑嘻嘻地问：

"谁说不让你们参加村里集体婚礼？"

王小五不说话，只抬头看了看刘秦岭。白朗问："是刘经理，是不是？"

"哪里，我只是给小五说了一句话，希望他们不要报名，我随后免费给他们单独举办。"

白朗一听就来了气，说："刘秦岭同志，你咋能讲这样的话？王小五和江翠花咋就不能参加集体婚礼？我还让蔡金凤动员姜战斗和牛兰花参加集体婚礼哩。"

刘秦岭满脸通红，一时无话。白朗又说江翠花，王小五："你们赶紧找蔡金凤报名，到时候我要亲自为你们主持婚礼。同时，等到翠花正式嫁过来后，我提议我们村上还得研究一下为江翠花立功授奖的事。这你刘支书也知道，她在解决绿叶公司和金鑫集团合同矛盾中，在支持我们和姜耀祖一伙做斗争中，一直是站在正义的一面，应当受到嘉奖。"

刘秦岭和王石子表示同意白朗书记的意见。江翠花和王小五十分感激，向三人深深地鞠一躬，这才欢天喜地出门去了。

第三十五章

　　元旦这天，一个云白风清的晴朗日子。上牛湾村一大早就锣鼓喧天，欢天喜地。全村男女老少，人人都穿上崭新的衣服出了家门。周围神泉沟、砚台村、铁匠营、磨盘子、下牛湾、朱家寨子、清水湾和簸箕峁等八个村的领导和代表，女方娘家人和亲朋好友也都陆续到达。白朗身穿藏蓝西服，扎着鲜红领带亲自在祠堂门口迎接各村客人。令人高兴的是，大约九点来钟，镇上呼延龙书记竟然陪着县委石坚书记和韩万才县长也专程前来参加婚礼。领导们不请自到，全村人喜出望外。

　　白朗也感到意外，他感动地握着石坚书记的手说："真没想到，石书记、韩县长和呼延书记能来。"

　　石书记说："你忘了，我说过你们移风易俗举办集体婚礼，我是要来参加的嘛。韩县长听说了，正好元旦放假，我们就一道来了。"

　　韩县长笑着说："上牛湾村的工作，许多方面都为全县带了头，我们应该来行这个门户。"

　　"对，我们是代表县委县政府来行门户的！"

　　石坚书记高声说。周围人都笑着鼓掌表示欢迎。

　　大伙儿先是聚集太公峁上的太公祠堂，举行前所未见的隆重的集体婚礼仪式，然后再移步到新落成的村部参加婚宴。

　　但见祠堂内外张灯结彩，大门上姜万福老汉挥笔写了一副对联："欣逢盛世兴村运；福遇好官结良缘。"白朗建议把"好官"二字改成"公仆"，老汉执意不改。进了大门，新郎新娘双双对对的放大美照，整齐排列在祠堂前厅两侧。人一上相，立马精神。加之又是彩照，加之摄影师的技术美化，个个眉目英俊，个性突出，一下子就把欢乐喜庆气氛烘托起来了。

上午十点整，时辰到了，特意穿了一件新夹克衫的村主任王石子亲自在祠堂大门外面点燃一串整整五百响的鞭炮。祠堂内刘秦岭书记就扯起嗓子庄严宣布："上牛湾村集体结婚典礼现在正式开始。请上牛湾村党支部第一书记白朗同志主持婚礼。"大家热烈鼓掌。

掌声一停，白朗说："首先热烈欢迎县上石书记、韩县长，镇上呼延书记和周围八大村领导们百忙之中专程来参加咱村的集体婚礼。"话音刚落，又起一阵热烈掌声。主宾席上各位领导站起来向大伙儿鞠躬示意。

白朗宣布议程："第一项，新郎新娘入场。"

音箱开始播放深情凝重又欢快喜悦的小提琴协奏《梁山伯与祝英台》。乐曲中，但见身穿紫红唐装、胸戴大红花的新郎搀扶着打扮入时的新娘从祠堂南耳屋里走出，穿过人群，缓缓向庭前走来。

村里人当然认得新郎官：姜喜才、梁大海、高云峰、李大顺、王小五，从小看大的娃，以后当兵，如今又都是绿叶公司的五根台柱子。接下来是身材矮小的养蜜蜂专业户姜大和姜二弟兄俩，从前常年都不着家，四季在外赶花养蜂卖蜜，如今村里村外玫瑰园种了大面积的玫瑰，玫瑰蜜一斤顶几十斤普通蜂蜜，所以他们带着蜂群回来了。弟兄俩都快四十啦，竟然也娶了邻村的黄花大闺女。这边的七对依次走上来，新郎个个挽着美若天仙的新娘，显得格外精神、无比幸福。人群中不断传出啧啧的羡慕议论和掌声。接着北耳屋带头走出的竟然是姜战斗和牛兰花。姜战斗上身是一件枣红福字团花唐装，胸前照例披着大红花子，兴奋得满脸通红。牛兰花烫了头化了妆，穿上大红大紫的新婚礼服、红高跟鞋一蹬，头上还别了一朵耀眼的艳红梅花。这都是蔡金凤的精心策划。"哎呀这谁呀？瞅人家姜战斗这新媳妇多俏！"村里人一开始谁都没认出是牛兰花。她像一朵终于开放了的老梅花，自豪地仰头挽着安上假肢身材显得特别高大的姜战斗，步子走得就像舞台上的模特猫步。这不是兰花嫂子吗？等到村里人回过神来，顿时响起一阵特别热烈的掌声。"兰花嫂子，你打扮起来真好看！"巧玲她妈不由得喊了一句。众人都回头看她，巧玲急得拽她衣角，她妈羞得直探舌头。接下来入场的是姜贵和哑女。又是在蔡金凤的精心策划下，姜贵特制一双底子薄厚不同的皮鞋弥补了瘸腿的缺陷，所以走起来和常人一样平稳。人们都很惊异，人群里有学生娃带头鼓掌，嘴里还喊着："快看咱姜校长，帅呆了！"小光棍姜光照特别神气，他高高仰起脑袋，挽着自由恋爱的在东牛公司打工的城里姑娘侯莉莉走得真带劲。他一边走着嘴里还说："我们这才是真正的城乡结合，猪连鸡合。"逗得众人哧哧地笑，他妈笑着一个劲儿说"我娃出息了，我娃出息了！"最后出场的两对是魏涛和姜珍珍，姜改改和她的上门女婿、县医院外科大夫李军。这两对与众不同，他们穿了时髦的西装和白色长裙，引起又一阵热烈掌声。

人们仔细数着，整整十二对，全部进场后，音乐戛然而止。白朗书记上前宣布："现在，请我们德高望重的两位证婚人上场并讲话。"

在大伙热烈的掌声中，姜建国挽扶姜怀安，两位老者衣着整齐地慢慢走上来。带着祥和，带着祝福，带着期望，带着喜悦。姜怀安代表证婚人讲话：

"今天我很高兴，看到这么多好小伙子、好姑娘娃喜结良缘，其中还有我珍珍和魏涛。从前咱上牛湾村穷，光棍多，莫听人说，上牛湾三大宝，红薯南瓜龙须草。今天咱富了，八大村的姑娘娃都愿意嫁过来，说'如今人家上牛湾真好，玫瑰新房书香飘绕'。我听着心里好舒坦。这让我想起了我自己当年的婚事，好容易相中个对象，乱世闹土匪，新婚当晚新媳妇就叫土匪绑了票……唉，对，咱不说这，就说这日子富了，先富不忘乡亲。人家第一书记白朗提出帮助周围八大村共同保护源头生态，发展林果经济，听说有的人还有意见，这就不对了。借这机会，我送新人和全村人四个字，就是咱们老祖宗古训：忠孝勤俭。到任何时候，咱都不能忘了根本。"

真是"村有一老，就是一宝"。老人家耳聪目明，句句在理，话音一落，掌声经久不息。

接下来，来宾代表下牛湾村支书牛德贵讲话。他一开口，就有人哧哧地笑。这位乡村笑星，今日态度格外严肃，但说心情似乎有些复杂，对上牛湾的变化，感慨良多。讲到后面，他说："不瞒你说，我们八个村的支书在一起议论了，还等啥哩，奋起直追呀！不过领导们也在，我们对上面有一条意见，不知当讲不当讲？"

"当讲，太当讲啦！"县委石书记笑着说。

"那好，我就说，赶明年能不能给我们也派个驻村第一书记？这要求总该不算高吧。哪怕救济粮和扶贫款少给点都行。"全场哈哈大笑。其余七个村的支书都使劲儿拍巴掌，外村来的人都跟着拼命拍，上牛湾的人也跟着拍起来。

接下来，牛德贵绘声绘色，热闹风趣儿，末了还说，他们的另外四朵金花还在村里等着找上门女婿。随即笑声不断，又是掌声雷动。音乐再起。欢快的乐曲中，总证婚人石坚书记正式讲话。十二对新人在证婚人石坚书记讲完话之后，拜天拜地拜父母，夫妻互拜交换戒指之类。入乡随俗，环环紧扣，婚礼仪式结束。蔡金凤迅速指挥舞蹈队敲锣打鼓，引导大伙儿移步新落成的村部参加集体婚宴。

人们看见，原先老饲养院已经翻修一新，但是大的格局没变。院子里的老香桩树下加了精巧的花砖墙围，开辟成一个小花圃。院子地面整个铺了黄土色的环保透水砖，红泥巴土围墙如今换成了本色石墙，龙须草的屋顶，换上了机制大青瓦。只是在正面五间厦房顶上，加盖了一层作为会议室。从此全村村民大会，也就有了正式的地方。厦房两边原先的敞篷牲口棚圈，分别改造成了窗明几净的村民文化活动室和图书阅览室。正面五间正房，里面是党支部和村委会办公所用。整个工程也只花了二三十万元。韩县长一再夸奖这是花钱少，办了大好事的样板工程。

石书记说："还有绿色循环厕所、村里深井水源和供排水系统，古老村祠堂和图书室的作用发挥，运用现代科技创新推动绿色发展等等，都值得全县各乡镇组织人来看。"

镇党委书记呼延龙，原本是由省里下派的学建筑的专家型年轻干部，平时话不多，听了书记所言，也耐不住说："这都是白朗书记领衔的杰作。还有一个，我上次看了十分惊奇，就是村里新建小学校，听说也是按照他的想法设计的。我看也很前卫，值得借鉴。投资不大，创新亮点不少。教学区的采光、照明与生活区的吃喝拉撒，融入田园的设计，节能循环实用，舒适温馨，既有传统又很现代，整体体现了天地人合一和绿色环保的设计思想和建筑理念。"

石书记和韩县长听得十分感兴趣，都说一会儿就去看看。白朗自然是乐于陪同。

听了呼延龙的描述，白朗补充了一句："乡村儿童从小在这样的环境中学习生活，很容易打开视野，培养热爱科技文化、亲近感恩大自然的文明和谐理念。"

外面气温不低，又没有一丝风。婚宴就设在两侧的阅览室里。室内利用太阳能和阳光棚顶采光取暖，显得又亮堂又温暖。开宴之前，在院子里阳光下，蔡金凤指挥舞蹈队开始表演，音乐欢快，舞姿新颖优美，人们的情绪很快被带入其中，气氛十分热烈。特别是小景和小刘的双人舞，经过蔡金凤的精心辅导排练，简直就是专业水平。村里上年纪的人都说："这不是大春和喜儿回来了嘛！"那是舞剧《白毛女》中的主角，从前连不识字的老太太都能叫出主角名字。舞到高潮时，十二对新人都情不自禁投入其中。音乐终了，蔡金凤急中生智，立刻示意改成了圆舞曲，继续联欢。白朗一时高兴，也邀蔡金凤一起参与。一曲过后，又改作陕北大秧歌的锣鼓唢呐伴奏。县、镇和八大村领导也都参与进来，各村来的男女青年也都大显身手。一时间，整个院子里欢乐祥和，欢天喜地，既是集体婚礼，又像是给新村部暖房烘院一样。姜怀安和姜建国等老年人一旁看着，都乐得合不拢嘴。

锣鼓终于停下来，蔡金凤开始独唱。她的专业水平一下子就显露出来，县上的两位主要领导都很惊讶。金凤自己很快入了戏，几乎忘记了是在那里干啥，只感到自己是在为最爱的人歌唱：

因为爱着你的爱，
因为梦着你的梦，
所以悲伤着你的悲伤，
幸福着你的幸福。
因为路过你的路，
因为苦过你的苦，
所以快乐着你的快乐，
追逐着你的追逐……

《牵手》一曲终了，四围动容。院子里好一会儿沉默。突然才听到掌声，原来是县委石坚书记和韩万才县长带头鼓的掌，对演员的精彩演出表示感谢。蔡金凤唱得实在太好了。八大村的客人都在惊奇地打问，这唱歌的姑娘是谁？这么美丽的一只凤凰，该不是也落在了上牛湾村。领导带头，群众响应，全场随之掌声雷动。掌声过后，婚宴的前奏进入了另一个情景，即细腻情感抒发与交流。在集体舞蹈和蔡金凤的歌声营造的纯洁祥和、深情幸福的气氛中，一对对新人，紧紧牵着手，彼此深情地对视，内心无声地交流。白朗的目光，首先注视着牛兰花与姜战斗，这是他最关心的不同寻常的一对。只见兰花嫂子又像往常一样，双手小心地端着一碗银茶，为姜战斗喂水服药。此刻的姜战斗就像个听话的孩子，深深地弯下腰，喝着水，还深情地望着兰花姐的眼睛。那情景令白朗十分感动。他想天底下的爱，纵然有千种万种的表现，但也没有这种相爱深沉。这是爱在骨头里，发自灵魂深处，融化在血液里的爱情呀！它真实纯粹，突破了年龄，超越了时空环境，也冲破了世俗观念，堂堂正正、毫不遮掩地呈现在天地之间。他相信所有的人都会欣然理解由衷羡慕，为之深深地感动祝福。王小五和江翠花，此刻有些孤独地站在新人群体边上。看得出他们脸上的表情既高兴又有些复杂。特别是江翠花，神情明显有些不安。白朗深知原委，那是众人的目光所致。那种不温不火、冷漠的隔膜的目光，有时的确比钢针还可怕。白朗刚来的时候，似乎也感受过这样的待遇，猜忌、轻视甚至某种反感，背后嘀咕。他深知此刻江翠花的处境和心情。王小五夹在中间，就像风箱里的一只老鼠。多好的小伙子，哪个女人不好娶，非要娶她。在众人眼里，这一桩婚姻很有些争议。但是白朗不这么认为。他感到江翠花的内心是纯净的，有良知有正义感的。如今她选择小五，就更体现了对真善美的态度。这有什么不好，又有什么不行？他这么想着，就有一种要为他们撑腰的欲望。于是他站起来，故意提高嗓门指着王小五和江翠花对县委石坚书记说："石书记、韩县长，这郎才女貌的一对，是跨省的婚姻。江翠花是邻省人，大学毕业，愿意嫁给我们复员军人，值得大力宣传鼓励。"

　　二人走过来，石书记、韩县长和呼延书记同他们亲切握手。众人看得真切，觉得白朗书记讲得有道理，人家姑娘也不容易，再说也没犯啥错嘛。

　　只见兰花嫂子走过去，挽着江翠花的手大声说："翠花妹子，我代表咱上牛湾村妇代会和全体妇女欢迎你嫁到咱们村。小五，你今后要是对俺们翠花妹子不好，看我咋收拾你！"

　　王小五挠挠头嘿嘿傻笑。江翠花笑得合不拢嘴。

　　众人都被逗乐了。唯独兰花嫂子不笑，她一伸手，从自己头上摘下那朵绒绣的艳红梅花，亲手戴在江翠花头上，还说："妹子，到了咱上牛湾，你就回到家了，不要怕，有啥困难你就找咱妇代会，保准能给你解决。"说着，又转过身，面对大伙儿说，"哎，你们各位姐妹也都听着，咱上牛湾村妇代会，就是大家的娘家在上牛湾设的'办事处'，谁有啥事情，你们就找我，需要跑腿我跑腿，需要做主我做主，就是这话。"

白朗听得真高兴，他带头一鼓掌，大伙就都热烈鼓掌，都夸说兰花嫂子讲得实在得体，好。

"白朗，你应当给蔡金凤送一枝花呀。"石坚书记小声对白朗说。

白朗先一愣，这才发现，金凤黯然伤神地一个人站在墙角发呆。他立即弯下腰，从小花坛的温棚采一朵盛开的玫瑰花，双手举到蔡金凤面前。众人掌声再起。金凤红着脸接过玫瑰花，捧在手里一时不知该说什么。

婚宴开始。冷菜热菜主食依次齐上。白朗动员大伙儿开始动筷子。白朗看看姜怀安老人和姜建国、呼延书记，对大主桌上的石书记、韩县长和各村领导说："饭菜简单，都是乡村家常便饭，青菜也都是咱庭院大棚生产的绿色无公害产品，希望大伙尝尝。"

大家开始吃饭。吃了一会儿，就都觉得不大对劲。石坚书记问："哎，我说白朗，咋不见上酒？"

白朗看看镇上呼延龙书记，低头不语。

呼延龙涨红着脸，支吾着说："是我没同意他们上酒，我是怕……"

"这怕啥！"石书记说，"堂堂上牛湾村举行这么大个集体婚礼，连酒都不上，这就不怕人家笑话？"

众人一片笑声里，刘秦岭和王石子赶紧吩咐把早已准备好的颍川大曲端了上来。石书记、韩县长相视，会心地笑了。

尾声

　　一年之后。四月二十三日世界读书日这天，已经担任颍川县委书记的白朗陪同升任双阳市委副书记的石坚重返上牛湾村。他们没有带任何随员，两个人乘坐一辆红旗小轿车，悄悄地来到了牛头镇。他们此行的目的，名义上是应邀参加上牛湾村图书室照例组织的一次青年读书活动和新书《扶贫达人赵志远》首发仪式。其实也是他们相约已久的一个计划，就是想来看看上牛湾村，看看姜怀安、姜建国两位老者和学校、敬老院的小学生和老人们。也看看太公祠堂和姜万福老汉，还有长眠在此的亲密搭档赵志远。看看姜战斗和兰花嫂子，巧玲一家和哑女、姜贵过得如何。看看姜改改和李军两口子的医务室办得怎样，还有什么困难需要解决。看看姜珍珍和魏涛还有他们快满一周岁的小宝宝。说到这两个"90后"年轻人，白朗显得格外激动，便不无夸耀地向老领导介绍说：

　　"姜珍珍和魏涛很自立，这一路您都看见了，他们种的玫瑰花、艾草和薰衣草，每年都扩大好几百亩，现在花草种植基地总面积已经达到两万多亩，惠及其他八大村。人家新开办的一玫瑰精和艾草、薰衣草香料加工车间已经试车投产。"

　　"好呀，这两样产品，在国际市场上价格不菲，而且供不应求呀。"石坚书记忍不住说，他主管全市工业生产和外贸企业。

　　白朗见老领导听得认真，即如数家珍展开来说："他们已经通过互联网进入国际市场，以优质取胜成了多家名牌化妆品的原料供应商。为了应对市场变化，他们还成立了自己的产品研发实验室，高新聘请国内顶级专家，不断跟踪国际时尚潮流，研发适销对路的高档化妆品原料。近期他们还从省里即将毕业的专业对口的大学生中预定了五名产品研发实验室科研助理。"

石坚书记说："真是后生可畏，我们的"90后"不可小视。他们是一开步就站在世界竞技舞台的起跑线上的一代人。具有世界眼光和世界市场概念，这是他们的主要特征。哦，你们扶贫车间的情况怎样？"

白朗说很不错，药枕、保健围脖和艾草理疗系列产品已经借助互联网打开了市场销路。而且还配合开展乡村旅游，在周围各村开辟了中医理疗网点，开展免费试用推广，效果很不错。每年产值都在五六千万以上，今年有望突破一个亿。"

"哎呀！真没想到，了不得呀，你得好好总结推广他们的经验。我这次来，也是想了解一下，把成熟的做法和经验向全市推广。"

白朗点头答应着说："我也是忙乱，来得少了，几乎是半年才来一次。但是我发现扶贫车间上班的那些识字不多的妇女，一个个都成了熟练技工，干起活来既麻利又规范。她们衣着和谈吐还有卫生习惯都发生了很大变化，这些文明的进步，比工资较从前翻了两番还要令人高兴。"

"刘秦岭的绿叶公司听说也很红火呀！"

"就是的，他这个人可不简单，感谢我们的军队培养出这样德才兼备的复合型人才。作为村党支部书记，他把村里党建和各项工作搞得井井有条，几乎在全镇、全县都名列前茅。更重要的是还把绿叶公司搞得风生水起。目前已经在新三板成功上市，公司发展到两千多员工，吸纳了周围八个村所有的富余劳力，有效缓解了镇上的就业压力，每年还外招几十上百人。他们还大胆引进国外最新技术，由村主任王石子牵头在村里成功建设了大型沼气绿色循环工程，彻底消化解决了包括周围八个行政村在内的全部人畜粪便、各类有机垃圾和林果花草产品及加工的下脚料。通过研究适当的菌种配方，采取特殊工艺的无氧发酵，点石成金，变废为宝，最终从沼气中分离出天然气、液化气和固体氢燃料，分别供应城乡居民烧火煮饭和部分机动车辆的动力。如今上牛湾等九村，家家户户都用上了液化气，所有的果林花草，都用上了沼渣生产的有机肥和沼液配置的无公害农药，实现了所有林果花草产品绿色、无公害化。"

石书记听得一下从座位上直起腰，说："这可是一件了不起的大事情呀！解决的可是个世界性的难题。现在我们的大小城市和远近乡村，污水粪便无害化处理成了令人们头疼的世界性的难题。上牛湾村在一家一户小沼气绿色循环厕所的基础上，创新建成的较大型绿色循环系统，太值得研究总结了。特别是在源头水库附近，更是难能可贵呀。"

白朗说："石书记说得对，我们目前已经在组织专家详细论证全县大型绿色沼气循环系统的可行性。到时候以县为单元，建设同样原理的人畜粪便和各种有机垃圾的处理工程，彻底解决能源不足和环境污染问题很可能是未来方向。"

"你们这真是化腐朽为神奇，符合天地人合一的古典哲学命题。就是投资问题怎么解决？"

"目前，东牛公司已经包装上市，节能环保铺路业务和绿色环保建材产品市场前景看好，完全有实力独立完成全部投资。"

两人一路说着话，不知不觉已经望得见太公峁上浓密的松树林和一旁熟悉的太公祠堂了。白朗的心里突然涌起一阵激动惆怅。想到马上就要到上牛湾了，他的面前就呈现出一个身穿红色风衣的窈窕姑娘身影。那是他记忆深处第一次遇到的蔡金凤。怎么说呢？其实他这次来，最想看的人也包括蔡金凤。白朗当然没对石坚书记说，其实人家心里也许明白。有些事情，越是不说，就越心照不宣。离开上牛湾村这一年多，其间来过两次，都阴差阳错未能见到蔡金凤。金凤的近况他也知道，她已经担任上牛湾中心小学校长。白朗想知道的是她的感情生活。不知为什么，自从陈璐得知他正式留在颍川县工作的消息后，已经好长时间不接他的电话。他的心中为此十分痛苦。当他在繁忙的工作之余倍感孤独的时候，他就情不自禁地想到了蔡金凤。以至到了最后，竟然十分怀念在上牛湾一起度过的那两年多，那些风风雨雨的日子。他开始惦念她，关注她的现实处境，担心她的情感变化。

就这样，车子离开牛头镇，一路之上穿行在银杏树和玫瑰花、薰衣草、艾草的园林之中，感觉进入了一个想象之中的理想生态系统。两个世界观和思想观念完全一致的人，触景生情，忆昔抚今，感慨良多。

车窗开启，便有浓浓的香气从绿浪花海中随风飘来。翻过这道山梁就要到上牛湾了。汽车沿着铺设结实的道路，绕上山峁高处一座精美的仿古亭下停了下来。两人下车拾级入亭，欣然环顾远望。但见源头水库的浩渺碧波，一东一西地倒映着绿树掩映的牛尾山和芈月山。眼前所呈现的，连同上牛湾村及神泉沟、砚台村、铁匠营、磨盘子、下牛湾、朱家寨子、清水湾和簸箕峁，总共九个行政村所属的芈月山前后的十多万亩荒山荒坡，如今已经整体变成了一座花果山、一个大花园。这些从前山石嶙峋、寸草不生的乱石坡和林林总总的零星补丁块耕地，当年按规划栽植的核桃、板栗、猕猴桃、柑橘和石榴等，正是开花坐果之时。昨晚一场透雨，点缀其间的小片平地上玫瑰、艾草、薰衣草和各种名贵中药材，上足了沼渣有机肥料，全都争奇斗艳地疯长起来。一阵阵湿润的清风，从水库广阔的湖面上飘飞起来，悄然潜入丛林田园，把缕缕奇妙的香气送到掩映其中的山林村庄，飘入白墙蓝瓦挑檐的新型农舍，展现出人间天堂般的诗情画境。难怪这芈月山区，一年四季，游人如织，络绎不绝。人们在绿浪花海间徜徉，踏青采摘，休闲度假，心旷神怡，其乐融融。

站在山巅晴空之下，石坚书记深深地吸吮着清新怡人的空气，兴致勃勃地问："听说你们上牛湾的玫瑰花蜂蜜又叫黄金蜂蜜，很受市场欢迎嘛，目前每斤卖到多少钱？"

白朗笑着说："价格不好说，平均大致在普通蜂蜜的十倍左右，在香港拍卖到一万元每斤。"

"真成了黄金蜂蜜了。"

"因为玫瑰花大面积种植很少，所以物以稀为贵嘛。再说我们要求采蜜实行全程录像，'芈月山玫瑰蜜'，真正做到货真价实。"

"芈月山玫瑰蜜，这个注册品牌不错，将来可以在全市推广种植养蜂，统一标准，统一打这个品牌。"

上车不到一会儿，上牛湾村到了。太公祠堂好不热闹。

八个村的好学青年都来了，熙熙攘攘，大约有一两百人。还有不少本村的村民听说给老赵写传记的作者和新书到了，都想来买一本请作者签名。入了党并担任村团支部书记的村医姜改改主持讨论会。会议开得很活泼，大伙儿围绕自己新近所读书籍，畅谈心得体会。白朗发言讲了自己对赵志远的印象，石书记最后谈了自己的读书生活和体会。白朗见姜万福忙着后勤服务，精神依然很好，心情格外愉悦。会后，老人特别带着两位书记，看了他最近办的一件大事，就是在山东临沂银雀山淘回来一套先祖姜太公的著作《六韬》，如今装函供奉在老人家的泥塑像前。老汉见稀客到来，特别捧着书函进了北耳屋，打开来请二位欣赏鉴定。白朗曾经在国家图书馆古籍馆借阅过这部稀有典籍，深知其意义和价值。《六韬》又称《太公六韬》，全书凡二百三十七篇，其中《谋》八十一

篇,《言》七十一篇,《兵》八十五篇。共分为文武龙虎豹犬六卷,通篇体现黄
老之道,主张柔弱胜刚强,韬晦不露和安静玄默。姜万福老人淘到的是北宋时
期的刻版线装本,为当时《武经七书》之一,甚为珍贵。只见老人小心打开书
函,又从函中取出两副白绸手套,分送石书记和白朗戴了,这才取书翻看。白
朗从纸质和刻印装订工艺风格判断,果然是真品无疑,遂叮嘱姜万福老人说:
"此书实在珍贵,定当妥为收藏。"老人频频点头,神情甚为凝重自豪。

此后二人在刘秦岭、王石子陪同下,乘车赶往牛尾河沟为赵志远同志扫墓,
并在墓碑前面摆上一本《扶贫达人赵志远》。参加者还有村里和企业的青年团
员。新书的封面上,是当时白朗用手机给老赵拍的一张照片,背景是他们住的
饲养院草房屋。大伙儿鞠躬默哀,白朗低头想到,一个活生生的好人,居然永
远地躺在了这里,不禁潸然泪下。随后即到姜战斗牛兰花家、姜巧玲家和哑女
姜贵家看看。巧玲已经考上中学,大蛋二蛋长高了,戴着红领巾,见了白朗叔
叔拉住手,彼此见面亲热得不行。哑女和姜贵还住在老院子里,如今满园蔬菜
长得正好。哑女比画着也要两位书记在她家吃饭。看到这几家日子都过得美满,
大伙儿也都欣然放心。此后到敬老院、村卫生室、扶贫车间、玫瑰精和香料车
间看过,时间已近中午,两人便觉肚子饿了。此时消息已经传开,许多村民都
赶来看望他们。彼此见面,又是一阵暖融融的亲热问候。刘秦岭一看表说,中
午就到他家里吃饭。王石子说,中饭已经安排在村部里了,说蔡金凤自告奋勇
正在亲自带着新任命的教导主任小景下厨做饭呢。于是大伙儿来到村部,果然
隔着窗户玻璃就见蔡金凤和小景正在厨房忙碌。白朗心中激动,正要转客为主
为石坚书记沏茶,却见石书记挤眼用下巴指了指厨房。白朗领悟一笑,随即二
话没说,就挽起袖子进厨房帮忙。他其实是迫不及待地想要见到金凤。两人见
面,瞬间一愣。没有任何言语对话,相互深情的眼神,就已经表明了一切。小
景聪明知趣儿,借口拣菜赶紧出了厨房。厨房只有他们二人。金凤正在盆里和
发面糊嘟,好一阵沉默无语。白朗欲言又止,呆愣在一旁。

蔡金凤终于红着脸问:"今天怎就有空儿来了?"话里不无埋怨。

白朗说:"早就想来,只是……"

"那你为啥不来?"

"没有充分理由,不好意思嘛。"

"来看看乡亲们还有啥不好意思。"

　　白朗一时无言。

　　金凤说:"走了一年,也没来个电话。"声音冷冷的。

　　白朗一时无语。恰巧小景进来,他赶紧无话找话问:"准备做啥好吃的? 我能帮上忙吗? "

　　金凤仰起头,脸红扑扑地说:"你猜,我是做啥饭哩? "

　　白朗看了看,说猜不出来。金凤绷不住咯咯地笑起来。

　　那表情连小景都吓了一跳。白朗一时莫名其妙。

　　金凤说:"知道你猜不出来,告诉你,今天请你和石书记吃咱上牛湾的著名小吃。"

　　"著名小吃? "

　　"对呀,你想了三年了还没吃上的名小吃。"

　　"叫啥来? "

　　"锅出溜嘛,你忘了? "

　　白朗恍然大悟,随即两人一同开怀大笑。笑声里,厨房外面的人们都感受到了他们的幸福。

2018 年 11 月 15 日于河南淅川灌水河畔

后　记

　　初冬的日子，风雨交加，气温骤降。夜晚在河南淅川灌河边上，《乡村第一书记》创作接近尾声。写到最后，主人公白朗和蔡金凤由衷地笑了，我却老泪纵横……

　　清晨六点，我长叹一声，起身走到阳台呆立在十二楼的窗前，感到就像白朗站在县医院楼顶上那一刻，顿时脊背发凉！真该感谢蔡金凤及时赶到……好在小说毕竟是小说，人物一经立起来，就会摆脱作者而引领读者沉入多姿多彩的生活情节。

　　画下最后的句号，总算有了一点解脱的感觉。随即意识到：新的一天开始了，旭日即将升起。晨光里，但见东边牛尾山上悄然涌起的朝霞与灌水平静河面上血色的倒影互相映衬，令人突然感到一种强烈悲壮。想到了长眠在牛尾河沟的驻村干部老赵，还有他那身患癌症的妻子和未成年的儿子……那么多为脱贫攻坚和乡村振兴日夜操劳奋斗的人们，为了共同的目标，撸起袖子拼命干。或许也有人认为，这目标实在艰巨。其实纤夫的快乐与自豪，正在于逆流拉纤的艰苦努力。

　　一项浩繁工程终于完成，心中如释重负，却没有多少欣喜。回顾这么多年，几乎跑遍全国各地农村，特别是在老少边穷地区，走访了大量贫困村和贫困户，在进茅屋、住窑洞、下地坑、入帐篷的过程中，深切感受贫困与艰辛，也体察了贫困群众，特别是青年农民渴望过上文明富裕生活的迫切愿望。更见到不少从井田制取消时就形成的文化底蕴深厚的活化石般的古村，却令人悲叹地走向衰落。在这些村子里，依然生活着像书中姜万福一样也许是最后的乡贤文人。说到乡村现状，他们黯然神伤如泣如诉，比敲钟击鼓还要振聋发聩。且不说普遍贫困和全方位的萎缩破败沦为空壳了，单就数量减少而言，也足以令人担忧。据有关统计，十年前全国尚有六十多万个行政村，如今消失了百分之十，而且还在继续消减。许多村子被城市这个巨无霸直接吞没，而更多的偏远乡村则是人去屋空生机渐失。这同时也意味着我们的城市人口激增及其造成的各种严重社会问题和压力时刻都在加重。

乡土中国的解体，究竟是不是无法逆转的趋势？许多同志都在苦苦地探讨思考。可见，开始关注乡村并不是要写一部小说，而是出于责任和保护的急切需要。

我出生在古城延安，成长在陕北农民的孩子中间。三四岁时，随母亲回到故乡关中大荔县下鲁坡村度过童年，故乡农村多姿多彩生活的记忆，成为我人生丰富深沉的底色。后来高中毕业在陕北农村插队并担任过几年大队支书和四个大队联片的联队党总支书记。以后无论担任县市公务员还是到中央和省级党政机关工作，感情上都没有须臾断开同乡村的生命脐带。关注农村、情系农民、深入研究农业发展问题，始终是我自觉自愿的重要使命。

近些年来，特别是党的十九大之后，新一届党中央提出并大力推进精准扶贫、脱贫攻坚和乡村振兴战略。随即"乡村第一书记"这个新时代的新角色开始走进人们视野，逐步成为社会关注的焦点和热门话题之一。在江苏，在安徽，在海南，在贵州，在四川，在甘肃，在新疆，在我所到过的各地贫穷落后乡村，都看到和听到大量驻村干部和乡村第一书记的亲切英姿和感人事迹。每个省市大约都有数万人，全国可谓数以百万计。他们一批又一批深入下去，继承发扬党的密切联系群众的好传统，不忘初心，牢记使命，舍小家为大家，勇于驾辕拉车，在各种意想不到的困难中艰难跋涉，锻炼成长。他们像火种，在沉寂多年的山川大地播撒下复苏振兴的希望之火，点燃起亿万农民的创业热情。乡村第一书记，他们不仅成为脱贫攻坚和乡村振兴中的骨干力量，更是新时代培养造就千百万优秀党政人才的重要有效途径。我深深感到他们在农民群众眼里，已成为新时代最可爱的人。他们的事迹与业绩，如同天幕上繁星闪烁，耀眼夺目，充满诗情画意。我在感动之余，曾现场了解记录了大量采访笔记，还按捺不住感动，即兴吟诵一首首深情赞美的小诗。更令我印象深刻的是，在河南省淅川县银树坪村，我见到了一位风风火火的"80后"驻村第一书记，他毕业于名牌大学，还当过兵，来自中央国家机关。他的爱民情结、思想观念、工作作风和突出业绩就像一团火，不仅点燃了全村乃至周边八个村群众振兴家园的心火，也激活了我心中文学创作的灵感。他以言行和实绩把我心中积淀多年的乡村问题思考研究结果与众多人物原型点化成为一个个呼之欲出的艺术典型，既具时代风采又有个性特色。于是，我开始了这本小说艰苦漫长却又始终热情不减的创作。

作为一个痴情的写作者，经过艰苦努力，终于写出了这本自己渴望已久的作品，也算是对养育自己的深情土地和伟大农民的衷心回报。

一个村子也就像一个人，都有自己活生生的故事。村子一旦消失，故事也就终结。上牛湾村的故事可以追溯到好久以前。村中姜姓先祖化名耕夫，临终为后人留下一副手书对联"清贫何堪虑，牛背好读书"。这哲理深刻的先祖遗训，也是超凡脱俗，呼唤人们返璞归真，回归田园的崇高精神导引。源远流长的上牛湾村，延续至今也毫不例外地站在了盛衰去留的十字路口，面临着繁荣与衰落的一次生死大搏斗。我们的故事由此展开，我们的人物群体在其中大显身手。这也许只能算作乡村振兴的一个序曲。

感谢所有对我创作与出版给予大力支持帮助的同志和朋友。作品面世，恳请评论界和广大读者批评鉴定。

是为后记。

2018 年 11 月 22 日于北京